OS PROFETAS

ROBERT JONES, JR.

Os profetas

Tradução
Viviane Souza Madeira

Copyright © 2021 by Robert Jones, Jr.
Todos os direitos reservados, incluindo direitos de reprodução completa ou em parte.

Grafia atualizada segundo o Acordo Ortográfico da Língua Portuguesa de 1990, que entrou em vigor no Brasil em 2009.

Título original
The Prophets

Capa
Mariana Metidieri

Imagem de capa
The Black Boy, de Akindele John, set. 2022.
Óleo e acrílica sobre tela, 135 × 180 cm

Preparação
Laura Chagas

Revisão
Carmen T. S. Costa
Julian F. Guimarães

Dados Internacionais de Catalogação na Publicação (CIP)
(Câmara Brasileira do Livro, SP, Brasil)

Jones Jr., Robert
   Os profetas / Robert Jones, Jr. ; tradução Viviane Souza Madeira. — 1ª ed. — São Paulo : Companhia das Letras, 2023.

   Título original: The Prophets.
   ISBN 978-85-359-3513-4

   1. Romance norte-americano I. Título.

23-155356   CDD-813.5

Índice para catálogo sistemático:
1. Romances : Literatura norte-americana 813.5
Eliane de Freitas Leite – Bibliotecária – CRB 8/8415

Todos os direitos desta edição reservados à
EDITORA SCHWARCZ S.A.
Rua Bandeira Paulista, 702, cj. 32
04532-002 — São Paulo — SP
Telefone: (11) 3707-3500
www.companhiadasletras.com.br
www.blogdacompanhia.com.br
facebook.com/companhiadasletras
instagram.com/companhiadasletras
twitter.com/cialetras

Para minhas avós, Corrine e Ruby; meus avôs, Alfred e George; meus tios-avôs, Milton, Charles, Cephas e Herbert; meu pai, Robert; meus primos, Trebor, Tracey e Daishawn; meus padrinhos, Delores Marie e Daniel Lee; Mãe Morrison e Pai Baldwin e todos os familiares mais velhos e parentes já falecidos, que estão agora com os ancestrais, que são, agora, eles mesmos ancestrais, me guiando e protegendo, sussurrando em meu ouvido para que eu também compartilhe o meu testemunho.

Juízes

Você ainda não nos conhece.
Você ainda não entende.
Nós que viemos da escuridão, falando nas sete vozes. Porque sete é o único número divino. Porque isto é quem nós somos e quem sempre fomos.
E isto é lei.
No fim, você saberá. E perguntará por que não lhe dissemos antes. Acha que é o primeiro a fazer essa pergunta?
Não é.
Há, no entanto, uma resposta. Sempre há uma resposta. Mas você ainda não a mereceu. Você não sabe quem você é. Como poderia supor quem *nós* somos?
Você não está perdido, e sim foi traído por tolos que confundiram brilho com poder. Eles revelaram todos os símbolos que detêm influência. A penitência por isso é duradoura. Seu sangue estará diluído há muito tempo quando a razão enfim se estabelecer. Ou o próprio mundo terá sido reduzido a cinzas, fazendo com que a memória se torne irrelevante. Mas, sim, você

foi enganado. E você enganará. De novo. E de novo. E de novo. Até que enfim acorde. É por esse motivo que estamos aqui, falando com você agora.

Uma história está a caminho.

A sua história está a caminho.

É todo o propósito da sua existência. Existir cá/lá. Na primeira vez que você chegou, não estava acorrentado. Foi recebido calorosamente e partilhou comida, arte e propósito com aqueles que sabiam que nem pessoas nem terras deveriam ser transformadas em posses. Nossa responsabilidade é dizer-lhe a verdade. Mas uma vez que a verdade nunca lhe foi dita, você acreditará que ela é uma mentira. Mentiras são mais afetuosas que a verdade e abraçam com os dois braços. Forçar sua libertação é nossa punição.

Sim, nós também fomos punidos. Todos nós fomos. Porque não há inocentes. Inocência, nós descobrimos, é a atrocidade mais séria de todas. É o que separa os vivos dos mortos.

Hein?

O que foi agora?

Haha.

Perdoe nossas risadas.

Achou que *você* era o vivo e *nós*, os mortos?

Haha.

Provérbios

De joelhos, no escuro, eu falo com eles.

É difícil, às vezes, entender o que estão dizendo. Já se foram há tanto tempo e ainda usam palavras antigas que foram quase todas arrancadas de mim à força. E eles sussurram, o que não ajuda. Ou talvez na verdade estejam berrando, só que tão longe que soa como um sussurro pra mim. Pode ser. Quem pode saber?

De todo modo, eu cavo no lugar que eles me disseram pra cavar e enterro a brilhante pedra do mar como pediram. Mas acho que faço alguma coisa errada, porque o Mestre Jacob ainda te vendeu mesmo depois de dizer que eu era parte da família. É isso que um toubab faz com a família dele? Arrancam eles dos braços da mãe e botam numa carroça como colheita? Me fez implorar. Na frente do meu homem, me fez implorar até que o único homem que eu amei não pôde mais olhar pra mim direito. Os olhos dele me fazem sentir como se o erro fosse meu, e não deles.

Pergunto pra elas, as velhas vozes sombrias, sobre você. Elas me contam que você é bem orgulhoso. Que está virando um homem. Tem muito do seu povo em você, mas ainda não sabe. E rápido, talvez rápido demais pro seu próprio bem. Fico surpresa que você ainda esteja vivo. Pergunto pra eles, eu digo: "Podem levar uma mensagem pra ele? Diz pra ele que eu lembro de cada cacho na cabeça dele e cada dobra do corpo dele até as frestas entre os dedos dos pés. Diz pra ele que nem mesmo a chibata pode remediar isso". Eles não respondem, mas me contam que você está no Mississippi agora, onde coisas inteiras são partidas ao meio. Por que me dizem isso, eu não sei. Que mãe quer ouvir que seu filho vai ser dilacerado e moldado por razão nenhuma? Acho que não importa. Cá ou lá, todos nós vamos ser obrigados a pagar de alguma forma.

Ephraim não disse uma palavra desde que levaram você. Nem uma única palavra todo esse tempo. Dá pra imaginar? Eu vejo os lábios dele se mexerem, mas de jeito nenhum sai algum som da garganta dele. Às vezes sinto vontade de dizer o seu nome, o nome que a gente te deu, não o nome feio que o Mestre/Senhor botou em você e a gente finge que tudo bem. Acho que dizer o seu nome pode trazer ele de volta pra mim. Mas o jeito como ele fica de cabeça baixa, como se tivesse um laço de forca ao redor do pescoço dele que eu não consigo enxergar, não tenho coragem. E se dizer o seu nome for justamente a coisa que vai tirar ele de mim de vez?

"Posso ver ele?", pergunto pra escuridão. "O Ephraim pode? A gente nem vai tocar nele. Só dar uma olhadinha pra saber se ele ainda é nosso, mesmo que pertença a outra pessoa." Eles dizem que tudo o que o Ephraim precisa fazer é dar uma espiada num desses espelhos. "E eu?", pergunto. Eles me dizem pra olhar nos olhos do Ephraim. "Como eu posso fazer isso", pergunto, "quando ele não olha mais pra mim?" Tudo o que eu escuto é o vento soprando nas árvores e o *cri-cri* dos insetos na grama.

Você como o seu povo. Você é *como o seu povo*. Me agarro a isso e deixo que preencha o espaço vazio dentro de mim. Rodopiando, rodopiando como vaga-lumes na noite. Quieto, quieto como água no poço. Tô cheia. Tô vazia. Tô cheia e tô vazia. Deve ser essa a sensação de morrer.

    Não adianta. Não adianta gritar com gente que não vai te escutar. Não adianta chorar na frente de gente que não consegue sentir a sua dor. Eles que usam seu sofrimento como uma régua pra medir o quanto vão construir em cima dele. Não sou nada aqui. E nunca vou ser.

    Ele trocou você pelo quê? Pra manter essa terra podre que destrói o espírito e sangra a mente? Vou te falar: não vai ter muito mais disso aqui. Não, senhor. Pegue eu e Ephraim e a gente vai embora daqui. Não tenho que ir a lugar nenhum, só ir embora. Como matar um porco. Apenas uma lâmina afiada, rápida e profunda na garganta e isso acaba.

    E aí a gente vira vozes sussurrantes na escuridão, contando pra outras pessoas como seus bebês estão indo no mundo selvagem.

    Oh, meu pobre bebê!

    Você pode me sentir?

    Eu sou Middle Anna e aquele ali é o Ephraim. A gente é sua mamãe e seu papai, Kayode. E a gente tem muita saudade de você.

Salmos

Julho tinha tentado matá-los.

Primeiro, tentou queimá-los. Depois, tentou sufocá-los. E, por fim, quando nenhuma dessas coisas teve sucesso, fez o ar ficar espesso como água na esperança de que eles se afogassem. Falhou. Seu único triunfo foi deixá-los pegajosos e perversos — às vezes, uns com os outros. O sol no Mississipi invadia até mesmo a sombra, tanto que, em alguns dias, nem as árvores serviam de conforto.

E, também, não havia uma boa razão para ficar perto de outras pessoas num calor desses, mas ansiar por companhia fazia o calor ficar, de certo modo, suportável. Samuel e Isaiah costumavam gostar de estar com outras pessoas até que as outras pessoas mudaram. No início, eles pensaram que todos os lábios franzidos, os olhos desaprovadores, os narizes torcidos — até os meneios de cabeça — indicavam que um mau cheiro emanava de seus corpos devido à labuta no celeiro. Só o odor da lavagem dos porcos havia com frequência os feito se despir e passar quase uma hora banhando-se no rio. Diariamente, um pouco antes do pôr do sol, quando os outros estavam abatidos pelo trabalho nos campos e tentavam encontrar uma paz ilusória em seus barracos, lá estavam Samuel e Isaiah, esfregando-se com folhas de hortelã, zimbro, às vezes, sassafrás, lavando as camadas de fedor.

Mas os banhos não mudavam o comportamento de quem, com os dentes cerrados, desprezava Aqueles Dois. Então, eles aprenderam a se resguardar. Eles nunca eram exatamente hostis, mas o celeiro se tornou um tipo de zona segura, e eles se mantinham perto dali.

O toque soara para avisá-los que o dia de trabalho chegava ao fim. Um toque enganoso, porque o trabalho nunca acabava, apenas pausava. Samuel colocou um balde de água no chão e olhou para o celeiro à sua frente. Deu alguns passos para trás a fim de poder vê-lo inteiro. Precisava de uma nova demão de tinta, as partes vermelhas e as brancas. *Bom*, ele pensou. *Que seja feio para que seja verdade*. Ele não ia pintar nada, a menos que os Halifax o obrigassem.

Ele andou um pouco para a direita e olhou para as árvores ao longe, atrás do celeiro, descendo pela margem do outro lado do rio. O sol tinha abrandado e começava a mergulhar na floresta. Ele se virou para a esquerda, olhou em direção ao campo de algodão e viu as silhuetas de pessoas carregando sacas de algodão nas costas e na cabeça, largando-as em carroças que aguardavam à distância. James, o capataz-chefe, e mais ou menos uma dúzia de seus subordinados estavam alinhados em cada lado do fluxo constante de pessoas. O rifle de James estava pendurado em seu ombro; seus homens seguravam os deles com ambas as mãos. Apontavam os rifles para as pessoas que passavam como se quisessem atirar. Samuel se perguntou se conseguiria derrotar James. Claro, o toubab era mais robusto e tinha o benefício da arma de fogo, mas, tirando isso, se eles tivessem uma briga justa, punho contra punho e coração com coração, como deveria ser,

Samuel pensou que, depois de um tempo, conseguiria quebrá-lo — se não como um graveto, certamente como um homem perto do seu limite.

"Vai me ajudar ou não?", disse Isaiah, sobressaltando Samuel.

Samuel se virou rápido. "Você sabe bem que não deve chegar de fininho assim", disse, envergonhado por ter sido pego desprevenido.

"Ninguém tá *chegando de fininho*. Eu andei bem na sua direção. Você que tá tomando conta da vida dos outros..."

"Argh", disse Samuel, e sacudiu a mão como se afastasse um mosquito.

"Me ajuda a colocar esses cavalos nos cercados?"

Samuel revirou os olhos. Não havia nenhuma necessidade de ser tão obediente como Isaiah sempre era. Talvez Isaiah não fosse obediente, mas ele tinha mesmo que dar tanto de si e tão prontamente? Para Samuel, aquilo era medo.

Isaiah tocou Samuel nas costas e sorriu enquanto andava em direção ao celeiro.

"Acho que sim", Samuel sussurrou e o seguiu.

Eles recolheram os cavalos e lhes deram de beber, então lhes deram uma pá de feno para comer e varreram as sobras para uma pilha arrumada perto do canto esquerdo da frente do celeiro, próximo dos fardos mais retos. Isaiah sorriu da má vontade de Samuel, de seus grunhidos e suspiros e balançar da cabeça, embora entendesse o perigo disso. Pequenas resistências eram um tipo de cura num lugar de pranto.

Quando terminaram, o céu estava negro e carregado de estrelas. Isaiah saiu de novo, deixando Samuel com seus ressentimentos. Era assim que ele praticava sua própria revolta: apoiava-se contra a cerca de madeira que contornava o celeiro e fitava os céus. *Abarrotado*, ele pensou, e se perguntou se, talvez, a abundância era excessiva; se o peso de resistir era grande demais, e a noite, cansada como estava, poderia um dia ceder, e todas as estrelas desabariam, deixando apenas a escuridão prevalecer sobre tudo.

Samuel deu um tapinha no ombro de Isaiah, despertando-o de seu devaneio.

"Quem não tá cuidando da própria vida agora?"

"Ah, agora o céu tem vida pra cuidar?", Isaiah deu um sorriso presunçoso. "Pelo menos meu trabalho acabou por agora."

"Você é um bom escravo, hein?", Samuel cutucou Isaiah na barriga.

Isaiah riu, levantou-se da cerca e começou a andar de volta para o celeiro. Pouco antes de alcançar a porta, abaixou-se para pegar algumas pedrinhas. Logo em seguida, atirou-as em Samuel.

"Ha!", gritou e correu para dentro do celeiro.

"Errou!", Samuel gritou e correu para dentro do celeiro atrás dele.

Eles correram pelo espaço lá dentro, Isaiah se inclinava e desviava, rindo a cada vez que Samuel tentava segurá-lo, mas ele era rápido demais. Quando Samuel finalmente pulou e se chocou contra suas costas, os dois tropeçaram e caíram de cara numa pilha de feno fresco. Isaiah se contorceu para se soltar, mas as risadas o deixavam fraco demais para que conseguisse ganhar vantagem. Samuel repetia "Aham" e sorria, junto à nuca de Isaiah. Os cavalos expiraram bem alto, fazendo o ar reverberar através de seus lábios. Um porco guinchou. As vacas não faziam som algum, mas os sinos nos pescoços ressoavam com os seus movimentos.

Depois de mais um pouco de luta, Isaiah se rendeu e Samuel abrandou o aperto. Eles se deitaram de costas e viram a lua através de uma abertura no telhado; sua luz pálida caía sobre eles. Os peitos nus se agitavam e eles ofegavam alto. Isaiah levantou o braço em direção à abertura para ver se conseguia bloquear a luz com a palma da mão. Havia um brilho suave nos espaços entre seus dedos.

"Um de nós precisa arrumar esse telhado", disse.

"Não pense em trabalho agora. Sossega", disse Samuel, um pouco mais ríspido do que pretendia.

Isaiah olhou para Samuel. Examinou seu perfil: o jeito como seus lábios grossos sobressaíam do rosto, menos que o nariz largo. Seu cabelo se retorcia para todos os lados. Ele baixou o olhar para o peito suado de Samuel — a luz da lua havia transformado sua pele escura em brilho — e foi embalado pelo seu ritmo.

Samuel se virou para olhar para Isaiah, encontrou o olhar gentil dele com a sua própria versão. Isaiah sorriu. Ele gostava da maneira como Samuel respirava com a boca aberta, o lábio inferior ligeiramente torcido, a língua tocando a parte de dentro da bochecha, como a expressão de alguém pronto para uma travessura. Ele tocou o braço de Samuel.

"Cansado?", Isaiah lhe perguntou.

"Devia. Mas não."

Isaiah se aproximou até seus corpos se tocarem. O lugar onde seus ombros se encostavam ficou úmido. Seus pés se esfregaram. Samuel não sabia por que, mas começou a tremer, e isso o enfureceu, pois se sentia exposto. Isaiah não viu a raiva; em vez disso, viu um aceno. Ele se ergueu para ficar em cima de Samuel, que se retraiu um pouco antes de relaxar. Isaiah deslizou a língua, devagar e gentil, sobre o mamilo de Samuel, que ganhou vida em sua boca. Os dois gemeram.

Foi diferente do primeiro beijo — quantas estações já haviam se passado, dezesseis ou mais? Era mais fácil contar as estações do que as luas, que às vezes não apareciam porque podem ser bem temperamentais. Isaiah se lembrou que foi quando as maçãs estavam maiores e mais vermelhas do que nunca antes ou desde então — onde eles tropeçaram, e a vergonha não os deixara olhar nos olhos um do outro. Agora, Isaiah chegou mais perto e deixou seus lábios se demorarem nos de Samuel. Samuel recuou apenas um pouco. Sua incerteza encontrara abrigo na repetição. A luta que antes o fizera querer estrangular Isaiah tanto quanto a si mesmo estava em remissão. Havia apenas alguns traços dela agora, batalhas insignificantes nos cantos dos seus olhos, talvez um pouquinho no fundo da garganta. Mas foi vencida por outras coisas.

Eles nem se deram a chance de se despir por completo. A calça de Isaiah estava nos joelhos; a de Samuel, pendurada em um tornozelo. Impacientes, pressionando o corpo um contra o outro sobre um monte de feno, a luz da lua brilhando opaca na bunda de Isaiah e nas solas dos pés de Samuel — eles balançaram.

Quando um deslizou do outro, eles já haviam caído para fora do monte de feno, ido mais fundo na escuridão, se esparramado no chão. Estavam tão esgotados que não queriam se mexer, ainda que ambos desejassem um bom banho no rio. Em silêncio, decidiram permanecer onde estavam, ao menos até que tivessem recobrado o fôlego, e os espasmos, parado.

Na escuridão, eles podiam ouvir os animais se mexendo e podiam escutar também os sons abafados das pessoas ali perto em suas cabanas, cantando ou talvez chorando. As duas eram possibilidades viáveis. Podiam ouvir com mais clareza as risadas vindas da casa-grande.

Ainda que houvesse pelo menos duas paredes e uma quantidade não insignificante de espaço entre ele e as risadas, Samuel olhou na direção da casa e tentou focar nas vozes que emanavam lá de dentro. Pensou que poderia reconhecer algumas delas.

"Nada muda nunca. Cara nova, mas a língua é a mesma", disse.

"Quê?", Isaiah perguntou, deixando de fitar o teto e se virando para Samuel.

"Eles."

Isaiah inspirou profundamente, depois expirou devagar. Assentiu com a cabeça. "E fazemos o quê? Socamos a cara? Partimos a língua?"

Samuel riu. "A cara foi socada. A língua foi partida. Você já viu uma cobra antes. Melhor ir o mais longe possível. Deixa eles rastejarem sozinhos."

"Essa é a única escolha, então: correr?"

"Se a cara não prestar atenção, nem souber que não tá prestando atenção. Se a língua não revelar. Sim."

Samuel suspirou. Talvez Isaiah tivesse medo do escuro, mas ele não tinha. Era onde encontrava abrigo, onde se misturava e onde pensava que a chave para a liberdade com certeza estava. Ainda assim, ele se perguntava o que acontecia com as pessoas que vagavam pelas regiões selvagens que não eram as delas. Algumas se transformavam em árvores, suspeitava. Algumas viravam o sedimento do fundo dos rios. Algumas não venciam a corrida contra o puma. Algumas apenas morriam. Ele ficou deitado ali em silêncio por um momento, ouvindo a respiração de Isaiah. Então se sentou.

"Você vem?"

"Aonde?"

"Pro rio."

Isaiah virou-se de lado, mas não disse nada. Olhou na direção da voz de Samuel e tentou diferenciar a silhueta dele da escuridão ao redor. Era tudo uma massa sem fim até Samuel se mover e traçar uma linha entre os vivos e os mortos. Mas que som era aquele?

Um barulho de algo arranhando vinha de algum lugar.

"Tá ouvindo isso?", Isaiah perguntou.

"Ouvindo o quê?"

Isaiah estava quieto. O arranhar tinha parado. Ele voltou a pousar a cabeça no chão. Samuel se moveu de novo, como se fosse se levantar.

"Espera", Isaiah sussurrou.

Samuel fez um ruído de frustração, mas voltou a sua posição, deitado ao lado de Isaiah. Assim que se ajeitou, o barulho de algo arranhando retornou. Ele não o escutou, mas Isaiah olhou na direção de onde vinha, perto do cercado dos cavalos. Algo tomou forma ali. Primeiro, era um pontinho, como uma estrela, depois se espalhou até se tornar a noite em que ele fora trazido para a plantação.

Vinte deles, talvez mais, empilhados numa carroça puxada por cavalos. Todos acorrentados juntos, presos pelos tornozelos e pelos pulsos, o que tornava os movimentos trabalhosos e unificados. Alguns deles usavam capacetes de ferro que cobriam toda a cabeça e transformavam suas vozes em ecos e sua respiração em chiados. As enormes geringonças repousavam em suas clavículas, deixando talhos fundos que sangravam até o umbigo e os deixavam baratinados. Todos estavam nus.

Eles tinham viajado por trilhas acidentadas e empoeiradas por um tempo que, para Isaiah, parecera uma eternidade — o sol queimando a carne durante o dia e os mosquitos a destruindo durante a noite. Ainda assim, eles eram gratos pelas chuvas torrenciais, quando aqueles que não usavam capacetes podiam beber água à sua própria vontade, e não à dos atiradores.

Quando afinal chegaram ao Vazio — que era como, nos lugares silenciosos, as pessoas chamavam a colônia Halifax, e por um bom motivo —, ele não pôde distinguir nada, a não ser uma luz fraca vindo da casa-grande. Eles foram então puxados da carroça um por um, todos tropeçando porque não conseguiam sentir as pernas. Para alguns, o peso do capacete impossibilitava ficar em pé. Outros tinham o fardo de estar retidos pelo cadáver ao qual estavam acorrentados. Isaiah, que era apenas uma criança, não sabia sequer o suficiente para olhar com atenção o homem que o levantara e carregara, mesmo que suas próprias pernas estivessem a ponto de sucumbir.

"Te peguei, pequenino", disse o homem. Sua voz era laboriosa e seca. "Sua mãe me fez prometer. E eu tenho que lhe dizer o seu nome."

Então tudo ficou preto.

Quando Isaiah voltou a si, era de manhã, e eles ainda estavam acorrentados uns aos outros: os vivos e os mortos. Estavam deitados no chão perto do campo de algodão. Ele tinha fome e sede e foi o primeiro a se sentar. Foi quando os viu: um grupo de pessoas carregando baldes vinha marchando na direção deles. Alguns eram tão jovens quanto ele. Vinham com água e comida — bem, pelo menos era o mais próximo de comida que ele poderia conseguir. Pedaços de porco suficientemente temperados para disfarçar o gosto acre e aliviar a ânsia de vômito.

Um garoto com uma concha se aproximou. Ele moveu a concha para perto do rosto de Isaiah. Isaiah entreabriu os lábios e fechou os olhos. Deu grandes goles enquanto a água quente e doce escorria pelos cantos de sua boca. Quando terminou, olhou para o garoto; o sol fez com que apertasse os olhos, de modo que em princípio só conseguia ver os contornos do menino. O garoto se moveu um pouco, bloqueando o sol. Ele olhou para Isaiah no chão com olhos grandes, céticos e um queixo orgulhoso demais para qualquer um ter naquelas condições.

"Quer mais um pouco?", o garoto chamado Samuel lhe perguntou.

Isaiah não estava mais com sede, mas mesmo assim assentiu.

Quando a escuridão voltou para si mesma, Isaiah tocou o próprio corpo para se assegurar de que não era mais uma criança. Ele era ele mesmo, tinha certeza, mas o que acabara de lhe ocorrer, a partir de um ponto minúsculo no escuro, provava que o tempo poderia sumir quando e onde quisesse, e Isaiah ainda não conseguia pensar em uma maneira de recuperá-lo.

Isaiah não tinha como saber por certo, mas a lembrança que se mostrou para ele o fez se lembrar de que ele e Samuel tinham quase a mesma idade, dezesseis ou dezessete anos, se os conjuntos de estações tivessem sido contados direito. Quase vinte anos, e tantas coisas haviam permanecido não ditas entre eles. Deixá-las no silêncio era o único jeito de fazê-las existir sem quebrar um espírito ao meio. Trabalhar, comer, dormir, brincar. Foder de propósito. Pela sobrevivência, tudo que era aprendido tinha de ser transmitido dando voltas ao redor da coisa em vez de revelá-la. Quem, no fim das contas, era tolo o suficiente para mostrar feridas a quem queria cutucá-las com dedos cheios de saliva?

O silêncio era mútuo, não bem um acordo, mas uma herança; seguro, mas continha a habilidade de causar grande destruição. Ali, deitado no escuro, Isaiah, exposto demais a um sonho vivo, escutou-o falar.

"Você já se perguntou... onde sua mãe tá?", Isaiah o ouviu dizer.

Então se deu conta de que era a sua própria voz, mas não se lembrava de ter falado. Era como se outra voz, uma que soava como a dele, tivesse escapado de sua garganta. Sua, mas não sua. Como? Isaiah se deteve. Então chegou mais perto de Samuel. Tateou o corpo de Samuel e deixou a mão na barriga dele.

"Não quis dizer... o que eu quis dizer é, eu não disse..."

"Você cospe e tenta pegar depois que saiu da sua boca?", perguntou Samuel.

Isaiah estava confuso. "Eu não quis dizer aquilo. Saiu sozinho."

"Sei", Samuel disse, grunhindo.

"Eu... já ouviu uma voz que você achou que não é sua, mas é? Ou meio que é? Já viu a sua vida do lado de fora? Eu não sei. Não consigo explicar", disse Isaiah.

Pensou que talvez aquilo fosse a estupidez que já viu tomar conta de uma pessoa, porque a plantação fazia isso — obrigava a mente a retroceder para poder proteger o corpo contra o que era forçado a fazer, mas deixava a boca tagarelar. Para se acalmar, ele afagou a barriga de Samuel. O movimento ninou os dois. Isaiah havia começado a piscar cada vez mais devagar. Estava quase dormindo quando sua boca o acordou.

"Talvez uma parte de você, em algum lugar aí dentro, talvez o seu sangue, talvez suas entranhas, se apegue ao rosto dela?", Isaiah disse, surpreso com as próprias palavras, que jorraram como se tivessem sido represadas. "Talvez, quando você olha para o rio, seja o rosto dela que você vê?"

Fez-se silêncio, e então Samuel inspirou rápido, de repente.

"Talvez. Não dá pra saber", Samuel respondeu afinal.

"Talvez tenha um jeito de sentir", Isaiah deixou escapar.

"Hein?"

"Eu disse que talvez tenha um jeito..."

"Não. Não você. Deixa pra lá", Samuel disse. "Vamos pro rio."

Isaiah fez menção de ficar de pé, mas seu corpo preferiu ficar deitado ali com o corpo de Samuel.

"Eu conheço minha mãe *e* meu pai, mas só lembro da cara de choro deles. Alguém me tira deles e eles ficam ali me olhando enquanto o céu inteiro se abre sobre eles. Estendo a minha mão, mas eles ficam cada vez mais longe, até que tudo que eu consigo ouvir são gritos e depois nada. Minha mão ainda está estendida e não agarra nada."

Os dois atordoados com isso, Isaiah pela recordação e Samuel por escutá-la, mas nenhum dos dois se moveu. Ficaram quietos por um momento. Então, Samuel se virou para Isaiah.

"Você conheceu o seu *pai*?"

"Um homem me carregou até aqui", disse Isaiah, ouvindo sua história ser recontada pela sua voz. "Não era meu pai, era alguém que sabia o meu nome. Mas nunca me contou qual era."

Naquele instante, Isaiah viu sua própria mão se estender na escuridão do celeiro, pequena, frenética, igual àquele dia. Pensou que talvez estivesse tentando alcançar não só sua mãe e seu pai, como ainda todas aquelas pessoas apagadas que estavam atrás deles, cujos nomes também estavam perdidos para sempre, e cujo sangue nutria e assombrava o solo. Cujos gritos agora soam como sussurros — sussurros que serão o último som que o universo fará. Samuel pegou a mão de Isaiah e a colocou de volta em sua barriga.

"Alguma coisa aqui", disse Samuel.

"Quê?"

"Nada."

Isaiah começou a afagar a barriga de Samuel de novo, o que encorajou sua voz.

"A última coisa que me disseram foi 'coiote'. Ainda não entendi essa parte."

"Talvez 'tenha cuidado'?", Samuel disse.

"Por que diz isso?"

Samuel abriu a boca, mas Isaiah não viu. Ele parou de acariciar Samuel e, em vez disso, deitou a cabeça em seu peito.

"Eu não quero dizer essas coisas", Isaiah disse, a voz agora rouca. Suas bochechas estavam úmidas enquanto ele aninhava a cabeça mais fundo no peito de Samuel.

Samuel balançou a cabeça. "Sim."

Ele olhou em volta, abraçou Isaiah mais forte e fechou os olhos.

O rio podia esperar.

Deuteronômio

Samuel foi o segundo a acordar, o rosto alaranjado pelo brilho do sol que se erguia lentamente. O galo fazia seus barulhos, mas Samuel os tinha escutado o bastante para que se dissipassem no ambiente como se fossem silêncio. Isaiah já tinha se levantado. Mais cedo, Samuel tinha dito a Isaiah que o deixasse ficar deitado, descansar, lembrar dos momentos. Aqui, isso seria considerado roubo, ele sabia, mas para ele era impossível roubar o que já era seu — ou deveria ser.

Ficou deitado ali, tão tranquilo quanto a manhã que tingia seu corpo com a luz que entrava, determinado a não se mover até que fosse absolutamente necessário. Não viu Isaiah, mas podia ouvi-lo bem do lado de fora das portas abertas do celeiro, dirigindo-se ao galinheiro. Samuel se sentou. Olhou ao redor do celeiro, observou o feno espalhado da noite anterior, notou como a escuridão escondera aquelas coisas e como o dia havia deixado para trás rastros que não eram exatamente claros. Não se poderia supor ao certo que a causa daquela bagunça vinha do prazer. Era mais provável pensarem que era o resultado de falta de zelo, e que portanto merecia punição. Ele respirou e se levantou. Andou até a parede do celeiro onde as ferramentas estavam penduradas em fileiras. Foi até o canto mais próximo e pegou a vassoura. Com relutância, varreu a evidência de seu júbilo em um montinho arrumado, perto de onde a infelicidade deles estava empilhada ordenadamente. Tudo isso para ser o sustento de bestas.

Isaiah voltou para o celeiro segurando dois baldes.

"Bom dia", disse ele com um sorriso.

Samuel olhou para ele com um meio sorriso, mas não respondeu à saudação. "Você acordou muito cedo."

"Um de nós precisa."

Samuel balançou a cabeça e Isaiah sorriu também com isso. Isaiah colocou os baldes no chão, andou até Samuel e tocou seu braço. Sua mão deslizou até se unir à de Samuel. Isaiah a apertou e, pouco depois, Samuel apertou de volta. Isaiah observou os olhos desconfiados de Samuel o abraçarem por completo. Ele se viu ali, no olhar com o tom de marrom mais profundo que já tinha visto fora dos sonhos, quente e agradável. Abriu seus próprios olhos um pouco mais, convidando Samuel a entrar, de modo que ele soubesse que o calor também o esperava.

Samuel soltou-se. "Bem, já que levantamos, melhor..." Fez um gesto amplo para a plantação. Isaiah pegou a mão de Samuel de novo e a beijou.

"Não na luz", Samuel disse com cara feia.

Isaiah balançou a cabeça. "Não tem fundo depois do fundo."

Samuel suspirou, deu a vassoura a Isaiah e foi para fora, para a manhã, sobre a qual um céu úmido caía.

"Não tô com vontade de fazer isso."

"O quê?", Isaiah perguntou, indo atrás dele.

"Isso", Samuel apontou para tudo ao redor deles.

"A gente tem de fazer", Isaiah respondeu.

Samuel balançou a cabeça. "A gente não *tem* de fazer merda nenhuma."

"Vai arriscar levar chibatada, então?"

"Esqueceu? A gente não precisa nem fazer só *isso* pra arriscar levar chibatada."

Isaiah se encolheu com a resposta. "Não aguento ver você machucado."

"Talvez você também não aguente me ver livre?"

"Sam!" Isaiah sacudiu a cabeça e começou a andar em direção ao galinheiro.

"Desculpa", Samuel sussurrou.

Isaiah não o ouviu e Samuel achou bom. Samuel andou até os porcos. Pegou um balde, e então, ainda observando Isaiah, algo se esgueirou por trás dele. Lembranças muitas vezes voltam em partes como esta.

Naquele dia — era noite, na verdade, o céu negro quase todo salpicado de estrelas — eles ainda eram jovens demais para entender sua própria condição. Olhavam para o céu através do buraco no nó da madeira do telhado. Não passava de um vislumbre. E a exaustão os mantinha presos a um palete de feno. Tontos por causa do trabalho que seus corpos mal conseguiam aguentar. Mais cedo, suas mãos se roçaram no rio e ficaram assim por um tempo mais longo do que Samuel esperava. Um olhar confuso, mas aí Isaiah sorriu, e o coração de Samuel não sabia se batia ou não, então ele levantou e começou a caminhar de volta para o celeiro. Isaiah o seguiu.

Eles estavam no celeiro e estava escuro. Nenhum deles teve vontade de acender uma tocha ou um lampião, então só empurraram um pouco de feno e o cobriram com a manta de retalhos que a tia Be tinha feito para eles, e depois os dois se deitaram de costas. Samuel expirou e Isaiah quebrou o silêncio com "Sim, senhor". E aquilo bateu no ouvido de Samuel de um jeito diferente naquele momento. Não exatamente uma carícia, mas ainda assim gentil. Seus vãos estavam úmidos, e ele tentou escondê-los até de si mesmo. Era um reflexo. Enquanto isso, Isaiah virou-se de lado para encarar Samuel e todas as suas partes macias estavam abertas e livres, vibrando sem qualquer vergonha. Eles olharam um para o outro e então eles eram um o outro, ali, os dois, na escuridão.

Bastou um momento apenas, e os dois entenderam o quão precioso o tempo era. Imagine ter tanto tempo quanto você quisesse. Para cantar canções. Ou para banhar-se num rio cintilante sob um sol reluzente, braços abertos para envolver sua pessoa, cuja respiração era agora a sua respiração, inspirar, expirar, o mesmo ritmo, o mesmo sorriso em resposta. Samuel não sabia que ele tinha o ímpeto até sentir o de Isaiah.

Sim, lembranças vinham em partes. Dependendo do que estava tentando ser lembrado, elas poderiam vir em desordem. Samuel tinha começado a despejar a comida dos porcos quando o alfinete que vinha cutucando seu peito a manhã toda finalmente atravessou a pele. Tinha só um pouco de sangue na ponta, mas o sangue estava lá de qualquer jeito. Quem ia saber que sangue podia falar? Ele tinha ouvido outros falarem sobre memória do sangue, mas eram só imagens, não? Ninguém nunca falou nada sobre vozes. Mas na noite passada Isaiah levara tantas delas com eles para o celeiro ao final de sua pergunta, uma pergunta que esmagara todas as regras que eles estabeleceram, as que eles tinham inventado entre si, aquelas que tantos do seu povo entendiam.

Samuel jogou mais comida para os porcos. Ignorou o alfinete espetado para fora de seu peito e o sangue sussurrante que agora saía como uma gotícula, não muito diferente da chuva, carregando dentro de si sua própria multidão, suas próprias reflexões, um mundo — um mundo inteiro! — dentro de si.

Ele começou a se sentir quente e com coceira por dentro.
Você já se perguntou onde sua mãe tá?

Antes ele conseguia evitar o apertão de perguntas como essa, perdê-las na tristeza abundante que permeava a paisagem. Não se perguntavam um ao outro sobre cicatrizes, membros perdidos, tremores ou terrores noturnos e assim podiam, portanto, ser escondidos nos cantos atrás de sacas, lançados nas águas, enterrados debaixo da terra. Mas lá estava Isaiah cavando por aí à procura de merda que não era da conta dele, falando que ele "não quis dizer". Então por que disse? Samuel pensou que eles tinham um trato: deixar os corpos na porra de lugar onde eles foram colocados.

Eles estavam no escuro na noite anterior, por isso Isaiah não pôde ver, felizmente, que Samuel se moveu no chão, quase se levantou e anunciou que estava indo para o rio, onde ele iria submergir e nunca mais voltaria à superfície. Em vez disso, ele se sentou ali, músculos flexionados sob a tensão de agarrar algo que não está lá. Ele piscou e piscou, mas isso impediu que seus olhos queimassem. *Que tipo de pergunta foi essa?*

Deixou escapar um suspiro de raiva. Mesmo na escuridão, podia sentir a calma expectativa de Isaiah, seu puxão constante e incansável, persuadindo-o a se abrir de novo. Mas ele não havia se aberto o bastante? Ninguém mais sabia como era — qual a aparência, a sensação, o gosto — o fundo do seu íntimo, só Isaiah. O que mais ele poderia dar que já não era tudo? Ele queria bater em algo. Pegar um machado e cortar uma árvore. Ou talvez torcer o pescoço de um frango.

O silêncio entre eles era perturbador. Samuel respirou fundo à medida que a sombra de uma mulher se erguia na escuridão bem aos seus pés. Mais escura que a escuridão, ela ficou em pé nua; seios caídos, quadris largos. Ela tinha um rosto que era de certo modo familiar, embora ele nunca a tivesse visto antes.

Além disso, uma sombra na escuridão não fazia nenhum sentido. Elas eram habitantes da luz do dia. E, ainda assim, lá estava ela: um negror que enciumava a noite, com olhos que eram, eles próprios, perguntas. Seria ela sua mãe, importunada pelo pacto quebrado por Isaiah? Isso significava que ele também era uma sombra? De repente, ela apontou para ele. Perplexo, ele falou de repente.

Talvez. Não dá pra saber.
Talvez ela também tenha feito Isaiah falar?
Enquanto os porcos comiam, Samuel tentava limpar o sangue do alfinete e removê-lo do seu peito. Parou quando ouviu algo à distância. Ele não tinha certeza se era o farfalhar das ervas daninhas ou um grito. Olhou na direção das árvores e viu algo. Parecia a sombra. Ela tinha voltado à luz da manhã como um lembrete. Invocada por um interrogatório, agora ela vagaria por onde quer que ele vagasse, porque é isso que ele tinha ouvido que mães deveriam fazer: observar cada movimento que suas crias fazem até a hora que a criança não é mais criança e aí passa a ser dever da que fora antes criança criar vida e observá-la florescer ou observá-la minguar.

"Zay! Vem cá ver isso." Samuel apontou para o bosque.
Isaiah correu até Samuel. "Não vai pedir desculpas pelo que falou pra mim?"

"Já pedi. Você que não me ouviu. Mas olha. Ali. Aquilo ali. Mexendo."

"As árvores?" Isaiah foi rápido com as palavras, distraído, querendo discutir a outra coisa.

"Não, não. Aquela coisa ali. Eu não sei o que... uma sombra?"
Isaiah apertou os olhos e viu um tremular.
"Eu não..."
"Você viu?"
"Sim. Não sei o que é."

"Vamos lá ver."

"E ser açoitado por estar perto do limite?"

"Argh", Samuel disse, mas também não se moveu.

Enquanto espiavam além do limite, o que antes era preto se tornou branco conforme o capataz James emergia do exército de árvores. Atrás dele vinham três dos toubabs sob o seu comando.

"Acha que encontraram alguém?", disse Samuel, estranhamente aliviado por ser James, e não a sombra.

"Dizem que dá pra perceber pelas orelhas", Isaiah respondeu, olhando para James e seus homens. "Pelo jeito como fica a parte de baixo. Mas não consigo ver daqui."

"Talvez estejam só patrulhando. Já é hora do chamado pro campo?"

"Aham."

Nenhum dos dois se mexeu enquanto observaram os homens abrirem caminho entre arbustos e ervas daninhas, ainda andando ao longo do perímetro em direção ao campo de algodão, que se esticava para o horizonte, e às vezes parecia que as suas nuvens tocavam as do céu.

Vazio começou a mostrar sinais de vida à medida que outras pessoas saíam das suas choupanas para encarar a luz. Samuel e Isaiah esperaram para ver quem os notaria, se é que alguém o faria. Nesses dias, só Maggie e poucos outros os mantiveram em suas graças, por alguma razão.

O som do toque assustou Isaiah. "Nunca vou me acostumar com isso", disse.

Samuel se virou para ele. "Se você tiver a cabeça boa, não precisa."

Isaiah fez um muxoxo.

"Oh, você é feliz aqui, Zay?"

"Às vezes", Isaiah disse, olhando nos olhos de Samuel. "Lembra da água?"

Samuel se pegou sorrindo mesmo contra sua vontade.

"Tem que pensar e não só fazer pra ser feliz", Isaiah disse, em resposta à pergunta feita por Samuel.

"Acho que a gente tem que começar a pensar, então."

O toque soou novamente. Samuel olhou na direção de onde o som vinha, perto do campo. Seus olhos se estreitaram. Então ele sentiu a mão de Isaiah nas suas costas. Isaiah a deixou ali, calma e firme, o calor dela não fazia as coisas piorarem. Um momento, que passaria rápido demais e ao mesmo tempo não poderia passar rápido o bastante. Era quase como se Isaiah o estivesse segurando, empurrando-o adiante, dando-lhe algo em que se apoiar quando as pernas ficassem um pouco cansadas.

Ainda assim, Samuel disse, "Não na luz".

Ainda assim, Isaiah manteve sua mão ali por mais um momento. Então ele começou a cantarolar. Ele fazia isso às vezes enquanto acariciava o cabelo de Samuel quando estavam deitados na calada da noite e isso ajudava Samuel a dormir melhor.

Samuel tinha uma expressão no rosto que dizia *Chega!*. Mas, dentro de sua cabeça, gravada em sua mente, em uma voz clara e brilhante, estava:

Isaiah acalma. Ele sempre acalma.

Maggie

Ela acordou.
Ela bocejou.
Um lugar de enterro. Isto é a porra de um lugar de enterro, Maggie sussurrou antes que desse a hora de ir para o outro cômodo, a cozinha a que ela estava acorrentada, ainda que nenhum elo pudesse ser visto. Mas sim, ali estava, fechado ao redor de seu tornozelo, tilintando mesmo assim.

Resmungou o xingamento para si mesma, mas direcionado a outras pessoas. Aprendeu a fazer isso, resmungar baixo o suficiente em sua garganta para que um insulto pudesse ser lançado sem que o alvo tomasse ciência. Essa se tornou sua linguagem secreta, vivendo logo abaixo do idioma audível, mais fundo atrás de sua língua.

O céu ainda estava escuro, mas ela ficou deitada em seu palete de feno por mais um momento, sabendo que isso lhe custaria. Cada um dos Halifax tinha a própria maneira de expressar seu descontentamento, uns menos cruéis que outros. Ela poderia contar-lhe histórias.

Saiu do palete e revirou os olhos para os cães deitados no chão aos seus pés. Oh, ela dormia na varanda dos fundos com os animais. Não por escolha. Embora fosse fechado e tivesse vista para o jardim de Ruth Halifax. Mais além, um campo de flores silvestres explodia em todas as cores, mas as azuis eram perfeitas ao ponto de causar mágoas. Várias fileiras de árvores delimitavam o campo e davam lugar ao terreno arenoso que se abria na margem do rio Yazoo. Lá, as pessoas, quando tinham permissão, esfregavam-se na água às vezes lamacenta sob o olhar atento do homem cujo nome Maggie parou de dizer por um motivo. Do outro lado do rio, que parecia mais longe do que era, uma bagunça de árvores erguidas tão juntas umas das outras que não importava o quanto ela apertasse os olhos, não conseguia ver além da primeira fileira.

Ela queria odiar o fato de que a faziam dormir na varanda, perto do chão numa cama improvisada que ela mesma havia feito com o feno que pegara com Samuel e Isaiah, a quem ela se referia como Aqueles Dois. Mas com muita frequência o cheiro do campo a acalmava e, se ela tivesse que ficar na maldita casa-grande com Paul e sua família, então era melhor que ficasse no lugar mais afastado deles.

Os cães eram uma escolha de Paul. Seis deles que passaram a conhecer cada uma das almas da plantação caso qualquer uma dessas almas tentasse vaguear. Ela já tinha visto antes: as bestas perseguiam as pessoas até no céu e conseguiam agarrá-las, não importava o quão alto elas achassem que podiam flutuar. Esses cães: as orelhas caídas, latindo daquele jeito melancólico, olhos tristes e tudo. Você quase sente pena deles até pegarem a sua bunda e a morderem todo o caminho de volta para o campo de algodão — ou para o cepo.

Eles ganiram, e ela detestou o som. Por que mantinham os animais presos era algo além da sua compreensão. Animais pertenciam ao ar livre. Mas, pensando bem, os Halifax ficavam dentro de casa, o que queria dizer que todas as criaturas tinham algum direito a ficar do lado de dentro também.

"Vamos", ela disse aos cães, destravando a porta que dava para o jardim. "Vão caçar uma lebre e me deixem em paz."

Todos os seis correram para fora. Ela respirou fundo, esperando ter absorvido o suficiente do campo para durar o dia inteiro. Manteve a mão na porta para que se fechasse silenciosamente. Mancou até outra porta, no lado oposto da varanda, e entrou na cozinha. Poderia ter sido sua própria cabana, dado que tinha o dobro do tamanho até da maior choupana em que as pessoas viviam no Vazio. Ainda assim, ela se sentia apertada ali, como se algo invisível a estivesse comprimindo por todos os lados.

"Respira, criança", disse em voz alta e arrastou a perna machucada até o balcão que ficava embaixo de uma fileira de janelas voltadas para o leste com vista para o celeiro.

Pegou duas tigelas e a saca de farinha guardada nos armários debaixo do balcão. Tirou um jarro de água e uma peneira do armário à esquerda do balcão. Uma vez combinados, ela começou a sovar os ingredientes em uma massa para pãezinhos: uma coisa pesada que, com calor, tempo e os nós dos dedos machucados, transformava-se em mais uma refeição que fracassava em satisfazer o apetite dos Halifax.

Ela se moveu até a frente da cozinha para pegar algumas achas de lenha para esquentar o fogão. Havia uma pilha delas embaixo de outra janela. Durante o dia, aquela janela a deixava ver além do salgueiro na frente da casa, abaixo do longo caminho que levava à cerca da frente e cruzava com a empoeirada estrada para a praça central de Vicksburg.

Ela tinha visto a praça apenas uma vez, quando fora arrastada da Geórgia e transportada à força para o Mississippi. Seu antigo mestre a colocou em uma carroça, acorrentou seus pés e a pôs

35

sentada junto com outras pessoas amedrontadas. A viagem levou semanas. Depois de passarem por toras de árvores cortadas, a estrada chegou a um grande número de construções, do tipo que ela nunca tinha visto. Fizeram com que ela marchasse da carroça até um tipo de plataforma, onde ela ficou de pé frente a uma grande multidão. Um toubab, imundo e fedendo a cerveja, estava ao lado dela e gritava números. As pessoas na audiência olhavam para ela, ninguém levantava a mão para tê-la — ninguém exceto Paul, que ela escutou dizer ao seu jovem encarregado que ela seria uma boa criada de cozinha e companhia para Ruth.

Pegou dois pedaços de lenha e dirigiu-se ao fogão, que ficava perto de uma das portas. A cozinha tinha duas portas. A mais perto do fogão ficava virada para o oeste e levava à varanda coberta onde ela dormia. A outra, virada para o sul, levava à sala de jantar, além da qual ficava o vestíbulo, a sala de estar e a sala de visitas onde Ruth entretinha quando tinha vontade. Uma das janelas da sala de visitas ficava voltada para os campos de algodão. Ruth costumava sentar-se e olhar fixamente através dela por horas. Em seu rosto, um sorriso tão delicado que Maggie não sabia ao certo se era mesmo um sorriso.

No fundo da casa ficava o escritório de Paul, que continha mais livros do que Maggie jamais vira em um lugar. Vislumbres da sala apenas intensificavam seu desejo de poder abrir um daqueles livros e recitar as palavras, quaisquer palavras, contanto que ela mesma conseguisse dizê-las.

No segundo andar, quatro quartos grandes ancoravam cada canto da casa. Paul e Ruth dormiam nos dois quartos voltados para o leste, unidos por uma sacada de onde eles inspecionavam a maior parte da propriedade. Nos fundos da casa, Timothy, o único filho sobrevivente do casal, dormia no quarto virado para o noroeste quando ele não estava na escola no Norte. Ruth insistiu que seus lençóis fossem lavados toda semana e que sua cama fosse arrumada todas as noites apesar da ausência dele. O último quarto era para hóspedes.

As pessoas mais perceptivas chamavam a plantação Halifax por seu nome correto: Vazio. E não havia como escapar. Cercada por uma selva densa e abundante — bordo vermelho, pau-ferro, halésia e pinheiro tão distantes, altos e emaranhados quanto a mente pode imaginar — e águas traiçoeiras em que dentes, pacientes e eternos, espreitavam no fundo para se afundarem na carne, era o lugar perfeito para acumular pessoas cativas.

O Mississippi só sabia como ser quente e grudento. Maggie suava tão profusamente que o lenço ao redor de sua cabeça estava encharcado à altura em que começava a juntar os utensílios de cozinha. Ela teria de trocá-lo antes que os Halifax se levantassem para comer. Sua aparência asseada era importante para eles, essas pessoas que sequer lavavam as mãos antes de comer e que não se limpavam depois de sair da latrina.

Com as mãos empoadas, Maggie esfregou seus quadris, contente com o fato de que seu físico — não só suas curvas em particular, mas ainda o fato de que nunca se queimava nem ficava vermelha sob o sol radiante — a separava de seus captores. Ela se amava quando podia. Não se arrependia de nada a não ser a perna que mancava (não a perna em si, mas o modo como veio a ficar manca). Contudo, o mundo tentou fazer com que ela se sentisse de outra maneira. Ele tentara torná-la amarga consigo mesma. Tentara voltar seus próprios pensamentos contra si. Tentara fazer com que ela olhasse seu reflexo e julgasse o que via como repulsivo. Ela não fazia nenhuma dessas coisas. Em vez disso, gostava de sua pele diante dessas crueldades. Porque ela era do tipo de preto que fazia os homens toubab babarem e seus próprios homens recuarem. Em seu conhecimento, ela brilhava no escuro.

Quando sentia sua forma, isso evocava nela outra qualidade

ilegal: confiança. Nada disso era visível a olho nu. Era uma rebeldia silenciosa, mas era a própria privacidade do ato que ela mais gostava. Porque havia muito pouco disso aqui — privacidade, alegria, faça a sua escolha. Só havia os quatro cantos maçantes da cozinha, onde a tristeza se pendurava como ganchos e a raiva saltava de qualquer abertura. Vinha dos espaços entre tábuas do chão, das fendas entre batentes e portas, da linha entre lábios.

Jogou a lenha na fornalha, depois pegou uma assadeira do armário logo acima. Voltou ao balcão e tirou a massa da tigela. Afetuosamente, moldou-a. Adequadamente, colocou os formatos espaçados na assadeira. Depois dentro do forno. Mas isso não significava que ela podia descansar. Sempre havia muito mais a ser feito quando se servia pessoas de invenção. Inventores apenas para inventar: por tédio, unicamente para ter algo com que se maravilhar, mesmo quando fosse imerecido.

A criatividade deles a intrigava. Uma vez, Paul a chamou em seu quarto. Quando ela chegou, ele estava em pé perto da janela, suas feições apagadas pelo sol.

"Venha aqui", ele disse, sua calma contaminada com veneno.

Pediu-lhe que segurasse seu membro enquanto ele urinava em um penico. Ela se achou sortuda ao considerar as outras possibilidades. E, quando ele lhe ordenou que direcionasse a ponta para o peito dela, ela saiu do quarto respingada de amarelo e atraindo moscas. Sentiu-se agradecida, mas ainda assim: que confuso.

Ela tentou se lembrar de algo que Cora Ma'Dear — sua avó da Geórgia que ensinou a Maggie quem ela era — lhe disse. Ela era apenas uma menina na época, e seu tempo junto à avó tinha sido muito breve. Mas algumas coisas gravadas na memória não podem ser apagadas — pode-se fazê-las ficarem turvas talvez, mas não desaparecerem. Ela tentou se lembrar da palavra antiga do outro mar que Cora Ma'Dear usava para descrever os toubabs. Oyibo! Era isso. Não havia equivalente em inglês. O mais próximo era "acidente". Então era simples: essas pessoas eram um acidente.

Maggie não se importava muito com a brutalidade deles, contudo, porque era o que aprendera a esperar deles. As pessoas raramente se desviavam de sua natureza, e embora lhe doesse admitir isso, ela encontrava um tiquinho de conforto na familiaridade. A bondade deles, entretanto, a deixava em pânico. Porque, como qualquer armadilha, era imprevisível. Ela a rejeitava e arriscava arcar com as consequências. Então, pelo menos, a retaliação tomava uma forma reconhecível e ela não passava por tola.

Quando chegou ao Vazio, anos antes, foi recebida com tanta amabilidade por Ruth, que parecia ter a mesma idade que ela. As duas ainda meninas apesar do sangue que havia acabado de descer.

"Você pode parar de chorar agora", Ruth lhe disse, olhos alegres e lábios finos puxados num sorriso, revelando os dentes tortos.

Ela impeliu-a para dentro da maior casa que Maggie já tinha visto. Ruth levou Maggie até mesmo para o seu quarto no segundo andar, onde tirou um vestido de uma cômoda. Maggie teve a coragem de adorá-lo. Foi seduzida pela estampa de botões de rosa cor de laranja tão pequeninos que podiam ser confundidos com pontos. Ela nunca tivera algo tão bonito. Quem não estremeceria? Ruth estava grávida na época — um dos que não sobreviveu — e usou o novo formato do seu corpo como justificativa para dar algo tão fino.

"Disseram que o bebê vai nascer no inverno. Que coisa terrível ter um filho no inverno. Não acha?"

Maggie não respondeu porque qualquer resposta a amaldiçoaria.

"Bem, vamos ter que nos certificar de que a morte por pneumonia não vai chegar aqui, não é?", Ruth disse para preencher o silêncio.

Agora era seguro responder. Maggie assentiu.

"Oh, você vai ficar tão bonita nesse vestido! Você é tão brilhante. Sempre achei que branco ficava melhor nos pretos do que nas pessoas."

Maggie era jovem na época e não poderia saber o preço. Como era perigoso ser tão receptiva. O vestido poderia ser pedido de volta a qualquer momento, acompanhado de uma acusação. E, de fato, quando disseram que Maggie o roubara, depois de Ruth ter sido nada além de boa com ela, Maggie não negou porque de que adiantaria? Ela tomou sua sova como uma mulher do dobro de sua idade com metade das testemunhas.

Oh, Ruth chorou sua convicção, imaginando que isso faria com que sua sinceridade fosse indisputável. As lágrimas pareciam reais. Também falou alguma bobagem sobre um laço de irmãs, mas nunca perguntou a Maggie se aquele era um acordo que ela desejava. Assumia-se que o que quer que Ruth mijasse, Maggie queria colocar as mãos em concha embaixo para beber. Então Ruth chorou e Maggie aprendeu bem ali naquela hora que as lágrimas de uma mulher toubab eram a mais potente das poções; elas podiam desgastar pedras e deixar pessoas de todas as cores desajeitadas, tontas, inconscientes, suaves. De que, pois, adiantava perguntar: *Então por que você não disse a verdade?*

O inverno chegou e Ruth deu à luz uma menina chamada Adeline. Ela trouxe a criança — pálida e descontente — à cozinha e disse a Maggie: "Aqui. Vou te ajudar a desatar o vestido".

Maggie tinha visto outras mulheres se submeterem a isso e temera que esse dia chegasse para ela. Apenas com muito controle conseguiria agir como uma vaca para essa criança. Ela tinha olhos opacos e a cor dos cílios era tão próxima da cor da pele que era como se ela nem os tivesse. Maggie detestava a sensação dos lábios explorando seu seio. Ela se forçou a sorrir apenas para evitar esmagar aquele corpo frágil no chão. Que tipo de pessoa sequer alimenta os próprios bebês? Nega à prole a bênção do próprio leite? Até os animais sabiam o que é certo.

Dali em diante, todas as crianças perturbavam Maggie, inclusive as suas. Ela julgava severamente todas as pessoas que tinham a audácia de dar à luz: homens que tinham o desplante de deixar dentro; mulheres que nem mesmo tentavam, por bem ou por mal, acabar com isso. Ela encarava todas com muita desconfiança. Dar à luz no Vazio era um ato de crueldade deliberada, e ela não conseguia se perdoar por ter realizado isso em três de seis ocasiões. E vai saber onde o primeiro ou o segundo estavam agora. Vê? Crueldade.

Os pirralhos, como ela as chamava, sequer tinham o cuidado de saber o que eram, e muitos dos adultos também não sabiam, mas aí era de propósito: a ignorância não era uma bênção, mas a degradação podia ser mais tolerada se você fingisse que a merecia. Os jovens corriam pela plantação, dentro e fora dos estábulos, escondendo-se nos campos de algodão, ocupados como moscas de estrume. Suas cabeças velozes e cheias de nós não tinham consciência do inferno particular feito sob medida para cada um deles. Eles eram tolos, indefesos e detestáveis, mas qualquer aversão que Maggie sentisse por eles era mitigada pelo que ela sabia que um dia eles enfrentariam.

As crianças toubab, entretanto, seriam aquilo que seus pais fizessem delas. Ela não podia fazer nada para intervir. Não importava quais truques gentis ela empregasse, eles se tornariam as mesmas criaturas lúgubres e cobiçosas que estavam destinadas a ser, uma praga que seu deus sem senso de humor encorajava.

Por eles, Maggie só conseguia sentir pena, e a pena só servia para aumentar a sua repulsa.

Ocorreu-lhe desde cedo que poderia esfregar pétalas de beladona em seus mamilos um pouco antes de ser forçada a amamentar. O roxo ficava disfarçado em sua pele. Funcionou. Adeline morreu por razões que pareciam inexplicáveis. Ela espumou pela boca. Mas isso não levantou nenhuma suspeita porque Ruth já havia sofrido um aborto espontâneo e, antes ainda, havia dado à luz um natimorto.

O quarto filho, Timothy, no entanto, tinha uma vontade de viver quase tão forte quanto a de Maggie. Crescido agora. Bonito, mesmo sendo um *deles*. Mais bondoso do que ela imaginava que poderia ser, considerando o que ele era. *O que ele está fazendo agora?*, ela se perguntou. Pintando, provavelmente. Ele tinha talento para essas coisas. Ruth fizera Maggie esfregar a casa, na expectativa de seu retorno, que ainda levaria semanas. Esfregada ou não, tudo parecia igual para Maggie e era provável que também parecesse igual para Timothy.

Ela não poupava os adultos. Sabia que suas tentativas seriam débeis, esconjuros insignificantes que eram mais perigosos para ela do que para seus alvos. Mas um poder minúsculo ainda era poder. Portanto, quando podia, quando não estava sob vigilância — algo raro, mas não impossível —, depois que ela acreditasse ter conquistado uma fração da confiança deles, ela procurava toda a sorte de coisas para adicionar a suas receitas. Devagar, pacientemente, algumas gotas de veneno de cobra no chá doce. Um pouquinho de poeira de vidro polido no mingau de canjica. Nunca fezes ou urina porque era pessoal demais. Nem mesmo um cabelo da sua cabeça, motivo pelo qual o turbante era tão importante. Ela não daria a eles o prazer, o privilégio de terem qualquer parte do seu corpo entregue por livre e espontânea vontade. E, além disso, era simplesmente insultante; só daria a eles um domínio ainda maior sobre ela. Como qualquer boa magia, ela a finalizava com um cantarolar suave que os ouvintes muitas vezes confundiam com uma ode a um trapaceiro distante no céu. No mínimo, se ela não pudesse matá-los, ela podia fazer com que sentissem desconforto. Barrigas irritadas e as raras fezes com sangue eram resultados agradáveis, reconfortantes.

Mas ela se lembrou que não devia levantar suspeitas. Não colocou nada nos pãezinhos dessa vez. Recentemente, recebera um aviso em seus sonhos. Normalmente, ela sonhava apenas com a escuridão. Sono dos mortos, era como chamavam isso, e ela havia sofrido nas mãos de Paul por esse motivo mais de uma vez. Então, quando a sua mãe apareceu para ela sussurrando, vestida de branco com um véu sobre o rosto, Maggie reconheceu todos os sinais de perigo e soube que teria de ser especialmente cautelosa. Por ora, só pão.

Os cães estavam de volta, fazendo rebuliço e choramingando na porta dos fundos, estimulados pelo cheiro da carne de porco que ela começou a fritar na panela. Ela foi para a varanda dos fundos, na manhã escura. O céu começava a ficar pálido nas bordas, mas não se via o sol em lugar algum. Ela beijou o ar bem alto na esperança de chamar a atenção dos cães, fazer o bando se calar. Por um momento, eles se aquietaram. Depois começaram de novo. Ela desceu até o campo e pegou um graveto. Agitou-o para eles e então o arremessou tão longe quanto pôde no meio do mato. Eles foram atrás.

"Graças a Deus", ela disse.

Contemplou a escuridão, na mesma direção em que os cães correram. O que quer que estivesse naqueles bosques, e além deles, com certeza era melhor do que aqui, ela pensou, certamente não podia ser pior. Quando era mais jovem, ela se permitiu pensar sobre o que haveria atrás do aglomerado de árvores. Outro rio, com certeza. Talvez uma cidadezinha com pessoas que quase se parecessem com ela. Talvez um buraco enorme onde vivessem criaturas. Ou uma vala comum onde as pessoas que não eram mais úteis fossem jogadas.

Ou talvez os toubabs estivessem certos e não houvesse absolutamente nada além dos bosques a não ser a borda do mundo e aqueles que se aventurassem até lá estivessem fadados a ser engolidos pela inexistência. Contudo, a inexistência parecia ser uma escolha tão boa quanto qualquer outra. Ela fitou e fitou, mas não se moveu. Não admitia isso, nem mesmo para si própria, mas ela estava quebrada. Seus anos em Vazio tiveram êxito em deixá-la oca, como o nome prometia. De amiga a boneca de pano a gado para cozinhar, e nada disso teve a sua permissão. Isso não romperia qualquer um? Então, sim, ela estava quebrada. Mas não estava destruída. Ela podia continuar a repassar sua infelicidade de volta à fonte. Talvez isso pudesse ser um remendo.

Essie, que ajudava Maggie na casa às vezes, estaria acordada agora. Sem dúvida cuidando do seu fardo choroso, o que quase a matou quando veio ao mundo.

"Mag, não sei o que fazer. Ele olhou pra mim com aquele olhar vazio e me deu tanto medo", Essie lhe disse uma vez. Maggie olhou para ela: o cabelo de Essie estava desgrenhado, seu vestido, rasgado, o rosto acinzentado pelos rastros das lágrimas. Ela só tinha visto Essie assim antes uma vez. Nas duas vezes, ela ficou incomodada.

"Mulher, não tem o que fazer agora. O que aconteceu, aconteceu. Aquele bebê é seu. Se os olhos te dão tanto medo, fecha os seus. Ou entrega ele pra tia Be, que ama aquela cor mais do que a dela", Maggie respondeu com mais aspereza do que pretendia. Ela parou e esfregou o ombro de Essie.

"Talvez", Maggie disse com suavidade, "talvez eu consiga passar de vez em quando pra ajudar." Ela forçou um sorriso. "E a gente pode pedir pro Amos dar um apoio; não quero saber o que ele vai dizer — ainda mais agora que vocês já pularam a vassoura."*

Maggie não ligava mesmo para o que Amos dizia sobre quase tudo. Lembrou-se de quando, um tempo atrás, ele entrou no escritório com Paul Halifax e emergiu transformado em algo irreconhecível, mais belo para alguns, mas, para Maggie, cada lampejo em seu olhar e cada clique de sua língua eram engodo. Ainda assim, ele era tão orgulhoso. As pessoas gostavam de orgulho. Confundiam-no com propósito.

"Bom dia", Amos dizia com um sorriso sério demais para ser honesto. Maggie acenava com a cabeça em resposta quando passava por ele, e então estreitava os olhos assim que estava fora de vista. Conseguia, contudo, entender o que Essie viu nele quando Paul o enviou para ela. Era bom ser convidada em vez de levada, ser abraçada em vez de aprisionada. No entanto, uma cobra ainda era uma cobra e sua picada doía, fosse venenosa ou não.

Às vezes, quando Maggie observava Amos de perto — o jeito balançado de andar, a curva arrebatada do nariz, o modo como seu animalzinho montava em suas costas —, ela ria. Sabia o que ele estava tentando fazer, quem ele tentava imitar e também sabia por quê. Ela não sentia desdém por ele, mas também nenhum afeto. Ele tinha um rosto gentil, embora pesaroso; a última característica o ligava ao povo deles e a este lugar. Ele era tão negro quanto o solo virgem mesmo que suas lealdades parecessem estar em outro lugar, onde o potencial para que tudo saísse pela culatra era iminente.

Maggie balançou a cabeça e colocou as mãos nos quadris.

"Pura besteira", disse para ninguém.

---

* Cerimônia de casamento afro-estadunidense. Ainda que haja variações, a cerimônia consiste, basicamente, em colocar uma vassoura no chão para que os noivos pulem juntos sobre ela. (N. T.)

Virou-se para voltar à cozinha e viu que o céu tinha começado a ficar um pouco mais claro e ela conseguia discernir o formato do celeiro em meio às sombras. Era lá que Samuel e Isaiah passavam a maior parte de seu tempo trabalhando, cuidando dos animais, respirando, dormindo e outras coisas. Pobres garotos: Aqueles Dois. Eles aprenderam, e aprenderam cedo, que um chicote só era tão abominável quanto a pessoa que o empunhava. Às vezes, eles dificultavam ainda mais as coisas para si mesmos por serem tão teimosos. Mas a teimosia nunca fora tão encantadora.

Ela não se afeiçoou a eles de cara. Como todas as crianças, um era indistinguível do outro. Eles se mesclavam numa massa de corpos ignorantes e dignos de pena, e riam de um jeito estridente, sem reservas, o que fazia com que fossem tentadores demais para serem ignorados. Não havia uma folha de grama que não se curvasse à tristeza deste lugar, mas esses pequeninos agiam como se ela pudesse ser desafiada abertamente. Mas à época em que pelos começaram a brotar ao redor de seus sexos, Aqueles Dois descobriram (talvez fosse mais uma revelação do que uma descoberta) um jeito engenhoso de se separarem dos demais: sendo eles mesmos. E a cisão expôs um sentimento nela havia muito escondido.

Mesmo agora, ela não conseguia explicar, mas seus seios se tornavam ternos perto deles, como deveriam ser, mas não eram, quando ela era forçada a ser a égua de Vazio. Junto com a ternura nos seios vinha uma ternura no coração. Não era só porque eles a ajudavam, porque ela nunca tinha de levantar um balde de água do poço ou um pedaço de lenha para o fogão ou uma pedra para bater a roupa quando eles estavam por perto. Não era apenas por eles nunca terem pedido nada a ela, nem mesmo sua aprovação. Pode até ser que aquele sentimento não tivesse nada a ver com eles, mas antes com algo que a ajudaram a lembrar.

Ela viu algo uma vez. Assim que a lua havia subido tão alto quanto subiria, ela se esgueirou uma noite para levar-lhes a comida que tinha escondido naquela manhã: uma tira de codorna frita, metade de um ovo, algumas fatias de maçã que ela tinha amassado para fazer um molho, sem veneno. Moveu-se silenciosamente da casa até o celeiro. Seguiu pela parte de trás do celeiro e pretendia entrar por uma porta lateral, mas estava trancada. Escutou barulhos e pressionou o ouvido contra a parede. Um gemido, talvez; um arquejo; o mais longo suspiro. Então ela espiou por uma rachadura nas tábuas da parede. Só podia vê-los porque a luz da lua entrava pelas partes do telhado onde as tábuas precisavam de reparo. Figuras indistintas. De longe, pareciam estar lutando.

Estava certa de que vira Samuel morder o ombro de Isaiah numa tentativa de livrar-se de seu domínio. Eles caíram no monte de feno, esmagando selas que estavam fora de lugar e afugentando grilos erráticos pelo ar. Estavam nus, suados, enlaçados como minhocas e grunhindo como porcos. Quando afinal pararam, seus rostos estavam colados um ao outro, presos, aparentemente, por suas línguas trêmulas. Então um deles se virou de bruços. Ela se apressou de volta à casa-grande.

Para aplacar alguma outra dor, com certeza. Com certeza.

Mas o que era aquilo girando na cabeça dela e por que ela tinha começado a suar tanto? Do que ela estava se lembrando?

Sua jornada ao celeiro se transformou em uma rotina noturna. Em silêncio, espiava lá dentro, oferecendo sua alma por uma lasquinha de luar. Ela os observava por baixo de escadas, por trás de pilhas de feno ou pelas paredes das baias dos cavalos. Não desejava interromper nem mesmo discutir o que via; ser testemunha apenas já era um tesouro. Porque eles eram tão travessos e brincalhões como corvos, e a proximidade dela a fazia sentir como se estivesse no céu escuro, suspensa sobre a superfície das asas deles. Oh, tão negro. Oh, tão alto. Lá em cima, onde era seguro e brilhante.

Mas, aqui embaixo, era melhor eles serem cautelosos.

Ela tinha tentado encontrar uma palavra para definir o que vira. Não conseguiu pensar em nenhuma; pelo menos não havia uma palavra extraordinária o bastante, sobretudo na língua que ela falava agora.

Por que eles não têm medo? Maggie se pegou perguntando parada em pé na cozinha, ainda fitando o celeiro pelas janelas ao norte. Esfregou o rosto. Do canto do olho, viu algo aparecer piscando, brilhar e depois desaparecer assim que havia chegado. Era a ponta de algo preto. Em seguida, algo rodopiou. Com isso, veio o fedor. Ela conseguia ver apenas o contorno, mas podia ser alguém em chamas. Quando ela pegou uma jarra com água, já tinha sumido. Uma mancha de sangue seco no chão bem onde o fantasma tinha estado era a única evidência de que ela não estava imaginando coisas.

As batidas dentro do seu peito abrandaram, e ela coçou a própria bochecha para segurar o choro. Tinha sido uma memória ou uma profecia? Ela não sabia. Às vezes, não havia diferença. Ela se controlou mesmo assim e colocou as coisas passadas e futuras tão longe quanto elas lhe permitiam — como se isso importasse. Visões tinham as chaves da jaula e saíam quando bem entendiam. Era necessário viver com essa condição. Não havia outro jeito.

A jaula era destrancada quando pensava n'Aqueles Dois. E não a surpreendia, portanto, que eles tivessem escolhido um ao outro em detrimento das outras opções mais disponíveis. Era normal que eles quase não prestassem atenção em mulheres, nem mesmo quando forçados. Nem mesmo em julho, quando as mulheres toubab esperam os homens toubab beberem até ficarem inconscientes. Essas mulheres — que repetiam para lá e para cá o que significava ser uma dama (um termo que Maggie achava tolo) — se deitavam no chão do celeiro, puxavam o vestido até a altura dos seios, abriam as pernas de um lado a outro e se contorciam para os homens que elas desprezavam publicamente.

Isaiah e Samuel também não se abalavam em janeiro, quando as pessoas às vezes se aninhavam umas às outras para se aquecerem. Perto assim de uma mulher — cuja pele e cabelos eram escuros, de prontidão, cuja respiração confortava e agitava, cujo perfume das partes de baixo ameaçava fazer com que o interior de um homem se estilhaçasse de desejo — e nenhum d'Aqueles Dois movia sequer um dedinho. Não, aqueles meninos arriscavam mais do que era necessário procurando no rosto um do outro, repetidas vezes, aquilo que fazia rios correrem em direção ao mar. Sempre um sorrindo e sempre o outro com uma boca zangada e entreaberta. Imprudentes.

Ela olhou de novo pela janela para o celeiro e viu o sol despontar por entre as árvores a leste. A carne de porco estava quase pronta. Pegou um prato, o enxugou com a barra do vestido e foi até a mesa de jantar.

Ela havia posto a mesa com incomensurável ressentimento. Toalha branca de linho, afiada nos cantos, argolas de guardanapo estrangulando, talheres com seu próprio tipo de letalidade. Todas as coisas vivas abafadas, até as flores silvestres no centro da mesa. A luz fraca da vela lançava uma sombra acobreada, fazendo tudo, até Maggie, parecer apropriadamente solene.

Ela tinha de arrumar a mesa do mesmo jeito todo dia: Paul sempre na cabeceira; Ruth sempre à sua direita; Timothy, quando estava em casa, sempre à sua esquerda, e mais três lugares para ocasionais convidados. Ela ficava por perto depois de colocar a mesa e ouvia a família agradecer, em uníssono, ao homem de cabelos longos cujo olhar estava sempre voltado para o céu — provavelmente porque não suportava ver o caos criado em seu nome. Ou talvez apenas não se importasse o suficiente para olhar. Maggie só sabia sobre esse homem porque deixou que Essie a convencesse a ir a um dos sermões de Amos num domingo.

Eles se reuniam no bosque, no círculo de árvores no canto sudeste do campo de algodão. O homem cujo nome ela não podia falar por um motivo estava lá com alguns de seus subordinados desmazelados e ela quis dar meia-volta quando o viu. Mas Essie implorou para que ficasse. Ela parecia tão orgulhosa — e algo além de orgulhosa, mas Maggie não sabia dizer o que era.

Amos ficou de pé sobre uma grande pedra que não havia sido gasta nem pelo tempo nem pela água. Mas era exatamente esse o cheiro que a clareira tinha para ela: umidade e coisas que se escondiam sob pedras — ou, nesse caso, ficavam em pé sobre elas. No dia, havia mais ou menos trinta pessoas no grupo, sentadas em troncos ou no chão. Isso foi antes de as pessoas começarem a acreditar em Amos. Ele abriu a boca e ela fez um muxoxo. Ele não estava fazendo nada além de repetir fragmentos que ela ouvira Paul dizer à mesa de jantar. Ela sabia por experiência própria que nada de bom podia vir de gente que passava tanto tempo a sós com o toubab.

Ela achou tudo muito enfadonho. Apesar disso, Amos falava bem. Mais como se estivesse cantando que qualquer outra coisa. A pedra o colocava sob uma nova luz. Os raios de sol passavam por entre as folhas, dando à sua pele negra um matiz dourado, banhando-o também com o tipo de sombras irregulares que deixavam os homens misteriosos, que era outra maneira de dizer forte. E Essie parecia tão satisfeita. Foi o que fez Maggie prometer a Essie que voltaria e se sentaria com ela no mesmo lugar sombreado que Essie havia reservado só para as duas. Até que não pudesse mais ser assim.

Até o dia que as palavras de Amos tomaram um rumo diferente, falando de coisas que fizeram Essie olhar para baixo e

Maggie inclinar-se para trás. Maggie imediatamente detectou a maldade nelas — direcionadas Àqueles Dois, de todas as pessoas! — e olhou feio para Amos quando queria era fazer muito mais.

Ahã, pensou, *aí vai!*

"É uma coisa antiga", ela disse a Amos. Mas ele não ouviu. Ela não esperou para escutar mais uma palavra sair da boca de Amos. Desenlaçou seu braço do de Essie, levantou-se e marchou de volta à casa-grande, alta com os lábios retorcidos, sombras recaindo em suas costas e luz tremulando em seu peito. Só olhou para trás uma vez e foi para deixar que Essie visse seu rosto, para que soubesse que não era por causa dela.

Ela parou de pôr a mesa por um momento e se virou para olhar o celeiro pela janela.

"Hmm", disse alto.

Maggie suspeitava que Essie sabia sobre Aqueles Dois e nunca disse uma palavra. Mas isso era bom, porque algumas coisas nunca deveriam ser mencionadas, não tinham de ser, nem mesmo entre amigos. Havia muitas maneiras de se esconder e se salvar da desgraça, e manter segredos delicados era uma delas. Parecia a Maggie um ato suicida deixar uma coisa tão preciosa às claras. Talvez porque ela não conseguia imaginar algo — nem uma única coisa — pelo qual valesse a pena expor a si mesma. O que quer que ela pudesse ter amado lhe foi tirado antes mesmo de chegar. Isto é, até o dia em que ela se esgueirou e viu aqueles garotos, que tinham a decência de trazer consigo um sentimento que não a fazia querer gritar.

Voltou para a cozinha, pegou um trapo e tirou os pãezinhos do forno. Eles douraram à perfeição. Ela os deslizou para uma tigela forrada com um guardanapo de linho e colocou a tigela na mesa. Segurou dois pãezinhos na mão e os apertou até as migalhas escaparem por entre seus dedos.

Olhou ao redor do cômodo e depois de novo para a mesa. Perguntou-se se teria a força para virá-la porque a raiva ela já sabia que tinha. Colocou a mão num dos cantos e deu um pequeno puxão.

"Pesado", resmungou para si mesma.

Escutou o som de passos descendo as escadas. Sabia que era Paul porque cada passo era calculado. Ele entraria na cozinha e se sentaria à cabeceira da mesa e a observaria, como se o infortúnio dela lhe trouxesse alegria. Ele podia até ter a audácia de tocá-la ou de enfiar a língua onde não deveria. Ela queria conhecer um feitiço que pudesse cortar a garganta dele, mas infelizmente isso exigiria que ela usasse as mãos e ela não tinha certeza de que podia derrubá-lo.

"Merda."

Essie

Embora deusas fizessem mais sentido, ela concordou em ajoelhar-se para o deus de segunda mão de Amos — especialmente se isso significasse mais rações e uma parede entre ela e numerosos sofrimentos.

Talvez não fosse bem uma parede. Mais uma cerca, uma cerca de madeira, não muito diferente daquela do celeiro, despontando da terra, feita para manter animais do lado de dentro e pessoas do lado de fora. Uma cerca e não uma parede porque, por mais que a raiva infantil fosse astuta, não tinha pernas para escalar algo tão alto. Mas conseguia escapar pelos espaços entre as tábuas. Considerava-se inocente assim. E, às vezes, era isso o que os toubabs evocavam a Essie: crianças com chiliques eternos, rasgando e urrando insaciavelmente; batendo os pés pelos campos com energia ilimitada; achando tudo curioso e engraçado; exigindo a teta da mãe; por fim, caindo no sono apenas se fossem gentilmente ninadas.

Eles eram jovens demais, naquela época, para entender acordos, que dirá para honrá-los. Assiná-los deve ter sido prática de caligrafia ou floreios. Ainda assim, era a única garantia que as pessoas tinham. Portanto, ela se ajoelhou; com o bebê pálido aconchegado a sua cintura, ela se ajoelhou. Voluptuosa de uma maneira que seu vestido surrado, pele empoeirada e tranças desfeitas nunca deveriam permitir que ela parecesse. A estratégia que lhe contaram era uma mentira. Os homens toubab não eram, de fato, desencorajados por uma mulher desmazelada. Paul Halifax simplesmente olhava além da superfície, via além dos dedos machucados e ensanguentados que colhiam a respeitável quantia de cento e cinquenta libras de algodão todos os dias exceto domingos. Para ele, as coxas grossas de Essie e seus pulsos delicados eram um tipo de moeda. Ela soube então que eles compravam tudo menos misericórdia.

"Isso nunca mais vai acontecer de novo. Prometo", Amos disse sete dias depois de desapontá-la.

Mais tarde, bem mais tarde, ela mostrou ao marido, com quem pulara a vassoura, seu compromisso sujando seus joelhos de lama ao lado dos dele. Entretanto, ela permanecia cética. Ceticismo era a única coisa que ela podia realmente reivindicar como sua. Ela o levou consigo ao celeiro quando Amos a enviou até lá com uma mensagem.

"Isso não é torta, é paz", disse à guisa de saudação a Isaiah enquanto equilibrava o doce de frutas em uma mão — a torta estava coberta por um pedaço de pano tão branco que brilhava. Na outra mão, segurava o bebê pálido que ela chamou de Solomon por seus próprios bons motivos. Levava a apreensão no topo da cabeça, equilibrando-a como era feito nos velhos tempos.

Solomon era agitado. Ameaçava pôr tudo para fora ao puxar seu vestido, bem onde ficava úmido por causa do leite. Ela odiava que ele tivesse aquele tipo de poder sobre o seu corpo, seus gritos como um feitiço que fazia os seios dela responderem vazando gotas de seu eu-soro para alimentá-lo. Ela quase o derrubou, mas Isaiah o segurou por baixo e o tirou das mãos frouxas de Essie. Solomon olhou para Isaiah com olhos grandes e sem vida, azuis como um passarinho, posicionados nas bordas de um rosto que parecia quase sem pele. E ainda assim, na ondulação natural dos cachos cor de sol do bebê, Isaiah encontrou algo familiar o bastante.

"Tá com fome, né?", Isaiah disse ao bebê que se acalmava, que tocou o nariz dele enquanto o olhava, fascinado, antes de escorregar a mãozinha até os lábios de Isaiah e apertar o lábio inferior. "A gente vai comer juntos então, acho." Isaiah olhou para Essie. "Como você tá?"

"Aqui nesse corpo. Sabe como é", ela disse, franzindo a testa antes de deixar os cantos da boca curvarem-se aos poucos num sorriso.

"Com certeza", Isaiah disse, olhando para ela e de volta para Solomon, cujo nariz ele esfregou no seu.

"Com quantos anos ele tá agora?"

"Quase dois."

"E ainda não tá andando?"

Ela deu de ombros.

"Quer entrar? Sentar um pouco?"

"Por gentileza", Essie disse enquanto o seguia dentro do celeiro.

Ela sempre ficava surpresa de ver como Isaiah era limpo, considerando que ele ficava tão perto dos animais. Ele cheirava a zimbro no auge de maio, reluzindo na completa escuridão. Ela estava lá na primeira vez que Samuel trouxe água para ele. Ela mesma muito jovem, mas sabia reconhecer brilho quando o via; era quase como se a água tivesse se transformado em prata, apanhando toda luz à medida que era entornada, arco-íris em forma de gota, escorrendo das preocupações da boca de Isaiah enquanto ele tentava engolir mais do que conseguia. Não é uma pena — alguém desperdiçar cores como aquelas, não importa a idade? Ainda assim, sobre eles pairava algo não visto porque não era possível vê-lo, mas sua vibração podia ser sentida. Era por isso que suas mãos tremeram então e o porquê de suas mãos ainda tremerem sempre que esses dois estavam por perto.

Lá dentro, Samuel estava com os braços levantados. Suas costas estavam viradas para Essie, Isaiah e Solomon quando eles entraram. Essie não conseguia distinguir se ele estava prestando homenagem à criação, chamando a atenção com bestas degeneradas ou apenas se espreguiçando. Às vezes, o espaço dentro do corpo podia ser restrito e era necessário estender os braços e pernas para dar ao espírito mais espaço ou, talvez, uma abertura da qual sair voando. Ele não vestia camisa, então cada gota de suor era visível, correndo de cima para baixo. Sua carne não mostrava nenhuma marca *natural*, mas a umidade realçava as que foram deixadas ali por covardes. Ela odiava admitir para si mesma que via beleza no jeito como aquelas cicatrizes serpenteavam na vastidão das suas costas com curvas delicadas.

"Tem espaço pra torta?", ela disse para o traseiro de Samuel, que estava erguido como o céu.

Ele abaixou com força, mas se virou lentamente. Não havia sorriso largo em seu rosto, mas apareceu um de repente assim que ele olhou para Isaiah e este assentiu com a cabeça. Essie podia ver que era fabricado, mas de todo modo ela mostrou os dentes num sorriso largo em resposta; sequer tentou esconder o espaço do dente que faltava.

Conhecia Isaiah havia mais tempo do que Samuel. Apreciava sua natureza gentil e a maneira como — quando Paul os escondeu, pelo que pareceu dias, naquela choupana velha e podre que eles chamavam A Porra de Lugar — Isaiah segurou a mão dela primeiro. Ele tentou, desajeitadamente, colocar seu eu murcho dentro dela, que não o queria ali de jeito nenhum, mas eles fingiram mesmo assim que estavam balançando com tudo. *Doía mais quando alguém fazia você trepar com seu amigo*, ambos pensaram depois.

Paul deu a James a tarefa de vigiá-los e, às vezes, James colocava sua coisa para fora, deixando, para qualquer um ver, a poça que Isaiah falsificara. Depois, ao vestirem as roupas como se tivessem mesmo feito algo, ela e Isaiah compartilharam olhares apertados, risadinhas silenciosas, uma canção em que as harmonias deles se misturavam e ecoavam e a primeira panqueca com tudo dentro que ela havia feito, que eles devoraram sentados lado a lado. Mas ainda estava meio crua dentro, então a dor de barriga — e a necessidade de agachar-se entre as pedras e árvores também foram compartilhadas.

Amos não tinha a decência de Isaiah, mas isso não era algo particular contra ele, porque a maioria dos outros homens também não tinha. A maioria dos homens seguia seus impulsos sem considerar aonde eles poderiam levar, talvez a despeito de considerar aonde eles poderiam levar. Era difícil culpar um cocô por ter o cheiro que tem. Melhor aproveitar ao máximo e deixá-lo fertilizar o solo para que algo possa crescer. Nunca existia garantia, entretanto, de que haveria algo que valesse a pena colher.

De todos aqueles momentos não privados na sua umidade, sob o olhar fixo de James, Essie e Isaiah criaram uma amizade — era isso. Descontente, Paul chicoteou Isaiah três vezes e o mandou de volta aos berros para o celeiro. Não se passaram nem cinco minutos que Essie havia prendido o vestido no pescoço e Paul fez com que James enfileirasse um grupo de nove homens. Essie olhou para eles com tanta atenção quanto Paul. Ele pretendia dar a cada um deles uma vez em sucessão? Ela seria deixada tão entorpecida que, depois, a caminhada até sua choupana teria de ser feita com as pernas bem afastadas e agarrando a agonia na boca do estômago?

Paul a surpreendeu. Escolheu um: o que a olhou no rosto sem desviar o olhar ou dissecá-la, tentando imaginar o formato dos seios ou quais contornos podiam estar escondidos sob a roupa. Foi Amos quem foi instruído a dar um passo à frente e, quando o fez, pegou a mão de Essie e a esfregou contra sua bochecha.

Por meses, Essie ficou impressionada com Amos. Não sabia que podia sentir tanta ternura por um homem. Não sabia que a união de corpos podia ser algo interessante e não só penoso. Ela pensou que a excitação que abalava o seu corpo só era possível quando usava os próprios dedos. Quando Amos a abraçou forte depois de tudo, somando seus espasmos aos dela, ela se permitiu afrouxar em seus braços.

Mas aqueles meses não a colocaram no caminho que Paul imaginara. Em vez de mandar James organizar uma nova fila, o próprio Paul interferiu.

Verem-se forçados a fazer o próprio trabalho só fazia com que os toubabs fossem duas vezes mais violentos, fazia com que eles se sentissem instáveis e revelava que eles eram... comuns, que era um outro jeito de dizer que isso os matava. Portanto, eles queriam que todo o resto também morresse.

Essie se sentia assim agora: morta, mas, de algum jeito, andando — brincando, sorrindo, cozinhando, colhendo, batendo palmas, gritando, cantando e, à noite, deitando-se — exatamente como uma pessoa viva, de modo que todos eram enganados. Ou talvez ninguém fosse, porque os mortos se reconheciam pelo cheiro, se não pelo olhar. Ela se perguntava então o que Isaiah veria; se a razão pela qual eles não eram mais amigo-amigos não seria porque Amos ocupava todo o seu tempo e a mantinha presa na clareira, mas porque os vivos e os mortos nunca podiam se misturar sem que isso acarretasse um agouro grave.

"Trouxe paz", Essie disse a Samuel, levantando a torta enrolada num pedaço de pano.

Samuel fechou os olhos e sentiu o cheiro no ar.

"Tomara que não esteja crua no meio", Isaiah disse com uma risada, segurando Solomon perto do peito e embalando-o.

Essie estreitou os olhos e soltou um muxoxo antes de estender o braço e entregar a torta a Samuel.

Isaiah apontou. "Você pode sentar naquele banco se quiser. Quer o bebê de volta?"

Essie sinalizou sua indiferença abanando a mão no ar. Virou-se intencionalmente para o lado e se jogou no banco. Isaiah se sentou no chão na frente dela.

"Então, o que Amos quer?", Samuel disse enquanto olhava o bebê no colo de Isaiah.

Essie sorriu com malícia porque apreciava a forma como Samuel trazia à tona a verdade escondida. Alisou o vestido e girou o traseiro com firmeza no banco. "Paz, ele diz."

"E o que você diz?", Samuel devolveu, olhando-a fixo no rosto, mas sem um pingo de animosidade.

"Bom, vocês já sabem que vocês têm duas ideias diferentes de paz."

"Não é assim com todo mundo?", Samuel perguntou, olhando para Isaiah.

Isaiah continuou a embalar o bebê.

"Acho que sim", Essie disse. "A gente pode discutir isso enquanto come a torta. Não é o que a Mag sempre diz que os toubabs gostam de fazer — falar nas refeições em vez de comer?"

A vibração veio da risada compartilhada. Até o bebê arrulhou e deu risadinhas, que foi o que silenciou Essie de repente, tirou-a de seu centro e fez com que ela procurasse o falso abrigo da cerca mais uma vez.

"Torta", Isaiah disse em voz alta para si mesmo como se estivesse pensando sobre como a palavra soava. Sua rica voz trouxe Essie de volta com memórias.

"Qual tipo de torta você fez?", Isaiah perguntou enquanto mexia os braços de Solomon para fazê-lo sorrir.

"Sabe aquele arbusto perto do rio, perto do tronco curvado, dois passos pra trás, onde Sarah pegou aquela cobra preta e deu um baita susto na Puah?"

"Sim! Eu preciso de umas amoras pretas", Isaiah disse.

"Dessas e de umas vermelhas lá do bosque. Engraçado como elas são azedas separadas e doces juntas." Essie olhou ao redor. "Você tem alguma coisa pra cortar?", ela perguntou, e Samuel andou até a parede do celeiro para pegar uma das ferramentas que estavam penduradas.

"Eu sei que é melhor você ir até o poço e lavar ela primeiro", Isaiah disse.

"Eu sei! O que você acha que eu sou?", Samuel replicou, marchando para fora do celeiro com o calor de uma mentira queimando sobre sua cabeça.

Essie e Isaiah sorriram, e então os sorrisos deixaram suas bocas quando os dois olharam para o bebê. O silêncio permaneceu entre eles, interrompido ocasionalmente pelos sopros de Solomon. Isaiah o balançou em sua perna.

Essie inclinou a cabeça e olhou para Isaiah. Como ele tinha crescido, do garoto cuja boca ainda não era grande o suficiente para conter uma porção generosa de truta. Ia perguntar a ele se ainda lembrava do cheiro. N'A Porra de Lugar, o mofo e o limo tinham ficado espessos, a tal ponto que ficava com um cheiro que nem mesmo rolar no solo para dissimular conseguia disfarçar. Para Essie, ela queria dizer, tinha cheiro de olhos observando. Sabia que não fazia sentido, mas pensou que, se havia alguém que poderia entender, esse alguém era Isaiah.

O cheiro, ou o jeito como o sol da manhã penetrava pelas tábuas apodrecidas de madeira, iluminando a poeira e dando às mutucas caminhos para a liberdade. A luz que não oferecia nenhum conforto só dava uma iluminada sem vergonha e deixava o ar difícil de respirar. O agravo poderia ser tolerável, até certo ponto, não fosse por James em pé bem ali entre a luz e a sombra com a calça aberta apenas o suficiente para apontar sua arma para os dois. Eles fingiram não ver.

Ela queria saber: aquilo tudo ainda abarrotava os dias de Isaiah como acontecia com os dela, a bondade e a humilhação, as duas podendo aparecer em sua forma completa a qualquer momento — seja colhendo naquele confuso campo de algodão ou depois de ter encontrado o tronco perfeito para sentar-se na clareira? Às vezes, misturava-se com as mensagens matutinas de Amos; bem ao lado da fala sobre Jesus pairava a imagem do sorriso largo de James. Maggie disse que o jeito de arrancar alguém das reentrâncias da mente era nunca mais falar o nome da pessoa novamente, nem mesmo pensar nele. Motivo pelo qual James parecia evitar Maggie quando quer que ela aparecesse. Mas como não pensar em um nome quando a mente já era tão difícil de controlar?

O sono era o melhor lugar para se esconder porque pelo menos não sonhar era um abrigo. Guardados na escuridão, ninguém podia ver, e portanto todos estavam a salvo. Isaiah devia ao menos reconhecer aquele lugar nela porque ela o reconhecia nele. Não havia ficado claro quando se agacharam juntos, com dor e suados, naqueles arbustos perto da pedra e debaixo da árvore?

O celeiro era um lugar melhor? Quão melhor? E se fosse, de fato, o amor que se estabelecia acima de tudo para que pudesse existir beleza até mesmo no tormento, de onde Isaiah poderia ter tirado coragem para fazer isso e somente isso, sabendo para que Paul queria usar o corpo de Isaiah? Era perigoso abraçar qualquer coisa desse jeito, exceto o Senhor. Todo o resto só podia ser passageiro. E quem quer perder um pé, ou a alma, correndo atrás da carroça que arrasta o seu amor para as profundezas da floresta?

Naquele lugar onde eles fingiram, o que haviam encontrado? Aquela Porra de Lugar onde se deitaram na umidade mofada de outros corpos, alguns que conseguiram sair e outros que não, quem poderia estar enterrado bem ali, embaixo deles ou, em vez disso, quem poderia estar flutuando bem acima deles, observando, também, e rindo da farsa deles, entendendo em seu estado de assombração o que não podiam compreender antes: a maneira como somos é a maneira como somos.

As sombras dançantes eram uma pista. Pode ser que Essie tenha mencionado isso para Isaiah antes, mas agora ela havia esquecido que seu coração estava cheio do sangue de Jesus, que interveio tarde demais e só havia prometido em parte que o faria se a ameaça surgisse novamente. Amos disse não se preocupe, ele seria um exemplo. Essie se perguntou por que, visto que já haviam feito dela um.

E agora aqui estava Essie, num celeiro empoeirado, sentada bem na frente da decência enquanto esta abraçava o seu próprio inimigo. Balançava-o em seu colo e sorria quando ele arrulhava. Ela estava certa então: ela e Isaiah não eram mais amigo-amigos. Com o tempo, a traição — não importa quão pequena — avança pelos degraus e senta-se no trono como se aquele sempre tivesse sido o seu lugar. Talvez fosse e era a *surpresa* que na verdade não tinha lugar.

Samuel voltou do poço, molhado e rindo.

"Você caiu, seu tonto?", Isaiah perguntou.

"Nem. O James e os outros tavam no poço, então fui até o rio. Puah tava lá. Aquela boba jogou água em mim."

"Ah", Isaiah disse. Ele e Samuel trocaram olhares.

"Bom, aqui", Samuel falou, estendendo a faca para o feno. "Quem vai cortar?"

"Você tá com a faca", Essie disse.

A faca estava molhada e brilhava. Por um momento, passou pela mente dela que o celeiro tinha toda sorte de objetos pontiagudos. Havia machados e forcados, mas ainda a bainha cega de uma enxada ou pá que, se usada com bastante força, também podia ser útil. Ela olhou ao redor do celeiro, ignorando Isaiah, Samuel, Solomon, os animais, os insetos, o cheiro, mas não os objetos de formatos variados que estavam pendurados nas paredes ou apoiados nelas. Por que os homens não juntaram essas coisas, colocaram-nas numa pilha no meio de um círculo, onde eles poderiam escolher a ferramenta com que estivessem mais acostumados? Mas tinha que ser todos eles. Ao mesmo tempo. Porque as balas eram rápidas e atingiriam alguns deles. As armas não conseguiam pegar todos eles, no entanto, e essa era a chance.

Mas *nunca* seria todo mundo. Além do sofrimento, rancor era a única outra coisa que todos eles compartilhavam. Uma vez tinha escutado a história da irmã Sarah quando Sarah a estava murmurando e pensou que Essie não estava ouvindo porque Essie fez parecer, por seus próprios interesses, que não estava ouvindo. Bastava que um corresse para o Mestre e contasse histórias da trama de fuga. Não era que algum deles quisesse fazer o mal, embora eles estivessem em seu direito se o fizessem; apenas entes queridos vendidos faziam com que fosse justo. Eles só queriam estar em algum lugar livre e livres *de*.

Samuel cortou três pedaços. Deu o primeiro para Essie, que o pegou com as mãos. Deu outro para Isaiah antes de sentar-se segurando o último pedaço.

"O bebê pode comer isso?", Isaiah perguntou a Essie, que deu de ombros, depois assentiu com a cabeça.

Isaiah quebrou um pedaço pequeno, amassou-o entre os dedos e então colocou os dedos perto da boca de Solomon. Solomon chupou os pedacinhos dos dedos de Isaiah. O bebê enrugou o rosto e mastigou. Caiu um pouco de sua boca e Isaiah empurrou de volta para dentro. Quando acabou de mastigar, Solomon abriu a boca de novo. Samuel e Isaiah riram.

"Já imaginou? Dois homens criando o próprio bebê?", Essie, inclinando-se para a frente, sussurrou.

Isaiah riu nervosamente. "Já vi duas mulheres ou mais fazer isso muitas vezes. A única coisa que impede os homens são os homens."

"Essa é a única coisa que impede?", Samuel perguntou a Isaiah.

Isaiah não respondeu. O bebê deu um puxão e ele quebrou mais um pedacinho da torta e lhe deu. Depois deu ele mesmo uma pequena mordida na torta. Isaiah sorriu para Essie e assentiu com a cabeça.

Samuel olhou para Isaiah, mas falava com Essie. "Então, paz. Quer dizer que Amos quer paz? Do quê?"

Essie suspirou, esfregou o rosto e colocou uma trança perdida atrás da orelha. "Ele falou que as punições estão ficando piores. Acha que tem alguma coisa a ver com vocês não fazerem o que deviam."

Mas o que eles deviam fazer?, Essie pensou. O formato deles já estava iluminado e projetado no céu, um era o que traz a água, e o outro, a água. E por que aquilo deveria ser uma fonte de dor? Por mais raro que fosse, ela estava ali por dever, por lealdade a um homem que barganhou por ela, mas que superestimou a integridade da pessoa com quem fez o acordo.

"Mas ele disse que ficaria longe de mim?", Essie perguntou a Amos então.

"Não é assim que funciona, criança querida", Amos disse com suavidade. "Os toubabs nunca são tão simples. É o ritual que te protege, quer a boca dele diga isso ou não. Eles respeitam os rituais deles. Vamos fazer do jeito deles. Nós pulamos. Cuidamos da semente dele. Pregamos o evangelho dele. E você fica segura. Eu juro."

Isto foi o que o silêncio de Essie disse, mas Amos não conseguiu ouvir: *Oh! Mas ele não rompeu o próprio ritual com a sra. Ruth para fazer o que fez comigo? Qual evangelho diz "Faça a coisa mais terrível"? E aqui, esse Solomon, é a evidência! Você é tolo, Amos. Mas, misericórdia, um tolo com o coração intacto.*

Essie voltou a focar o olhar em Isaiah e Samuel. Samuel olhou para Isaiah.

"Eu falei", disse Samuel.

Isaiah não respondeu. Olhou para Solomon sentado no seu colo. "Não fazerem o que deviam", sussurrou. Sorriu para Solomon, ergueu-o no ar, o que fez o bebê chutar e rir e morder a própria mão. Depois o trouxe de volta para o colo e olhou para Samuel.

"Desculpe", Isaiah disse, ainda sussurrando.

Samuel sacudiu a cabeça e foi mais para dentro do celeiro. Na frente das baias dos cavalos, ficou na ponta dos pés, as panturrilhas tesas, a bunda alta e os braços estendidos, como se ele quisesse alcançar algo sabendo que não poderia alcançar.

Essie olhou para Isaiah. "O que ele tá fazendo?", perguntou em voz baixa.

"Este lugar é muito pequeno", Isaiah disse, seus olhos treinados nas costas de Samuel.

"Ah", ela disse, interpretando "este lugar" como "esta vida".

Essie sorriu ansiosa. Olhou para as costas de Samuel. Tinha sido enviada para abrir caminho, mas só teve êxito em fazer com que os perseguidos recuassem ainda mais. Levantou-se do banquinho e estendeu os braços para pegar Salomon de Isaiah.

"Eu seguro ele", Isaiah disse enquanto se levantava com o bebê. "Vou com vocês até a porta."

Moveram-se devagar. "Eu quase não quero deixar ele", Isaiah disse.

"Não conheço esse sentimento", Essie redarguiu antes de esticar seus braços para o bebê assim que chegaram à porta.

"Escuta. Isaiah. Passa lá. Se defenda. Ele não vai escutar. Mas..."

Ela olhou para os dois, as costas de Samuel e o rosto de Isaiah, inclinou-se para trás como se sinalizasse a abertura dele para receber a glória. Seus lábios se entreabriram, mas as palavras permaneceram na língua.

Eu nunca vou dizer isso em voz alta, nunca, mas eu dei o nome de Solomon para ele porque metade dele é minha e a outra não. Não é terrível?

Concentrou-se na boca de Isaiah antes de olhar para o bebê que levava nos braços. *Ele foi colocado dentro de mim sem importar se eu queria ele lá ou não. Saiu de dentro de mim criando todo tipo de problema. E eu que tenho que amamentar ele. Eu que tenho que balançar ele no meu joelho quando ele chora sem parar. Enquanto Amos fica sentado na minha frente pra ver se eu não faço nada do que ele chama de "bobo". Mas o que tem de bobo em eu ter uma opinião sobre o que sou?*

Essie saiu. Viu os porcos no chiqueiro e notou pela primeira vez que eles tinham a mesma palidez de Solomon. Escutou a voz de Amos: *"Mas a cerca, Essie. Lembra da cerca!"*.

Pra quê?, ela pensou. *Porque ela deixa as coisas passarem de qualquer maneira. Porque madeira apodrece. E cercas caem. Só precisa de uma tempestade forte. E não era dali que eles vinham pra começo de conversa? Não tá ali a verdade no jeito como eles giram e destroem tudo que chega mais ou menos perto deles? Eles não são apenas água de um riacho que Deus quer levantar?*

Essie se afastou do chiqueiro e começou a andar lentamente até o portão. *Eu vim aqui com uma torta que eu não queria fazer porque Amos é o melhor que eu consigo. Ele me vê. Você não entende?*

Virou-se para olhar para Isaiah e Samuel, que ainda não haviam saído de seus lugares. *Amos fez uma barganha, mesmo que só na cabeça dele, que até agora se manteve e eu não vou deixar tudo desmoronar e me transformar numa égua de cria de novo. Onde vocês estavam quando eu precisava de um pouco de bondade, hein? Aqui, seguindo a vida, suponho. Agora eu tô aqui, carregando meu próprio fardo em carne e osso e Amos ainda me diz que eu tenho que amar ele porque é o que o sangue de Jesus exige. Um preço pequeno a pagar, ele diz. Mas quem paga? Ele não menciona isso porque já sabe a resposta.*

Solomon olhou para Essie quando as lágrimas começavam a se formar em seus olhos. Ela as enxugou rápido. Piscou e voltou a si.

"Fiquem bem", ela gritou enquanto começava a andar para trás.

Isaiah acenou. Samuel ficou imóvel, petrificado; um murmúrio no ar que parecia vir ao mesmo tempo dele e não dele, que a assustou. Ela se virou, andou até o portão e ficou parada um instante na abertura. Ele o enquadrava como uma figura e continuou a fazê-lo até que ela andou para além dele e tomou a direção norte.

Amos

Amos tinha visto coisas estranhas antes: bebês vivos retirados dos cadáveres de rosto retesado das mães; homens espancados falando alto para sombras; corpos balançando no alto das árvores. Um corpo em particular era o de um homem chamado Gabriel, amigo do pai de Amos. Não havia muita coisa que ele lembrasse sobre Gabriel; acontecera, afinal, havia tanto tempo. Também não tinha muita coisa que Amos lembrasse sobre seu pai — exceto seu nome, Boy, e sua silhueta no campo, sempre inclinada para a frente, às vezes contra um horizonte avermelhado.

Mas o que ficou claro sobre Gabriel era o que faltava: uma massa sangrenta descartada na base da árvore. Amos se amaldiçoava mesmo agora por confundi-lo com fruta apodrecida, por querer reivindicá-la para sua mãe para que ela pudesse usá-la para fazer geleia ou torta. Até hoje, o pensamento do que poderia ter acontecido fazia com que ele se agarrasse e estremecesse.

Ele chegou a Vazio crescido com a cabeça presa dentro de algo que quase se parecia com uma gaiola enferrujada porque uma mulher toubab na Virginia dissera algo falso, e a morte era muito cara. Sem espaço para voar, as barras cortavam sua visão em pedaços, permitindo-lhe ver apenas em fatias finas. Um rosto sorridente aqui, outro choroso acolá, mas ele não conseguia juntar tudo por causa dos obstáculos no meio. Desceu daquela carroça rangente acorrentado a vinte outras pessoas, segurando um menino porque fizera à mãe dele uma promessa passageira. As correntes de metal bramiram quando escorregaram da madeira ao pó, os pés pesados agitando nuvens alaranjadas que os fizeram tossir enquanto eram apressados para ir até um pedaço de terra e depois, pela manhã, para o campo de algodão. Tudo aparecia para ele em fragmentos: fragmentos seguros e administráveis que o faziam pensar que talvez a gaiola não fosse tão ruim assim afinal. Não era bom pensar sobre o passado porque pensar sobre ele podia evocá-lo. Às vezes, o passado era gracioso. A solidão tinha mãos, mas era muito mais do que querer uma parceira estável. Uma parceira nem passava pela cabeça dele até que viu Essie no campo pela primeira vez, agachada e suada, um lenço prendendo seu cabelo para cima como uma colina. O instinto dele lhe disse que deveriam permanecer juntos, sorrir juntos, suportar as dificuldades juntos porque é assim que eles deveriam viver: juntos. E não havia nada n'A Porra de Lugar que pudesse fazer disso uma mentira. Então, quando Paul o escolheu dentre os nove na fila, Amos sabia que era um sinal.

Amos suspirou. Tinha visto coisas estranhas, por isso fechou os olhos. Na primeira vez que Paul exigiu Essie, Amos implorou até ficar rouco, prometeu favores impensáveis que só conseguiram deixar Paul irritado. Foi só depois de Paul ameaçar chicoteá-lo que Amos silenciou. Não pensou que aquilo era covardia, só futilidade. Quando Paul por fim pegou Essie e saiu, Amos sufocou na obediência silenciosa dela, tropeçou sobre o impasse. Imaginou atos aos quais ele sabia que nunca poderia se entregar sem um alto custo, e não apenas para ele. Quebrar os ossos de

Paul teria sido simples, mas moê-los em pó para a pasta que Amos passaria em seu rosto para a dança, chacoalhando um cajado e recitando palavras esquecidas a ancestrais que ele não tinha certeza se podiam ouvir: aquela seria a parte difícil, porque não havia garantia de que ele não ficaria sozinho.

Sentou-se na escuridão da choupana por horas. Viu a escuridão girar sobre si mesma, revolver-se e contrair-se. Observou-a estender-se até ele, sentiu primeiro suas carícias, depois seu abraço e afago. Quando Essie finalmente retornou — com os olhos roxos, cabelos bagunçados, membros exauridos, sangrando e com algo faltando —, ele quis segurá-la como faria com um recém-nascido. Em vez disso, sussurrou cruelmente para ela indo contra o que ele acreditava. Não conseguiu evitar. Ela havia se transformado num espelho da incompetência dele, e ele não tinha coragem de colocar a culpa onde ela de fato pertencia.

"Os lóbulos das orelhas deles sempre revelam as intenções deles. Não sei por que, só sei que é assim." Amos disse como se isso importasse. Falando como um verdadeiro tolo, deixava as palavras saírem aos trancos, irregulares por serem arrastadas sobre seus dentes, e por isso afiadas contra a pele de Essie.

"Você podia ter matado ele", acrescentou depois de não obter nenhuma resposta dela. Teve a audácia de dizer isso porque estava escuro e não podia vê-la. A respiração rápida de Essie o deixava perplexo. Ela devia querer que ele sentisse a repreensão implícita. As palavras que ele sabia que ficaram atrás dos lábios dela: *Você também podia*.

Na manhã seguinte, na colheita, as mãos dele tinham se curvado na posição propícia para matar (não seria assassinato porque as leis não viam humanidade em seu grupo). Ele viu como as pontas de seus dedos tocavam os espinhos e sangravam, mas suas mãos nunca tinham sido tão fortes. Com um pouco de iniciativa ele poderia estrangular pelo menos *um* dos capatazes, a começar por James, com pouco esforço. Não seria tão diferente de colher algodão: arrancar a vida de pessoas igualmente más, sob o mesmo sol quente, curvando-se, também, sobre a dor dos ossos. Como seria assistir a outra pessoa cair morta pela paga de sua condição? Para isso, ele seria de grande ajuda.

Aquilo fervia dentro dele, perturbava sua mente. Considerava, por um momento, sufocar James, enfiar as setenta libras de algodão que colhera até então na goela do homem. Por um instante, seus lábios formaram um sorriso largo.

Cem libras, enfim, quando ele poderia ter colhido o dobro. Mas era importante administrar as expectativas deles. Dê o seu melhor e, no momento em que você não tiver um desempenho do mesmo nível, os imbecis vão querer rasgar as suas costas ao meio e negar a cura. Sem se preocuparem com o sangue derramado, eles mandariam seu corpo em frangalhos de volta ao campo e extrairiam centenas de libras de você sob a mira de uma arma. Ele ia com calma só por essa razão.

Mas Amos sentiu que administrar a labuta entorpecia sua mente, fechava o mundo sobre ele, fazia o céu e o chão colapsarem em um só todo indistinguível. Ansiava por esticar os braços, talvez respirar fundo, mas o aperto, a compressão, a constrição se enrolava ao seu redor como se ele estivesse pendurado em uma árvore. Só um pouco de ar, era tudo o que ele precisava. Nem respiraria pela boca. Se lhe dessem só um pouco, ele ficaria feliz em inspirar e expirar pelo nariz. Eles nem saberiam que ele pegou.

Mas talvez descanso, de algum tipo, estivesse no horizonte.

Sete dias depois, fez uma promessa a Essie.

"Nunca mais. Prometo."

Assim que o vômito matinal dela os fez saber que, com ou sem barriga, ela teria um bebê cujo pai seria desconhecido até que vissem a cor de sua pele, Amos tratou de assegurar o refúgio de Essie. Ele estava carregando sua última saca de algodão na carroça que esperava quando o céu rosado indicou o fim de um dia triste, mas nunca o amanhã. Tirou seu chapéu de palha, que Essie trançara para ele, segurou-o contra o peito e olhou para os pés. Essa era a única maneira de se aproximar de um toubab, mas sobretudo se você pretendia pedir algo. Eles não apreciavam iniciativa; viam como arrogância. Amos aguardou até que os outros estivessem em sua solene caminhada de volta para suas choupanas, destruídos e suados, exauridos e cobertos de morte. Ele tinha esperança de que a visão da desgraça deles saciasse, ao menos um pouco, a malícia no coração de Paul e abrisse espaço para misericórdia, por minúscula que fosse.

Paul e James estavam do outro lado da carroça, falando sobre Isaiah e Samuel. Amos escutou a palavra "machos" e Paul perguntou se James os vira n'A Porra de Lugar ou não, e James disse "Sim", e Paul respondeu "Se sim, então onde estão os negrinhos?". James bufou, dizendo que, se eles fossem de alguma forma defeituosos, talvez Paul devesse considerar "substituí-los por qualquer tipo de bom negro", mas Paul disse "Não faz sentido vender os dois melhores".

Amos se esgueirou ao redor da carroça.

"Mestre", disse Amos, arrastando os pés até eles, esperando que sua insolência empalidecesse quando comparada à sua sugestão. "Desculpa. Não quero interromper. Também não queria ouvir nada dos seus assuntos. Mas espero que escutem a minha pergunta: Talvez a gente, os pretos, também precise de Jesus?"

Era a primeira vez que Amos havia usado aquelas palavras — preto e Jesus — e ele decidira que a traição valeria a pena visto que ele já tinha dado sua palavra a Essie no sétimo dia. Paul tirou o chapéu e olhou para James.

James deu uma risadinha, tirou o chapéu, abanou-se e afastou algumas moscas.

"Primo, parece que você precisa de uma bebida."

Amos observou as costas deles à medida que se afastaram em direção ao celeiro, tomaram os cavalos levados até eles por Isaiah e cavalgaram juntos, deixando-o sozinho no meio do algodão. A pergunta bem acima de sua cabeça.

Sabia que não deveria perguntar de novo. Então aguardou. Sua paciência era verdadeira. Em menos de duas semanas, Paul mandou chamá-lo. Amos ia dar a volta por trás da casa-grande, mas a mensageira, Maggie, o levou até a escada principal. Em geral, as pessoas nunca tinham permissão para colocar o pé na casa-grande, muito menos para usar a entrada que os toubabs usavam. Com exceção de Maggie, Essie e alguns outros, as pessoas sabiam respeitar os limites representados pela escada que levava às imensas portas de entrada. Por causa daquela fronteira, havia espaço para imaginar o que havia lá dentro. Algumas pessoas pensavam que devia ser uma caverna ou um cânion. Outras achavam que seria o fim. Amos disse: "Nem. É só avareza, eu acho". Ele estava certo. Mas não era como se ele tivesse uma segunda visão, pelo menos não ainda. Era porque ele tinha sido uma testemunha tão boa para Essie.

Nos meses que precederam a destruição da felicidade deles, Essie disse a Amos que a casa-grande era demais para três pessoas e que eles penduravam cabeças de animais na parede como arte. "Bem do lado da cara deles, e você não consegue ver a diferença", ela disse com uma risadinha doce.

Ela disse que não tinha se dado conta de que três pessoas pudessem fazer tanta *bagunça* que levava dias para arrumar. O tempo todo eles exigiam ordem só para depredar e depois exigir ordem de novo. Ela disse que pessoas cruéis como eles não mereciam camas tão macias, embora ela abrisse exceção para Timothy, porque ele demonstrava uma natureza gentil.

Essie nunca tinha visto tantas velas acesas de uma vez só,

disse ela, a luz suave vinda de tantos pontos, lançando as mais alegres sombras em todas as paredes, crescendo e crescendo até que, estranhamente, se tornavam ameaçadoras. Naquela altura, o que ocupava a sua mente, e a de Maggie também, ela achava, era que bastava um tapinha delicado para tombar uma das velas e talvez o incêndio resultante começasse, do mesmo modo, como esplendor antes de virar tragédia.

Paul estava do lado de fora no pé da escada. Subiu devagar, olhando ocasionalmente para trás para ver o choque de Amos, perdido em pensamentos colocados em sua cabeça por Essie. Era o mais perto que ele já estivera da casa-grande. As quatro colunas brancas na entrada nunca pareceram tão imensas antes. Ele tinha medo de dar um passo à frente. Tinha a nítida sensação na nuca de que, depois de passar por ali, ele poderia não conseguir voltar.

De certo modo, ele estava certo. Ficou ali parado nos degraus de baixo, entre os dois vasos de pedra com rosas vermelhas que os ancoravam e ponderou se não tinha cometido um erro terrível. O sol se punha atrás dele. Ele não podia ver o tom de laranja sanguíneo que havia tingido suas costas sob a luz diminuta. Já tinham tido outras cores antes: preto, roxo, vermelho, azul, mas dessa vez a cor era próxima o suficiente do mel para parecer indolor.

"AMOS!"

O tom cortante de Paul chocou Amos de volta à vida, e ele subiu a escada de dois em dois degraus, tomando o cuidado de permanecer curvado e para trás.

"Perdão, senhor."

Ele se perguntou se deveria acrescentar um elogio, dizer a Paul que tinha sido tomado pela beleza da casa. O branco não era imaculado; Amos notou que a tinta estava descascando aqui e ali e que um pouco de mofo crescia na base onde a parede encontrava o chão. E bem naquele instante algumas folhas caíram e se arrastaram pelo chão do alpendre antes de pararem completamente na companhia de um par de cadeiras de balanço de carvalho. Mas as janelas reluziam e as venezianas que as emolduravam eram delicadas o suficiente para fazer com que ele se perguntasse se algo horrível poderia acontecer por trás delas. A hera se agarraria tão perto de um amante que lhe fizesse mal?

Depois que Paul tinha cruzado o umbral, Amos soube que não teria escolha a não ser cruzá-lo também. Ainda havia tempo para dar meia-volta. Custaria-lhe pele, mas ela iria sarar. Talvez fosse por isso que os toubabs perpetuavam as crueldades que cometiam: as pessoas pareciam capazes de aguentar, suportar, vivenciar e testemunhar todo tipo de atrocidade e aparentarem estar incólumes. Bem, a não ser pelas cicatrizes. As cicatrizes os cobrem da mesma maneira que a casca envolve a árvore. Mas essas não eram as piores. As que você não pode ver: aquelas sim são as que marcam a mente, comprimem o espírito e te deixam na chuva, nu como no nascimento, exigindo que as gotas parem de te tocar.

Com toda a reverência que conseguiu reunir, ele moveu as pernas além do batente da porta e de repente se sentiu pequeno e impuro. Esquecendo-se de si mesmo, olhou para cima. Mesmo se ficasse na ponta dos pés, ele não conseguiria alcançar o teto. E não importava o quanto tentasse, e ele tentou muito, não conseguia encontrar um grão de sujeira em lugar algum.

"Ande mais rápido", Paul disse, interrompendo seus pensamentos. "Por que vocês todos são tão lerdos?"

Mas, se fosse mais rápido, Amos por certo teria colidido com Paul ou, pior, ficaria ao lado dele, o que também era um crime. Então Amos se mexeu um pouco, transformando um passo em dois rápidos, mas curtos. Aquilo pareceu agradar Paul.

Nos arredores, Amos viu Maggie tirando o pó de um móvel,

uma cadeira com uma almofada que tinha uma cena bordada. De onde estava, parecia a Amos que a imagem podia ser uma representação do próprio campo de algodão de Halifax, ao meio-dia, quando o sol está no auge e os colhedores estão sob a mais estrita vigilância, quando a garganta ameaça entrar em colapso e esfacelar-se pela falta de água, e ainda assim os capatazes olham para você como se fazer uma pausa naturalmente humana fosse impensável, te lembrando de que poderia ser pior: você poderia estar cortando cana com um alto risco de ter um membro cortado; você poderia estar nas docas com homens que não tiveram contato com a civilização por um bom tempo e não diferenciam um buraco do outro; você poderia estar colhendo índigo, o que significava que o trabalho marcaria suas mãos para sempre como ferramentas. Ou você poderia ser propriedade de médicos que precisavam de cadáveres mais do que de qualquer outra coisa. Tudo isso para dizer: seja grato por ser um colhedor de algodão e um ocasional aquecedor de cama. Poderia ser pior.

Amos se perguntou se era para ele que Maggie olhava com hostilidade. Não tinham interagido tanto para que ele merecesse ser visto desse modo. Sabia que ela era uma boa amiga para Essie, portanto devia saber que tudo aquilo era por ela.

Maggie não entendia que ele se humilhava agora para ter dignidade mais tarde? Ela se arrependeria dos olhares que lançava enquanto ele seguia Paul a caminho da sala cuja porta estava agora fechada. Ela se maravilharia com seu plano depois que ele o revelasse. Sim, seria um acordo tácito, se não explícito: em troca de ser ensinado nos caminhos de Cristo, o que significava ser ensinado de maneiras proibidas pela lei, Amos se certificaria de que a docilidade fosse valorizada em vez da revolta; recompensas terrenas, se é que existiam de verdade, não eram páreo para as celestiais. Nenhuma lâmina seria levantada contra o mestre ou a senhora dentro dos limites de Vazio.

Além disso, a desobediência seria igualmente banida. E não era isso, afinal, a que a obstinação de Isaiah e Samuel levava? Não havia nada de errado com as moças entregues a eles; Paul já tinha provado isso. Era impossível que *os dois* fossem inférteis. Então tinha de ser teimosia, alguma medida intencional para frustrar o plano de Paul de multiplicá-los da maneira que ele julgasse apropriada. Era como se eles acreditassem que a linhagem devesse parar neles e que assim pouparia o sangue de seu sangue do que quer que fosse que acreditavam ter sofrido.

Ah! Glória! O que o chicote não podia remediar, Jesus podia. E isso era bom!

Mas não era tudo. Nos espaços em branco entre as palavras, estava o espírito. E isso tem peso. Amos sabia que o sucesso também faria com que ganhasse influência. Não *muita*; uma pessoa nunca deveria pensar que um toubab poderia ser moldado tão descaradamente, sobretudo por um preto. Toda influência deveria ter a aparência de confirmação. E o que ele poderia confirmar depois de um tempo era que Paul não tinha mais uso para Essie. Aleluia.

Para dar a Paul a bênção que procurava, um recém-batizado Amos ia pedir a mão de Essie em casamento. Um simples salto sobre a vassoura, como Amos vira ser realizado em círculos de parentesco quando era criança. Ele teria, é claro, de pedir permissão a Paul primeiro. Essas eram tradições que seguiam regras rígidas e só podiam ser ordenadas se o mestre da casa senhorial desse sua bênção. E embora a cerimônia nunca pudesse ser tão impressionante quanto a de um toubab — não haveria cavalos ou trompetes, nem roupas impecavelmente ajustadas, ninguém viria de longe para os festejos e os pais de Essie não estariam disponíveis para entregá-la porque, na verdade, eles mesmos tinham sido entregues —, não havia vista melhor que as águas do Yazoo, correndo, nem um pouco ao acaso, para encontrar o grande Mississippi antes de, por fim, unir-se à sua longa jornada para o golfo do México.

Foi esse último pensamento, não a porta que se abria para o escritório particular de Paul — um cômodo coberto, dos dois lados, do chão ao teto com volumes e volumes de livros —, que fez Amos perder o ar. Apesar disso Paul sorriu e Amos pensou que ele havia interpretado o suspiro como um tributo à grandeza em que ambos acabavam de entrar. Com um floreio, Paul se colocou atrás de uma mesa escura de bordo sobre a qual havia pilhas organizadas de papel e, à direita, um frasco fechado de tinta com uma caneta perfeitamente colocada sobre ele. Paul se sentou e gesticulou para que Amos se aproximasse. Esmagando seu pobre chapéu entre as duas mãos, amassando-o como se estivesse a ponto de descartá-lo, Amos deu passos tímidos e manteve os olhos voltados para o chão enquanto Paul acendia uma vela em um castiçal de cobre.

"Me diga o que quer saber sobre Cristo", Paul disse, mais alto do que o necessário.

Amos sabia que Paul gostava de se ouvir falar; ficou desnorteado com a demonstração e foi encorajado, pelos ornamentos que as referências bíblicas lhe permitiam, a opinar sem levar em conta os desejos de seu público. Essie comentou que Paul monopolizava os ouvidos de seus convidados nas festas que ele e Ruth às vezes davam. Era quando ele recebia o maior número de pessoas na casa-grande, e dava a eles as melhores roupas para vestirem a fim de impressionar os convidados, que viam beleza no tecido branco contra a carne preta. De olhos arregalados e boquiabertos, o contraste parecia trazer-lhes uma espécie de conforto que Essie só conseguia imaginar.

Entretanto, todos eles viam, Essie disse. Como os convidados de Paul bocejavam e reviravam os olhos e tiravam o relógio do bolso, fingiam ser chamados em outro lugar, davam todas as indicações de que já tinham ouvido o suficiente. Mas nada disso parava Paul. Se estavam em sua casa, eram obrigados pela honra a serem tomados pelas palavras que o próprio Deus colocara em sua boca.

Amos notou algo mais: como Paul se deliciava com sua própria habilidade em conectar essas palavras de acumulação, dominância e piedade na sua língua de nascimento. E, não pela primeira vez, Amos o invejou. Como devia ser acordar todos os dias e saudar a manhã na língua da mãe da mãe de sua mãe? Diabos, ou mesmo saber quem era a mãe da mãe de sua mãe!

"O que estou te dizendo, preto, é que esta jornada em que você está prestes a embarcar não é a uma bobagem qualquer. Se você é chamado, sua devoção é ao Todo-Poderoso e sua lealdade é minha por toda a eternidade, pois fui eu que permiti isso."

Amos inclinou a cabeça ainda mais fundo no peito e murmurou, "Sim, mestre".

"O que disse?"

"Sim senhor, mestre", Amos falou mais alto, as mãos inquietas nos lados.

Não era a primeira vez que sentia uma pontada na boca do estômago que ele evitava interpretar como derrota. Ficar ali de pé, com a cabeça necessariamente inclinada diante do homem que arruinou sua futura-esposa-da-vassoura — não, arruinou a *si mesmo*! O que Paul havia cometido era um ato contra sua própria humanidade, e nenhum tipo de roupa habilmente feita sob medida ou dicção bem enunciada mudaria isso. Tampouco das imagens perfeitamente emolduradas dele e de sua família — todos eles olhando para o observador, escondendo sorrisos, com a "senhora", como a chamavam, sentada, como era seu direito, e marido e filho flanqueando-a, como se fosse o papel deles protegê-la de qualquer um que os olhasse. Essa pintura, insultando qualquer um que a visse, ficava pendurada acima de uma lareira que tinha a audácia de crepitar em agosto.

Nah. Nada daquela merda o pouparia. Nem as pilhas de moeda, nem as notas promissórias, nem as carroças cheias de gente, nem os acres e acres de terra que continham os mortos e os moribundos, mas ainda assim permaneciam encantadoramente verdes. Nada disso dava a Paul imunidade ao que seria uma punição honesta se Amos se jogasse por inteiro no seu papel; se jogasse tanto que, com efeito, ele se perderia na queda, se *transformaria* nela, sem asas até o fundo, se fosse isso que ele precisava fazer para manter Essie fora do alvo. Então, abaixava a cabeça, sim, abaixava a cabeça. Deixe que a fúria de Paul veja para onde a coroa deveria ir.

Por meses, Amos aprendeu com Paul, palavra por palavra, o que Paul chamava de "o livro da criação e a origem dos nomes". À noite, Amos compartilhava um pouco do que aprendia com Essie, falava também com a barriga dela, para que seu filho aprendesse. Ela ficava fascinada com tudo aquilo porque não havia escutado as histórias da mesma maneira antes. Amos percebeu que ele dava um ritmo às palavras que Paul não conseguia. Isso agradava Amos. E foi aí que ele começou a sentir algo: ascensão.

Quase tinha chegado ao auge quando Essie deu à luz uma decepção. Amos olhou para a pele do bebê e soube a sua origem de imediato. A parteira chorou; a criança berrou; e Essie gritou "Solomon!". Amos deu um passo para trás, inspirou profundamente e deixou o ar sair rápido.

Ajoelhou-se perto de Essie. Entendeu o que ela estava sugerindo porque conhecia a história muito bem. *Cortar o bebê na metade?* "Não, senhora. Desculpe. Não podemos. Não podemos fazer isso e manter você a salvo também. Acredite em mim. Eu sei."

Quase no topo, mas o grito duplo, dia e noite, havia puxado Amos de volta para baixo. Quando os sonhos começaram, Amos não conseguia compreendê-los. O relâmpago, o vento uivante, o trovão, o canto ampliado, as cores, as figuras borradas, o rodopio, a música — tudo junto num torvelinho. Eles só o confundiam. A queda que ele reconheceu porque era o que ele disse a si mesmo que faria. Mas imaginou que cairia para a frente, como alguém pode cair depois de um longo dia, um palete bem ao alcance, de modo que os braços podem se estender e proteger a pessoa do dano. Mas que essa nova queda fosse para trás era inesperado. Braços estendidos não ofereciam amortecimento algum. E lá estava ele, chutando e gritando na vastidão ofuscante do branco onde nem sua própria voz ecoava de volta para ele.

Havia alguém vivendo nas nuvens, alguém que tinha transformado o mundo agora no mesmo manto de névoa em que Amos se via girando. E não era que esse alguém fosse invisível, mas, em vez disso, havia dado ao mundo sua própria cor de modo que ficava apenas camuflado. Amos sabia que tudo que tinha de fazer era esperar. Se ele fosse resoluto em sua paciência, esse alguém piscaria, revelando por um breve instante a localização exata de sua presença na qual Amos poderia encontrar o refúgio de um tolo, macio como algodão. E então, em coro, talvez dissesse o nome dele.

Mas não havia coro algum. Ele escutou apenas uma voz singular, dura, como se tivesse sido arranhada no cascalho ou congelada. Quando disse o nome dele, Amos sentiu seu sangue gelar.

Acordou: pegajoso, molhado e zonzo; com falta de ar; com sede e faminto; sua voz, também, um coaxo; cansado demais para se mover. Mas tinha sido tocado. Em seu rosto, havia um conhecimento que ele não tinha antes, uma certeza e uma visão que lhe vieram por meio da comunhão com as desconcertantes todas-as-direções que ele encontrou quando estava inconsciente. Seu significado não poderia ser interpretado, mas de alguma forma ele sabia ter condições de se tornar um canal pelo qual o entendimento poderia ser transmitido aos outros. Quando chegasse o momento, quaisquer forças que se comunicaram com ele se comunicariam através dele. Essa era a marca das línguas. Os miseráveis, apesar de todas as outras coisas, ungidos. Amos sabia que Paul não evidenciava experiência semelhante. Essa coisa era de Amos e só de Amos.

Com Essie deitada ao seu lado, ele olhou para ela com seus olhos mais novos, traçando cada dobra e cacho de sua cabeça, madeixas cor de azeviche que cobriam seu pescoço até a curva das costas. Ele podia ver as saliências da sua coluna levando ao esplendor que era dela e esse era o presente que ele esperava que sua transformação pudesse proporcionar: que ela pudesse recuperar o que era dela por direito e o devolvesse para si mesma enquanto ele recitava um salmo.

No primeiro sermão, Amos falou para quatro pessoas que tiveram disposição para levantar em seu dia de descanso. Amos pediu permissão a Paul para usar o lugar bem atrás do campo de algodão, mas ainda parte da terra dos Halifax. Paul mandou James observar.

Amos subiu na pedra, como uma base. Luz e sombra juntas caíam sobre ele de uma só vez. A partir daquele momento, as pessoas não conseguiam olhar para nada mais.

"O que Deus não daria por um jarro de limonada", disse-lhes enquanto dava batidinhas na cabeça com um pedaço de pano rasgado, dobrado para absorver o suor que gotejava nas entradas de seu cabelo.

"Ou *potlikker*",* Um Homem Chamado Coot replicou, e todos riram.

---

* Líquido que sobra no fundo da panela após a cocção de vegetais com sal. Esse líquido era descartado na casa dos senhores e consumido pelos escravizados,

"Você não é o seu corpo", disse Amos com suavidade para as pessoas, enquanto James permanecia em pé, armado, sob a copa das árvores.

"O que você quer dizer?", uma mulher chamada Naomi perguntou. "Certeza que é o meu corpo. Tem as cicatrizes e as mãos cansadas pra provar."

Amos sorriu e se aproximou dela. Tocou-lhe o braço, o que ela viu com suspeita. Em seguida colocou a outra mão bem no peito da mulher, sentiu seu coração bater sob a palma da mão e balançou a cabeça. Amos se levantou de repente e bateu uma mão contra a outra. Olhou para cima, além das árvores no céu, então fechou os olhos para escutar a voz interna que era só um sussurro, um sussurro incessante que era baixo demais para perturbar o silêncio, e silêncio era o que ele precisava para ouvir direito. Precisava deixar tudo imóvel, até mesmo o arrastar da própria respiração, para absorver as palavras murmuradas que ele tinha certeza de que vinham do centro de tudo, onde o nevoeiro tinha apenas de piscar para que ele soubesse onde era o esconderijo.

Abriu os olhos e olhou para Naomi, sentada na frente dele.

"Senhora, tenho boas novas para você."

Naomi, como se tivesse ouvido a mesma voz sussurrante, colocou a mão em sua bochecha.

Da beirada, James tirou o chapéu. Abaixou o rifle e se apoiou nele como se fosse uma bengala. Alto o suficiente para Amos escutar, disse.

"Bem, vejam só!"

---

que conheciam seu valor nutritivo. Essa prática tem origem nas plantações de algodão do Sul dos Estados Unidos. (N. T.)

"Gostaram da torta?"

A pergunta de Amos levantou-se como poeira e permaneceu no ar por um instante antes de ser apanhada por uma brisa e soprada até o ombro de Isaiah. Isaiah e Samuel estavam em pé, lado a lado, na entrada da choupana de Amos e Essie. A atitude deles atingiu Amos como guerra, mas ele não tinha medo. Atrás deles, um tecido azul se estendia na porta de entrada, mantendo o sol distante. Mas também fazia com que seus rostos ficassem sombreados e Amos só conseguia distinguir detalhes vagos: lábios, olhos brilhantes e nada além disso, o que não importava porque a pele negra deles, que o interior da choupana engrandecia, era reconfortante o suficiente.

"Essie cozinha bem, não?"

"O que você quer da gente?", Samuel perguntou num tom baixo, mas profundo.

Amos, sentado, juntou as mãos, pressionou os lábios e fechou os olhos.

"Fala claramente, Amos", Samuel disse.

Amos abriu os olhos e olhou para Samuel. "Não dá pra ser mais claro que isso: vocês têm que dar bebês pro mestre."

Samuel se inclinou, levando o rosto para perto do de Amos. Pareceu inspecioná-lo, buscar por algo. Quando encontrou, levantou uma sobrancelha.

"O que ele te prometeu? Provisões extras? Um passe pra cidade? Papéis de liberdade? Me mostra quando que um toubab manteve a palavra."

Amos sorriu. Inclinou-se para trás e assentiu com a cabeça.

"Puah, a filha da tia Be, está bem naquela idade, sabe", ele disse. "Você e ela podiam dar umas crianças fortes pro mestre."

Isaiah olhou para Samuel, cujos olhos ágeis pareciam comunicar-se sem palavras. Amos olhou direto para eles.

"O que dizem?", ele perguntou. Nem Samuel nem Isaiah responderam.

"Eu não entendo por que vocês dois dificultam tanto", Amos disse casualmente. "Não tão pedindo que vocês façam alguma coisa que nunca pediram pra um homem fazer antes. O que vocês têm de diferente?"

Silêncio.

Isaiah olhou para Samuel. Samuel resmungou.

"Por que você tá jogando isso pra gente, Amos?"

Amos viu Samuel manter-se firme por um momento, então o observou sair enfurecido, inclinar-se e pegar a pedra mais próxima que encontrou. Era de tamanho moderado, menor que a palma de sua mão e ficou bem encaixada dentro dela. Voltou para a cabana. Ergueu o braço e arremessou a pedra contra Amos, errando sua cabeça por pouco. Errou de propósito, porque daquela distância era um tiro certo. Entretanto, Amos caiu para trás, depois se levantou rapidamente. Não fez nenhum movimento na direção de Samuel. Isaiah tocou o braço tensionado de Samuel e Samuel puxou o braço antes de correr para fora da choupana, deixando Isaiah sozinho com Amos.

Amos bateu a poeira das calças. Riu um pouco antes de andar até Isaiah.

"Aquele ali é nervosinho, hein? Você precisa mostrar pra ele como manter o controle. Se você não mostrar, o chicote mostra."

Isaiah não disse nada. Amos colocou a mão no ombro de Isaiah. Isaiah olhou para ela. Retirou a mão de Amos, mas com gentileza, sem malícia. Não olhou para Amos quando o fez. Estava observando o lugar onde deveria haver uma porta, mas havia apenas um pano azul. Amos entrou em seu campo de visão. Inclinou a cabeça de leve e olhou nos olhos de Isaiah.

"Você lembra, né? Da carroça? Lembra?" Amos estava curvado. Estendeu os braços como se estivesse carregando, não, ninando uma criança neles. Não havia nada ali, mas havia algo ali.

Os olhos de Isaiah se arregalaram; sua boca se abriu e, de início, não fez som algum. Então:

"Era você?", ele disse, a voz tremendo quando finalmente formou as palavras. "Eu não entendo. Por que nunca me disse? Por que esperar tanto tempo?"

Isaiah chegou mais perto de Amos. Amos manteve sua posição.

"Eu…"

"Você disse que ia me falar o meu nome. Você disse que era uma promessa. Você disse."

"Eu tava esperando você chegar na idade de um homem. Não quero desperdiçar algo como isso num menino. Ia ser grande demais pra carregar."

"Você sabia que era eu e não disse nada?", Isaiah perguntou, a voz trêmula.

Amos colocou a mão de volta no ombro de Isaiah. "Eu sabia que era você e sempre quis te contar na hora certa."

"A hora certa é agora, né? Então conta."

"Quando você merecer, eu conto."

"Qual que é? Idade de homem ou quando eu merecer? Você fala escorregadio."

"Vem pro bosque no domingo", Amos disse afinal, descansando os braços ao lado do corpo. "Filho."

"Meu. Nome!", Isaiah gritou.

As lágrimas tinham escapado. Elas corriam em seu rosto agora. Ainda que elas não trouxessem alegria a Amos, ele sorriu de novo. *Isaiah podia ser alcançado*, pensou.

Isaiah estava quieto. O olhar dele retornou ao pano, que começava a se mover um pouco com a brisa.

"Sei mais do que o seu nome", Amos disse. "Fala com o

Samuel sobre a Puah. E a gente encontra alguém pra você também. Mas a Essie não. Não a Essie, nunca mais."

Isaiah olhou para Amos como se não conseguisse dizer uma resposta. Isaiah fechou os olhos. Amos observou enquanto ele amortecia um acordo com desespero. Mas o som, nem tão melodioso quanto o canto de um pássaro nem tão estrondoso quanto uma tempestade no meio do dia, podia ser ouvido, permanecendo em algum lugar entre os dois, e fez com que Amos ansiasse pelo antigo lar — Virginia. A ânsia estava fora de lugar. Aquele não era seu lar e tampouco este era: não estas praias, com certeza, mas quais, exatamente, ele sabia que nunca saberia, e era ali que estava a dor.

Isaiah abriu os olhos.

A boca de Amos se abriu um pouco, como se fosse sussurrar ou beijar, sua língua irrequieta atrás dos dentes. Então ele a fechou rapidamente. O que não daria para que sua dor também fosse aliviada. Sacudiu a cabeça e deixou escapar um suspiro frustrado.

"Puah. E a gente encontra alguém pra você. Mas não a Essie."

Isaiah saiu. Olhou para baixo por um instante. Amos podia ver na curva dos ombros que o menino que uma vez levantara agora estava pressionado sob o peso de Amos empurrando-o para baixo. E não importava a necessidade, Amos se sentiu um pouco despedaçado por causa disso. De repente, Isaiah partiu, correu em direção ao celeiro, desaparecendo por trás das nuvens de poeira que seus pés levantavam. Agora era a vez de Amos fitar o pano azul, movendo-se ligeiramente com um vento muito suave.

Alguns dias depois de Samuel quase arrebentar sua cabeça com uma pedra, Amos caminhou, apenas com uma pequena trepidação, até o celeiro. Estava rezando o tempo todo, por isso ignorou as crianças brincando no meio do mato e o pessoal que acenava para ele à medida que passava pelas choupanas. Eles teriam de perdoar sua grosseria. Quando chegou à cerca do celeiro, viu Samuel e Isaiah ajoelhados perto da porta, um balde de lixo entre eles. Recusou-se a ser seduzido pelo brilho deles.

"Vocês vêm pro culto?", Amos gritou para eles, sorrindo enquanto se movia entre as ripas da cerca e caminhava na direção dos dois. Seus olhos pulavam de um garoto para o outro ao mesmo tempo que eles pararam o que estavam fazendo e se voltaram para ele. Seus olhos recaíram sobre Isaiah.

Samuel deixou o ar sair num assovio por entre os dentes e voltou sua atenção para o balde.

"Zay me contou o que você falou pra ele, o que você não quer contar pra ele. Eu queria te derrubar bem onde você tá." Samuel semicerrou os olhos, olhou para Amos, levantou-se e cerrou os punhos. "Sai daqui."

Amos deu alguns passos para trás. "Vocês são jovens", disse. "Não estou fazendo isso em favor de *vocês dois*, mas de *todo mundo*." Suas mãos estavam em súplica, elas estavam *em súplica*. "Só uma vez. Vocês dois. Só uma vez."

"Quando é que foi só uma vez?", Isaiah redarguiu. "Pergunta pra Essie."

Amos sentiu aquilo em suas entranhas. Fechou os olhos. Recuou com a esperança de voltar com algo que pudesse ser mais curativo.

"Vocês querem dizer que deixariam que nos batam, nos usem de apoio, nos vendam, talvez até mesmo nos enterrem, a todos nós, porque vocês não querem se curvar um pouco?" Então disse, mas não com a boca: *Vocês não sabem que todos nós temos que nos curvar, temos, se quisermos um pouquinho de qualquer coisa que possa ter a forma de serenidade? Ninguém gosta de dar ao Mestre o que ele quer, mas a gente gosta menos ainda de dar a ele um motivo. E aqui estão vocês dando a ele todos os motivos do mundo. Antes de eu encontrar Jesus, eu entendia vocês. Eu sentia a exaltação do tempo de vocês juntos e regozijava. Mas agora meus olhos foram abertos e eu vejo, eu vejo. Eu caí por causa disso. Eu caí e fiz um acordo pra manter um pouco de quietude pra Essie e pra mim e pra vocês. Aceitem. Por que vocês não aceitam?*

Sim, mesmo agora ele percebeu a realidade tremulando entre os dois. Era como a mais fina das teias de aranha com uma tênue quantidade de orvalho balançando em seus fios, arrancada de repente e depois, reconstruída em um piscar de olhos; cachos delicados que eram, de alguma maneira, mais fortes do que pareciam, suportando o peso de uma tormenta antes de abrir espaço e permitir uma visão livre de obstruções. Mas isso não era motivo para tristeza, porque a manhã, depois da chuva, oferecia uma beleza em que o cheiro das piloselas era apenas o começo.

Nem Isaiah nem Samuel conseguiam responder a uma pergunta feita em silêncio, embora parecesse que Samuel estava prestes a se ajoelhar. Mas não, nada. Samuel simplesmente voltou para o seu balde. Isaiah se levantou e chegou mais perto de Amos.

"Meu nome. Por favor", disse Isaiah, estendendo a última palavra, o que fez com que seu lábio inferior estremecesse.

Samuel estendeu o braço e encostou na mão de Isaiah, então balançou a cabeça. "Não implore desse jeito."

"Filho, a gente tem que lavar a mão um do *outro*. Não pode ser de um só", Amos disse, olhando diretamente para Isaiah.

Isaiah mordeu o lábio inferior e entrou no celeiro.

Samuel estufou o peito e Amos pensou que essa seria a briga para qual ele estava preparado dessa vez, mas, não. Samuel apenas seguiu Isaiah para dentro do celeiro, deixando o balde como a única companhia de Amos.

Isaiah e Samuel tinham ido embora, desaparecido dentro

do celeiro. Mas o lugar ali fora, onde estavam de joelhos, ainda estava coberto por suas sombras.

Ele sabia que era errado, porque o que havia acontecido n'A Porra de Lugar devia ser trancado lá e queimado, mas ele tinha perguntado a Essie sobre Isaiah mesmo assim e, como sempre, a resposta dela não foi uma resposta. Ela só olhou para Amos com aqueles olhos grandes, inquisidores, grandes porque ela mantinha coisas ocultas dentro deles, e apesar disso, tudo o que Amos queria era protegê-la; deixar que ela seja ela.
Agora ela descansava profundamente ao seu lado, esgotada pelo trabalho no campo. Olhou para o rosto dela que cintilava. Bela como era, não fazia sentido para ele por que razão ela e Isaiah tinham uma camaradagem que não produzia nada além de sussurros e risos. Amos conseguia entender a si mesmo por demorar a fazer o que tinha de fazer. Ele era mais velho. Cabelos grisalhos vieram delinear as bordas de seu couro cabeludo. Às vezes homens mais velhos não eram tão viris como quando eram mais jovens. Se Paul tivesse lhe dado só um pouco mais de tempo, ele e Essie teriam dado a ele filhos em número suficiente para satisfazê-lo. No entanto, o tempo de Paul — tempo para qualquer toubab — movia-se de maneira diferente; era rápido e imprevisível.
Essie não conseguia trazer as boas novas e Amos compreendia. Enterre aquilo, então, no solo selvagem d'A Porra de Lugar. Ele não sabia se o encontraria, mesmo com uma pá no meio da noite, mas precisava tentar pelo bem dela. Precisava.
O celeiro estava escuro. Lá dentro, não havia nada além dos cavalos e duas sombras enroscadas no chão. Duas sombras! Enroscadas uma à outra no chão. Sim, Amos vira coisas estranhas. Mas essa — essa ganhava de todas!

Ficou espantado por quão óbvio era, por quão facilmente podia passar despercebido por aqueles que não tinham a curiosidade de procurar a resposta que estava bem na frente deles, porque a resposta, mesmo quando revelada, continuava sendo inacreditável.

No início, tinha pensado que a afinidade entre os dois era apenas perigosa, nunca achando que era sábio que duas pessoas fossem tão próximas, não aqui, de todo modo. Mesmo com Essie, seu abraço era com um braço *só*. O outro tinha de ficar livre para cobrir o rosto e chorar quando o calor de outros corpos esfriasse. Não havia lhe ocorrido até que o véu foi erguido, e o mundo ficou mais claro para ele, o que a proximidade peculiar de Samuel e Isaiah significava.

Na ausência de mulheres, ele entendia a necessidade de recorrer à mão ou a um porco, ou, em um esforço derradeiro, com relutância e com a falsidade intacta, à sujidade de outros homens. O que era excitante era excitante, e gozar, para um homem, era sempre iminente, exceto perto da morte. Mas não ter desejo por mulheres para começar, não produzir nenhuma resposta física a elas, acima de tudo, escolher espontaneamente um homem para embalá-lo com cuidado até dormir, mesmo quando mulheres eram tão macias e abundantes quanto algodão...

Amos sacudiu a cabeça para apagar a imagem de sua mente. O homem em cima da mulher: isso não era só cristão, era sensato, certo? Ele fez a pergunta, mas retoricamente, porque estava apreensivo e incerto quanto à resposta. Não havia um nome apropriado para o que quer que Samuel e Isaiah estivessem fazendo, ao menos, nenhum que ele conseguisse lembrar. Que ele não conseguisse lembrar era algo que o incomodava tanto quanto o ato em si. Eles não eram mulheres. Mulheres eram fracas, de acordo com desígnios de Deus. Contudo, ao se comportarem como se pelo menos um deles fosse mulher, eles ameaçavam apenas reduzir ainda mais o que Amos imaginava que já estava reduzido à morte. Samuel e Isaiah usarem seu sexo dessa maneira — fresco, firme, trêmulo, livre —, mesmo sob o manto da noite, era loucura. Se eles se importassem pelo menos um pouco com qualquer um dos outros, teriam, no mínimo, mascarado a sua estranheza. Silenciado melhor, maldição, para que os toubabs não descobrissem. Não entendiam que aqui, sob a palavra de Paul, eles não eram ninguém?

Espera.

Eles *eram* alguém. Eles estavam *ali*. Só não tinham autoridade sobre si mesmos.

Amos não podia mais olhar para as sombras abraçadas. Sobretudo para aquela que ele carregou para fora da carroça todos aqueles anos atrás. Dá para imaginar? Alguém jogar uma criança em uma carroça com a mesma simplicidade que faria com uma saca de algodão. Uma criança berrando e seus pais sendo espancados no chão por ousarem protestar. Ele ficou impressionado, entretanto, que o menino tenha sobrevivido à viagem. Um pouco tonto no final, é claro, do jeito como a água e a comida eram racionadas e como os insetos picavam. Mas Amos ignorou os próprios grilhões para pegar o garoto antes que ele desmaiasse na terra. Ao segurá-lo, perguntou-se como seria ter seu próprio filho, segurá-lo tão perto do peito que o bebê podia sentir cócegas com os pelos do pai. E ao olhar para o filho, o filho olharia de volta para o pai, sorriria e puxaria os fios da sua barba para que os dois ficassem contentes.

Começou a caminhar de volta para sua cabana, evitando a luz da lanterna dos patrulheiros à distância. Refez seus passos, relembrando que tinha visto Samuel e Isaiah com frequência desde que eram meninos, quase sempre perto do celeiro e, portanto, quase sempre apartados dos outros. Um negro, o outro púrpura; um sorrindo, o outro taciturno. Talvez, se alguém o tivesse carregado, com joelhos fracos, para fora de uma carroça, Samuel pudesse ser um filho também.

"Vocês sabiam?", Amos perguntou para o pessoal.

Prestou bastante atenção nos sussurros. As mulheres ficavam gratas pelo indulto, os outros, gratos pela coragem deles. Maggie disse que era algo antigo, de outra época, de antes de os navios e armas chegarem. Amos não sabia nada daquilo. Ele nem teve de perguntar a Essie, porque o riso compartilhado entre ela e Isaiah fazia sentido agora. Mas não tinha nada de engraçado. Ele não entendia como ela não ligava o fracasso de Isaiah ao de Paul.

Paul. Amos sabia que, uma vez que Paul descobrisse que a natureza da teimosia de Samuel e Isaiah era algo diferente de má pontaria, eles inspirariam uma paixão nele que seria impossível de conter. Em algum momento, a mente irrequieta de Paul não ficaria contente apenas com Aqueles Dois; ele procuraria inspecionar os outros, para encontrar métodos cada vez mais criativos e dolorosos para prevenir que o sacrilégio de Samuel e Isaiah se espalhasse. Por causa daqueles dois, o sofrimento prosperaria.

Amos sentiu o rancor crescendo no meio das suas costelas, embora fosse bem sabido que Samuel e Isaiah inspiravam tudo ao seu redor a dançar: alguns velhos, as crianças, moscas, as pontas da grama alta. Tudo exceto as suzanas-dos-olhos-negros, que viravam a cabeça para quem quer que fosse. Céticas por natureza, elas oscilavam um pouco quando os garotos passavam, mas nada além disso. Elas estavam tão seguras no dourado de suas pétalas que não tinham de venerar nada mais, com exceção, talvez, da chuva. Gritar quando ela caísse. Amos queria que seu povo fosse um pouco assim.

Quando ele próprio os viu juntos — agora que ele *os viu, viu* — divertindo-se no pântano, levantando fardos de feno e cuidando dos animais, ou apenas sentados em silêncio, lado a lado, com as costas contra o celeiro, alimentando um ao outro com as próprias mãos, pés muito próximos, ele quase glorificou os nomes deles. Cobriu os olhos porque Isaiah e Samuel eram luminosos e cobertos de um brilho que ele nunca tinha visto antes. Uma pena que ele tivesse que ser aquele que o destruiria.

Era necessário, portanto, que a natureza de seus sermões mudasse. Se toda a plantação pudesse se unir nesse propósito, não só ele, talvez... Com o peito cheio de arrependimento e com sua voz mais suave, longe do círculo de árvores para que nenhum toubab o escutasse e desencadeasse o caos antes que houvesse uma chance de ele ser impedido, às vezes, nos limites de sua choupana, ele censurava qualquer pessoa que aceitasse, aprovasse ou ignorasse o comportamento de Samuel e Isaiah. A maioria das pessoas ficava assustada com essa mudança repentina, porque não estava acostumada a ouvir sua voz de rio soar tão seca.

"Você acha que Deus não vê?", ele dizia em voz baixa enquanto apontava para o celeiro, seus dedos escuros pairando no ar, tremendo como galhos que perderam suas folhas, esperando que a incerteza não o estivesse vestindo como roupa de domingo. Pois fora a ele que Paul confiou as palavras do livro e lá dizia *multiplicai-vos e dai a Deus Sua glória-glória*. Era isso que ele tentava explicar acima do tumulto de porquês que o bombardeavam vindos dos lábios de quase todo mundo para quem ele sussurrava.

Ele antecipara dificuldade, resistência, já que suas próprias pernas estavam incertas. Samuel e Isaiah eram, afinal, garotos, garotos que muitas vezes ajudavam, um era intempestivo e o outro tranquilo, mas nunca cruéis ou arredios. Ele sabia que algumas pessoas os tinham como se fossem os próprios filhos, pois os dois eram órfãos. As pessoas tinham um interesse especial pelos órfãos; em segredo lhes davam um pouco mais em termos de afeto, embora não o tivessem de sobra. As mulheres, principalmente, importavam-se mais com Samuel e Isaiah do que deveriam. Maggie era a pior e a que deveria ser mais esperta.

"Meeeeerda", Um Homem Chamado Coot sussurrou para Amos. "Desculpe a minha língua, mas um pouco de gentileza entre nós ainda não matou ninguém."

"Eles não incomodam ninguém aqui", Naomi disse baixinho. "Alguns de nós não têm muito tempo, de todo jeito. Têm mais é que roubar alguma coisa fácil antes que o difícil chegue pra atrapalhar."

Mas a maioria daqueles que Amos convidava permaneciam em silêncio, voltavam-se uns para os outros com um olhar que Amos vira apenas no rosto dos toubabs. Pulava de um rosto para o outro, como lanternas sendo acesas em rápida sucessão. Em vez de resistência excessiva, Amos encontrou uma semelhança assustadora entre os toubabs e seu próprio povo que poderia ser explorada com bastante facilidade. A ideia de que eles poderiam ser melhores — ter mais direito ao favorecimento que outros, ter uma espécie de brisa particular — não havia ocorrido a eles. Ocasionalmente, Paul demonstrava mais aprovação em relação a alguns deles baseado na rapidez e na destreza com que colhiam algodão, mas a recompensa era sempre mais trabalho e mais expectativas, e não menos. Às vezes, ele era um pouco mais leniente com as pessoas cuja cor era atenuada pela interferência do próprio Paul, mas o custo disso era evidente. Agora, por causa de Amos, eles tinham esse novo conceito a considerar: poderiam ter acesso a algum tipo de *algum momento* apenas pela virtude de não serem um dos excluídos.

Eles chegavam a Amos de dois em dois, mas eram seduzidos um por um. As pessoas começaram a evitar Samuel e Isaiah. Tomavam o caminho mais longo deliberadamente, passando pelos capatazes e pelo mato, para desviar dos dois no caminho de ida e vinda do campo. Deixavam as ferramentas no chão, do lado de fora do celeiro, em vez de entregá-las direto a eles. Banhavam-se mais para cima da margem, longe deles. Não abriam espaço para os dois ao redor da fogueira. Olhavam enviesado e faziam caretas a cada vez que Isaiah e Samuel ousavam demonstrar algo que se assemelhasse a afeto.

Amos estava lá, no rio, quando o Big Hosea atacou Samuel. Hosea disse que Samuel tinha olhado para ele de um jeito estranho. Hosea era um dos poucos na plantação que tinha certeza de que podia derrubar Samuel. Ele sempre procurava Samuel para brincar de luta no meio do mato como uma maneira de testar sua própria força. Assim, não precisou de muito para que ele desse um soco no meio do queixo de Samuel bem ali no rio na frente de todo mundo. Pelo transtorno, Samuel quase rachou a cabeça do Big Hosea contra as pedras salientes. Amos e outros ajudaram Hosea a se levantar enquanto Isaiah segurou Samuel. Hosea disse que Samuel olhou para ele de um jeito que fez com que ele se sentisse indefeso, nu. Não importa que todos eles estivessem nus se banhando. Aquele olhar, ele disse, o fez investir contra Samuel. O peito de Hosea subia e descia. Amos lhe disse que se acalmasse, disse que ninguém o culpava por fazer algo que era natural para os homens. Ninguém mencionou, também, que, entre as pernas de Big Hosea, sua carne estava rígida e latejante.

Agora, era domingo. Amos estava sozinho andando no mato, ao longo do campo de algodão e indo para a clareira além dele. Um pouco antes de entrar, ele pôde ver como a luz caía naquele espaço e tingia tudo de um dourado pálido, mas o silêncio, também, dava cor às coisas. Ele não tinha linguagem para descrevê-la. Não bem como o azul, apesar de ser o que ele diria se fosse menos observador. Ele teria de se contentar em não ter uma resposta para tudo. "Seja humilde, Amos. Seja humilde."

Uma vez no abraço da clareira, sentou-se na pedra, cruzou as pernas na altura dos tornozelos, uniu as mãos e começou a rezar. Quando terminou, abriu bem os olhos, pois havia escutado um sussurro. Levou a mão à boca. Seus lábios estavam levemente torcidos. *Não*, ele pensou, mas a voz sussurrante estava silenciosamente *Sim*.

A primeira pessoa de sua congregação irrompeu por entre as árvores para dentro da clareira. Amos se endireitou. Era a tia Be e ela estava segurando Solomon, que reclamava um pouco.

"Bom dia, senhora. Bom dia", ele disse.

Amos olhou para Solomon. Sua boca tentou sorrir, mas seus olhos não.

Silêncio.

Gênesis

Aqui não é onde começamos, mas onde *devemos* começar. Para que você nos conheça. Para que nós o conheçamos. Mas, sobretudo, para que você conheça a si mesmo.

Nós temos nomes, mas são nomes que você não consegue mais pronunciar sem soar tão estrangeiro quanto os seus captores. Isso não é para condená-lo. Acredite em nós: sabemos o papel que tivemos nisso, mesmo que tenha sido apenas através da nossa ignorância e fascinação com coisas que antes desconhecíamos. Perdoe-nos. A única maneira que temos de pagar essa dívida é contar a história que lhe demos através do nosso sangue.

Toda a memória é mantida ali. Mas a memória não é suficiente.

Você é o receptáculo, entende, então é por isso que não deve ceder à tentação do longo sono. Quem a contará senão você?

Você nunca será um órfão. Compreende? O próprio céu noturno te deu à luz e te cobre e te nomeia como seus filhos acima de todos os outros. Primogênito. Mais bem adornado. A mais alta consideração. Mais amado.

E não despreze a escuridão da sua pele, pois dentro dela está o feitiço primordial que nos levou do engatinhar ao andar ereto. A partir do grito, geramos palavras e matemática e a destreza do conhecimento que persuadiu o solo a oferecer a si mesmo como sustento. Mas não deixe que isso te torne arrogante.

A arrogância te rebaixa, abaixo dos cumes das montanhas onde você foi amamentado. Como onde você está agora, onde não há fundo. Onde a separação é normal e a alegria é encontrada em lugares indecentes.

Dobrar a si mesmo dentro de si é onde você encontrará poder. Ascendido dos círculos no fundo dos oceanos. Por mãos que costuraram o cosmos para que ele pudesse estar preparado no início de tudo. Um pouco de pompa nunca fez mal a ninguém. Tudo bem encontrar um pouco de humor nisso. Gostamos de ouvir sua risada.

Você deve saber que vem do lugar onde pais te abraçaram e mães caçaram para o teu prazer. Segurando grandes lanças e dançando. Carregando-o no alto dos ombros e celebrando a vitória. Você ainda faz a dança. Nós vemos você. Você ainda faz a dança. É parte do que você é.

Uma mão está se desenrolando. Em seu próprio tempo, o que parece longo demais para você, nós sabemos. Mas você deve ser paciente. Não te julgaremos duramente se você sucumbir à dor. É pedir demais para qualquer um, sobretudo de você, tão apartado de onde deveria estar. Retorne à memória quando estiver cheio de dúvidas (mesmo que a memória não seja suficiente). Não há linhas. Pois tudo é um círculo, voltando a si mesmo infinitamente. Não é para deixá-lo tonto, mas para dar-lhe a chance de acertar na próxima vez.

Sabemos que você tem perguntas. Quem somos? Por que só sussurramos para você? Por que só vamos até você em sonhos?

Por que vivemos apenas na escuridão? Respostas virão em breve. Nós, os sete, prometemos.

Dobrem-se, crianças. Dobrem-se.

1 Reis

No dia em que os demônios saíram dos arbustos, Rei Akusa estava na cabana real dela no coração do território Kosongo, de bom humor. Dois dos seis esposas dela, Ketwa e Nbinga, haviam trazido o jantar: tigelas de inhame, peixe ensopado e vinho de palma o suficiente para fazê-la sentir-se relaxada.

O segundo esposa, Ketwa, a quem ela favorecia, era mais hábil na cozinha do que qualquer um dos demais esposas.

"Ketwa preparou a refeição?", a rei perguntou. Ela sabia que sim, mas gostava do jeito como um sorriso aparecia no rosto dele, terno e suavemente curvado, sempre que ela perguntava.

"Sim, minha rei. Como sempre", Nbinga respondeu.

"Bem, nem sempre", Ketwa corrigiu. "Quando sentimos um cheiro de queimado, quando o peixe está muito empapado, sabemos que não fui eu que cozinhei."

A rei riu enquanto lavava as mãos numa tigela cheia de água e sálvia.

"E você ajudará no preparo do banquete para a cerimônia?

É daqui a uma semana, você sabe", ela disse com um sorriso irônico.

"Claro", Ketwa disse. "Kosii é meu sobrinho predileto. Mas a mãe dele é uma cozinheira ainda melhor do que eu. Foi ela quem me ensinou."

"Tenho certeza de que ela apreciaria sua ajuda em qualquer evento", a rei disse.

Ela se reclinou sobre os fardos macios de mantas vermelhas, laranja, verdes e amarelas atrás de si. Olhou para Ketwa.

"Você não vai juntar-se a mim para tomar um pouco de vinho de palma?"

Ketwa olhou para ela. Ele se sentiu atraído pela pele noturna dela; por seus olhos limpos, claros, e pela maciez dos seus seios, que repousavam embaixo do seu colar de contas. Notou a cabeça dela que pendia para a frente para alcançar um copo: careca como seu traseiro, inteligente em sua forma, adornada com tinta azul e gemas vermelhas. Ela tinha a cabeça de rei e a mente de guerreiro dentro dela.

"Os outros ficarão com ciúmes?", Ketwa perguntou ao servir o vinho.

"Por quê? Eles também se juntarão a nós", disse a rei, e sorriu.

"E quem cuidará dos nossos filhos se eu estou aqui?", ele retorquiu.

"Você é um de muitos."

Ela levou o copo até os lábios bem quando o jovem Reshkwe entrou correndo na cabana. Ele estava bastante ofegante e caiu de joelhos perto das tigelas de comida colocadas diante da rei.

"Como ousa entrar sem ser anunciado?", Ketwa o repreendeu.

A testa de Reshkwe tocou o chão.

"Perdão", ele berrou entre arfadas. "Perdão, Rei Akusa. Mas você deve vir! É um pesadelo. Um pesadelo caiu sobre nós!"

O que poderia ter alcançado o vilarejo tão longe do mar como era: dias e dias de trilha pela savana onde o leão e a hiena espreitam, sem mencionar a travessia do rio repleto de hipopótamos e crocodilos? Os vizinhos mais próximos, os Gussu, estavam a dias de distância e eram respeitosos o bastante para virem sempre trazendo presentes, nada aterrorizador como o menino descreveu. Rei Akusa se perguntou sobre a possibilidade de uma maldição, mas se lembrou dos guardas: o vilarejo era grande, o rufar dos tambores era regular, às vezes alto o bastante para afugentar pássaros das árvores; e os ancestrais eram incansavelmente honrados com oferendas compostas apenas das mais magníficas bananas da colheita. Não havia motivos para acreditar que eles estavam bravos e enviaram alguma forma de praga. Pelo contrário, eles ficariam satisfeitos com a maneira como o vilarejo prosperava, povoado por cinco gerações de pessoas em cujos rostos os ancestrais viviam. E, em breve, eles teriam suas armas à vista pela primeira vez desde a guerra.

A rei alcançou, atrás das mantas, sua lança e seu escudo. Sobre o último estava entalhado o avatar da família: um pequeno guerreiro pontudo, no formato de um relâmpago, com as armas erguidas no alto em sinal de triunfo.

"Devo convocar a guarda, minha rei?", Nbinga perguntou.

"Mande-os se encontrarem comigo no caminho para o portão."

Rei Akusa disparou para fora da habitação com uma velocidade incrível. Ela passou correndo por dezenas e dezenas de cabanas, um rastro de poeira vermelha se erguendo atrás dela. O solo estava seco porque havia ainda pelo menos dois meses até a temporada de chuvas. O sol estava apenas começando a se pôr atrás das árvores. Ela olhou para baixo para ver sua sombra, rápida e longa, debaixo dela. Logo, ouviu as pisadas dos guardas vindo atrás dela. Moviam-se como uma tempestade que se aproxima e pouco depois a alcançaram. Juntos, chegaram à praça do vilarejo. E, juntos, pararam bruscamente.

Um homem teve ânsias. Outro vomitou. Três mulheres recuaram. Quatro homens quase bateram em retirada. Rei Akusa, a valente, apenas cerrou os olhos e segurou sua lança com mais força. O menino estava certo. Demônios haviam, de algum modo, chegado ao seu lar.

De algum modo, não. Perto dessas coisas estranhamente vestidas, cuja pele era como se não tivesse pele alguma, estava um Gussu. Ele deu um passo à frente e se ajoelhou diante da rei. Ele tinha os olhos apologéticos de um amigo, mas ela não confiava nele.

Ela se virou para ver os guardas em diversos estados de desordem. Bateu com a ponta cega de sua lança contra o chão e, de repente, todos eles prestaram atenção. Ela advertiu os guardas de que não se aproximassem dos estranhos e evitassem tocá-los. Agradecidos pela sabedoria dela, eles a cercaram num semicírculo protetivo e apontaram suas lanças para os invasores.

"Estão mortos?", Muzani, o mais alto, perguntou.

"Afastem-se", a rei ordenou, sem mascarar nem um pouco a sua irritação por terem esquecido que ela era a maior guerreira entre eles e poderia prontamente defender-se, mesmo contra os não vivos. Olhou para o Gussu que estava ajoelhado na frente dela.

"Estou confusa", ela disse enquanto enfiava a lança no chão. "Sua postura indica respeito, mas você trouxe pestilência ao meu vilarejo. Explique-se agora mesmo ou você e esses demônios sofrerão juntos."

Ela teria esperado algo assim do povo sem nome da montanha, que uma vez tinha saído de seus poleiros nas nuvens para atacar seu vilarejo sem motivo. Ela era uma menina na época, mas lembrava deles com clareza por causa de seus dentes afiados e da tinta branca que adornava seus rostos com um brilho desagradável. O povo sem nome da montanha amava a guerra mais do que tudo; era como se fosse uma religião para eles, o que os definia. Remover a guerra do coração deles seria como remover os laços ancestrais do próprio povo dela. Eles apenas se dissolveriam e só restariam nuvens de fumaça e um odor fétido. Mas nada disso significava que os Kosongo não ofereceriam resistência. Ao contrário, a mãe da rei liderou a investida contra eles, sua lança erguida como se ela tivesse agarrado um relâmpago do céu.

"Demônios, não", o homem assustado disse em língua Kosongo funcional. "Amigos."

Ele fez sinal para que os demônios se curvassem e assim o fizeram. Eram menos feios nessa posição. A rei ordenou aos guardas que abaixassem as armas, mas que também tivessem cautela. Com um gesto de fácil compreensão, ela instruiu os invasores a se levantarem. Ela não conseguia parar de olhar para eles. Tinham cabelos da cor da areia. Olhou cada um deles nos olhos. Um deles usava um objeto curioso sobre os olhos que os fazia parecerem pequenos como contas. E sua avaliação inicial estava correta: todos os três demônios estavam sem pele. Um deles abriu a boca para falar. Embora fosse quebrada, ela reconheceu e suspeitou de magia ruim.

"Saudações", disse. "Eu sou o irmão Gabriel. E estou aqui para trazer-lhes as boas novas."

Beulah

Larga como duas mulheres, Beulah — agora tia Be — tinha espaço para sonhar quando todos em Vazio eram mais espertos e evitavam fazê-lo. O sorriso no rosto dela não era permanente e não era uma indicação de que ela era estúpida. Era antes uma espécie de armamento contra a aflição que inclinar-se sobre o campo de algodão, e outros lugares, fazia penetrar na pele. Não era um perfume, e ainda assim tinha seu próprio aroma. Cheirava como algo enterrado por muito tempo e depois desenterrado. Agora exposta ao sol, a coisa não começou a ressuscitar, mas a liberar o seu fedor — velho, podre, acre —, inspirando ânsias e vômito, mas também dizendo algo sobre si, sobre quem quer que a tenha colocado ali e sobre quem a revelou.

Ela se sentia como se ela fosse aquela coisa enterrada. Coberta contra a sua vontade. Por muito tempo esquecida. Abandonada para apodrecer. Descoberta tarde demais, mas ainda útil para ladrões que se viam como exploradores. Tudo isso a deixava numa condição muito delicada. Os sonhos proibidos, que outrora foram fonte para o júbilo de ela não sabia quantas pessoas, cantando em um tom que a fazia sentir-se bem, tinham começado a se fragmentar de tal maneira que se sentavam lado a lado de uma outra coisa dissonante que do mesmo modo a duplicou. Não só o seu corpo, mas também a sua mente, coração e, ela gostaria de acreditar, alma (ela tinha uma — duas! — apesar dos toubabs dizerem que ela não tinha nenhuma). Que escolha ela tinha a não ser queimar cada desprezo até que brilhasse como um conforto?

Ela não tinha a intenção de se dar a Amos, não de início. Essie estava grávida e eles ainda a mantinham no campo. Essie não conseguia cantar para manter todo mundo no ritmo; era muita coisa. Tia Be contou uma história rimada para compensar. Algo sobre uma cidade em um vale e como as pessoas iam preparar um banquete mesmo sabendo que uma tempestade estava chegando. Não só isso, mas tia Be (ou talvez fosse Beulah) colheu sua própria cota de algodão mais metade da de Essie para que Essie evitasse o chicote. Sim, senhora, eles chicoteariam até mesmo uma garota grávida, algo que não tinha nenhum sentido prático. Se o objetivo era aumentar a sua glória, por que você extirparia suas bênçãos, duas de uma vez só?

"Você ainda está tentando subir em cima dela depois de tudo que ela passou?", ela era atrevida o suficiente para perguntar a Amos antes do soar do toque e de o sol atenuar.

"Ela é minha mulher. Eu faço qualquer coisa por ela. Tentando fazer ela esquecer. Tentando fazer ela saber que não tem um grama faltando na beleza dela."

"E você faz isso indo até ela em vez de deixar ela ir até você?"

Tia Be entendeu que aquilo era inútil pela confusão no rosto de Amos. Sabia que homens, os no cio ou os que tinham algo a provar, eram irracionais. Rearranjariam terras e mares para conseguir que as duas coisas os levassem à satisfação quando uma delas já era o suficiente. Depois, quando voltavam a si, os bondosos sentiam arrependimento, os cruéis buscavam mais crueldade, e ambos eram indistinguíveis para ela. Não precisava ser um grande feito. Bastava que eles olhassem para ela como se tivessem nojo *dela* pelo ato que *eles* tinham acabado de cometer. Levantam-se do palete e saem da choupana sem sequer um "obrigado" ou "boa noite", nem mesmo um "com licença". Ela achava que poderiam às vezes ao menos agir como se estivessem sendo forçados e dar a ela a compensação a que tinha direito. Em vez disso, deixavam-na deitada ali com o próprio fedor *e* o deles como se esse fosse o presente pelo qual ela esperava. E tantas vezes ela só ficava chorando do lado de fora, na esperança de que o que eles deixaram dentro dela não pegasse e, se o sangue descesse, então a misericórdia a teria ouvido em algum lugar.

O mais insidioso daquilo tudo era o que a repetição fazia com ela. A certa altura, contra sua vontade, ela começou a gostar do ritmo. O sorriso malicioso. As palavras indiferentes. O balanço vertiginoso. A pressão para baixo. O bombear contínuo. A última investida. O tapa. O chute. O soco. A gratidão esquecida. O boa noite perdido. Ela se viu moldada num formato que melhor se ajustava ao que eles talhavam nela. A água havia desgastado a sua pedra e, quando menos esperava, ela era uma droga de um rio quando poderia jurar que era uma montanha.

Da montanha ao rio era um lugar. Mais do que um lugar, era uma pessoa. Beulah era uma montanha. Tia Be era um rio. Entre elas, terra fértil ou árida, dependendo da localização. Os outros a julgavam duramente, ela sabia, por ser a primeira deles a ir do topo ao fundo. Mas ela era apenas a primeira, e seu sacrifício, um deles, de todo modo, era este: ela o fez para que houvesse mais graça esperando-os quando também eles sofressem a queda.

E não era verdade que ela descera por sua própria vontade, transitando com cuidado por picos e encostas, firmando seu pé para que não escorregasse em nenhuma fenda lisa e gelada.

Não. Ela era empurrada. Não importava se ela sorria ou gritava enquanto despencava. Alguns tombos eram dignos de pena, apesar de tudo.

Pois veja o que aconteceu com ela no fundo-fundo: ela era a parada de descanso dos homens e a paz de espírito; ela era a cozinha de campo, a pensão barata e a latrina deles; dava à luz seus filhos aos quais não podiam apegar-se e recolhia os filhos que não eram do seu sangue para substituir aqueles que haviam sido roubados de repente ou por uma dívida a vencer.

Ela sabia que podia poupar Essie (não parar, mas desacelerar sua queda), porque *mulheres tinham que cuidar das mulheres* — sobretudo quando recusa significava morte. Sim, ela abriu bem os braços para Amos, pernas também; deixou não só que ele risse, falasse, balançasse, esbarrasse, arranhasse, batesse e deixasse de dizer bons sonhos ou adeus, como também deixou que ele fizesse tudo isso repetidas vezes até que parecesse algo divino — ainda que só pelo ritual.

Outra coisa definia a devoção dela. *Está vendo, Maggie estava errada: se você ensinar cedo o suficiente, eles não vão se corromper. Você talvez pudesse transformar a natureza dos meninos de tal forma que, quando eles vissem uma mulher, seu primeiro instinto não seria domá-la, mas deixá-la em paz. Você poderia cobri-los com tanto bálsamo que, quando começassem a preferir o ar livre, ficar perto dos homens mais velhos — que não tiveram o benefício do que chamam de "coisas de mulher" precisamente porque queriam o direito de ser imprudentes e de furtar; se tivessem abraçado sua mente como um todo em vez de metade dela — o erro de suas maneiras lhes seria revelado, e eles saberiam que não poderiam vê-lo e sobreviver intactos.*

Tia Be (não Beulah) cobria todos os meninos de atenção — especialmente aqueles em cuja cor tivessem intervindo. Todas as meninas, em particular aquelas cuja pele fosse retinta, ela dominava ou deixava que se virassem (enquanto Beulah chorava). *Mulheres tinham que cuidar das mulheres*, sim. Mas primeiro tinha que haver um julgamento e ela se recusava a interferir naquela passagem sagrada para qualquer mulher, jovem ou velha.

Ela pegou Puah depois que a mãe e o pai dela foram vendidos. Puah ainda nem andava e ainda precisava de leite, que tia Be só lhe dava em pouca quantidade, complementando com pedaços de pão e partes de porco que ela sabia que a bebê era nova demais para poder comer. Quando o estômago de Puah doía noite adentro e seu choro não cessava, tia Be culpava a criança por sua própria condição e apenas a deixava berrar até que sua garganta ficasse machucada, depois ela só choramingava baixinho. É um milagre que a criança tivesse voz.

A bebê era nova demais para comida de adulto e também nova demais para ter semeado tanto ressentimento em tia Be, mas lá estavam as duas coisas, repousando desconfortavelmente em um corpinho pequenino, inútil, mas resoluto.

O que tia Be sabia era que, um dia, Puah teria serventia. Seria ou como uma espada ou como um escudo, possivelmente os dois, mas qualquer que fosse a forma, era inevitável. Maggie não era a única que conhecia coisas profundas e ocultas.

Numa noite abafada, tia Be estava deitada com Amos. Ele havia entrado na choupana dela com raiva, reclamando sobre como ele tinha tentado ser razoável com Isaiah e Samuel, mas eles não se submetiam.

"Submeter a quê?", tia Be perguntou com certa inocência.

Amos olhou para ela como se ela tivesse praguejado. "Uma natureza maior que a deles! Você não tem escutado o que eu tenho tentado falar pra vocês?", ele falou alto antes de abaixar a cabeça para permitir que sua voz alcançasse aquela altura. Ele suspirou. "Tem gente que nunca vai entender que a parte não é mais importante que o todo", disse para ela, soturno. "Mas você entende, Be. Hein?"

Os olhos de Amos eram bondosos. Ele tinha um rosto franco. Seu tom não era diferente de uma história contada ao redor da fogueira à noite. Você tinha que se entregar e nem os pernilongos poderiam distraí-lo uma vez que você estivesse lá. Ela também tinha isso, a voz para histórias, mas as pessoas só queriam ouvir as dela como conforto, não como inspiração. Mas Amos também tinha um toque alegre. Ele desceu com ela, desceu montanha abaixo e entrou no riacho. Tocou a água. Deslizou as mãos entre as coxas dela e ela não recuou nem um pouco. Ela sabia que ele se importava com o prazer dela, mas que o prazer dela não era o objetivo. Ainda assim, ela se contorceu um pouco por causa do que ele tinha atiçado. Eles estavam perto um do outro, ele sorrindo, ela com olhos sonolentos.

"Você precisa que eu faça o quê?", ela sussurrou.

Amos se sentou e olhou para a lateral da choupana onde as crianças se deitavam, amontoadas como lixo que alguém tinha varrido (e talvez alguém tivesse mesmo feito isso), e olhou para uma Puah que tentava dormir.

"Quantos anos a Puah tem agora?" Amos coçou o queixo. "Quinze? Dezesseis?"

"Mais ou menos."

"E você consegue manter ela aqui trancada com você? Sem que o mestre ou ninguém venha mexer com ela?"

Tia Be olhou para Puah com olhos invejosos. Que coragem essa garota tinha para primeiro sobreviver ao que quer que tia Be tivesse colocado na barriga dela e depois para viver em Vazio ainda cheia. Não, talvez fosse mais sorte do que coragem. Sorte que escapava a todo mundo na plantação menos a Puah, parecia. Pessoas sortudas não tinham serventia para ninguém a não ser para si mesmas. (Sarah era outra história, mas tia Be não tinha muita luta dentro de si, ou desejo voltado para encarar a si mesma, para fazer as coisas do jeito de Sarah.)

"Hum", tia Be disse. "Por que você tá perguntando dela?"

"Eu preciso dela. Pra eles."

A pontada de dor que ela sentiu nas têmporas era por ela, não por Puah, ela disse para si mesma.

"Pra quê?"

"Você sabe pra quê."

Tia Be conhecia Samuel e Isaiah como não dela. Eram duas crianças que ela nunca conseguiu incorporar a sua própria tribo — um, em particular, por uma boa razão. Eles não foram criados por ninguém, mas cuidados por todos, uma espécie de vagabundos, mas amados. Eram eles que ficavam no celeiro e tinham que ter boa natureza, porque tomavam conta dos animais, da vida, e não só plantar, colher e colocar num saco. Mas um deles era também o que tinha o machado. Às vezes, ela ouvia um porco guinchando. Os porcos sempre sabiam, de algum jeito, o que os aguardava. Ficavam inquietos no dia. Tentavam correr, mas as mãos de Samuel eram firmes. Não havia expressão alguma no rosto dele antes ou durante. Mas depois, quando ele estava no rio lavando o sangue das mãos, seu lábio inferior caía, e sua baba pingava na água corrente. *Menino não menino*, ela pensou. *Menino agora homem.*

Amos beijou tia Be profundamente. Levou os lábios até o pescoço dela. Olhou para ela e esfregou o nariz contra o dela.

"Deixa eu ver o que consigo colocar na cabeça dela", ela disse. "Tenho que tomar cuidado com isso. Aquela garota sempre faz o contrário do que eu digo."

Tocava o coração de tia Be ver que, apesar da desobediência, Puah andava por Vazio relativamente ilesa, como se tivesse aceitado todos os conselhos e deixas que tia Be ofereceu, em vez de jogá-los no chão e chutá-los para longe. Significava que talvez tia Be tivesse se enganado e que o desdém de Puah e a esperança dela, em vez do aconselhado rompimento e então submissão, poderiam ser também um caminho. Ah, bem. Não fazia tanta diferença mais. Aqui estava e tia Be sabia que chegaria mais cedo ou mais tarde: a hora de Puah conhecer a graça que nenhum dos outros teve a perspicácia de mostrar a Beulah, que foi o alvorecer de tia Be. *Não importa quem gosta ou não. Ao menos eu escolhi meu próprio nome.*

"Acho que ela gosta daquele Samuel lá. É esse o nome do maior, né? O roxo, não o preto."

"O que fica com a boca aberta, é."

"Hum. Tá bem, então."

Tia Be puxou Amos. Puah e as outras crianças se amontoavam todas mesmo que estivesse quente demais para isso, mas elas o faziam como se não quisessem ocupar muito espaço, o que era sensato, porque encolher-se te mantinha longe da mente dos toubabs, e se você não fosse robusto o suficiente para resistir ao que a mente deles podia fazer (quem era?), então era melhor que você ficasse menor do que jamais fora antes.

Ela olhou para Amos. "Vamos."

Ele havia interrompido a batida da canção deles. Não podiam fazer a dança deles se a música parasse.

"Me deixa."

Ela o envolveu em seus braços e pressionou seu veludo contra o dele.

"Posso te contar sobre o trovão?"

Ela não era a cantora que Essie era, mas podia contar uma baita história para marcar o tempo.

Puah

    Puah detestava o jeito como o algodão ficava preso debaixo das unhas. Detestava ainda mais o que a colheita fazia com seus dedos: deixava-os feridos e pesados, fazia com que ela sentisse que tinha algo nas mãos mesmos quando não tinha. Estava cheia de ressentimentos, que ela tinha de enfiar constantemente de volta em suas fendas, respirar para dar-lhes mais espaço e mantê--los no lugar.
    Segurava o saco com rancor, puxava-o de um canto para o outro enquanto saqueava uma planta depois da outra, roubo em nome de um homem de quem, se ela pudesse, arrancaria os cabelos, fio por fio, até mesmo os cílios, do mesmo jeito. Nos cantos dos olhos dela, a única coisa que ameaçava formar-se, sempre, era raiva. Com exceção do formato do corpo dela, que a marcava como vulnerável por todas as direções, com o perigo à espreita acompanhado de qualquer um, ela mantinha sua vingança bem coberta e almofadada no ninho de sua alma.
    No fim do dia, ela arremessou sua colheita na carroça, observada por James, a quem ela nunca olhava nos olhos, pela

Maggie, sim, mas também porque ela queria negar a ele a cortesia de seu olhar. Seus olhos grandes, sobrancelhas grossas e cílios longos seriam para que ela, e somente ela, oferecesse. E as únicas pessoas a permanecerem no altar dela seriam aquelas de sua escolha. Essas eram as coisas que ela dizia para si mesma nos lugares em que podia dar-se o luxo de ser resoluta.

Levantou o vestido pela bainha, expondo suas panturrilhas de obsidiana, e começou a voltar para as choupanas. Queria banhar-se no rio, mas os homens estavam lá. Em vez disso, ela encontraria um balde e o encheria com água do rio e se lavaria à noite, atrás da choupana de tia Be.

Puxou os cabelos, tocou suas raízes, notando o novo crescimento que deixara suas tranças estufadas e frisadas. Precisava de uma boa lavagem e de óleo antes de amarrá-lo para ir dormir e mantê-lo pressionado contra a sua mente. Quando ela trouxe a mão de volta para a lateral do corpo, notou movimento à distância. Caminhou em direção a ele, na direção do celeiro. Parou na cerca de madeira que o circundava e viu Samuel levando um cavalo até os currais e quis alcançá-lo antes que ele entrasse.

"Samuel", ela gritou, impressionada com a distância a que sua voz foi levada.

Ele se virou e sorriu. Caminhou até onde ela estava parada, na parte mais baixa da cerca. Puxou o cavalo junto com ele.

"Ah, já acabaram lá no campo?", ele perguntou.

"Bem, você tá me vendo bem aqui parada na frente do celeiro", ela disse, colocando a mão na cintura.

"Tá certo, então", Samuel disse com uma risada.

Ela passou uma perna por cima da cerca, depois a outra e se sentou na barra do topo.

"O que você planejou pro seu dia de descanso?", ela perguntou, olhando além dele, para dentro do celeiro. Viu um vulto se movendo lá dentro e soube que só podia ser Isaiah, mesmo que não conseguisse vê-lo com clareza. Voltou a focar em Samuel e deu um sorriso largo para a maneira como o sol terno e o nascer da luz das estrelas iluminavam a pele dele de um jeito que a sua tonalidade ficava evidente.

"Nada. Vou ficar aqui com o Zay."

Houve um momento de silêncio entre os dois que deu a ela a chance de notar a umidade dos lábios dele. Ela o perdoou por não perguntar o que ela faria no domingo.

"Provavelmente vou até a Sarah pra ela trançar o meu cabelo. Ela trança tão bem." Ela tocou o cabelo e puxou uma trança para a testa e a segurou pela ponta.

"Onde tá o Dug?", Samuel perguntou pelo irmão mais novo de mentira dela.

Puah fez um muxoxo. "Em algum lugar debaixo da tia Be, eu acho. Meninos não deviam ficar indo atrás das mães desse jeito."

Samuel olhou para o chão e agarrou as rédeas do cavalo com um pouco mais de força.

"Ah, não quis dizer…"

"Eu sei", Samuel a interrompeu. Ele chutou o mato e se curvou para pegar um seixo. Arremessou-o por cima da cerca. Puah o assistiu viajar e pousar à distância.

"Você arremessa longe." Seus lábios se abriram num sorriso, que Samuel retribuiu.

"Você devia ir comigo na Sarah amanhã", ela disse.

Samuel torceu os lábios para a ideia.

"O quê? Você não gosta da Sarah?"

Samuel riu. "Eu gosto da Sarah. Mas o que eu vou fazer lá, sentar e assistir ela trançar o seu cabelo?"

Puah pulou da cerca.

"É", ela disse e chegou mais perto de Samuel. Estendeu a

mão e tocou o cabelo dele; tinha pequenos cachinhos e estava empoeirado.

"Talvez ela trance o seu."

Ficaram ali parados só respirando sem dizer nada. Samuel não conseguia olhá-la nos olhos, e Puah não conseguia olhar para outra coisa que não fossem os olhos dele. Samuel tinha o tipo de olhar que convidava as pessoas, cumprimentava-as, e depois fechava com cuidado a porta na cara delas. E, por algum motivo, ao ficarem de pé do lado errado dela, as pessoas se sentiam compelidas a continuar batendo naquela porta até que, por misericórdia, ele a abrisse. Com o cabelo enrolado nos dedos dela, Samuel fechou os olhos ao mesmo tempo que os lábios de Puah se abriram.

Sobre o ombro dele, ela viu Isaiah encostado na porta do celeiro. Os braços dele estavam cruzados e uma das pernas estava erguida com o pé apoiado na porta. Ele não tinha o cenho franzido nem um sorriso no rosto. Parecia que ele se demorava no meio dos dois, olhando por fora, mas vendo por dentro. De vez em quando, ele espantava moscas, mas tirando isso não se movia. Ela parou de brincar com o cabelo de Samuel e acenou para Isaiah, mas ele pareceu não perceber. Então ela o chamou. Ele descruzou os braços e se afastou do celeiro. Pareceu hesitar em ir até os dois. Olhou para Samuel e Samuel se virou para olhar para ele. Se disseram algo um para o outro, ela não ouviu. Mas com certeza pareceu que houve algum tipo de interação. Isaiah caminhou até eles devagar. Apareceu atrás de Samuel, tocou as costas dele enquanto se colocava ao seu lado. O cavalo deu dois passos e voltou a ficar parado.

"Ei, Puah", Isaiah disse com uma voz tão reconfortante que ela quase se sentiu bem-vinda em um espaço que costumava parecer apartado de todo o resto. Por trás, entretanto, ela detectou algo na tranquilidade de seu tom, uma coisa espinhosa que fez seu couro cabeludo coçar. Olhou para ele e viu algo lampejar por seu rosto.

"Acabei de falar pro Samuel que ele devia ir comigo até a Sarah amanhã e trançar o cabelo. Ele não ia ficar bonito?"

Ela não disse aquilo para ferir os sentimentos de Isaiah. Disse genuinamente. Isaiah olhou para Samuel da cabeça aos pés.

"Acho que ele é bonito de qualquer jeito. Ele que decide como quer ficar bonito", Isaiah disse, com um sorriso largo. Colocou a mão no ombro de Samuel. "Preciso terminar aqui, Sam. Deixa eu levar esse cavalo de volta pro cercado. Vamos lá, garoto. Boa noite pra você, srta. Puah."

"Só Puah", ela disse. Isaiah assentiu com a cabeça para desculpar-se e afastou-se com as rédeas do cavalo na mão, puxando o garanhão. Puah os observou entrar no celeiro e depois voltou a atenção para Samuel.

"Ele tá certo. Você é bonito de qualquer jeito. Ainda assim, espero que você escolha as tranças." Ela sorriu e virou-se para subir de novo na cerca.

"Noite, Sa-mu-el." Ela deu uma piscada. Então pulou para baixo e dirigiu-se a sua choupana.

Puah era uma das duas meninas de tia Be; a outra, ainda muito pequena, chamada Delia, uma criança cujo nome Puah jurava ter sido dado por tia Be com rancor no coração, pois o bebê e Puah compartilhavam a mesma cor da meia-noite.

Todos eles dormiam num só palete. Puah não gostava de se deitar perto dos irmãos de mentira. Para alguns deles (independente da idade, e isso a surpreendia), os simples atos de fechar os olhos e roncar eram chamarizes para ações que ela nunca autorizou. Na maioria das noites, ela dormia enrolada em um canto, a barra do vestido enfiada embaixo das solas dos pés, criando uma espécie de barraca onde ela podia esconder seu corpo daqueles que ousavam bisbilhotar.

Tia Be dizia para perdoá-los, que pessoas degradadas faziam coisas degradantes. A labuta os deixava quentes e cruéis, mas sobretudo quentes, e às vezes o melhor que uma mulher poderia fazer era ser um gole de água. Foi assim que Puah soube que tia Be nunca poderia ser sua verdadeira mãe, não importava quantas canções de ninar ela cantasse ou quantas dores ela embalasse. Sua verdadeira mãe nunca pediria a ela que se sacrificasse por tolos ingratos e sem reciprocidade. Sua verdadeira mãe não mimaria todos os meninos, não importa quão crescidos, e não castigaria todas as meninas, não importa quão doces.

"Descarada", tia Be resmungava para qualquer garota que pudesse ouvir, e Puah não gostava da maneira como aquilo era sibilado para ela. Era como se não importasse o que ela fizesse ou deixasse de fazer, qualquer mal seria colocado aos seus pés e considerado como produto da sua barriga. "Crescida", ela ouviu tia Be dizer quando qualquer observador gentil teria dito "crescendo".

Não havia mais ninguém no mundo, ela pensou, condenado a carregar tal fardo. Em todo lugar que uma menina existisse, havia alguém para dizer que ela era a culpada por si mesma e para conduzir um ritual para puni-la por algo que ela nunca fez. Nem sempre foi assim. A memória do sangue confirmava isso e as mulheres eram as portadoras do sangue.

Era pior quando a crueldade vinha de outras mulheres. Não deveria ser; afinal, mulheres também eram pessoas. Mas era. Quando mulheres agiam assim, era como ser esfaqueada com duas facas em vez de uma. Duas facas, uma nas costas e outra em um lugar que não podia ser visto, apenas sentido.

Talvez tia Be não tivesse escolha. Talvez, depois de tantas vezes sendo espancada no campo pelo mestre só para retornar, ferida, à choupana para ser espancada pela mão de seu amante, ela tivesse por fim decidido ceder. Talvez ela pensasse que poderia influenciar os homens de outra maneira, banhá-los com uma ternura que eles pudessem carregar consigo e compartilhar com outras mulheres que encontrassem, caso se lembrassem. Esse era o problema. O desejo de poder apagava a memória e a substituía pela violência. E tia Be tinha os ferimentos que provavam isso. Quase todas as mulheres tinham.

Era por isso que Puah desprezava tanto Dug. Ela sabia que toda a atenção, toda a energia, todo o leite de teta que tia Be dava para ele era uma completa perda de tempo. Não importava o que ela fizesse — não importava quão abençoados fossem os beijos na bochecha ou quão melodiosas fossem as canções cantadas, mesmo na profundeza da noite — as mãos dele ainda cresceriam até um tamanho que poderia confortavelmente agarrar uma garganta e facilmente cerrar um punho fechado o suficiente para esmagar dentes.

Homens e toubabs tinham muito mais em comum do que qualquer um deles admitiria. É só perguntar a qualquer um que esteve à mercê deles. Ambos tomavam o que queriam; nunca tinham a cortesia de perguntar. Ambos sorriam primeiro, mas o que se seguia era sempre dor. E, também, ambos alegavam ter bons motivos para esse comportamento absurdo: quaisquer forças nos céus que tivessem declarado que esse ato tinha que acontecer, que o que poderia ter sido prazer se as duas partes estivessem dispostas havia se desintegrado em algo amordaçado e deitado, estava tão além do controle deles como o brilho do sol; simplesmente não era e nunca poderia ser culpa deles. A natureza era teimosa.

Que seja. Puah tinha um plano para escapar do destino de tia Be, dos caprichos dos irmãos falsos, e dos toubabs. Ela tinha um lugar para se refugiar.

No imaginário — onde a Outra Puah vivia, que não era muito longe, que ficava bem do outro lado de onde Esta Puah vivia, paralelo, mas com cores mais chamativas, som com mais texturas, apenas visto por Esta Puah quando ela inclinava a cabeça na posição certa e prestava atenção no ritmo do seu coração — havia comida o suficiente.

A Outra Puah saboreava preguiçosamente morangos e outras frutas de odor adocicado, lambia mel da palma das mãos e usava garfo e faca para comer frango assado, que se separava deliciosamente do osso. Lá, a risada dela não era uma máscara para nada e o formigamento na ponta dos dedos vinha da boa vontade com que eram beijados. Ela brincava, a Outra Puah, porque não havia ninguém deitado à espera, ansioso para tirar vantagem da sua bondade, aproveitar-se dela e deixá-la respingada como uma mancha no formato de uma estrela cadente, secando e, com o tempo, descamando, só para ser levada pela brisa ou por águas turbulentas.

Seus pretendentes caminhavam por praias de areia preta, a pele como se tivesse sido feita da substância sobre a qual estavam, cada um mais amoroso que o outro. Cada um cantava músicas sobre ela, usando palavras que ela não reconhecia, mas sabia que eram encantadoras pela suavidade com que saíam dos lábios deles. E, no imaginário, assim como no lugar Vazio, ela escolheu um acima de todos os outros, aquele que tinha olhos como portas fechadas com cuidado e fazia com que todos que olhassem para eles evocassem uma obra-prima para bater. Mas, como todos os sonhos, esses também foram interrompidos pela ponta afiada da labuta.

O choro de Dug a trouxe de volta. Ele se agitava como se soubesse que isso a arrebataria para o agora, dissolveria o imaginário na palma das mãos dela. Ela olhou atravessado para ele.

"O que você quer, Dug?"

Ele apenas sorriu.

Começa quando são jovens, Puah pensou antes de recuar para o canto.

A choupana de Sarah sempre cheirava como o ar livre. Ela mantinha dentes-de-leão enfiados nos cantos e alguns dentro do palete. Por mais que fosse uma mulher grande e robusta, com a pele que Puah pensava que poderia substituir a sombra, ela fazia pequenas delicadezas como essa; e ela também adornava a cabeça com véu-de-noiva. Dizia que fazia isso para enganar a si mesma para pensar que não estava presa, para que, quando fechasse os olhos, pudesse pensar em si mesma vagando sem destino certo, tão vasta como uma campina e sem correntes, e sem um rosto toubab sequer por centenas de quilômetros.

Puah passou pelo pano que ficava pendurado, sujo, na entrada de Sarah.

"Você pode prender no alto?", Puah perguntou. "Pra não ficar no pescoço. Mais fresco pra ficar no campo."

Sarah fez um muxoxo. "Oi pra você também."

Puah sorriu. Sarah olhou a cabeça dela.

"Garota, você nem me pediria isso se só prendesse ele com um lenço quando está lá fora, como todo mundo faz."

"Criança, tenho preguiça de fazer isso. Além do mais, amarrar assim dá mais calor."

Sarah balançou a cabeça. "É por isso que as suas tranças não duram muito. Você deixa sua cabeça selvagem."

Puah colocou as duas mãos na cabeça, balançou os quadris e andou pela choupana na ponta dos pés.

"O que você acha que tá fazendo?"

"Dona Ruth. Você não tá vendo como eu sou fina e delicada?" Puah piscou os olhos. Sarah revirou os dela, mas não conseguiu evitar o riso.

"Garota, você é uma tola", Sarah disse e puxou um banco de baixo da mesa. Desabou em cima dele. "Então, você quer ser ela?"

Puah caiu sobre os calcanhares. "Não!"

"Para de evocar isso, então." Sarah esfregou as têmporas. "Para com essa bobagem e me deixa arrumar a sua cabeça."

Puah se sentou no chão entre as pernas de Sarah. Trouxe os joelhos até o peito e os abraçou, a barra da saia segura embaixo do pé. Sarah começou a desmanchar as tranças pela parte de trás.

"Seu cabelo tá crescendo", Sarah disse enquanto desatava.

"Tô com vontade é de raspar tudo."

"Você deve tá se lembrando de uma coisa antiga", Sarah sussurrou, com o olhar fixo na parte de trás da cabeça de Puah. "Como eu consigo me lembrar de coisas antigas."

Puah bocejou e coçou atrás da orelha.

"Para de se mexer!", Sarah repreendeu.

Depois de um momento de silêncio, Puah falou.

"Eu tinha pedido pro Samuel vir trançar o cabelo também."

Sarah parou de desmanchar. "E o que ele disse?"

"Não disse que não."

"Mas disse que sim?"

"Não."

"Hum-hum!"

Puah se mexeu um pouco. Era a primeira vez que considerava que ele podia não vir, podia não querer vir, podia ser impedido de vir porque... Não era comum Samuel ser rude, dizer que iria a algum lugar e depois não aparecer. Por outro lado, ele nunca disse que iria.

Ele era o único homem em toda a plantação que se importava com o que ela pensava, que realmente, genuinamente, ligava e não fingia interesse como um truque tão óbvio para meter-se embaixo da sua saia. Ele era o primeiro homem que não queria nada além de sua companhia e conversa, que a alegrava quando ela estava para baixo, colocando margaridas no próprio cabelo e andando como uma galinha. Grande como era, ele nunca jogou o peso na direção dela ou tentou bloquear a luz dela com a sua sombra. Onde sentia que Isaiah a ignorava ou apenas a tolerava, ela sabia que Samuel a enxergava de verdade e não recuava diante da noção da graça dela.

"Espero que você não esteja deixando o Amos encher a sua cabeça com nenhuma besteira", Sarah disse.

"Não."

"Hunf. Parece coisa do Amos te mandar até o celeiro pra criar problema."

"Eu não tô criando problema, Sarah. E o Amos não me mandou ir lá."

"Quem te mandou, então?"

Puah revirou os olhos.

"Você precisa ir em frente e deixar aqueles meninos em paz."

"O Samuel é meu amigo", Puah disse, com as sobrancelhas arqueadas de frustração.

"Quantos dos seus 'amigos' fazem a sua nuca arrepiar do jeito que ela tá agora?"

"É coceira de calor."

"Garota, olha lá essa confusão."

Às vezes era difícil aturar as verdades da Sarah, de tão amargas e espinhosas que eram. Não eram arredondadas, não tinham as bordas suaves, e todas as pontas eram afiadas como um alfinete. Ainda assim, de cada ferimento do tamanho de um alfinete, só saía um pouco de sangue. Nas pequenas, razoáveis gotículas, Puah podia ver as respostas que mesmo Sarah nunca pretendia confrontar. Era uma bênção para a qual a maioria das pessoas dava as costas. Mas não Puah. Puah sabia que o segredo da força estava em quanta verdade podia ser suportada. E, numa plantação cheia de pessoas adormecidas em mentiras, ela pretendia ficar acordada, não importava o quanto a espetasse.

"Bem."

"Bem nada. Deixa ele em paz." Sarah suspirou.

Calor saiu de Puah. Ela esperava que Sarah tivesse sentido, que ele a acalmasse o suficiente para que ela soubesse que tinha falado o suficiente e que Puah tinha escutado o suficiente. Feridas minúsculas, só isso. Melhor machucada agora na companhia de irmãs do que machucada mais tarde, vestindo as risadinhas dos homens nas suas costas. Um momento passou antes que Sarah falasse de novo.

"Não quero ficar aqui falando de homem nenhum, não mesmo. Eles ocupam muito espaço dentro da gente do jeito que as coisas são. Não deixam espaço pra gente se esticar um pouco ou deitar sem ser incomodada."

"Tá certa", Puah concordou, ainda que só com as palavras dela.

"Então você quer o cabelo preso no alto, é isso?"

"Sim, senhora."

Sarah empurrou com cuidado a cabeça de Puah para a frente, expondo a nuca dela. Puah se inclinou e seu queixo tocou o peito.

"Minha Mary costumava ter a cabeça tão sensível. Eu tinha de fazer tranças grandes. Ela só aguentava duas ou três." Sarah riu. "Você não tem a cabeça nem um pouco sensível. Consigo fazer tranças mais bonitas, menores. É levar o meu velho e doce tempo."

Puah fechou os olhos e absorveu o máximo que pôde.

Tempo, é isso.

O sol estava denso no horizonte quando ela decidiu ver Samuel. Algumas das outras pessoas estavam sentadas do lado de fora das choupanas, tentando desfrutar o dia ao máximo enquanto ele era puxado para longe de seu alcance. Até as crianças que, mais cedo, tinham uma energia que não podia ser drenada haviam desacelerado, sentando-se para lamentar seu fim.

Puah andou fora da trilha sobre o mato que crescia nas laterais. Ele acolchoava seus passos e refrescava seus pés. Ela estava com vontade de se mimar.

Quando chegou ao celeiro, o céu havia mudado do rosa para o índigo e a pele dela tinha um brilho adocicado que apenas aumentava a sua beleza. Mal podia esperar para mostrar a Samuel o que Sarah tinha feito em seu cabelo.

As portas do celeiro estavam abertas e havia uma luz fraca emanando de dentro. Ela não queria entrar sem se anunciar, então chamou Samuel e quebrou seu nome em três partes como só ela conseguia e só quando falava com ele.

"Tô aqui", Samuel respondeu.

Ela se virou e os viu. Os lábios dela se separaram, só um pouco, apenas o suficiente para deixar sua língua escapar para umedecer os lábios. Mas não importava quantas vezes ela os umedecesse, eles secariam de novo.

Ali estava Sa-mu-el sentado no chão, as pernas cruzadas na frente dele. Atrás dele, Isaiah sentado num fardo de feno. Estava trançando o cabelo de Samuel.

"Ah, ei, Puah", Samuel sorriu. "Segui seu conselho. Olha só pra mim. Eu! Com o cabelo trançado. Não é demais? Ai, Zay. Tá muito apertado!"

"Ei, Puah", Isaiah disse.

Puah andou até o balde que estava no chão perto deles. Imergiu a concha ali e tomou dois grandes goles de água. Sentou-se no chão.

"Seu cabelo ficou bonito", Samuel lhe disse. Isaiah assentiu, concordando.

Ela ficou ali observando-os, com uma expressão atordoada no rosto.

"Você tá bem?", Samuel perguntou.

Ela não respondeu. Estava muito ocupada inclinando a cabeça para a esquerda, tentando colocar o imaginário em foco. Ele bruxuleava ao entrar no campo de visão. Também era noite lá e os vaga-lumes piscavam uma serenata. Além deles, ela viu dois vultos. Apoiavam-se um no outro, sentados à margem de um rio brilhante onde peixes que podiam voar se revezavam saltando no ar e depois mergulhavam de volta na água. Então os dois vultos ficaram em pé e andaram até a chuva de insetos luminosos. O vulto masculino, musculoso e alto, tomou o curvilíneo vulto feminino em seus braços e eles giraram e giraram ao som de uma música que Puah mal conseguia escutar. Era uma canção de ninar. Então todos os insetos se acenderam ao mesmo tempo e iluminaram o casal. Era a Outra Puah e o Samuel Dela. Ela sorria e o olhava nos olhos, cada vez mais fundo, e, para sua surpresa, lá estava. Inconfundível. A porta que sempre esteve selada estava aberta. Uma luz saía pela abertura, fraca como se fosse de uma vela, mas ainda era uma luz. E a luz falava. Ela dizia: "Estive esperando por você".

Puah estendeu a mão para a cena, tentou segurá-la e agarrar-se a ela enquanto ela começava a retroceder. Não importava a direção em que inclinasse a cabeça, ela não retornaria.

"Puah?", Isaiah disse.

Uma lágrima rolou em sua bochecha.

"Puah?", Samuel disse.

E ela se dobrou em si mesma, confortando-se em seus próprios braços. Com a barra da saia enfiada em segurança embaixo dos dos seus pés.

Levítico

"Você parece muito uma mulher", Samuel disse enquanto arremessava feno com um forcado numa pilha perto dos estábulos dos cavalos. O suor pingava de suas têmporas até o maxilar antes de juntar-se, silenciosamente, na cavidade bem acima da clavícula.

Isaiah tinha baldes nas mãos. Estava se preparando para ordenhar as vacas, mas parou de repente com a observação de Samuel. Foi atingido particularmente pelo tom de Samuel: não era bem áspero, mas com certeza soava como um homem que andou pensando sobre aquilo, havia permitido que a ideia ficasse rolando na cabeça e na boca, havia se cansado de mantê-la trancada no peito e só conseguiria sentir alívio ao liberá-la. Isaiah se virou para olhar para Samuel e sorriu mesmo assim.

"Agradeço", ele disse e deu uma piscada com bom-humor.

"Não tô tentando te elogiar", Samuel respondeu, continuando a empilhar o feno, que agora estava na altura da sua cintura.

Isaiah deu um risinho. "Olha aí. Falando doce comigo sem nem se esforçar."

Samuel fez um muxoxo. Isaiah foi até ele com os baldes nas mãos. As alças dos baldes rangiam a cada passo. O som irritou Samuel e o deixou eriçado.

"Agora eu te aborreço?", Isaiah perguntou.

Samuel parou de recolher o feno. Enfiou o forcado no chão com tanta força que ele ficou em pé sozinho. Olhou para ele, depois encarou Isaiah.

"Não posso ter fracotes do meu lado."

"Alguma vez eu fui fraco?"

"Você sabe o que eu quero dizer."

"Não, senhor, não sei", Isaiah disse. Colocou os baldes no chão junto do forcado. "Mas parece que você me chamou de fraco porque eu te lembro uma mulher."

Samuel só o encarou.

"Mas nenhuma das mulheres que você conhece é fraca."

"Mas os toubabs acham que elas são fracas."

"Os toubabs acham que todos nós somos fracos." Isaiah balançou a cabeça. "Você se preocupa demais com o que os toubabs acham."

"É melhor eu me preocupar. E você também!" O peito de Samuel estufou como se estivesse se preparando para soltar o ar de novo.

"Por quê?"

"Todo mundo não pode ficar contra nós, Zay!", Samuel gritou.

Samuel nunca havia falado com Isaiah naquele tom e Isaiah podia ver o suor na fronte de Samuel e a expressão de dor em seu rosto que anunciavam o arrependimento abrindo caminho. Isaiah respirou fundo, olhou para o chão, recusando-se a devolver o volume que acabara de agredi-lo. Em vez disso, falou baixo.

"E todo mundo também não pode querer que a gente seja quem eles querem."

Samuel descansou o braço na alça do forcado. Enxugou a testa com as costas da mão. Arrependeu-se por deixar-se abrir daquele jeito. Um homem, ele pensou, deveria ter um controle melhor sobre suas portas e trancas. Ainda assim, algumas portas não poderiam ser trancadas depois de abertas. Ele olhou para Isaiah. Fitou os olhos dele e quase foi convencido, pelo formato delicado deles, pelo modo como eles eram coroados por densas e sedosas sobrancelhas, a deixar para lá. Quase.

"E o seu nome?"

Isaiah franziu o cenho. "Meu nome", sussurrou. "Como você pode…"

Samuel limpou a testa com as duas mãos, mas não sabia o que fazer com elas depois, então cerrou os punhos. Olhou atentamente para Isaiah.

"Quando que Big Hosea teve algum problema com alguém, hein?"

Os lábios de Isaiah se entreabriram, mas apenas silêncio preencheu o espaço.

"E conheço ele desde que nós dois éramos pequenos. Você viu como ele veio pra cima de mim? Por quê?", Samuel resmungou.

"Eu sei, e…"

"E o que você fez? Ficou lá parado em vez de ajudar."

"Fui eu que tirei você de cima dele!"

"Quando você devia ter me ajudado a acabar com ele!"

Isaiah quase se entregou ao peso disso. Ele se inclinou para a frente. Colocou as mãos nas pernas, bem acima dos joelhos, para se preparar. Soltou o ar. Continuou olhando para o chão.

Samuel olhou para ele dos pés à cabeça. "É."

Isaiah não se permitiria ser esmagado pelo peso ou pela tentativa de Samuel de empilhar mais coisas em cima. Ele ficou ereto. Deu dois passos na direção de Samuel. Olhou nos olhos dele e então desviou o olhar para pensar no que ia fazer. Samuel, enquanto isso, havia firmado os pés e estalado os dedos.

"Você tá certo. Desculpa", Isaiah disse quando voltou a fitar os olhos semicerrados de Samuel. "Eu devia ter feito mais, mas não quero fazer nada que leve o Amos a pensar que ele tem vantagem — ou faça as pessoas pensarem que a gente é o que ele falou."

Os lábios de Samuel estavam secos e cinzentos, então ele os lambeu. A língua dele disparou para fora, encharcando primeiro a parte debaixo depois a de cima. Sentiu gosto de sal. Colocou a mão na alça do forcado.

"O pessoal escuta o Amos. Talvez a gente devesse", disse. A mão que segurava o forcado estava frouxa e incerta.

"Não", Isaiah disse rápido. "Eu sou jovem. Jovem como você. Mas isso eu sei, porque não demora muito pra aprender: qualquer um com um chicote vai usá-lo. E as pessoas sem um chicote vão sentir."

Samuel agarrou o forcado.

"O Amos não tem chicote nenhum!", disse ao começar, furiosamente, a mover o feno.

"Mas o pessoal obedece como se ele tivesse", Isaiah rebateu.

Samuel parou e deixou o forcado cair. Caiu no chão com um baque surdo. Os dois ficaram ali parados, em silêncio, sem olhar um para o outro, mas os dois com a respiração pesada, audível. Por fim, Samuel quebrou o silêncio ao meio.

"Eu não posso ficar aqui."

"Quem não pode?", perguntou Isaiah.

Samuel ficou quieto. Não tinha uma resposta que satisfizesse. Essa percepção fez seu peito queimar e seu rosto coçar. Bateu as palmas das mãos suadas. O som repentino e agudo alvoroçou um ou dois cavalos antes de se dissipar. Entretanto, não distraiu Isaiah. Ele manteve seu olhar fixo, seu rosto ainda estava preparado para receber uma resposta à pergunta.

"Você nunca falou assim antes", Isaiah disse gentilmente.

"Falado talvez não", Samuel respondeu.

"Mas pensou? Não pode ser. Mesmo à meia-noite?"

Nos olhos de Isaiah havia uma névoa, noite e dois pares de pés calejados movendo-se furtivamente ao longo da margem do rio. Corujas piavam e o som de galhos caídos sendo quebrados ao meio por passos pesados ecoava ao longe. Muito atrás, um pontinho de luz e as vozes de homens selvagens rindo. Um cintilar de metal visto pela luz da lua e os dois pares de pés aceleram, entrando na água do rio. Enlameados e cansados. Então os dois corpos submergem inteiros e, embora frenéticos, recusam-se a fazer barulho por medo de atrair a atenção dos chacais disfarçados de homens.

Mas o silêncio não oferece proteção e a selvageria os alcança e os arrasta, pelos pés, para fora da água, sobre pedras pontiagudas, através da floresta partida até chegarem a uma fileira de árvores amargas e ávidas, dispostas a realizar atos de vingança em nome da fruta roubada. Os homens têm cordas, risadas e dedos enganchados em gatilhos. Os homens amarram suas presas. Laços de forca queimam pescoços. Apertados, bloqueiam o ar. Em seguida os olhos se comprimem e as gargantas lamentam a negação dos gritos. Puxam. Puxam. E lá para cima se vão os corpos. Chutando o nada ao redor deles. Voando para lugar nenhum.

Depois de um tempo, esgotados até a alma, eles ficam moles, uma ofensa aos deuses da risada perversa. Então eles descarregam suas armas nos já-mortos. Depois encharcam os corpos de óleo e ateiam fogo a eles. Acham que é uma fogueira de acampamento, por isso entoam canções. *Olha os macacos. Olha os macacos. Balançando. Balançando nas árvores.* Algum tempo depois as chamas se extinguem e algum tempo depois os corpos caem. Os homens selvagens lutam pelas melhores partes para levar para casa.

Quando Isaiah voltou à realidade no celeiro, compreendeu que ficara em pé ali o tempo todo e nem ele nem Samuel haviam sequer tentado tocar um no outro. Ele deu um passo à frente e acariciou a bochecha de Samuel com as costas da mão, suas juntas ásperas encontrando conforto na pele macia de Samuel. Samuel fechou os olhos, inclinou-se na direção do ritmo do movimento de Isaiah antes de, por fim, pegar a mão de Isaiah e segurá-la contra o rosto. Samuel beijou a mão de Isaiah.

"Tem perigos na floresta", Isaiah descarregou. Imaginou que era justo que os dois dividissem o peso da carga. Samuel a levantou, a inspecionou e notou uma rachadura nela. Aqueles corpos de macaco-balançando: eles ousavam cair sem lutar?

"Tem perigos *aqui*", Samuel respondeu. Estreitou os olhos para Isaiah, quase com crueldade, e pegou de novo o forcado do chão. Isaiah o agarrou pelo pulso. Encarou o rosto de Samuel, procurando por uma abertura, por menor que fosse.

"Não nos separe, homem."

"Não tô aqui?", Samuel perguntou, sem exatamente retornar o olhar de Isaiah. "Você me vê ou não?"

Ele se soltou da mão de Isaiah e voltou ao forcado e sua lida. Por um momento, Isaiah não se moveu. Tinha sido estranhamente acalmado pelo som repetitivo que Samuel fazia com o forcado, a consistência de seu movimento um-dois.

"Eu podia fazer aquilo, sabe", Samuel falou, afinal. "Fazer aquilo com todas aquelas mulheres. Só que eu não quero."

Isaiah deu um passo para trás, virou a boca para o lado.

"Você nunca pensa nisso?", Samuel perguntou.

"Então você quer machucar duas pessoas, não só uma?" Isaiah olhou ao redor do celeiro — para os cavalos nos estábulos, os fardos de feno, as ferramentas penduradas em pregos enferrujados irregularmente martelados nas paredes do celeiro, para o teto e suas intersecções de vigas de madeira. Olhou e olhou como se o lugar fosse sua própria mente e ele estivesse procurando pela resposta para a pergunta de Samuel, mas só encontrava rachaduras.

"Às vezes eu nem te conheço", Isaiah disse em voz alta, ainda olhando para as paredes do celeiro.

"Você me conhece. Eu sou o você que você não liberta."

Isaiah ia falar *Você quer dizer o eu que foi libertado*, mas não viu motivo. "Tenho certeza que elas te agradecem por isso", ele respondeu, em vez disso. "As mulheres, quero dizer. Por poder fazer. Principalmente a Puah."

Samuel fez uma cara feia. "Você tá com ciúme."

"Talvez. Mas não pelo motivo que você pensa."

"Só tô falando. Se você quer ficar aqui, seria mais fácil se..." Isaiah o cortou. "O que você decidir é abençoado."

Com força, Samuel deixou um pouco de ar sair pelo nariz e o ergueu. "Você tá diferente." Ele não queria ter dito em voz alta, mas era tarde demais. Já tinha dado o dedo do meio na testa de Isaiah, beliscado o braço dele como uma mãe zangada faria. Tudo o que Isaiah podia fazer era esfregar os lugares que ardiam e dar a Samuel o olhar que expressasse sua rendição.

Samuel ficou ali em pé e, pela primeira vez, foi perturbado pelo fedor do celeiro e pelo jeito como ele grudava na pele. Notou que, por baixo do salgado, havia algo azedo, como comida deixada para apodrecer. Segurou o nariz por um momento e suprimiu um impulso de vomitar. Por fim, passou por cima dos baldes que Isaiah tinha colocado no chão.

"Deixa que eu faço isso. Você usa o forcado", ele disse ao pegar os baldes e dirigir-se para fora. Sentiu os olhos de Isaiah em suas costas, sim, mas também a carícia dele. Mas não parou.

Foi até as vacas. Elas o cumprimentaram com tumulto, mugindo de ansiedade.

"Vocês tão procurando o Zay, né?", falou para elas.

Sentou-se no banquinho de madeira e afastou as moscas que circulavam em torno da sua cabeça.

"Com licença", disse para a vaca mais próxima.

Depois, pegou as tetas dela e começou a puxar.

Oh, Sarah!

O yovo que lambeu a bochecha de Sarah disse que sabia que ela era robusta porque ela ainda tinha gosto de água salgada. Yovo era uma coisa antiga que Maggie disse que ninguém mais entenderia, então dava na mesma chamá-los de toubab, como todo mundo fazia. Uma língua em comum era como conseguiam formar um laço apesar de subsistirem no mais estrangeiro dos solos. Trouxeram consigo centenas de línguas, práticas divinas e ancestrais. Aqueles que não as tiveram arrancadas até mesmo de seus sonhos sabiam muito bem que não deviam falar a respeito ao alcance de outros ouvidos, porque a traição também era uma mercadoria.

"Guarde atrás do peito", Maggie lhe disse. "Talvez dentro de uma bochecha. Perto, mas escondido. Vai ser fácil de alcançar quando precisar. Confie nisso."

Embora compartilhassem uma língua unificadora, ninguém queria escutar a história de Sarah sobre o navio. Histórias de carroças já eram duras demais. Mas ficar quieto enquanto Sarah revelava como, quando não havia outra escolha, quando estava fechada e cercada pelo calor, umidade e mãos de uma embarcação voluntariosa, o vômito podia ser uma refeição — era difícil demais. A maioria das pessoas com quem ela vivia no Vazio não sabia nada de navios. Haviam nascido na terra roubada, sob o olhar vigilante de um povo com olhos — misericórdia! —, olhos que pareciam brilhar no escuro como uma besta qualquer que ataca. Veja, as primeiras mãos a tocá-*los* não tinham pele, portanto ela não podia esperar que eles fossem um público disposto. Ela não se ofendia, então, pela escolha deles de deixá-la sem testemunhas. Talvez significasse que com o tempo o nome dela seria esquecido, e as meninas que viessem depois não contariam com ela para mostrar-lhes exatamente quem veio antes. Era ali que a verdadeira vergonha encontrou raízes. Ela guardava, então, tudo aquilo, trancado dentro de sua cabeça com as outras coisas que se espremiam naquele espaço sem nem sequer terem a cortesia de um "Como você?".

Ele lambeu a bochecha de Sarah na praça central de um lugar chamado Charleston, Carolina do Sul — onde os corpos vindos dos navios eram trazidos pela maré e entulhavam a praia —, e disse que ela ainda tinha sal nela e que os braços dela eram perfeitos para cortar cana. Arrastaram-na até lá de um lugar que eles chamavam de as ilhas das Virgens, um nome que não fazia sentido para ela, dadas as violações que às vezes nem esperavam pela luz do luar. Ela se tornara experiente lá. Tentaram quebrá-la ao meio. Ela era jovem o suficiente para que quase tivessem conseguido. Mas presas dentro da mente dela estavam as lembranças.

O primeiro lugar em que ela viveu não era perto de um mar. Era nas profundezas do mato, que os protegera, e o chão, do sol, e deixara seus olhos adequados para a noite. Flores explodiam por todo lado em cores que ela não vira em lugar algum em Miraguana, St. Thomas, Charleston ou Vicksburg. As frutas eram abundantes e as ameixas eram cheias de suco que corria pelo canto da boca e tremia na ponta do queixo dela tão certo como qualquer orvalho.

Ela ainda não havia chegado ao seu nome, o que significava que ela não havia crescido o suficiente para ganhar um nome, uma vez que nomes vinham de como a sua alma se manifestava, e isso não podia ser conhecido até que fosse a hora de fazer a transição de menina para o que quer que você escolhesse ser depois. Mas todas tinham de começar ali: menina. Menina era o alfa. Mesmo no útero, os curandeiros haviam dito, o início estava ali antes que qualquer coisa mudasse. Círculos vinham antes das linhas; era isso que tinha que ser honrado. Quando os bebês chegavam, eram meninas independentemente da paz que florescesse entre as pernas. Meninas até que terminasse a cerimônia em que você podia escolher: mulher, homem, livre ou tudo.

Uma menina com tantas mães, tias e irmãs, envolta nos tecidos mais macios, sem olhos indelicados ou olhares importunos. Sarah lembrava mais do riso, mas também de um dedo balançando quando ela tentara escapar uma vez da proteção do mato.

"Você quer ser engolida por um leão, é?"

"Não."

"Então venha aqui agora mesmo, criança!"

Ela caminhou emburrada de volta para os braços das muitas mães, mas seria engolida por um leão de qualquer forma. E ninguém escutaria o testemunho dela sobre o navio. Nada sobre o balanço que dava ânsias ou sobre as marcas deixadas nos pulsos e tornozelos pelos pesados grilhões. Nem uma palavra seria ouvida a respeito da coisa que se movia no canto, e ela tinha certeza de que não era uma sombra, porque havia muito pouca luz para formar alguma. Em vez disso, silêncio. *Ninguém quer ouvir essa merda antiga sobre a África. Estamos aqui agora, não estamos? Que diferença faz como era antes do navio? Esse era o peri-*

go. O perigo estava vivo, escutou? Estava vivendo. Nada lá pode nos salvar agora.

Eles a silenciavam, todos eles menos Maggie, que tinha muito de uma coisa antiga dentro de si.

Calma, Sarah. Oh, Sarah. Respire. Regozije-se. As memórias ainda pertencem a você.

Se estivessem abertos a suportar o que ela carregava, ela poderia contar-lhes a respeito de como aprendera sobre a possibilidade da liberdade. Havia palavras sendo carregadas pelas águas antes que ela fosse vendida em St. Dominique, das quais as pessoas estavam fartas. As mesmas lâminas que usaram para cortar cana foram erguidas, em uníssono e no controle, e tanto sangue foi derramado que o próprio chão não era mais preto e macio. Sarah se perguntava se o solo em Charleston poderia ser transformado da mesma forma. Todos eles tinham lâminas. Yovos (agora toubabs) sem dúvida colocaram a lâmina na mão dela e esperavam que ela cortasse a cana como se esse fosse o único uso possível para a lâmina. Mas erguer a lâmina era aceitar o risco de que o perigo estava vivo. E como ela poderia permitir que aquela coisa rastejante tivesse chance de arrastar-se até a sua Mary?

O primeiro beijo delas aconteceu debaixo do arco de árvores-do-âmbar. Não havia umidade no ar, mas entre elas, sim. Era primavera e a calma entre as duas vinha do abraço delas. Respirar. Devagar. Piscar. Um queixo levantado e o outro abaixado. Um cabelo fora do lugar que Sarah colocou atrás da orelha de Mary.

"Mais tarde vou trançar pra você, tá bem?"

"Tá bem, então."

Talvez não fosse só perigo; talvez toda pele também estivesse viva. Talvez todos os corpos entendessem toques suaves. Poderiam o peito e o traseiro serem do mesmo modo curvados justamente por uma mão relaxada, um lábio consciente? Tudo o que Sarah sabia com certeza era que, quando ela e Mary estavam no meio, elas estavam *no meio*: pernas emaranhadas, e os dois arbustos, cada um com suas próprias estrelas brilhantes, haviam se juntado. Barrigas subiam e desciam e elas nunca — nem uma vez — deixavam de olhar no rosto uma da outra para verem o que estava de fato ali, não importava quantas vezes Charleston dissesse que não estava.

Sarah via o mesmo olhar entre Isaiah e Samuel, às vezes. Só às vezes, porque o que era malvado, Samuel — que parecia estar escolhendo *homem* porque não entendia como isso deixava as outras possibilidades remotas —, lutava contra si mesmo porque o desejo dele não se parecia com nada que ele tinha visto antes. O outro, Isaiah, tinha uma imaginação melhor. Ela não tinha certeza se ele havia escolhido *mulher* ou *livre*, mas estava claro que ele escolhera ou um ou outro, porque a violência não era seu impulso primário.

Dadas as muitas vezes em que Sarah pisou em uma costa ávida, mas pouco acolhedora, saber estava nela. Contra sóis se pondo, e ares úmidos pingando e cheirando a madressilva, ela via como Samuel virava o corpo contra quando Isaiah virava o corpo para. Ela via o machado na mão de Samuel e o balde na de Isaiah. Pois Isaiah ordenhava as vacas e Samuel sacrificava os porcos. O sorriso merecido de Isaiah e os compreensíveis punhos cerrados de Samuel: ela conseguia atribuir com precisão o deleite a um e o desespero ao outro, porque o espírito de um claramente tinha ganhado asas enquanto o outro se refugiava no eco das cavernas. Os dois, ela sabia, tinham um propósito, não importava quão imperfeito. Agarrava-se à vida, fosse com o bálsamo ou a espada.

Ninguém que olhasse poderia ver o que ela via, porque ninguém que olhasse sabia o que ela sabia. Para todo o resto das pessoas, Samuel e Isaiah haviam se misturado em uma única massa preta-azulada, definida pela crença equivocada de que era uma masculinidade partida que lhes cobria a pele e não, o quê — coragem? Embora pudesse ser imprudência também.

Meninas são o início, droga. Tudo o que vem depois é determinado pela alma.

Não havia árvores-do-âmbar em Vazio, então Isaiah sobretudo, mas Samuel também, não devia ter tido outra escolha a não ser contentar-se com o abrigo de um telhado roto de celeiro pelo qual até a lua pálida podia penetrar se quisesse. A segurança deles era, portanto, menor, e ela se compadecia deles, mas apenas até onde estava enraizado na memória do que fora perdido.

Espere.

Perdido, não. Não era algo que ela havia incidentalmente colocado no lugar errado durante um passeio. Alguém havia planejado uma separação que fosse sentida com intensidade entre as costelas dela. Aquele era um espaço desprotegido — *o* espaço desprotegido.

Toda vez que via Isaiah e Samuel, amaldiçoava a distância entre ela e Mary e as pessoas que a colocaram ali. E o que havia nessa distância além de espinhos, verdes e duros como aço, ansiosos para furar não só os pés que batiam correndo de volta para abraçar os que partiram, mas o peito, pois era ali que o tesouro estava. Quando ela via Isaiah e Samuel, a distância se esticava e ficava mais e mais emaranhada. Mas vê-los também abrandava Sarah, porque ela lembrava, também, como acabaria.

Mary ainda estaria em Charleston? Provavelmente. Não havia necessidade de vendê-la também. A cana já era punição suficiente. Mas eles a ensinariam mesmo assim, pelo resto dos dias dela, o significado de *açúcar*. Alguns dias, era mais seguro imaginá-la morta: um cadáver inchado condenado ao chão, sob camadas e camadas de terra, para tornar-se alimento de outra espécie. Outros dias, Sarah não conseguia evitar imaginar Mary com uma lâmina amarrada ao seu braço desvairado, coberta não com o próprio sangue. Mas não foi nenhuma das duas cenas que se desenrolou. Na verdade, tiveram de arrancar a lâmina das mãos de Sarah, não de Mary. Para que a tinham dado, afinal? Se podia cortar cana, podia cortar homens. As recusas dela, para as quais eles não dariam atenção, significavam que ela poderia testar a teoria. Ela era muito o seu povo e era assim que seria.

"A gente sempre foi condenada, né?"

Essa foi a última coisa que ela disse a Mary enquanto amarravam Sarah e a mandavam para o Mississippi. Não havia motivo para dizer as coisas que eram sentidas de verdade porque elas já eram conhecidas. Em vez disso, Sarah concluiu que o tempo deveria ser gasto olhando para o rosto da Sua Pessoa, estudá-lo para que na hora mais profunda da noite, que era o único momento em que o consolo podia ser real, quando as mãos dela estavam enfiadas entre as próprias pernas — era esse o *único* rosto que via. Então, e apenas então, ela poderia lançar seus sucos para cima, na esperança de que também eles pudessem ser gravados ali como o céu que sua Única Pessoa, onde quer que estivesse, pudesse ver e, quando a chuva caísse, também pudesse beber dele.

Oh, Sarah! Vazio era outra coisa. Era o mais profundo. Era o mais baixo. Era para baixo e mais abaixo. Era a profundidade mais azul. Era a cova *e* a sepultura. Mas por um instante, apenas um instante, você ainda conseguia subir para respirar. Apesar do sangue e dos gritos e do calor sufocante, aqui também era onde Essie às vezes cantava no campo e tornava a colheita menos monstruosa, se não menos penosa. Ah, ela abria a boca e alcançava um tom que fazia as barrigas ressoarem, porque tinha a mesma vibração da própria vida. As borboletas também deviam saber; Sarah percebia pela maneira como elas voavam em torno da cabeça de Essie.

E, do jeito quase imperceptível de Sarah, ela, assim como as borboletas de Essie, ladeava as bordas de Isaiah e Samuel, dando a ela o espaço para não dar *muito* de si mesma, porque tudo em Vazio tomava, tomava e tomava, e reabastecer era algo tão estranho quanto a bondade. Mas, aquele que escolhia melhor, porque claramente tinha escolhido *mulher* ou *livre*, a havia deixado um pouco mais solta — um *pouquinho* — contra o que ela achava melhor.

Isaiah estava perto do rio num pôr do sol. Sarah havia odiado que o céu pudesse fazer isso — espalhar suas cores limpas por toda a criação em tons de violeta com toques de laranja, um momento projetado estritamente para unir. E ainda assim o resto da natureza se revezava cruelmente para negar aos seios dela o calor do toque de sua amada. Mesmo assim Isaiah se inclinou contra aquele pano de fundo, parecendo confuso. Ele estava sem Samuel, e Sarah supôs que Samuel não aguentava ficar em qualquer lugar, juntos, onde não houvesse a proteção do celeiro. Ela chegou mais perto. Sua cabeça ainda estava coberta com o lenço daquele dia longo e o vestido estava molhado por causa da labuta. Ela brilhava com as cores combinadas. Isaiah estava olhando para a verbena azul que pontilhava os limites do terreno, mas sabia que era melhor não chegar perto da beira do rio. Ele sorriu ao vê-la se aproximar e apontou para as flores.

"Azul pode machucar, sabe", ele disse quando ela parou perto dele. Ela olhou para ele.

"Você não sabe nada do azul", ela disse, esperando para ver se ele poderia contestá-la.

Ele olhou para as flores de novo. "Tem razão." Ele abaixou a cabeça.

Ela não esperava por isso. Inspirou profundamente antes de soltar o ar devagar. Fechou os olhos por um momento e então respirou fundo de novo, o que trouxe a mistura de flores silvestres e água do rio para mais perto da língua dela. Quando abriu os olhos, estava olhando para o outro lado da margem. Ela segurou o olhar.

"Sua coisa é uma coisa antiga", ela disse com suavidade.

Isaiah olhou para ela. "Você quer dizer de antes? Do lugar de onde você é?"

"Ninguém nunca ouve, mas sim."

"Queria que você me contasse", Isaiah disse.

Sarah sorriu. *Uma coisa pequenina, mas tão bondosa*, pensou. Ela colocou a mão no peito.

"O que eu posso te dizer é aguenta o máximo que puder. Nada é garantido além da dor. Mas aguenta." Ela apontou para o leste. "Eu devia."

Ele de novo parecia confuso, mas assentiu com a cabeça. O único motivo pelo qual ela disse para ele mesmo aquele tanto era porque achava que ele escolheu *mulher* ou *livre*. Desse jeito havia uma chance maior de uma resposta mais equilibrada ao que ela conhecia em vez de uma que descartasse. Isaiah enfiou o pé na água e o girou.

"Continua", ela disse, surpresa de ver que fazer isso era parte dele. "Agora para."

Isaiah olhou para ela.

"O que você vê?", ela perguntou, apontando para a água.

"Alguma coisa", ele respondeu, apertando os olhos para a água opaca. "Um rosto? Um rosto de mulher?" Isaiah inclinou-se para mais perto. "Ela tá olhando... pra você!"

O sorriso de Sarah o pegou de surpresa. Ela deu uma risadinha. Havia se perguntado por que Mary mandara a mensagem por ele e não por ela, mas ficou feliz.

"Obrigada", disse para Isaiah, olhando para ele e por um instante encontrando seus olhos.

"Pelo quê?", ele perguntou.

"Não importa", Sarah disse. "Você me ajudou. E tem a minha simpatia."

Isaiah apenas olhou para ela.

"Não deve ser fácil ter todas as pessoas dando as costas pra você."

"Nem todas", Isaiah disse.

"Hum", ela disse. Então desviou o olhar.

Isaiah olhou de novo para as águas. "Oh! O rosto sumiu."

Sarah secou a testa e tocou seu lenço como se quisesse confirmar que ele ainda estava no lugar. "Vai voltar. Um dia."

Isaiah assentiu com a cabeça e estava para girar o pé mais uma vez quando James se aproximou. Ele andou até ficar bem atrás deles sem sequer mexer uma folha seca ou pisar num seixo perdido. Conseguia fazer isto: ser silencioso como uma armadilha. Tinha o chapéu puxado para baixo. Apertava o rifle na mão.

"Hora de voltar para suas choupanas. Não estão vendo onde o sol está? Deixem de enrolar. Sem tempo pra relaxar. Vão."

Não havia desprezo no rosto dele; os lábios, entretanto, estavam retorcidos pelo pesar. Mas mesmo quando os toubabs sorriam, eles tinham um vestígio de desespero na ponta de qualquer alegria que acreditavam ter encontrado. Não era arrependimento, não, não era isso. Era mais como se estivessem esperando por algo que sabiam que estava chegando, mas gostariam que não estivesse — ainda que eles mesmos suplicassem por isso. Sarah não olhou para James, mas fez uma careta que arqueou as sobrancelhas e colocou os lábios de lado. Coisas curiosas, esses yovos. Ela quis dizer toubabs.

Olhou de relance para Isaiah e tomou seu rumo.

"Boa noite, srta. Sarah", ele sussurrou.

James lhe lançou um olhar ao ouvir a palavra "senhorita". Sarah se virou para ver Isaiah afastar-se de James e depois correr na direção do celeiro. Ela se virou e pisou sobre touceiras de mato e andou gingando de volta pelo caminho de terra, sem o mesmo humor ou graça de Puah, mas perto.

Viu? Isaiah me chamou de "senhorita" bem na frente daquele cujo nome eu não falo pela Maggie e por mim. Coragem ou estupidez, não importa. Eu tenho outra testemunha. Àṣẹ.

Ela pegou um punhado de esporinha, depois mais outro. Entrou rápido na sua choupana. Movendo-se e inclinando-se alternadamente, como se estivesse em oração, colocou uma porção de flores em cada um dos quatro cantos do recinto.

"Para manter verdade perto e mentira longe", ela disse antes de se sentar num banco com um baque.

Com as pernas abertas, ela levantou o vestido e ansiou por frescor. Quando ele não veio, ela deu batidinhas na cabeça, que tinha começado a coçar debaixo do lenço. Memórias podiam fazer isto: surgirem espinhosas para cutucar o escalpo e bicar a mente.

Por fim, ela desenrolou o lenço e o deixou pendurado até o chão. Ele bloqueava um dos olhos, mas ela conseguia ver com o outro. Olhou para as flores que colocou no chão, nos cantos.

Tá longe de ser árvore-do-âmbar. Mas vai servir.

Ruth

A lua foi para outro lugar e Ruth se levantou da cama. Andou com cautela pelo tapete, mas não buscou os chinelos nem pensou em se cobrir com um roupão. A camisola era suficiente. Não se preocupou em acender uma vela ou uma lamparina. *Sem luz. Sem luz.* Decidiu arriscar-se no escuro. Se tropeçasse, batesse o joelho em algum móvel esquecido, caísse nas escadas depois de confundir um degrau, não faria diferença para ela. Apenas significaria que o exterior quebrado enfim combinaria com o interior quebrado e os cacos e rachaduras que eram conhecidos só por ela não ficariam mais em segredo e lamentados na solidão. Então todos poderiam vê-los, e eles também os lamentariam, porque enfim saberiam que ela era inocente. As lágrimas dela! Ah, as lágrimas dela!

Caminhou até o alpendre e parou bem entre as duas colunas principais. Esticou os braços sem motivo, ou talvez para pegar o vento, que era raro no Mississippi. Senti-lo agora era acolhê-lo. Ele secou a umidade na sua pele pálida, mas sardenta, e ela se sentiu suave para si mesma. Fechou os olhos e o absorveu. Balançou-se um pouco, quase como se fosse uma espécie de devoção do tipo que ela reivindicara, ou melhor, que lhe deram e lhe disseram que era onde ela pertencia — ali, no espaço secundário, onde ela, por causa das curvas de seu sexo, poderia apenas estar em parte e dois passos atrás. De cabeça baixa. Não um corpo inteiro; uma mera costela.

Apesar de estar acordada, ainda sentia o desgaste do dia dentro da cabeça e foi até uma das cadeiras de balanço para se sentar. Sentou-se pesadamente, e a cadeira foi para trás antes de voltar para a frente de novo. Ela deixou a cabeça cair para baixo para que o queixo tocasse o peito, seu cabelo vermelho brilhante veio para a frente e ficou pendurado diante dos ombros. Depois, ela levantou a cabeça e respirou fundo. O dia e a noite tinham cheiros diferentes um do outro. O dia era almiscarado, o cheiro dos animais, incluindo os pretos, estragava o que deveria ser regido pelas prunelas que ela instruiu Essie e Maggie a plantar cuidadosamente ao longo das beiradas do primeiro jardim que pertencia a ela, somente a ela. Amava as prunelas mais que todas por causa do roxo-vivo, com o formato maravilhoso dado pelo modo como cada flor ficava acima da outra. As flores se abriam como estrelas minúsculas e ela gostava da ideia de que havia algo no chão que podia rivalizar com o esplendor do céu noturno.

Era irrelevante. Havia muita interferência no dia e muito pouco que ela pudesse fazer que não pioraria o fedor. Só noite adentro o seu plano funcionava e mesmo as flores fechadas lhe davam um presente para cheirar. A única pena eram as belezas que competiam e que dividiam sua atenção entre onde ela se sentava e o que ela admirava.

A noite também era um lugar para vagar. Dentro de certos limites, é claro, mas ainda oferecia uma chance para explorar. De um horizonte ao outro, esta terra pertencia a Paul, o que significava que a segurança dela não era só primordial, mas garantida. Ela havia feito todos os sacrifícios apropriados para solidificar o contrato. Você não conseguiria ver, mas havia um rastro de sangue que ia do útero dela até a floresta e a seguia por onde quer que ela fosse. Fosse no centro da cidade de Vicksburg, ao visitar a costureira, na primeira fileira de bancos na igreja enquanto o reverendo olhava para ela com olhos que se demoravam um pouco demais, no seu círculo de bordado com as mulheres que a invejavam apenas porque imaginavam que ela possuía uma vida que elas desejavam — e ela sabia que nenhuma delas ia querer a sua vida se soubessem sobre o vagar que a ausência de Paul tornava absolutamente necessário; ou talvez *quisessem*; quem sabe? — o rastro se movia junto com ela, sempre levava até ela, não importa onde estivesse, e a conectava, para sempre, ao lado bom e o ruim que separam homens de bestas. Era por isso que ela vagava principalmente no mato. Estava amarrada a ele por motivos que ainda não conseguia compreender, mas também se sentia no alto da sabedoria que sabia que logo chegaria. O que ela sabia com certeza era que em meio à natureza aberta era onde ela mais sentia que era um corpo inteiro, não só uma parte roubada.

A brisa era boa e ela abriu um pouco mais as pernas. Talvez, se ela fizesse isso, outras pessoas poderiam ver o cordão — ela preferia pensar assim do que como um rastro — e saberiam que ela estava de fato viva e não era só um fantasma que existia parcialmente num lugar ao qual ela estava acorrentada contra a sua vontade, sem poder seguir em frente porque negócios inacabados nunca têm sequer a menor esperança de resolução. Ela estava lá por piedade e talvez até por escolha, porque a piedade era tão revigorante que ela sentia que devia muito a isso. De joelhos, então. De joelhos, mas só por um momento.

Ainda inclinada, ela olhou para a Estrela do Norte e pensou

que talvez Timothy também estivesse olhando para a mesma estrela. Ele era muito parecido com o pai, mas era ainda o único prêmio da mãe. Ela guardava todas as cartas dele na gaveta de cima de um pequeno armário ao lado da cama. Ele escrevia com frequência para contar-lhe que ainda achava que Thomas Jefferson tinha razão, que talvez houvesse uma outra maneira de pensar sobre os pretos, que ele chamava de "negros"; que andar sobre dois pés queria dizer que eles não eram os animais que Ruth tinha certeza de que eram, talvez não tanto certeza quanto crença.

"Meu filho. Minha criança especial", ela escreveu a ele sob a luz do lampião, forçando sua vista. "Você é tolo. Todos os livros e estudos e você manteve sua natureza infantil afinal."

Ela sabia que os modos do Norte eram escorregadios e podiam arrastar-se através de qualquer limite, se a vontade fosse suficiente. Se havia algo que o Norte tinha, era isto: vontade. Barulhento, era isso que o povo do Norte era, e hipócrita. O Sul era uma lembrança constante de suas raízes, desses Estados Unidos que não eram nem unidos nem grandiosos, eram só uma configuração frouxa de homens mornos e petrificados tentando refazer o mundo à sua própria imagem desbotada. Não era uma moldura para a liberdade; era a mesma tirania da Europa, apenas desnuda e sem truques.

O que faltava em charme às pessoas do Norte, eles compensavam com discursos: discursos intermináveis e excruciantes que levavam os homens a erguerem seus forcados e tochas e marcharem até a beira do nada-*ainda* com bocas berrantes e rostos cobertos de lágrimas para declarar, diante de toda a criação, que estavam prontos para morrer para que um sonho do qual eles jamais fariam parte pudesse viver.

Era por isso que ela disse a Paul que Timothy devia permanecer no Mississippi, que qualquer educação de que ele precisasse poderia ser conduzida aqui porque eles tinham posses suficientes para implementarem o que quer que faltasse ao lugar onde as águas se reúnem. Era assim que os nativos o chamavam, disseram--lhe, enquanto eram assassinados e empurrados mais para dentro do mundo selvagem. Eles recorreram aos deuses que mantinham as águas juntas para que as soltassem e deixassem que elas afogassem tudo que se arrastava sem ser convidado sobre essas terras.

    E choveu. Muito. Forte. Por tantas semanas que a história sequer menciona quando a chuva acabou, por isso Ruth teve que supor que fora no dia em que ela se lembrava de ter visto sol pela primeira vez. Mas a única coisa que a chuva fez foi deixar o solo rico e as minhocas se remexerem até a superfície, apenas para serem consumidas por aves, que as deixaram gordas, preguiçosas e fáceis de pegar — o que, por sua vez, fez com que houvesse alimento em abundância para os soldados que empurraram os fazedores de chuva e seus deuses para o oeste. Eles não deviam saber que um dos atos mais elegantes de Deus era dar ao Seu povo a força para dividir águas e apressar-se por entre elas.

    Mas Paul a convenceu a mandar o único filho que ela gerara para a devastação das terras invernais, e ela sabia que ele só voltaria mudado. O bebê que resistiu. A criança que sobreviveu. O rapaz de tantos talentos que era o suficiente como a mãe para que tivesse a sabedoria que faltava ao pai, mas era o suficiente como o pai para que entendesse o seu dever. Timothy a ressegurou de que só traria consigo de volta conhecimento e, talvez, uma boa esposa, se Deus quisesse. E ela queria tanto acreditar nele, mas havia um tremor no lábio dele, e ele enxugava demais a testa com o lenço em um dia que não estava tão quente. Não havia o bastante da mãe nele; havia demais do pai.

    Ela se levantou de sua posição de prece, desceu as escadas, saiu para o terreno. O mato sob os seus pés estava fresco e o orvalho deixava o chão um pouco escorregadio, mas ela não perdeu o passo. Ficou lá no meio e deixou que as estrelas olhassem para *ela* para variar, *a* observassem, se fascinassem por *ela*, independente de ela merecer ou não, antes de usar seu próprio poder para juntar-se a elas. O vento batia contra sua camisola e esse era o único som, embora a noite fizesse seu próprio barulho: os insetos, os animais e, às vezes, os gemidos abafados que os pretos achavam que podia ser de alguém fazendo amor, mas ela sabia que seu marido era o arquiteto, então eram meros negócios. Esses sons convergiam e, sim, talvez até mesmo arranhassem uma melodia. Mas era tudo simples demais aos ouvidos dela para ser uma sinfonia, mesmo com o estrondo das batidas de seu coração adicionado à mistura.

Os olhos verdes-verdes dela estavam vidrados de memória, por isso ela não tinha certeza se o que via diante de si era agora ou passado, mas havia uma luz à distância, brilhando para baixo, ela não conseguia discernir de onde. Na luz, havia a silhueta de um homem, alto e ereto, talvez com um rifle sobre o ombro, mas dificilmente um soldado. Havia pouca necessidade de soldados agora que a terra fora capturada e os selvagens que residiam antes nesse espaço foram domados e logo seriam eliminados por meios que ela não temia articular. Pois as regras eram diferentes em tempos de guerra. Ainda que mulheres não tivessem permissão para lutar nas declarações oficiais, *oficial* era a palavra-chave por duas razões. Primeiro, algumas mulheres se disfarçavam de homens, assumiam a aparência e maneirismos exatos dos homens, do cabelo curto ao modo de andar agressivo, para fazerem o que acreditavam ser algo patriótico. Ela soube de uma mulher que foi enforcada quando descoberta, não pela luta — pois ouviu que ela havia lutado ainda melhor que os homens —, mas pela enganação, que eles alegaram ir além do disfarce; estava na maneira como ela vivia mesmo em tempos de paz, rejeitando "ela" em favor de "ele", uma afronta a Cristo.

Em segundo lugar, mulheres suportavam um combate

mais duradouro, portanto mais brutal, apenas por tentarem sobreviver aos homens. Quer os homens tivessem visto batalhas ou não, cada um deles, em maior ou menor grau, voltava para casa de qualquer lugar que seja para onde os homens vão para estarem consigo mesmos ou fazerem as coisas que nunca admitiriam em voz alta, com a mesma intenção de infligir qualquer sofrimento pelo qual passaram no mundo às mulheres e crianças mais próximas deles. As relações não importavam. Mãe, esposa, irmã e filha eram todas igualmente alvos para a mesma raiva. Pai, marido, irmão e filho tinham todos a mesma indiferença vazia nos olhos — ali, por trás da fúria cintilante, estava a coisa que os abalara tão completamente que eles sentiam a necessidade de destruir qualquer coisa e qualquer um que eles acreditassem que pudesse ver: nada.

Quando e onde quer que o *nada* encontre *algo*, o conflito é inevitável. Ela se perguntou se a figura na luz carregando o rifle estava, então, vindo começar uma guerra contra ela. Ela deu um passo para trás. Piscou e a figura e a luz desapareceram. Somente a escuridão inexorável estava lá agora e, estranhamente, a confortava.

Ela deu passos lentos em torno do perímetro da casa-grande até alcançar a parte de trás e ficar em pé em frente ao jardim. Os cheiros a invadiam. Não só das prunelas, mas também das equináceas e gardênias. Ela se inclinou para inalar. Fechou os olhos e se perguntou por que não um quarto bem aqui, no meio do jardim, embaixo de uma tenda, é claro, mas sim, na primavera esse era o lugar em que ela deveria descansar a cabeça toda noite. O verão seria muito extenuante, mas a primavera.

Pensou em talvez acordar Maggie e Essie. Queria que elas também cheirassem o jardim como ele deveria ser cheirado. E elas não gostariam de ser acordadas? Certamente, depois do trabalho exaustivo no campo de algodão e na cozinha, elas apreciariam estar na presença da glória, mesmo que por um curto período. Ruth tocou sua garganta. Sua cabeça caiu para trás. Ela se apoiou contra a cerca em volta do jardim. Sentiu-se fraca — ou, ao menos, quis sentir-se fraca porque era isso que às vezes a fazia sentir-se como uma mulher especial e a separava de uma Maggie ou uma Essie. Uma lágrima pingou da borda do olho dela. Ela nunca se sentira tão generosa. Nunca antes sentiu-se assim de maneira tão duradoura. Ter desejado convidar Maggie e Essie significava que o coração dela era grande, não importa o que mais ele também fosse capaz de fazer. Que estranho finalmente ter essa percepção agora. Devem ter sido as flores.

Ela se movia furtiva pelo jardim. Os pés descalços quebravam gravetos e assustavam os grilos que voavam pelos ares. Ela se perguntava qual seria a sua aparência ali, no escuro. Sem luz em lugar nenhum, ela ainda poderia ser vista? A camisola, branca e acetinada, tomava um pouco do ébano da noite para parecer que brilhava com algum tom de violeta? Olhou para as mãos e lembrou-se de que houve um tempo em que o começo de calos estava para florescer numa superfície que deveria ser sempre delicada. Mas então o homem com o rifle jogado no ombro veio andando, até marchou, saído do horizonte para retirá-la da lida. Ele tinha vindo até a Carolina do Sul para levá-la na palavra que era sussurrada ao vento e carregada em carroças para estados distantes. E tudo o que ele tinha eram sussurros sem garantia de que seriam encontrados em algum lugar. Mas a mensagem em si era persuasiva demais para ser ignorada: um homem estava oferecendo a própria filha, cabelo cor de fogo e alabastro, no princípio da feminilidade, intocada. Ela tinha que pensar sobre essa última. Como essa palavra foi definida? Mãos paternas impróprias contavam, mesmo que fossem combatidas com a mesma regularidade da prece noturna? E o silêncio de uma mãe? Se as mãos machucavam uma coxa, com certeza o silêncio machucava a outra. Às crianças que tinham de contemplar tais coisas já era negado o que era delas por direito.

Mas lá estava Paul, rifle nas costas apontando para o céu. Mais jovem na época, mas ainda assim muito mais velho que ela. Dono de um maxilar forte e olhos penetrantes. Ela se arriscaria de bom grado pelo que quer que fosse que o pai estava disposto a receber como pagamento.

O solo estava úmido e ela pegou um pouco e colocou na língua, uma nota de doçura na boca antes de ela mastigar e engolir. Isso era uma parte dela. Ela era uma parte disso. Deitou-se no chão e permitiu-se estar escondida entre as hastes das flores. Isso era, para ela, um ato gentil e ela se perguntava se deveria permitir-se adormecer bem ali, onde sentia que pertencia mais do que a qualquer outro lugar.

Foi quando a pegou de surpresa. No canto do olho, havia uma luz cálida que parecia enrubescer à medida que vinha ao mundo. Em silêncio, como se não quisesse perturbar ou tomar muito espaço, mas apenas existir sem medo de ser apagada, dividir seu brilho com outras coisas para trazer à tona o dourado nelas, deixar olhos sonolentos, corações afáveis e partes privadas úmidas com a necessidade de serem íntimas sem malícia ou retaliação. Essa luz — e talvez fosse injusto chamá-la assim, porque não a fazia estremecer — emanava daquele espaço além da cerca, através do mato, sobre outra cerca, na brecha que era o celeiro.

Apontou para ela, chamou atenção para ela com o dedo, como se estivesse mostrando a alguém, embora ninguém, tirando quem quer que estivesse escondido nos céus, pudesse vê-la. Ela queria chamá-la, fazer sinal para que chegasse mais perto, mas a garganta dela fechou, o que deixou a beleza da luz permanecer intacta. Ela se levantou, as costas manchadas pelo solo fértil de modo que, vista por trás, parecia que ela emergiria como seu próprio tipo de flor. Saiu pelo portão sem querer despedir-se dos cravos porque sabia, naturalmente, que eles adoravam a companhia dela. Prometeu a si mesma que daria a eles o presente da água ao primeiro sinal de sol e ela mesmo o faria, com suas próprias mãos, mesmo que não tivesse de fazê-lo, o que seria uma sinalização de sua sinceridade, uma espécie de oferenda.

Não era longe, o celeiro da casa-grande, mas ela sentia, ainda assim, como uma jornada. Era mais uma descida, na verdade, como quando alguém viaja do topo de uma montanha para a mais profunda caverna, indo de um lugar mais perto do sol para outro onde o sol não pode nem ser distinguido. Era uma estadia que fazia Ruth se sentir mais pesada, fazia-a sentir que se permanecesse ali onde as pessoas eram envergadas e atormentadas com dores, algumas das quais sequer eram visíveis, de algum modo ela carregaria o fardo também, simplesmente por passar um tempo longo o bastante próxima deles. Isso trouxe um terror ao seu coração, mas não a dissuadiu de embarcar.

Havia algo um pouco doce na dor e Ruth o sentiu nos pés. Eles passaram do solo úmido para o chão seco e duro e, assim que chegou perto do portão do celeiro, ela parou. O mato nas bordas lhe fazia cócegas nos tornozelos e ela parou para arrancar um dente-de-leão que tinha produzido sementes. Soprou nele e ele se espalhou por um dúzia de direções diferentes, gentilmente, primeiro para cima e depois uma descida lenta até que, como insetos sonolentos, encontraram o chão e aninharam-se. Era mais espesso ali, perto do celeiro, tudo era: o ar, o chão, até a escuridão — menos aquele ponto de brilho cálido guardado em segurança do lado de dentro, acumulado, retido.

Ruth se preparou para passar por baixo da cerca de madeira, não exatamente de quatro, não que ela se opusesse, mas ela passou por baixo e sentiu um tremor quando chegou ao outro lado da cerca em posição ereta. Não era como se ela tivesse cruzado mundos, mas a qualidade da existência nesse lugar noturno mudou. Junto com a ausência de som, a noite se moveu. Por mais breve que tenha sido, pareceu tremular, ondular como uma pedra arremessada numa lagoa faria com a água — um pulso circular e rápido que ela teria de piscar para acreditar. Tão rápido como veio, foi embora, deixando-a em dúvida sobre a própria percepção.

Estou aqui foram as primeiras palavras que vieram à mente de Ruth, mas onde *aqui* era, ainda era um mistério. Era o celeiro, óbvio, mas estar ali olhando para ele, de alguma forma parecia mais. Sentia-se pequena perto dele, como se ele pudesse abrir as portas e engoli-la inteira e ela não passaria de um pedacinho tenro. Perguntou-se se era isso que acontecia aqui à noite: que alguma magia de preto fazia com que todas as coisas ganhassem vida, que tudo recebia um punho para sacudir, um coração para bater e uma boca para falar — e, no escuro, eles poderiam encenar as coisas proibidas que a luz não podia suportar. Os pretos podiam ver no escuro, sabe. Eles, que brotaram dele, prole direta, usando-o no rosto sem vergonha. Como eles podiam não ter vergonha, nem mesmo na luz do dia? Essa era a razão pela qual eles tinham de ser açoitados às vezes. Não por malícia ou sadismo, embora ambos tivessem sua parte. Mas para lembrá-los da desgraça que eles usavam como roupas e que nenhum orgulho deveria vir dali.

O chão era mais macio aqui. Percebeu o porquê tarde demais. A merda de cavalo cobriu seu calcanhar e ela pulou em uma perna só até alcançar um pedaço de grama orvalhada e esfregou o pé nela até que a sujeira saísse. Também estava viva e parecia rir enquanto ela a raspava do pé, dançava nas pontas afiadas da grama antes de escorregar, brincalhona como uma criança, até o chão, e deambular para algum lugar escuro demais para ver.

Ruth deparou-se então com as portas do celeiro — os lábios — que estavam entreabertas como um amante impaciente ou uma fome desagradável, e o brilho estava ali. Tudo o que ela viu foi a pequena luminosidade que tinha se contido e também virou parte da paisagem interior. Conforme avançou para mais perto, ela viu que sombras fracas também haviam se transformado em parte do festival silencioso escondido à vista de todos. Tocou a porta, esperando que tivesse a umidade da ansiedade sobre ela, mas ao mesmo tempo que era quente, também era seca.

Ela a abriu um pouco mais e ficou desapontada. A luz não era um esplendor sobrenatural aguardando para derramar sua graça sobre ela. Não. A luz emanava de um simples candeeiro, que estava entre os dois pretos do celeiro que Paul vinha tentando procriar sem resultado; ela não conseguia lembrar dos nomes deles.

Eles pareciam estar discutindo sobre alguma coisa, mas falavam em tons tão baixos que para ela soava como um canto. Foi só pela maneira animada com que os olhos deles se arregalavam e depois se estreitavam, como as mãos se agarravam à parte do peito e depois se lançavam para fora acusadoras que ela pôde discernir o desentendimento.

Quase sentiu que era uma intrusa num espaço que para começar só poderia ser seu. Era ofensivo para ela, mas com consideração, ela empurrou e abriu uma das portas. O rangido assustou os três e de algum modo a luz perdeu seu arco dourado. Ela pisou no feno e ignorou que espetava a sola dos pés.

"O que *é* isso?", Ruth sussurrou. Estava falando sobre o lugar. Olhou ao redor para as sombras saltitantes e pensou ter ouvido um batuque vindo de dentro do espaço, da direção onde os dois pretos tinham acabado de se sentar, virados para ela, mas se recusavam a olhá-la no rosto.

"Boa noite, sra. Ruth", um deles disse com as mãos cruzadas na frente do corpo, cabeça baixa. "A senhora tá bem? Precisa que a gente vá buscar algo?"

Eles a entenderam errado. Ela viu o peito deles, cobertos de medo, respirando pesado em uníssono. Mas eles também cintilavam, o que ela entendeu como um sinal. Homens raramente falavam a verdade, por isso era crucial ler seus sinais. Uma vez que esses pretos sabiam que era melhor não deixar que ela visse os olhos deles — olhar para baixo, para baixo! —, ela tinha o bom senso de distinguir a intenção em seus corpos. Não importava que os olhos dela já os tivesse esfolado, segurado no chão, dissecado e consumido. Ela tinha sua própria imaginação, o que ela não levou em consideração porque por tanto tempo sempre esteve sujeita aos caprichos da imaginação de outra pessoa. Ela cedeu ao mal-entendido deles.

"Isto é um celeiro ou outra coisa?", ela perguntou para eles, um pouco mais alto dessa vez.

O silêncio deles era, para ela, um deleite. Perguntou-se como ela pareceria para eles ali parada, com a camisola suja e cabelo cor de cobre, a pele capaz de mudar muito mais com a luz do que a deles e por isso conseguia assumir as características de cada parte do dia ou da noite — cristalina durante o dia, azul-pálido à noite. E nos intermediários — no pôr do sol, na aurora, no crepúsculo — estava a beleza que ela mais amava. Ela chegou mais perto, quase como uma dança, unindo sua sombra às sombras saltitantes. A luz também parecia temê-la, tremeluzia, enfraquecia.

"Você. Qual é o seu nome?", perguntou, olhando para eles.

"Isaiah, senhora", disse. "E esse aqui é o Samuel."

"Eu não lembro de perguntar pra você o nome dele", ela apontou para Samuel, mas olhou para Isaiah. "E acho que ele pode falar por si mesmo. Não é? Ele pode falar por si mesmo? Você fala por ele também?"

159

"Não, senhora."

Aí. Aí estava: o despir mandatório. As palavras dela fizeram com que eles se despissem. Eles tiraram a arrogância e a deixaram cair no chão diante de si. Ela havia feito isso sem usar um chicote, o que ilustrava, para ela, a diferença entre mulheres e homens. Os homens eram bravata, bravata interminável e envaidecedora que precisava, mais do que tudo no mundo, de encorajamento por meio de uma plateia. Para os homens, a privacidade era a coisa mais assustadora do mundo porque qual era o sentido de fazer algo que não poderia ser reverenciado? Que diferença faria estar num pedestal se não houvesse ninguém para admirar?

As mulheres, a maioria das mulheres, faziam diferente. A privacidade lhes outorgava o poder de serem cruéis, mas vistas como gentis, de serem fortes e entendidas como delicadas. Era crucial, entretanto, que ela estivesse sozinha nisso, porque os homens eram passíveis, mesmo nesses espaços, de arrancarem dela esses pequenos momentos do florescer de uma natureza mais equilibrada. Os homens, parecia, foram construídos para a catástrofe e estavam determinados a serem o que foram construídos para ser.

Mas Isaiah e Samuel, eles eram uma anomalia. Nesse lugar — ela ainda não havia recebido uma resposta adequada para explicar por que se sentia assim ali — eles tinham entendido a necessidade de privacidade e os perigos da plateia. Apesar que talvez não entendessem o suficiente, a julgar pelos vergões que compartilhavam. Talvez eles usassem esses vergões do lado de fora para aliviar os do lado de dentro. Finalmente, um assunto que ela entendia na realidade desse outro lugar. Ela andou no espaço entre eles e ficou ali, encarando a luz, de modo que seu vestido obscurecia a vista que eles tinham um do outro. Tudo o que podiam ver era uma sugestão um do outro, a esfericidade da cabeça e talvez a amplitude do ombro, através do filtro que cobria o corpo dela.

"Esse é outro lugar, não é? Aqui é um lugar diferente. Eu não posso ser a única que sabe disso, não é?"

"Senhora?", Isaiah perguntou.

"Não quero ouvir você falar mais. Quero ouvir esse aqui falar", ela disse, olhando diretamente para Samuel, cujo pescoço estava inclinado para a frente e a cabeça para baixo, a boca entreaberta.

Ruth seguiu o contorno das curvas dele: sobre a cabeça, ao redor dos ombros, ao longo dos braços até a dobra das pernas e as solas dos pés cortados grosseiramente. Ele era abençoado. A noite lhe caía bem, tão bem que ela não teria necessidade do outro, o com os olhos mais alegres, mesmo sob essas circunstâncias, que ela podia sentir mesmo que eles nunca a olhassem diretamente. Era fácil para ela imaginar a si mesma vestindo Samuel perto, como um xale ou um colar de contas, algo simples com que se enfeitar para uma ocasião fria ou festiva, só para retirá-lo quando o sol retornasse ao céu ou quando fosse a hora de descansar.

Tocou Samuel e ele enrijeceu, quase recuou, mas isso não a impediu de passar os dedos pelas costas dele, seguindo o caminho dos vergões, grossos e finos. Na cabeça dela, encenou imagens de como devia ser para Paul. Ele também tocava as pretas que ele tomava antes de tomá-las? Os olhos dele estavam abertos? Ele segurava a respiração? Havia o suficiente deles agora — pretos de rostos brilhantes marcados com os tons dos Halifax — para que ela se erguesse de sua negação profunda sobre como o salvador dela poderia se permitir chegar até tão baixo. O único alívio era saber que esses pecados eram meras transações e por isso não eram pecados, afinal. Se Deus podia perdoar, então ela também deveria.

Olhou para o topo da cabeça de Samuel. "Deite-se", ela sussurrou, e ainda assim ele não chorou.

Patético. Apenas patético, que era como ela preferia. Desse jeito, ela mantinha seu senso de controle. Esse era grande, mas estava prostrado, como era o seu lugar. Por mais áspero que fosse, os nós e curvas do cabelo dele não representavam ameaça alguma nesse estado suplicante. Ela se colocou ao redor dele porque o tempo era a única coisa que não estava ao seu lado. Timothy logo estaria em casa, andando pelo terreno atrás de algo para pintar. James podia estar patrulhando com alguns de seus homens, que ela supunha que estivessem apenas um degrau acima do status de pretos. Ela não poderia ser vista assim, como estava, desimpedida do espartilho ou da mão em casamento, ávida por deixar os seios caírem e não serem empurrados para cima até que ameaçassem comprimir os pulmões. Não, tudo o que aquilo fazia era elevar a ira dela e tudo — cada coisinha — que tinha uma origem retornava a ela. Mas, no meio-tempo, no tempo entre, teria de ser solto.

Ela levantou a camisola até os joelhos, puxou-a das pernas para usá-la como um escudo entre ela e o preto por-que-ele-não--está-chorando? deitado aos seus pés. O outro ousou erguer a cabeça ainda que não a tivesse olhado diretamente. Ela não conseguia distinguir inveja de pena, por isso não sabia como entender o olhar no rosto dele.

"Olhe pra lá", ela comandou.

Devagar, Isaiah virou a cabeça para o estábulo. Ela olhou na mesma direção. Dois cavalos, um marrom e um branco com manchas marrons, puseram a cabeça para fora, como se estivessem curiosos, quisessem ver — como se já não tivessem visto o bastante. Mas a que eles se prenderiam? Eles se lembrariam disso e, num momento de solidariedade, já que bestas de carga são conhecidas por se unirem às vezes, puxariam a carruagem dela para fora da estrada, para alguma ravina, e a assistiriam tombar e quebrar ossos, e para quê — uma memória que criatura alguma tinha o direito de deixar perdurar?

Para o inferno com tudo; ela desviou o olhar. Atrapalhou-se primeiro, estendendo a mão para abrir a calça de Samuel e depois se agachou no colo da coisa embaixo dela. Jogou a cabeça para trás sem motivo. Não havia alegria. Não havia exaltação. Embaixo dela, não havia terreno montanhoso, apenas platôs, o que teria sido ofensivo para qualquer um que esperasse pelo *menos* mãos levantadas em adoração.

"Você está quebrado?"

Ela nem olhou para ele quando perguntou, porque resposta alguma poderia suavizar a ofensa. Xingou a si mesma um pouco por pensar que poderia ter sucesso onde só o fracasso tinha sido falado. Acima de sua cabeça, ela pensou ter ouvido o telhado ranger, como se o peso desse lugar enfim fosse demais. Se a coisa toda desmoronasse, puxando o celeiro, os animais, as árvores, o chão e o próprio céu, como seria desagradável encontrar os restos mortais dela compartilhando o mesmo espaço que essas mãos de celeiro não batizadas. *O que ela estava fazendo aqui?*, perguntariam, sabendo muito bem o que ela estava fazendo, mas porque falar mal dos mortos era uma afronta a Cristo, que Se levantou do túmulo só para deixar a mensagem clara e que, em algum ponto desconhecido, retornará apenas para confirmá--la, eles chorariam e abençoariam o nome dela, e a verdade seria enterrada com ela.

Ruth tomou consciência do seu peso em cima de Samuel. E do peso dos olhos de Isaiah. E do peso de todas as crianças que nunca tiveram a chance de ser. E pelas costas dela, sentiu a medida das mãos de Paul, como ele a amparava quando ela tremia, e como isso devia ter sido influência da mãe dele, Elizabeth, cujo nome foi dado à terra, e ela sentiu-se grata pelo que ele conseguiu lembrar de sua mãe que o ajudou a manter um pouco de bondade reservada especialmente para Ruth.

Ela cobriu a cabeça, mas o telhado não caiu sobre ela. O rangido que pensou ter ouvido não era nada mais do que o gemido do preto que estava olhando para o outro lado ao comando dela. Lá estava ela no meio de uma confusão sem conseguir se lembrar de como tinha chegado ali. Lembrou-se do brilho e, antes dele, das flores e do solo. Concluiu que esse era um lugar que pregava peças na mente. Ah, e o peso. Claro, a pressão havia se tornado excessiva e a deixou tonta. A única cura era retornar para onde o ar fazia sentido.

"Saia de perto de mim!", ela gritou antes de se levantar, de repente, deixando a barra da camisola cair de volta até os tornozelos. Estava de pé, mas não se moveu mais. Ela ficou mais uma vez hipnotizada pela luz do candeeiro, que tremeluzia, mas não se extinguiria. A própria luz, ela notou, tinha um ponto escuro no centro. "Ali", disse para si mesma, "é ali onde estamos!" Mas como, perguntou-se. Como apenas passar de um lado para o outro da cerca poderia transportá-la da luz para a não luz? Ela tropeçou até o candeeiro e o chutou. Ele não inflamou o feno nem ameaçou envolver o celeiro todo em chamas. Apenas se apagou.

Agora, num recinto escuro, só com os grunhidos ocasionais dos animais, a respiração dificultosa do preto choroso e o silêncio afiado do que foi forçado a calar para lembrá-la de que ainda estava onde estava, ela olhou para cima. Não tinha percebido antes, quando pensou que o telhado estava para cair sobre a sua cabeça. Havia uma abertura retangular que deixava o céu entrar e ela viu, naquela pequena abertura, o céu que se tornara tão familiar a ela. Estava salpicado de pequenas estrelas brancas, a única plateia diante da qual ela sentia que era inofensivo ficar, brilhando sobre ela a uma distância segura, dando-lhe a direção que ela vinha pedindo o tempo inteiro, mas que ninguém era capaz de lhe dar.

Caminhou em um círculo. Ergueu as mãos. Riu. Aquela última peça era um conhecimento. Ela sabia que tinha acessado coisas que ninguém jamais vira antes. Pensariam que ela estava louca, mas ela era mais esperta. Sabia que havia uma longa linha de mulheres, de todos os lados do mar, que sobreviveram por tempo suficiente para que ela pudesse estar aqui nesse momento. E mais do que sobrevivido; elas queriam se certificar de que ela não seria condenada à vida que elas não tiveram muita escolha a não ser levar. Cada uma delas, agora pontinhos num céu de tinta, guiando-a para longe de caças às bruxas e fogueiras, de estupros e leitos conjugais, da castidade e da modéstia projetadas pelos homens para serem forçadas nas costas e na frente das mulheres, apenas para o lazer, prazer e capricho dos homens. Hosana!

Esse era o motivo por que ela perdeu os filhos! Ela se deu conta disso bem naquele instante. Não como punição, mas como libertação. O que significava que Timothy, seu Timothy, por quem ela agradecera a Deus, era ou um auxílio, e por isso teve a permissão para atravessar, ou um mal, e suas preces equivocadas mas bem-intencionadas tinham desfeito séculos de planejamento cuidadoso, porque ela fracassou em reconhecer uma bênção quando tentava ser concedida a ela. Então talvez a viagem dele para o Norte fosse para o melhor. Talvez fosse para corrigir um erro grave, um feitiço para desfazer a asneira de colocar um homem entronizado acima de uma cascata de mulheres que caíram gritando para que ela não precisasse.

Agora que não havia mais necessidade do círculo, ela parou. Sentiu-se zonza. Afastou-se do chorão e passou por cima do silêncio cortante. No caminho até a entrada, a vida que ela tinha deixado para trás estava à vista, apenas uma fatia na fenda entre as portas, mas era onde ela sabia que tinha mais chance de pertencer e correu para lá. Puxou as portas para abri-las, e o peso estava ali. Correu rapidamente, a camisola a atrapalhava, mas não a desacelerou. Escalou o portão dessa vez, querendo passar por cima de algo em vez de por baixo, mas nunca lhe ocorreu usar a entrada, porque era desnecessário se não houvesse ninguém ali para abrir para ela e fechá-la depois que ela passasse.

O jardim havia chamado o seu nome, mas ela não tinha tempo agora. Ela o veria de novo à luz do dia. Ela, Maggie e Essie viriam com o presente da água, do tipo doce, vinda do poço. Não, não era um desperdício usá-la no jardim. A água era abundante e sempre seria. Além do mais, acolhia o congresso, pois olhe o que produziu.

Entrou correndo na casa-grande, subiu as escadas e irrompeu no quarto. Estava quente e cheirava como ela, ou seja, cheirava a lavanda e terra, e os dois juntos não a incomodavam. Tirou a camisola e a deixou cair no chão. Observá-la amassada ali a lembrou que acabara de ser rejeitada. Como aquilo lhe escapou antes? O silêncio e o choro e ainda o peso e o brilho tinham conseguido distraí-la e lhe deram coisas demais para contemplar para chegar a considerar tomar o que para começar sempre fora dela. Ainda assim, havia algo que ela poderia extrair disso para encher sua barriga. Tudo o que ela precisava dizer era uma palavra.

Olhou para os pés. Não estavam sujos — nem na parte de cima nem nas solas. Era impossível, porque ela tinha ido do jardim ao mato, à merda de cavalo, ao pó e ao feno, e depois de volta. Contudo, os pés dela ainda estavam limpos como se ela tivesse acabado de ficar de molho na banheira. Talvez fosse verdade, então: ela *podia* flutuar. Como um anjo puro, uma espécie de pluma ou suas irmãs estreladas, ela poderia libertar-se dos limites do chão, gritar seu próprio nome e ser levantada, só um pouco, para um ar mais apropriado.

Foi até a cômoda e pegou outra camisola. Vestiu-a e não tinha peso algum. Sorriu incontrolavelmente. Quando enfim deitou-se para voltar a descansar, parecia diferente. Parecia como deitar-se no céu.

Parecia como voar.

Babel

    Ao amanhecer, as árvores de Vazio eram tão ferozes quanto o eram sob a sombra da noite. Ameaçadoras e elevadas, posicionadas nas fronteiras, acenando do alto, por cima do nevoeiro, mas só com o interesse de atrair para perto e matar. Matar quem? Depende. Mas ultimamente um tipo em particular. Essas árvores não eram um lar, não para o pardal ou o gaio-azul, nem para a formiga ou a lagarta. Essas árvores, algumas eretas, outras retorcidas, algumas cortadas, todas sentinelas, incumbidas de um pequeno trabalho: testemunhar. E talvez elas o fizessem, mas de que serve uma testemunha que nunca daria testemunho?
    Mas, ah, sim. O testemunho está lá, para ser perscrutado só por elas. As linhas no corpo delas, os talhos revelando a carne branca por baixo, os galhos rachados se quebravam ao segurar o peso. Há motivos para cada rompimento, mas elas nunca contam, nem mesmo quando questionadas. Você precisa saber, portanto, como cutucar, onde procurar. Espiar nos cortes que levam às raízes: raízes que levam ao solo: solo que não se deita, mas se enrola sob os dedos dos pés daqueles cujo sangue o nutre,

que em outras terras era família de pele, assim como o cosmos acima. Um dia alguém contará essa história, mas nunca hoje.

Essas árvores, elas guardavam as bordas. Os lugares mais mortificantes estavam nas bordas, ali onde a plantação encontrava a terra que não tinha donos (assim disseram as pessoas que foram mortas por desafiarem a ideia de que terra podia ter um dono). Essas eram as estradas, quentes do sol do Mississippi, mas não secas porque o ar era espesso demais, onde até os cavalos andavam com mais liberdade do que as pessoas, insetos pairando na soberania que eles tomavam de todo como certa, e as florestas de fora, os rios correndo sabe-se lá para onde, o arco dos céus, baixo, mas para sempre fora do alcance. Todas essas coisas nunca seriam tocadas por qualquer deles sem um alto custo: a perda dos membros ou a separação do espírito e do corpo, a última opção a mais preferível, mas covardes nunca entenderiam isso porque a liberdade era mais amarga do que doce.

E os pássaros desabrigados? Sobrevoam em julgamento. Quase todos eles: o pardal, o gaio-azul e ainda a pomba e o tordo, mas o corvo não se vê em lugar algum. E a colisão das vozes deles chamuscaria se aqueles para quem piavam já não estivessem queimados pelo verão. Para os incinerados, o tordo em particular era só música.

E lá estava também outro ritmo por baixo, uma pulsação calma, que começara antes mesmo da marcha para os confins de Vazio. Isaiah e Samuel pensavam que eram os únicos que podiam escutá-la. Despreocupada, assoviava menos no vento do que no balanço de mãos e quadris, como no louvor do meio-dia na clareira onde eles não eram bem-vindos a não ser que... Mas o som viajava e alcançava alguns ouvidos, quisessem eles ouvir ou não. Não eram, na verdade, pessoas cantando como eles haviam pensado de início. Era outra pessoa, ou mais de uma pessoa, a julgar pelas harmonias. Soava como algo antigo e reconfortante, que fazia Samuel sentir-se bobo e Isaiah agir como um.

Bastou Ruth dizer uma palavra e James, que precisava agir mesmo se não acreditasse, arrebanhou seus quase-homens para sacudir Isaiah e Samuel do sono — antes mesmo que Aqueles Dois tivessem a chance de acordar e se confrontar, varrer o feno que eles arrumavam como uma cama e saudar a manhã com a mesma trepidação com que o fariam pelo resto da vida. Com que rapidez e violência eles pegaram Samuel e Isaiah e lhes ordenaram que ficassem de pé. E de maneira alegre, ainda que grosseira, prenderam os grilhões aos seus pulsos e tornozelos. E depois os espetos.

Quando já haviam sido empurrados para fora do celeiro, os animais mais surpresos do que eles, cavalos flexionando as pernas da frente e o guincho dos porcos se prolongando, Isaiah e Samuel viram o que o nevoeiro não poderia esconder. Eles esperavam que a multidão já estivesse reunida, dourada sob a luz das tochas da aurora. Alguns estavam cansados. Alguns estavam sorrindo. Esses últimos deixaram Isaiah atordoado, mas não Samuel. Eram pessoas, afinal. Havia, portanto, algum tipo de alegria a ser encontrado na humilhação de outra pessoa para variar. A falha da memória atrapalhava a empatia que deveria ter sido natural. Samuel sabia, entretanto, que era memória seletiva, do tipo que era cultivada aqui entre as não-me-esqueças.

A névoa da manhã logo sucumbiria. Não coroaria mais a cabeça deles nem obstruiria a beleza da vista. Em breve, ela baixaria e abençoaria os joelhos deles e depois os tornozelos antes de desaparecer no próprio chão, revelando, assim, como até um lugar horrível como esse poderia ser encantador. Pergunte às libélulas.

Quantas pessoas já haviam morrido nessa terra e quem eram elas? Primeiro, os Yazoo, que lutaram com valentia, com certeza, mas que nunca poderiam estar preparados para as armas ou as doenças moldadas no formato de uma só. Com certeza, os Choctaw eram os próximos.

E então as pessoas sequestradas, aquelas que caíam mortas pela labuta, sim, mas sobretudo aquelas que se recusavam a agir como mulas, cuja própria pele era uma provocação. Eram eles que olhavam da escuridão e sussurravam para seus filhos: *Como você pôde?* Samuel achava que eles queriam dizer: Como vocês puderam *deixar que eles?* Isaiah pensava: Como você pôde *ficar?* As respostas não eram iminentes e a virtude preenchia os vácuos.

Samuel levantou a cabeça primeiro. Concluiu que se a dor seria nesse dia, que ao menos fosse merecida. Um dos quase-homens agarrou a corrente ligada ao grilhão ao redor do seu pescoço, puxando-o para trás. Mas ele não caiu. Os três deles se moveram diretamente atrás dele, prendendo suas correntes, e portanto as correntes de Isaiah, à carroça onde James já havia subido. Uma coisa velha e instável — a carroça, sim, mas James também — que precisava desesperadamente de reparos: rodas bambas e amassadas que deixavam a viagem acidentada e incerta, mas de propósito faziam com que puxá-la fosse mais que uma tarefa; uma caçamba tão carcomida, sabe-se lá pelo quê, que era possível ver o chão debaixo dela, deixando a viagem perigosa também para os passageiros. Mas havia deixado há muito tempo de servir ao propósito de diminuir fardos.

James levantou a mão direita e, uma por uma, algumas das pessoas se moveram de um ponto de névoa para outro. Isaiah tinha parado de contar o número dos que foram mandados que se apertassem na caçamba e em vez disso focou na distância entre ele, Samuel e eles. Alguns se apressaram, mas Isaiah não conseguia diferenciar direito de quem a velocidade era amaldiçoada pela excitação e de quem era abençoada pelo medo. Enquanto ficavam no veículo que ameaçava desabar por causa do peso, nada disso importava. O que importava era a elevação. Agarrando-se a um conhecimento que os toubabs ainda não tinham, eles podiam agora olhar para baixo, e isso, também, era irresistível. Mesmo um pouquinho de altura trazia uma nova perspectiva que endireitava colunas e levantava queixos, enquanto as mãos encontravam quadris com cotovelos para fora. Isaiah aceitou essa bobagem, pois sabia que a origem era falsa. Mas ela ficou presa na garganta de Samuel como uma espinha de perca e não se desalojaria.

Acorrentados à carroça como os animais que sabiam que não eram, com James sentado dentro dela com o chicote na mão e um monte de gente abarrotada atrás dele, Samuel e Isaiah foram forçados a puxar. E eles teriam de arrastar a carroça por todo o perímetro de Vazio. E num domingo, ainda. Eles se perguntavam se todo esse espetáculo irritava ou satisfazia Amos. Olharam na direção das pessoas ainda em pé em meio à grama e ao nevoeiro e identificaram Amos ali, com um livro embaixo do braço. Absorveram pequenos pedaços do rosto dele e os reagruparam dentro da cabeça. Samuel escolheu irritado, Isaiah, satisfeito. Eles nunca concordariam, então seguiram outro projeto. Olharam para Vazio. Era como passaram a conhecê-lo. Cada canto. Cada fresta. Cada maldita folha de grama. Enquanto Samuel maquinava, Isaiah focava nos detalhes.

"Eia!"

James falou com eles na língua animal e mover-se de acordo faria uma mentira tornar-se verdade. Por isso, nenhum deles saiu do lugar. A primeira chibatada enviou um choque pelo corpo de Isaiah e sua vista embaçou por um instante antes de voltar com ainda mais clareza. Foi quando ele notou que eram quase perfeitas. As linhas de Vazio. Como, em cada ponto, elas eram marcadas por algo glorioso: uma flor, uma pedra, uma árvore. Poderia ter sido tolerável se desabitado, se simplesmente se tivesse galopado através em vez de possuído. Sem ninguém por perto para se importar com alguém que pare para falar com a abelha que encontrou o caminho para o coração de néctar e desejar-lhe uma boa passagem, depois olhar para as nuvens e gritar "Eu!". Nada calmo assim deveria ter tamanha capacidade para o terror.

Isaiah olhou para baixo enquanto as lágrimas diziam *Tô chegando*. Viu seus pés cavando o chão mole e escorregadio que não dava tração alguma. O segundo estalar atingiu Samuel, e Isaiah estremeceu por ele. Com tudo determinado com firmeza pela traição, os corações dos jovens homens batiam num ritmo de desconfiança, o de Samuel mais do que o de Isaiah. Era a tensão que os dividira e os tornara irritadiços.

Samuel olhou de relance para Isaiah e sentiu ressentimento. Rodopiou em seu peito por um momento antes de ser empurrado para o estômago com uma inspiração profunda. Bastaria que os dois esperassem até que as correntes afrouxassem para enrolá-las como cobras ao redor do pescoço dos quase-homens e estrangulá-los antes de sucumbirem aos ferimentos de bala que inevitavelmente se seguiriam. Mas ele sabia que Isaiah não conseguiria fazer isso. Samuel conhecera Isaiah por todos esses anos e ainda não tinha chegado ao âmago do que fazia com que Isaiah não quisesse sequer cerrar o punho com força. Que perigo ser tão imaturo.

Enquanto isso, Isaiah evitava os olhares de Samuel porque eles não escondiam nada, e de que adiantaria explicar a ele que o último recurso deveria ser o último, não o primeiro? Ainda assim, o peito de Isaiah se encheu com a pressão do entendimento de que eles estavam ligados um ao outro por algo muito mais forte que as correntes enferrujadas que os prendiam. Tentador, entretanto, era o pensamento de quanta paz, por mais passageira que fosse, poderia existir se um menino ousasse ser negligente com sua tarefa e deixasse de levar água ao outro menino.

Eles não eram bois, mas se moveram e as pessoas assistiram.
Isaiah se lembraria de dizer a Samuel mais tarde que ele nunca entendeu a fascinação com o azul. Claro, ele aparecia na terra de maneiras singulares, quebrava a monotonia e oferecia alívio ao choque ofuscante do algodão, mas não era especial. Era uma distração como todo o resto e ele estava cansado de não prestar atenção. Ainda assim, olhando à distância, espreitando além da neblina, parecia como se talvez pedaços do céu tivessem se quebrado e caído no chão e talvez fosse correto dar a isso um nome. Ele fechou os olhos e cometeu o erro de se perder.

Foi a primeira vez que Isaiah pensou sobre quem veio antes dele. Quem foi a primeira vítima de Paul? Era uma menina? Uma menina era um investimento para os homens toubab, porque elas podiam ser estupradas para se multiplicar, mas as recompensas disso podiam levar anos para frutificar. Um menino, então, com braços grandes, ombros largos, um peito negro agitado, e pernas de aço, que conseguia arrastar uma enxada pela terra, cavando as linhas de demarcação necessárias para plantar qualquer semente que a terra aceitasse. O pai de Paul lhe deu o menino de presente? Primeiro um brinquedo e depois uma ferramenta? Ou foi a primeira compra de Paul, selecionado em uma plataforma de leilão depois de ser escolhido, cutucado, inspecionado e enfim aprovado para uma vida de labuta? Importa saber quem foi o primeiro, porque deve-se notar quem não impediu um segundo. Não que ele pudesse ser culpado. Era algo grande demais para uma pessoa lidar sozinha. E a morte só era heroica depois de feita.

Mas foda-se o primeiro. Samuel se perguntou se algum deles seria o último — ou, ao menos, aquele que deixaria uma praga atrás de si para que nenhum toubab pensasse em levar adiante esse terrível empreendimento de novo. Um machado bem colocado ou armas roubadas, sendo o volume a única diferença entre eles. Precisava apenas decidir qual preferia: submersão ou trovoada. Nesse momento, Samuel tinha vontade de fazer barulho. Queria sentir o metal quente nas mãos, erguê-lo até um olho e fechar o outro, envolver o gatilho com o dedo e puxá-lo, para ver o seu alvo perfurado e sangrando. Deixe o sangue e o corpo de outra pessoa nutrir o solo para variar. Quantas pessoas ele já tinha visto serem destruídas? E ninguém com a decência de cobrir os olhos de uma criança.

Como os dois estavam ensimesmados encontrando momentos desamparados de desgraça, Isaiah e Samuel fizeram uma curva, o que deixou a carroça mais visível na periferia. As pessoas ainda estavam de pé nela, eretas e altas, como pilares de sal para os quais Isaiah não queria voltar-se e olhar por medo de também tornar-se um deles. Samuel, como sempre, apenas manteve os olhos voltados para a frente, porque não havia motivos para olhar para trás — ou para cima. Não havia ninguém lá em cima que pudesse ajudar. O passado não servia para nada além de trazer à tona dor e mistério e, portanto, confundir. E já havia coisas demais no presente que não faziam nenhum sentido. Então o futuro era o único lugar possível onde ele talvez encontrasse resolução.

Isaiah, por outro lado, imaginava qual seria o formato da plantação. Era quadrado ou retangular? Ele podia contar os passos, mas ele não deveria saber como contar até tão alto. Não seria um círculo, porque os toubabs pareciam desprezá-los, tinham adoração implacável por ângulos retos como se proporcionassem ordem em si mesmos. Poderia ser um triângulo, mas também isso era improvável, porque os ângulos nunca estariam certos. Percebeu, então, o quanto disso ele não deveria saber: formas, ângulos e as diferenças entre eles. A matemática era proibida porque, ele se convenceu, havia uma equação que revelaria coisas que nem os Pauls nem os Amos do mundo queriam que os Isaiahs soubessem. Eles falavam de árvores, frutas e cobras, mas era só uma distração feita para te dissuadir de medir a distância entre aqui e vida. Mas Isaiah continuou. Fingir ignorância machucava tanto quanto a chibata. Era o fingimento de que a única coisa em que ele era bom era a labuta, e não as correntes, o que ameaçava quebrá-lo. O tilintar dos aros de metal que ligavam as mãos dele e de Samuel e os pés deles como a letra I; um pino que segurava cada grilhão no lugar, tornando a caminhada mais difícil porque as pernas precisavam ficar abertas para evitar perfurar o próprio tornozelo com o outro.

Os toubabs por alguma razão imaginavam que a nudez era degradante, então os caminhantes eram sempre despidos antes de serem forçados a se arrastar. Presos como a traseira de um cavalo para que a degradação se tornasse a característica definidora. Mas estar no estado natural, salvo os insetos, não era o tipo de humilhação que os toubabs imaginavam que seria. A pele pegava toda brisa junto com toda luz. Partes íntimas ficavam livres. E a neblina te beijava, deixava uma umidade para a pele beber, cada pingo tão sagrado quanto qualquer batismo, talvez mais puro porque era voluntário e nunca professava salvação.

Andar sobre a urtiga era em vão, pois os pés haviam ficado imunes por causa dos calos. Isaiah, diferente de Samuel, aprendera a encontrar qualquer prazer minúsculo onde quer que pudesse ser encontrado. Então, quando James os direcionou de propósito a um arbusto cujos espinhos eram evidentes, os efeitos foram discrepantes. Isaiah sorriu quando não deveria; Samuel se recusou a recuar quando era o que tinha de ter feito.

Que prazer? Samuel, de tantas maneiras, suspeitava disso porque sabia quão facilmente ele poderia ser roubado. Então, se ele se recusasse a adorar algo, não sentiria falta quando fosse tirado dele.

Espere.

Não.

Era mentira.

Havia um prazer que ele apreciava além de sua capacidade de controle, e que, se fosse removido de seu alcance, ele ficaria tão vazio quanto suas mãos abertas, cavado até ficar a casca de si mesmo, um nada ambulante, o que não seria só pesaroso para ele. O forcado que usaram para estripá-lo inevitavelmente deixaria impressões. Essas marcas teriam de mostrar algo. E o que foi mostrado inevitavelmente torna-se o que foi feito. Samuel não olharia para cima. Não agora. Nem nunca. Olharia direto para a frente. Já podia ver o sangue vindo. E, dali, ele podia ver a curva do mundo, não que isso importasse. Tudo o que podia fazer era vê-la, nunca iria montá-la. Ela poderia montar nele, entretanto: prender suas extremidades nele e chutar e chutar antes de colocá-lo sobre a extensão de seu arco e rolar por cima dele.

Aqui, caminhando penosamente por essa terra que se rendeu rápido demais, Samuel descobriu o que a maioria dos outros não sabia: há uma faísca na ponta de um chicote. Um ponto minúsculo de luz, ausente de cor. Está escondida atrás do som momentâneo do couro encontrando a carne. Se você piscar, se você der qualquer piscada, ela será perdida ou descartada como uma ilusão de ótica. Mas está lá, com certeza. Imaculada pelo sangue que agora escurecia a língua do chicote. Impassível diante dos gritos tanto dos virtuosos como dos perversos. Sem fazer distinção entre os dois, ela flutua acima, quase para observar, mas, como as árvores, nunca para testemunhar, e desacelera, não como relâmpago, mas como trovão, e tudo estremece. Tudo. O passado e o futuro juntos. E, com o presente deixado em tal estado de tremor, a mente não tinha escolha a não ser viajar e se juntar.

Isaiah olhou para Samuel e a direção dos olhos de Samuel também o guiou até a faísca. Mesmo com as lágrimas ardendo em seus olhos, ele viu. Com mais clareza logo antes da picada

que se seguiu. A Estrela do Norte que não levava ninguém a lugar nenhum.
Espere.
Errado.
Ela levou as pessoas até aqui. Para Vazio. Onde eles, também, se tornariam vazios. Capazes, talvez há pouco tempo, talvez sempre, de interromper afeição verdadeira e substituí-la por algo menos, por razões que eram superficiais e só algumas vezes amargas. A verborragia, toda aquela pose frenética, era projetada como um disfarce para algo ainda mais indecente: natureza.

E a faísca zombava deles. Exibia a facilidade com que podia perfurar a realidade e depois recuar como se nunca houvesse estado ali para começar. Falhava em deixar atrás de si um caminho que pudesse ser seguido para o outro domínio. Embora não houvesse garantia de que algo ali seria melhor. Podia ser a mesma coisa ou pior, e podia ser isso que a falta de cores sinalizava. Além do mais, um aceno raramente era motivo para se regozijar. Ainda, a mente, em circunstâncias cruéis, insistia em ansiar por cada mísero deleite.

Com a linguagem desfeita pela ameaça de violência, eles podiam apenas sinalizar e sugerir, esperando que o gesto pudesse ser traduzido e que Samuel não confundisse lábios pressionados com "lute", ou que Isaiah não pensasse que um punho cerrado pudesse significar "paciência". Mas eles se conheciam havia tempo suficiente para não serem vítimas de enganos tão simples. Colocavam o desejo acima do indisputável em razão de não quererem pensar, que é outra maneira de dizer que se rendiam. E eles não podiam se render agora, não depois de tudo isso, não depois de terem surpreendido até a si mesmos com a habilidade que tinham em unir a plantação inteira contra eles, toubabs e pessoas igualmente.

Merda. Olha como até as flores olhavam para eles: dentes-de-leão balançando não com a brisa, porque não havia brisa exceto a produzida pelo movimento de Samuel e Isaiah passando por eles. As asclépias lhes davam as costas, mas a planta-obediente parecia curiosa, dúzias de sorrisos entrelaçados um em cima do outro como traição. Era dela o cheiro que Isaiah tinha sentido ao passarem pelos arbustos amontoados. Todas as outras pessoas podiam ter desfrutado das fragrâncias, mas Isaiah sabia o que era de verdade. Samuel também.

Isaiah estava tentado a gritar, a permitir que suas pernas se dobrassem em vez de resistirem sem necessidade. Havia ficado claro que a resistência era o que mais desprezavam. Mas aquiescer não significaria nada além de mais lida e mais abuso pelo erro. Desistir agora significaria que joelhos exaustos poderiam colidir com o mato macio e o peito poderia desmoronar sobre si mesmo antes de atingir o chão. Deitado ali, a bunda para fora por toda a eternidade, mas capaz de recuperar o fôlego e fechar os olhos, mesmo que brevemente, ele daria um sorriso fraco, mas ainda assim um sorriso. Era muito pequena, mas ainda assim era alegria. Ele se odiou pelo tanto que a desejava, mas odiou ainda mais as circunstâncias que o faziam desejá-la.

Samuel não ousaria admitir que queria a mesma coisa, portanto seu ódio nunca poderia voltar-se para dentro. Se fechasse os olhos, era apenas para imaginar as maneiras criativas pelas quais o ódio podia ser transformado em ação. Então, quando seus punhos e dentes cerravam, não era só por causa do chicote. E só porque estava curvado não significava que ele não pudesse ver o rosto deles. Sinalizou isso quando levantou o queixo e usou os lábios para apontar o olhar cansado de Isaiah na direção da multidão de pessoas que os observava enquanto os dois laboravam ao redor de Vazio como dois cavalos brancos puxando uma carruagem da realeza. Não era uma corrida, mas lá estavam eles, apinhados, apenas alguns contra a sua vontade, esperando na linha de chegada. Não era uma corrida, mas era uma corrida.

Por que tinham de ficar tão perto? Porque a maioria deles queria ver. Precisavam ver para que pudessem ficar agradecidos por não serem eles ali que estavam sendo quebrados bem diante dos olhos. Ao mesmo tempo, tanto Samuel como Isaiah notaram o sorriso no rosto de alguns deles. Talvez não fossem bem sorrisos, mas, se a aprovação pudesse fazer os lábios se curvarem de certa maneira, seria assim. Isaiah percebeu algo mais: um peso nas pálpebras deles que não falava nada sobre cansaço. As cabeças deles pendiam bem para trás. Os olhares que vinham de cima berravam uma palavra: *Sim!*

Esse foi o peso que finalmente fez Isaiah desmoronar sobre os tornozelos. Ele cambaleou para a frente, aterrissando de cara num trecho de flores rasteiras. Esticado como uma, ele chorou sobre elas, e Maggie foi a primeira da multidão a fazer um movimento: as mãos dela tremiam e seus olhos estavam em alerta, mas ela sabia que não deveria estender a mão. Samuel apenas arfou e talvez suas pálpebras também tenham ficado pesadas.

Isaiah não precisava dizer que se rendia, porque ficar deitado com o rosto para baixo esticado como um anis-estrelado já mostrava isso claramente. Fez com que Samuel ficasse bravo o suficiente para recolher os pedaços desiguais dele e juntá-los numa ordem gloriosa. Uma chicotada final pela ousadia e então Samuel colocou o braço de Isaiah ao redor do pescoço e juntos eles andaram, com o passo penoso e vacilante, as correntes apenas tinindo, de volta ao celeiro, com as pernas arqueadas por causa dos pinos, mas sem quererem ser desacorrentados ainda. Costas gêmeas, suculentas com as marcas deixadas pelas chibatadas e olhares de reprovação.

No momento em que desabaram um sobre o outro, logo depois da entrada do celeiro, a poeira se espalhando quando caíram, para as pessoas sombrias que observavam eles pareciam dois corvos que tiveram a coragem de se tornarem um só.

Bálsamo em Gileade

Maggie segurava um balde com água do rio. Ela sabia que a água do poço seria muito doce. O rio teria um pouco de sal, e qualquer cura passa primeiro pela dor antes de chegar à paz. Era uma coisa terrível, ela sabia. No entanto, não havia nada mais verdadeiro. Sabia que era por isso que tantas pessoas não viam razão, não tinham determinação para ir até o fim, e ficavam travadas. Uma lama que suga. Do tipo que afunda. Havia muita gente ali. Até os joelhos. Alguns submergidos. Alguns tentavam cavar até a terra firme. Poucos conseguiriam chegar.

A água arderia quando elas, ela e as mulheres, lavassem Isaiah e Samuel. Mas não havia outro jeito. Abertos como eles estavam, qualquer coisa, mesmo delicada, pareceria brutal. E o que não sangrava tinha bolhas, misericórdia, o que significava que cada toque seria um suplício. Ela estava impressionada por eles terem conseguido voltar ao celeiro sozinhos, esmagados um sobre o outro como mãos afetuosas, suaves, mas firmes, quietos como uma prece e tão arrastados quanto.

Maggie chamou por elas: Essie, Sarah, Puah e tia Be. Deveriam ser sete, mas cinco era a segunda melhor opção. Norte, Sul, Leste, Oeste e Centro, todos representados, mas não haveria ninguém para equilibrar o sobre e o sob, para salvaguardar a luz e a escuridão, para bater os tambores para o chamado ao além enquanto elas faziam seu trabalho. Maggie não poderia arriscar-se a chamar qualquer outra pessoa; seriam um obstáculo. Talvez não por malícia, mas por causa de sua ignorância, que ela não tinha tempo nem vontade de corrigir. Convidar tia Be já era um risco. Be já havia plantado uma traição deliberada e parecia ter prazer em saber onde estava enterrada. Mas ela também sabia de coisas que aconteciam em Vazio que nem mesmo Maggie sabia. Conhecimento era um ponto forte mesmo quando machucava. Por isso os talentos de tia Be eram necessários.

Maggie esperou na entrada do celeiro enquanto suas palavras viajavam por Vazio através de uma menininha bonita que ela queria que não fosse tão bonita. Cabelos brilhantes demais. Olhos radiantes demais. Pele reluzente demais. Riso delicado demais. Dentes perolados demais. Era só uma questão de tempo. Viu? Era por isso que ela não gostava de crianças. A simples existência delas era um prenúncio. Elas eram alertas ambulantes da devastação iminente. Elas eram o você antes de saber que a infelicidade seria o seu quinhão. Ela temia ter de ser testemunha mais uma vez, curandeira mais uma vez. Ao inferno com tudo!

Virou-se e olhou para dentro do celeiro. Os olhos dela seguiram a trilha de gotas de sangue até as solas dos pés de Samuel e Isaiah. Ela sacudiu a cabeça. Não tinha subido na carroça, mas estava no meio da multidão. Seu olhar de pena não fazia nada além de deixá-los mais envergonhados provavelmente. Mas era tudo o que ela podia oferecer naquela hora. Agora ela faria outra oferta para compensar a desgraça.

Tia Be chegou primeiro. Maggie percebeu pelos passos dela que ela veio mais por curiosidade, por pura bisbilhotagem, pois ver Aqueles Dois desse jeito lhe daria um conto para levar a Amos. Ela andava com um passo rápido, mãos tensas, costas curvadas, corpo pendendo para a esquerda, pescoço esticado, rosto projetado para a frente, boca levemente entreaberta, olhos arregalados como se ela desejasse enxergar.

"Você me chamou, Maggie?"

"Sim, senhora. Vou precisar de você."

"Eles dois?", tia Be disse, apontando para dentro do celeiro.

"Não aponta. Mas uhum. Sim, senhora."

"Não sei se o Amos..."

"Foda-se o Amos!", Maggie disse um pouco mais alto do que pretendia. Ergueu um pouco o rosto e olhou tia Be nos olhos. "Não é isso que você tá fazendo?" Ela inspirou. "Tem cheiro disso, e os cheiros não mentem. Então por favor não me venha com a consideração dele quando você tá dando pra ele o bastante da sua. Ele tem parte da culpa disso. E, se você ama ele como a sua cara vermelha tá me dizendo, se fazer Essie de tonta não é o suficiente pra te devolver o bom senso, você podia *pelo menos* fazer alguma coisa pra limpar a bagunça que você contribuiu pra causar com a sua língua partida e joelhos dobrados."

Tia Be abaixou a cabeça e assentiu.

Essie chegou em seguida, movendo-se um pouco rápido ao se aproximar. Puah logo a seguiu. Sarah levou seu tempo, hesitou antes de chegar ao portão. Quando pareceu convencer a si mesma a ir além dele, andou devagar, como se guardasse rancor dos próprios pés e tudo que eles tocavam.

Maggie cumprimentou cada uma delas na porta do celeiro. Ergueu uma mão, a palma para a frente, e olhou para cada mulher, individualmente, agradeceu-as com um gesto da cabeça e um sorriso. Cruzou as mãos atrás das costas.

"Agradeço vocês, mulheres, por virem aqui neste lugar onde somos chamadas a lembrar e trazer algo a partir do escuro."

Ela respirou. "Todos nós sofremos; ninguém duvida disso. Mas com certeza podemos interferir no quanto isso dura e no formato que tem. Estou mentindo?"

Todas as mulheres balançaram a cabeça.

"Agora, eu sei que isso costuma ser pra nós. Isso não é pros olhos de ninguém além dos nossos. Nenhum ouvido deve ouvir isso, e a bondade sabe que o que deixar a nossa boca é só para o benefício do círculo."

"Como deve ser", Sarah disse.

"Sim, senhora", tia Be assentiu com a cabeça.

Essie não sabia o que fazer com as mãos. Puah esticou o pescoço para espiar dentro do celeiro.

"Digo isso porque é o jeito como temos de começar. Não importa se vocês já sabem. Uma longa linha de mulheres antes de nós fez esse trabalho. Homens também costumavam fazer, até que eles esqueceram quem eram. Alguma coisa nos homens faz com que eles virem as costas. Não me perguntem o quê. Querem que a natureza se dobre à vontade deles, eu acho. E teve outros, também, mas eles foram separados de nós. Banidos e forçados a ser o corpo, e não o espírito. Eu sei porque a Cora Ma'Dear me contou e ela nunca mentiu, nem mesmo quando a verdade levou à morte dela." Ela parou e olhou para o chão antes de olhar para o campo e ver a avó em pé ali com uma luz na boca. Ela acenou. "Mas acho que todas nós podemos concordar que Aqueles Dois podem se encaixar bem na nossa bênção."

"Sim, senhora!", Puah disse tão rápido que as palavras derramaram dos lábios dela como água.

"Bem", tia Be disse, olhando com tristeza para Puah, o lábio superior dela franzido em julgamento. "Você ainda é jovem e não sabe como isso funciona. Não sabe o preço. Não vai concordando tão rápido com algo que pode se voltar contra você."

"Eu lido com isso quando tiver que lidar com isso." Puah

esqueceu de si mesma quando disse isso. Quase gritou com tia Be, refreou, bem a tempo, apenas por saber que à noite teria de voltar para a choupana que elas dividiam, e que a milícia de meninos da tia, que talvez nem soubessem que eram uma milícia, poderiam ser ainda mais soltos em cima dela dessa vez. Ela espremeu o veneno de seu tom e voltou à voz delicada. "Mas agora — srta. Maggie, podemos ajudar ele?"

Maggie olhou para ela com uma sobrancelha levantada, que foi acompanhada por um sorrisinho, quase completando o círculo do seu rosto. "Podemos ajudar *eles*."

Então ela abaixou a cabeça. Estendeu os braços. "Permita que eu seja verdadeira neste dia", ela sussurrou. "Permita que o sangue me guie." Ergueu o rosto e seus olhos rolaram para trás. Tropeçou um pouco, o que fez com que todas as mulheres no mesmo instante estendessem a mão para ela.

"Não!", disse-lhes, afugentando a ajuda delas enquanto retomava o apoio. "O terreno pode ser instável em todas as jornadas." Depois: "Estamos prontas agora. Venham".

As mulheres entraram no celeiro, saindo do sol feroz para a sombra tépida. As sombras delas se moveram à frente antes de desaparecerem, revelando os dois corpos que gemiam no chão diante delas. Ah, que bom! Como eram orgulhosos até mesmo seus corpos quebrados, caídos sem segurar um ao outro na terra. Puah estava sem ar. Essie desviou o olhar. Tia Be suspirou. Sarah deu um passo para trás, para fora do círculo e se apoiou no batente da porta do celeiro. Maggie deu um passo à frente e inclinou-se para olhar melhor. *Duas asas de um melro-preto*, bem como ela pensou. Mais perto: Isaiah permitira que as lágrimas viessem. Elas rolavam de seus olhos frescas e encontraram um lugar no chão embaixo de seu rosto. Ah, sim. Aqueles Dois caíram de cara no chão assim que souberam que estavam longe dos olhos que julgavam, e Maggie tinha certeza de que era porque Samuel não ia admitir que fosse de outro jeito. Também era o jeito de Samuel não chorar. Ele segurou o choro dentro daquele peito imenso, que provavelmente era sua própria lagoa subterrânea agora.

"Essie, eu preciso que você rasgue isso em pedaços", Maggie desenrolou um vestido branco velho da cintura. "Não precisa ser tudo igual, é só pra poder usar como bandagens."

Essie pegou o vestido. "Mag, esse deve ser o seu melhor…"

"Vai."

Essie ficou de joelhos e começou a rasgar o vestido em faixas. Tentou olhar para Isaiah. Queria ter certeza de que seu amigo, não mais amigo-amigo, ainda respirava.

"Eu nem consigo olhar pra eles. Se eu olho, parece que aconteceu comigo", ela disse.

"É a memória de sangue. Você não tá perdida ainda, obrigada", Maggie lhe disse. "Não deixa o vestido encostar no chão. Tem que ficar limpo. Não queremos causar uma infecção. Puah, preciso que você vá no mato e pegue quatro coisas pra mim. Precisamos de cinco, mas quatro você precisa pegar sozinha. Eu te ajudo com a última."

Puah estava agachada sobre Samuel, que não queria ser visto. Sim, ele havia tentado se achatar, em vão porque os olhos grandes de Puah viram tudo, até as coisas que ele quis esconder. As partes macias que residiam debaixo de camadas de rocha que uma vez foram carne, mas que ele precisou transformar em algo mais duro para poder existir. Ela estendeu a mão para ele. Queria trazer-lhe a única coisa que ela tinha para trazer: um pouquinho de conforto, para retribuir o sorriso gentil dele e por ser capaz de vê-la numa terra de criaturas que viravam o rosto, sim, mas apenas para fingir que não viram.

"As marcas que colocam nele", Puah sussurrou, quase tocando as costas de Samuel, que estavam alteradas com novas lacerações, ou talvez antigas que tinham sido reabertas. "Como a gente vai curar isso?"

"Primeiro", Maggie disse duramente, virando-se rápida para Puah, "não falamos mal do que estamos tentando consertar! Essa é a primeira coisa. Silêncio, criança, e escuta: vai buscar essas quatro coisas pra mim".

"Por que eu? Eu tenho que cuidar do Samuel..."

"Garota! O que eu disse? Me escute já!" Com um dedo para cima, Maggie falou: "Você precisa me ouvir bem. E isso tem que ser feito desse jeito peculiar. Vá atrás da casa-grande, no jardim da sra. Ruth. Vá ao lado norte dele, mais perto do celeiro. Puxe sete hastes de lavanda. Você também vai achar uns fios de cabelo vermelho lá. Traz esses também".

Maggie endireitou as costas. "Depois você vai andar para o leste — ande, não corra. Isso é muito importante. Sabe aquele salgueiro grande na frente? Pegue um punhado de folhas chorosas dele."

"Você não vai precisar de um punhado", tia Be interrompeu.

"Melhor sobrar do que faltar", Maggie retrucou. Virou-se de novo para Puah. "Oeste. Não muito longe da beira do rio, preciso de todas as bagas selvagens que você puder carregar. Da planta enroscada perto da árvore morta. Sabe qual é?"

"Sim, senhora."

"O sul vai ser um problema. Você vai ter que ir até a outra ponta do campo, onde os capatazes e apanhadores descansam. Mas eu preciso daquele confrei que fica bem na beirada das choupanas deles. Toma cuidado pra que o seu vestido não encoste no chão, tá me ouvindo? Se ele não encostar no chão, eles não vão encostar em você. Segure na altura dos joelhos. Não deixa encostar no chão."

"Você também não pode hesitar", Sarah acrescentou. "Agarra e vai embora."

"Quando você voltar, eu vou te levar até o milefólio. Depois começamos."

"Talvez eles precisem de algo a mais, pra proteção?", Puah perguntou a Maggie.

"Pra que você acha que o milefólio serve? Quando você voltar."

Puah assentiu com a cabeça. Levantou-se. Achou que deveria fazer uma reverência, então a fez. Depois virou-se e saiu.

Maggie deu uma risadinha. "Tão nervosas quando são novas."

"Mas sabia que devia fazer reverência. E ninguém disse pra ela. Quer dizer que as entranhas dela funcionam. Você tava certa em escolher ela", Essie disse.

"Ela me escolheu. Brilhando desse jeito, eu teria que estar com defeito pra passar por ela e não perceber."

Maggie andou até os meninos. Abaixou-se até o chão e dobrou as pernas da maneira que lhe contaram que as primeiras mulheres faziam. Ignorou a dor nos quadris em favor da dor deles. Aquilo não podia virar hábito. *Mulheres demais perdidas assim*, pensou. Mas essa última vez estava tudo bem.

Olhou ao redor do celeiro. Eles o tinham mantido tão arrumado para o que era. Não havia esterco, mesmo agora, espalhado pelo lugar. Moscas povoavam os arredores, sim, mas não havia lugar algum em Vazio onde isso não fosse verdade. Os cavalos estavam limpos. O chão estava varrido e o feno estava empilhado em retângulos, exceto a pilha na qual eles deviam estar prontos para trabalhar antes de serem levados. E o cheiro não era tão ruim depois que você se acostumava.

"Ouvi que foi a Ruth que mandou bater neles. Disse que eles olharam pra ela sem um pingo de vergonha. E você sabe que isso não passa de uma mentira", Essie disse.

"Língua do diabo", disse Sarah.

"Achei que você não acreditava nas palavras deles, Sarah. Mudou de ideia?", perguntou tia Be.

"Não acredito nas palavras deles, mas isso não quer dizer que as palavras deles não digam algo sobre eles."

"Não vejo por que a sra. Ruth causaria problema aqui. Pra quê? Ela tá muito ocupada indo atrás dos cara-de-língua."

"Cara-de-língua?", Sarah perguntou.

"Os que não conseguem manter a língua dentro da boca quando ela passa. Agem como se nem se importassem que a língua deles pode ser cortada se forem pegos."

"Humm!", Maggie fez um movimento brusco com a cabeça.

Mas não seria bom?, tia Be pensou. Ter o cabelo liso e vermelho como o de Ruth, ou loiro, ou qualquer outra cor que não seja preto intenso. Ser magrela do tipo dela: reta dos dois lados. Usar vestidos bonitos e toucas com babados e piscar olhos não castanhos para todo tipo de homens que tropeçariam sobre si mesmos de bom grado para ver o que aquela piscada fingida poderia significar. As mulheres toubab moviam-se pelo mundo graciosamente. Elas apontavam com mãos macias que nunca conheceram nenhum tipo de trabalho do qual elas não pudessem escapar de algum modo, porque todos os homens gostavam delas pequenas e delicadas.

Não. Não haveria jeito algum de tia Be ser assim um dia, não importava quanta farinha ela jogasse no rosto, parecendo uma completa tonta ou uma assombração. Mas ela havia escolhido outros meios. Faria tudo que estivesse dentro de sua determinação para convencer os homens de que ela também era especial. A única maneira de convencer qualquer homem de algo assim era concordar em ser o tapete onde ele esfregava os pés cheios de merda. A chave para a fechadura de todos os homens era consentir com a falsa avaliação deles mesmos como dignos.

"O que a sra. Ruth queria com sodomitas?", tia Be perguntou.

"Não use as palavras deles pros meninos. Você quer a consideração dos ancestrais ou não?", Maggie a repreendeu.

"Não acho que ela quer", Essie disse.

"Como você sabe o que eu quero?", tia Be perguntou.

"Porque é óbvio, tia Be. Tudo que você quer é óbvio. Pra todo mundo. Pra mim."

Sarah riu. "Viu como as necessidades dos homens colocam a gente uma contra a outra muito rápido? Se contenham."

"Mas estamos falando de uma mulher agora", Essie defendeu.

"E o que ela fez com os homens, hein? E que tal o que ela faz com a gente?", Sarah afinal olhou para Essie.

"Você entendeu o que eu quis dizer", Essie respondeu.

"Chega! Podemos falar dessas coisas grandes mais tarde. Agora temos que ficar juntas. Uma mão", Maggie exigiu.

Fez-se silêncio, exceto pela respiração d'Aqueles Dois e o pequeno choro de Isaiah.

"O que você quer que eu faça com essas faixas, Mag?", Essie perguntou.

"Segure até a Puah voltar. Sarah, vem sentar perto de mim. Eu preciso da sua estabilidade."

Sarah se evadiu. Coçou a cabeça. Torceu a ponta de uma trança. Olhou para a plantação e curvou os lábios. "Vou ficar bem aqui até a Puah voltar. Bem. Aqui."

Puah teceu uma bagunça de folhas grandes e verdes de taro em uma bolsa. Ela se perguntou como Maggie sabia que os fios de cabelo ruivo cobririam a lavanda como uma teia de aranha, marcando as hastes exatas que tinham de ser colhidas. Ela sabia de quem era o cabelo, mas por que estava lá? Ela não tinha o bom senso de queimá-los para que os pássaros não o pegassem? Tola.

Ela não gostava de ficar tão perto da casa-grande. Ficar perto assim significava que ela estava nas garras da casa de um jeito que era mais tangível do que ao colher algodão no campo adjacente. Aqui, os toubabs eram mais implacáveis. O lar fazia isso com eles: deixava-os defensivos, hostis e com medo de qualquer coisa escura que se movesse. Tinham medo de que tudo que acumularam e estocaram dentro do lar seria tirado deles e devolvido aos espíritos inquietos a quem pertencia.

A casa em si foi construída sobre ossos. Ela conseguia ouvi-los fazendo barulho de vez em quando porque as choupanas, também, eram essencialmente lápides para os Primeiros Povos da terra, quase sempre sem qualquer gravação. De alguma forma ela sabia que eles não lhe queriam mal, mas que ela poderia, como qualquer outra pessoa, ser pega no meio do fogo cruzado e morrer por ficar presa no lugar errado na hora errada.

Puah andou até a frente da casa. Pegou o punhado de folhas de salgueiro enquanto Ruth a observava de uma cadeira no pórtico, segurando um buquê. Ruth sorriu brevemente para ela, o que surpreendeu Puah. Então Ruth se levantou de repente, deixando cair algumas das flores. Puah achou que tinha suscitado a ira de Ruth. Mas Ruth olhou na direção do celeiro antes de sentar-se de novo na cadeira. Inclinou-se para a frente para recolher as pétalas perdidas e colocou-as no colo. Por um momento, Puah pensou ter detectado algo em Ruth. Arrependimento? *Que nada*. Arrependimento era algo elevado, fora do alcance da maioria. E cá estava Ruth: abaixando-se, curvando-se, *sentando seu traseiro*. Puah pensou que talvez o que fazia Ruth ser quem ela era tivesse a ver com suas *próprias* praias — onde as marés cantavam suavemente o nome *dela* — que desapareciam quando ela inclinava a *própria* cabeça do jeito errado. Ainda assim, não poderia ser do mesmo jeito. O lugar de Ruth tinha que ter tido as areias comuns clareadas pelo sol. E com certeza a luz do dia brilhava para sempre.

Talvez fosse verdade que o celeiro era mais seguro apesar da proximidade com a casa-grande. Podia ser melhor para Samuel e Isaiah se eles não insistissem em serem eles mesmos. O indivíduo sempre precisa abrir mão de algo pelo grupo. Puah sabia do que as mulheres abriam mão, repetidas vezes, exceto talvez por Sarah, que criou suas próprias dificuldades ao permanecer em seu próprio lugar. Portanto não seria completamente despropositado que Samuel e Isaiah também abrissem mão de algo, sacrificassem qualquer que fosse a força que os prendia num abraço para aplacar os vorazes deuses locais que viam tudo, mas sabiam pouco.

Puah andou devagar para evitar a suspeita de Ruth e seguiu para o oeste em direção ao rio. Ela desceu por seu caminho. O barulho da água a acalmou. Ela a observou por um momento antes de voltar-se para o arbusto. As bagas selvagens estavam bem onde Maggie disse que estariam, gordas e suculentas.

Agora, Puah tinha que ir para o sul, atrás da casa-grande da qual ela não queria chegar perto de novo, na direção do campo de algodão e além. Ela andou por trás da casa dessa vez, para não inspirar a curiosidade de Ruth. Quando chegou à extremidade do campo, Puah parou, engolfada pela vastidão diante de si, que ela nunca havia se permitido absorver antes. Era um reflexo. Ela sabia que nunca devia ficar aberta demais porque qualquer coisa poderia entrar voando. E uma vez dentro, bem...

A amplidão a aterrorizou. Quase se engasgou com a própria respiração. Ela observou os pássaros mergulharem e saírem do mar ofuscante diante de si e se perguntou como ela conseguia, dia após dia, costas envergadas e joelhos dobrados, curvando-se contra céus sem vento. E, agora, tudo o que ela tinha de fazer era atravessá-la e adentrar a terra perigosa além dali por uma planta peculiar que crescia num local inconveniente.

Com graça ela se moveu. Nunca percebera antes o quanto ficar no campo a deixava vulnerável. Uma extensão de cabeças brancas e fofas, e lá estava ela: carne negra, fácil de localizar, fácil de mirar, fácil de abater. Se não fosse por Samuel, ela não teria atendido o chamado. Todos tinham suas cicatrizes, então aquela não era uma razão especial. Mas os olhos dele provocavam boas-vindas e ela não suportaria que eles se fechassem para sempre. Tampouco poderia aguentar o rasgo da decepção de Maggie. Então ela foi.

Coberta até os ombros. Só ela e seu povo sabiam que o algodão tinha cheiro. Não era pungente e repugnante, mas algo remotamente doce como uma canção sussurrada. Mas ela sabia muito bem como algo tão macio conseguia destruir os dedos.

Chegou à extremidade sul onde o campo dava lugar ao mato alto. Rodeada agora por verde-pálido e amarelo-seco, ela se sentia menos visível, mas ainda exposta. Não era um lugar ao qual ela vinha com muita frequência. Às vezes, ela colhia aqui, mas eram principalmente as pessoas mais velhas que faziam o trabalho delas — não era o trabalho *delas*, porque não era voluntário e não o faziam para si mesmas — tão perto das choupanas dos capatazes porque eram velhos o bastante para reconhecerem a futilidade de correr e de todo modo como eles poderiam fazê-lo com pés que já andaram até chegar aos ossos?

Quantas choupanas aqui? Por volta de uma dúzia, talvez um pouco mais, cada uma tão decrépita quanto as de seu povo, ainda que um pouco maiores. Algumas delas eram inclinadas, como se tivessem sido construídas por mãos trêmulas. Em todo caso, elas formavam uma linha torta que levava sabe-se lá para onde. Talvez a um mar esquecido ou uma floresta que mantinha em cativeiro os restos voadores dos derrotados para que se tivesse uma plantação.

Ela saiu do meio do mato e pisou no chão seco e empoeirado, desgastado pelo pisotear de dúzias de pés, que criavam uma espécie de limite entre a plantação e as choupanas. *Era onde eles sentiam*, pensou. Separados de seus atos. Apartados dos efeitos da própria devastação, que eles se recusavam a admitir que era obra sua, portanto seria, num tempo futuro, ela tinha certeza de que bem depois que estivesse morta, também a ruína deles.

Ela estava com sorte. A maioria dos adultos estava na igreja ou dormindo nas choupanas, ou se escondendo em algum canto de um sol que parecia tramar contra eles. Algumas das crianças mais velhas estavam lá, deixadas para cuidar dos mais novos, e elas, também, observavam Puah com algo entre desdém e desejo. Elas faziam cara feia, sim. Mas suas mãos também estavam relaxadas, não cerradas em punho, o que significava que ela tinha um momento para fazer o que viera fazer antes que elas se lembrassem quem eram.

Segurou o vestido bem acima dos tornozelos e andou até a choupana mais próxima, que, como Maggie disse, tinha um trecho de confrei bem em sua base. Era bonito também. Hastes de um verde profundo e folhas acentuadas com flores que pareciam sininhos roxos. As crianças na entrada pararam de jogar o joguinho delas e pularam até onde ela estava.

"Beatrice, tem uma preta aqui! Os pretos deviam estar aqui?", o menorzinho disse. O rosto dele estava sujo, e ele ficava afastando sua longa franja loira do rosto.

"Não deviam, não!", Beatrice disse. Ela era mais velha, talvez tivesse catorze anos, e o menino a favorecia, por isso Puah achou que ela podia ser a irmã mais velha dele.

"Com licença, senhora e mestre", Puah manteve a cabeça baixa enquanto falava. "O mestre Paul me mandou aqui buscar um pouco daquela flor ali. A sra. Ruth está com uma daquelas dores de barriga e eles precisam da flor pra melhorar o desconforto dela."

Beatrice olhou Puah da cabeça aos pés, depois dos pés à cabeça. "E quem é você?"

"Puah, senhora."

"Que tipo de nome é esse?"

"Não sei, senhora. O mestre Paul que me deu."

"Não deixa ela pegar nossas flores!", o garotinho gritou. "Elas são nossas!"

"Fica quieto, Michael. Ela não vai pegar nada." Os olhos de Beatrice se estreitaram.

Puah queria agarrar o próprio vestido pelo meio, fechar o punho e dar um belo soco no centro da cara de Beatrice. Deu um passo para trás com a perna direita e então se conteve.

"Sim, senhora. Vou deixá-la em paz. Vou dizer ao mestre Paul que você disse não. Muito obrigada, senhora."

Puah se virou para ir embora.

"Espera!", Beatrice gritou.

Puah se virou para ela. "Sim, senhora?"

Beatrice suspirou. Ela olhou para Michael e depois para o trecho de confrei. "Vai e pega o que você precisa. E seja rápida!"

Puah se curvou, o que alfinetou o seu eu interior, e correu até o canteiro. Cuidadosamente, colheu hastes cheias de flores e colocou-as na bolsa de folha de taro. Levantou-se e seguiu em direção à extremidade do campo.

"Ei! Talvez você possa me ensinar como fazer uma bolsa de carregar como essa aí que você tem", Beatrice gritou para as costas de Puah.

Puah se virou e assentiu. "Sim, senhora." Foi o que a boca dela disse. Mas a rigidez de suas costas, a regularidade dos ombros, o aperto forte no maxilar e o ritmo de seus passos diziam em uníssono: *Nunca!*

Depois saiu correndo pelo campo.

"Por que você odeia os homens, Sarah?" Tia Be chegou perto dela com um sorriso leve e doce arqueando os lábios. Os olhos dela diziam que era uma pergunta legítima e não tia Be sendo tia Be, tentando dar a inimigos conhecidos a mesma consideração que dá aos amigos comprovados.

Sarah olhou para ela por um instante, então voltou a olhar na direção de onde Puah retornaria. "Eu não odeio os homens. Eu odeio que vocês fiquem fazendo eu ter que considerar eles." Ela virou o pescoço um pouco para olhar para Maggie e Essie com o canto do olho. "E se eu odiasse eles, acho que seria meu direito." O olhar dela se voltou para a direção do sol da manhã. Seu rosto estava vivo com a luz, de um jeito que só a escuridão poderia capturá-la e fazer com ela o que faria. Colocou a mão delicadamente sobre o quadril erguido. "E eu também não amo homens. É mais como nem uma coisa nem outra com eles. Eles só… ali, como uma árvore ou o céu, até a natureza fazer o que ela faz. Não me importo com eles." Ela suspirou. "Só estou aqui porque Maggie me chamou. E talvez por causa d'Aqueles Dois… talvez eles não sejam *homens*-homens. Pelo menos um deles não é. Pode ser que seja uma coisa totalmente diferente."

"Como o mestre Timothy?", Essie disse lá de dentro.

"Aah, garota!", Sarah riu.

Tia Be deu de ombros.

"Levanta os ombros se quiser. Você vai aprender", Sarah disparou.

"Você esqueceu do seu povo", tia Be disse antes de se virar para se afastar.

"Você tá falando de mim ou de você?", Sarah deixou escapar.

"Uma coisa é sentir a própria dor. Outra bem diferente é sentir a dor do outro", Maggie disse alto, olhando apenas para Samuel e Isaiah. "E com desprendimento. Não porque você acha que a pessoa é sua — como uma criança ou um amante que você escolheu. Mas só porque ela respira. Uma vez vi uma lebre que não saía do lado da outra que tinha caído numa armadilha. Aquela coisinha pulava como se sentisse a mesma dor da outra que estava presa. Se um animal consegue fazer isso, por que a gente não consegue? Bem, o que isso diz sobre o que eles são e o que a gente é? É como se a gente tivesse trocado os nomes, né?"

"Eu escolho muito bem a dor de quem sinto", Sarah disse. "A dor de algumas pessoas é eterna. Algumas pessoas cultuam a dor. Não sabem quem são sem ela. Se apegam a ela como se fossem morrer se largassem. Acho que algumas pessoas querem que a dor delas acabe, verdade. Mas a maioria? É o que faz o coração delas funcionar. E elas querem que *você* sinta ele bater."

"E esses dois aqui?", Maggie perguntou.

Sarah olhou de relance para Isaiah e Samuel. As sobrancelhas dela franziram. "Não. Eles não merecem o que receberam." Deixou sair um suspiro e balançou a cabeça. "Mas eu não fiz isso com eles. Fui a única que eu vi que se recusou totalmente a subir naquela carroça capenga. Por isso, eu não vou carregar esse fardo, não. Eu tenho o meu próprio peso."

"Você não subiu na carroça e também não fez nada pra ajudar. Parte desse peso é seu e você tem que carregar, você levantando ele ou não", Essie disse.

"Você que tá dizendo."

"O que é, é o que é."

"Essie, eu vi você em cima daquela carroça. Segurando aquele seu bebê também. Seus olhos tavam fechados, mas os meus não. Arrisquei levar uma chibatada parada ali no mato, mas eu não fui. O que você arriscou, querida? Me conta."

"Como você pode arrumar a sua boca pra dizer isso pra mim, Sarah, eu nem sei."

Sarah soltou o ar. "Você tá certa. Eu não queria ser levada até aqui, e é por isso que eu nem queria vir em primeiro lugar."

"É, chega desse bafafá. O ar já tá bem podre", tia Be acrescentou.

"Eu só quero que me deixe solta!", Sarah disse.

"Você seja o que precisa ser, mas tenha cuidado também", Maggie olhou para Sarah. "Lembra, o corte começa antes de eles terem o machado na mão. Eles começam com os olhos. Entende o que eu quero dizer?"

Sarah ia dizer que sim, mas viu Puah de relance assim que ela saiu do campo. Ela passou pela casa-grande e depois acelerou quando chegou mais perto do celeiro. Sarah sorriu e assentiu com a cabeça.

"Você é rápida, garota", ela disse enquanto Puah se aproximava.

Puah retribuiu o sorriso e entrou no celeiro. Sarah a seguiu. Puah deu a bolsa verde macia para Maggie.

"Você fez isso pra carregar?", Maggie perguntou a Puah.

"Sim, senhora."

"Uau! Muito bom! Muito bom mesmo!" Maggie segurou a bolsa no ar e passou os olhos nela. "Você pegou tudo?"

"Sim, senhora. Só o que falta agora é aquela coisa que você falou. O monopólio."

"Ha! Milefólio, criança querida. Vem aqui comigo. Deixa eu te mostrar o que eu quero dizer."

Maggie guiou Puah até o fundo do celeiro. Pararam por um momento perto de Samuel e Isaiah. Puah viu que eles ainda estavam respirando e até ouviu Samuel gemer de leve, então ela e Maggie continuaram.

Maggie a levou atrás das baias dos cavalos até o canto do outro lado do celeiro. Ali, no lugar mais escuro, o milefólio floresceu vermelho-vivo.

"Nunca vi nenhuma flor abrir no escuro", Puah disse.

"Não são muitas que conseguem. Especialmente não essa aqui. Mas olha ali. Vai. Pega. Depois dá ela pra mim."

"Traz aquele galo pra mim. Não se preocupa. Vou cozinhar ele à noite pros toubabs."

Elas formaram um círculo quebrado ao redor de Isaiah e Samuel. Cada uma delas usava um rosto diferente, um pecado solitário: Maggie, solenidade; Essie, pesar; tia Be, júbilo; Puah, sonho; Sarah, indiferença. Maggie percebeu e esperou que nada disso erguesse muros onde deveria haver janelas.

"Deixamos espaço pra vocês entrarem", Maggie disse.

"Porque nós recorremos a vocês", tia Be disse.

"Pra nos dar a memória de como consagrar", Essie disse.

"E aliviar e recuperar e proteger", Sarah disse.

E então olharam para Puah.

"Você lembra?", Sarah perguntou.

"... e amar nos lugares escuros que ninguém vê", Puah disse por fim.

"Grandiosos, viemos ver as águas cantarem!" Maggie assentiu com a cabeça e se sentou perto de Samuel e Isaiah. Ela sussurrou para eles.

"Isso não vai ser fácil no começo, entendem? Tem uma coisa que vocês precisam fazer. Parece injusto, mas tem algo que vocês têm que dar em troca. Os ancestrais, eles são um pouco caprichosos às vezes. Exigentes. Ou melhor, a gente faz do jeito errado, entende mal o que eles pedem, e fica muito aborrecido com o resultado. Mas uma coisa que a gente sabe que é verdade é que vocês precisam gritar alto o suficiente pra eles escutarem vocês. Porque, olha, a gente não tem mais os tambores e a voz de vocês precisa conduzir. Não só pela distância, de volta pra lá onde a gente foi pego. O grito de vocês precisa furar a barreira. Precisa passar pela divisão espessa entre a gente aqui na luz e eles lá no escuro. Pra isso, vocês vão precisar um do outro. O que é forte e o que vê. O que é duro e o que é suave. O que ri e o que chora. A noite dupla. Os dois bondosos. Os guardiões no portão."

Maggie nunca entendeu todas as palavras que dizia. Sabia que elas vinham de algum outro tempo e as deixava passar por ela, porque era a única maneira de o círculo ser potente. Ela ficou em pé. Seus olhos rolaram para trás. Ela se abaixou, pegou o galo pelos pés e o moveu em um movimento circular. Quebrou o pescoço dele e derramou o sangue. Puah sobressaltou-se, mas Sarah tocou o ombro dela.

"Xiu. Fica dentro do círculo", Sarah sussurrou para Puah.

Cada uma das mulheres mergulhou a mão esquerda dentro do balde em que Maggie tinha misturado apenas a quantidade certa de tudo que foi colhido, de modo que a água havia se tornado uma pasta fluida da cor do pântano. Em uníssono, elas ergueram as mãos molhadas para o céu e então, com tanta delicadeza quanto cada uma delas sabia ter, colocaram as mãos sobre o rastro de cicatrizes que escorriam nas costas de Samuel e Isaiah.

Isaiah deixou escapar um grito tão penetrante que fez Samuel se encolher. Maggie viu mesmo que seus olhos estivessem olhando para outro lugar.

"Sim. Chamem eles. Chamem eles em nome dela", ela disse suavemente.

Samuel gemeu e apertou os olhos. Sarah mergulhou a mão no balde de novo e esfregou as costas dele, seguindo o rastro de crueldade talhado ali por tolos. Ela pressionou bem de leve e uma bolha estourou. Seu suco escorreu pelo lado de Samuel e ele enfim deixou sair o som que havia segurado com todas as suas forças.

"Essa não é a sua desgraça", Maggie assegurou-lhe. "Isso pertence a outra pessoa."

As costas deles estavam brilhantes agora, grossas com a pasta do pântano, e ela ardia como deveria. As mulheres estenderam as faixas do vestido nas feridas. Doía mover-se, então Samuel e Isaiah ficaram lá deitados implorando por misericórdia em nome dela, mas ainda sem recebê-la. Isaiah colocou a mão sobre a de Samuel, que quis mexer a dele, mas não conseguiu. O círculo entendeu aquilo como a hora deles.

As mãos foram pousadas sobre eles de novo e, em uníssono, elas a chamaram pelo nome. Foi quando as nuvens começaram a se formar, interrompendo o sol quando ele estava no meio de um crime. Depois de um momento, o ar musgoso anunciou a tempestade que estava a caminho. E, pouco a pouco, os pinguinhos se formaram e caíram primeiro com cuidado sobre a terra ressecada.

"Eles estão aqui", Maggie disse suavemente e todas as mulheres se viraram para ver.

Dentro do celeiro, a poeira rodopiou; Essie viu. Subia do chão como se estivesse viva. E tinha forma e graça. Ela soube então que o que via não era só uma brisa aleatória incomodando a poeira. Eram eles, mostrando-se de um jeito que ela pudesse entender sem ficar assustada, mas ela achava que também não teria medo da forma verdadeira deles, que era o que ela desejava.

"Regozijem-se", disse Maggie. "Pois temos motivos."

E todas as mulheres sacudiram os ombros e riram.

Puah olhou para o céu que escurecia. "Que horas são?"

"Que diferença faz? A gente fecha os olhos e depois abre. E aqui estamos. Ainda aqui", Sarah disse.

"Mas os toubabs vão voltar logo", Puah disse com cansaço.

"Não se preocupa com eles. Eles esperam que a gente esteja aqui. De que outro jeito esses meninos vão voltar ao trabalho se não for pelas nossas mãos?", Maggie disse a ela.

Puah se segurou mais perto. Tocou seus lábios como se um pensamento tivesse lhe ocorrido só para se perder novamente. Os lados da cabeça dela tinham ficado quentes e a impaciência subia pelas costas. Levantou-se e foi até a porta. Estendeu a mão para fora e tocou a chuva. Esfregou a mão molhada no rosto e voltou para o círculo.

"E agora?", ela perguntou.

"Agora, a gente espera", Maggie respondeu.

As mulheres ficaram em silêncio enquanto Sarah fez um muxoxo, levantou-se, andou até a entrada e pressionou as costas contra o batente da porta. A chuva estava diminuindo. Nunca chegou a ser a tempestade que ela esperava que fosse. Ela não sabia por que, mas precisava ver um raio cruzar os céus. Precisava sentir o trovão ressoar até as entranhas. Dar-lhe um ritmo para desfazer o cabelo e refazer as tranças. Mas não, nada disso veio para ela. Nem mesmo uma névoa fria.

Tia Be se levantou e caminhou na direção de Sarah até ficar ombro a ombro com ela. Olhou para o crepúsculo lá fora. Como era dourado, momentaneamente, antes de se virar do avesso para mostrar seus adoráveis hematomas, malva se misturando ao rosado. Ela se permitiria considerar isso como belo, mesmo em um lugar tão grotesco, mesmo quando ela própria tivesse sido abusada. Não, nada poderia ser feio de novo. Não um céu, nem um riacho, nem mesmo duas pessoas delicadas deitadas no chão precisando de cura.

Maggie ficou em pé e juntou-se a elas. Conseguia desprender-se da necessidade de acreditar que a beleza podia ter um lugar que não estivesse sujeito às mãos indesejáveis e ao bafo azedo de alguém. De jeito nenhum que esse lugar ia continuar pensando que ela era a maior idiota dali. Não mesmo. Não enquanto ela tivesse punhos. E mesmo se eles os tirassem dela, os tocos.

Essie olhou na direção das três mulheres paradas na entrada. Ela não entendia por que ainda não estava morta. Maggie havia dito a Essie que ela vinha da linhagem daqueles que construíram os grandes ângulos, mas o ângulo de Essie veio primeiro, já que o tempo não é uma linha reta. Vivendo, como estava, no topo de suas próprias dobras, virada de ponta-cabeça para seu próprio prazer não importava quem desafiasse sem ser chamado, mas ainda assim, a verdade disso apontando na direção da estrela mais brilhante no céu. Por causa de todos os homens, mulheres e outros que a tinham usado como um penico, ela deveria ter se quebrado, deveria já ter se rendido aos vermes. E talvez ela estivesse um pouco quebrada, mas em lugares escondidos, como na ponta dos cotovelos e entre os dedos dos pés, por onde a memória entrava e não ficaria solta, nem mesmo depois de um ritual de lama. Não, as imagens se espremiam para entrar e, de tempos em tempos, quando ela se curvava no campo ou quando tinha de chutar um agressor na virilha, elas cantavam alto: *Aqui estamos, querida! Vamos nos acompanhar.*

Puah se levantou e sentou perto de Essie. Perguntava-se, também, como ainda respirava, como ainda não havia sido despedaçada, com tantos toubabs por perto que não precisavam sequer de um motivo — e ela sabia que eles tinham muitos. *A vaca sempre foi útil para algo. Leite, se não trabalho. Trabalho, se não carne. Carne, se não leite. Estupro.* Mas este não era o momento para refletir sobre tais coisas. Ela sabia que Maggie diria que ela tinha de dar tempo ao círculo.

As mulheres, uma por uma, viraram-se e voltaram a se sentar. Formavam um semicírculo, encarando umas às outras. Ao longe, o trovão enfim se permitiu rolar. Sarah levantou a cabeça e inspirou como se buscasse algo no ar que quase encontrou, mas não. Ela abaixou o queixo. Maggie tocou o ombro dela. As duas se entreolharam.

"Eu sei, criança. Todas nós sabemos."

Tia Be e Puah balançaram a cabeça. Essie levou a mão ao pescoço. Maggie olhou para ela.

"Canta um pouco, Essie", ela disse, tentando trazer as mulheres de volta da quebra.

Essie assentiu. Sentada ao estilo antigo, ela endireitou as costas e segurou os joelhos. Começou a se balançar para a frente e para trás. Fechou os olhos e pendeu a cabeça para o lado. E quando os lábios dela se abriram, todas as mulheres, queixos para o alto, olhos bem abertos, bocas sem respirar, seguraram-se em preparação.

Romanos

Nós não desejamos enganá-los e levá-los a pensar que todos vocês têm sangue real.

Vocês não têm.

Contudo, não pensem que o sangue real tenha uma importância significativa.

Não tem.

Com frequência, é o *mais* impuro, chegando à sua criação por meio de vaidade e mais do que um pouco de crueldade.

Vocês são do povo comum. Por comum queremos dizer que dançam, cantam, tecem, falam: os que poderiam ter mantido a cabeça erguida, mas que em vez disso escolheram manter as mãos erguidas. Pois sabiam que tudo o que o universo desejava era a sua reverência, não o seu orgulho.

O orgulho é o que leva as pessoas aos navios, através dos mares, adentro de terras proibidas. É o que lhes dá permissão para profanar corpos proibidos e carimbá-los com os nomes de deuses imprudentes. O orgulho é, a uma só vez, assombrado e despreocupado com a desgraça que construiu ao reduzir pessoas a nada.

Comum.
Trivial.
Bom e trivial.
O tecelão não menos vital que o rei.

Não queremos dar a vocês a impressão de um período imperturbado em que a crueldade era impensável. Isso, infelizmente, não é o que a natureza é. A natureza é áspera simplesmente — sem Um único favorecido a ser encontrado em lugar algum. Mas estamos aqui para fazer a distinção entre este lugar e aquele.

Isso requer que voltemos para mais longe do que somos capazes de levá-los sem um grande sacrifício à nossa forma e número — que estamos dispostos a fazer se necessário. É, afinal, nossa responsabilidade. Certas promessas foram feitas. Certos erros carregam nossos nomes. Se pudermos evitar, entretanto, se pudermos confiar em seu bom senso, tão adormecido dentro de vocês que não temos certeza de que pode ser desperto, o desfazer do tempo não seria pedido nem necessário.

Para começar, apenas precisamos que vocês façam uma coisa:

Lembrem-se.

Mas a memória não é suficiente.

11 Reis

O conselho se reuniu na cabana real. Ninguém teve tempo de vestir túnicas cerimoniais de tecidos finos, couros e peles. Chegaram do jeito que estavam: as mulheres com a cabeça que não estava completamente raspada, homens com o pênis pendurado por trás de saias em vez de entubado e atado com firmeza contra o umbigo.

Todos se sentaram em pedaços de pano que formavam um círculo em volta de um pote grande com vinho de palma. Os seis esposas da rei Akusa corriam para lá e para cá despejando o vinho em pequenas tigelas e distribuindo-as aos membros do conselho, doze ao todo. B'Dula falou fora da sua vez.

"Devíamos matar todos."

A rei disparou um olhar condenatório na direção dele enquanto os outros se mexiam desconfortavelmente em seus traseiros.

"Você nunca falha em insultar os ancestrais, B'Dula. Nem a si mesmo." Rei Akusa esfregou as mãos e respirou. "Convoquei esta reunião e vocês nem mesmo pensaram em me dar o respeito de falar primeiro. Sem dúvida, sua rispidez de outros tempos ainda não obscurece a sua razão. Vocês não podem ter esquecido as lições tão completamente. Mate um visitante e traga a ira dos ancestrais. Mate um vizinho e comece uma guerra desnecessária. Este é um momento de reflexão cuidadosa, não de raiva infantil. Vocês vão ficar calados ou vão embora."

B'Dula afundou-se em si mesmo. Considerou o fato de que havia sido testado pela rei em batalha e por isso não testaria a decisão dela.

"Agora", ela continuou. "Os Gussu romperam com a tradição e trouxeram estranhos para o nosso meio sem a notificação apropriada, é verdade. Mas a punição para isso não é a morte, e sim expulsão."

Alguns dos membros do conselho assentiram com a cabeça. Aqueles que concordavam com B'Dula não fizeram nenhum gesto. Semjula, uma das mais velhas dos Kosongo, e também vidente, tomou um gole de vinho.

"Com sua permissão, rei."

Rei Akusa assentiu. Semjula se levantou. Sua constituição era encurvada. Ela tinha a cor do solo logo depois de uma chuva pesada. Seus seios pendiam como um testemunho de sua vida e das vidas que ela nutriu. Suas joias vermelhas, não tão escuras como o sangue, chacoalhavam quando ela usava uma bengala com a cabeça de uma cobra para se equilibrar.

"Morte é a resposta errada", ela disse com voz pesada. Limpou a mão livre na saia verde amarrada com cuidado ao redor dos quadris. "Mas também tenho um pressentimento muito ruim quanto a deixá-los ir embora. As vozes me dizem que estamos em uma posição impossível. O que quer que decidamos deve esperar até depois da cerimônia de Elewa e Kosii. Isso nos dará alguns dias para pensar sobre como proceder."

"Obrigada, Mama Semjula. Eu também me pergunto se

devo enviar um aviso aos Sewteri", a rei ponderou. "Talvez mandar um mensageiro."

Todos assentiram.

"Onde estão os... visitantes agora?", rei Akusa perguntou.

"Ainda na cabana dos guardas, minha rei", Semjula respondeu.

A rei se virou para Ketwa. "Nós os alimentamos?"

"Não, minha rei", ele respondeu.

"Bem, não vamos faltar com a hospitalidade e causar uma chuva de fogo sobre nós. Arrume um pouco de peixe e bananas para eles. E leve um pouco de vinho de palma."

Kosii recolheu a capa de pele de leopardo feita de uma caçada recente e que ele viajara para longe para lavar no rio. Depois, pendurou-a para secar, bateu nela até ficar macia, e tudo com a habilidade de sua mãe, Yendi, que o ensinou a fazer, colocou-a sobre os ombros. Arrumou as penas de pavão cuidadosamente em um círculo. Decidiu usar as joias feitas pelas mãos experientes de sua irmã mais velha, porque Yendi gostava de turquesa e prestava muita atenção nos detalhes. Seu cajado medicinal pertenceu a seu pai, Tagundu, que por sua vez o herdara do próprio pai. Era esperado que Kosii o passasse para sua primeira criança quando a hora chegasse.

Em seu rosto, Kosii espalhou a argila vermelha da terra: uma linha atravessando a testa, horizonte; dois pontos em cada bochecha, sol poente, lua nascente; e uma linha vertical no queixo, alicerce. Tudo isso era para expressar não só sua sinceridade como ainda sua disposição para proteger seu noivo. Ele sorriu. As tias de Elewa eram as mais difíceis de convencer. Sete mulheres, mas uma mente gigante que era inamovível como um rochedo e mais brilhante que qualquer luz no céu. Kosii sabia que ele não era o corredor mais rápido, e que suas habilidades de caça não eram tão afiadas como as de outros membros da tribo. Mas ele era um grande estrategista, e a chave estava em assegurar-lhes os benefícios de tal vantagem no círculo de parentesco. Ademais, não havia nenhum outro Kosongo que tivesse seu coração jovem e orgulhoso. Eles tampouco conseguiam ser tão ternos, e com certeza as tias iriam querer que essa qualidade estivesse presente em qualquer um que sequer sonhasse em abraçar o sobrinho delas, Elewa.

O vilarejo estava decorado de azul. Tecidos tingidos com bagas estavam pendurados nos telhados de palha das cabanas nos arredores. Lobélias foram colhidas aos montes e espalhadas pelo perímetro da praça. Todos do vilarejo estavam ali, todos vestidos de vermelho, com exceção de Akusa, que, como rei, vestia amarelo brilhante.

O belo Elewa se sentou em um tapete ricamente tecido com sua mãe, Dashi, à sua esquerda e seu pai, Takumbo, à sua direita. O tapete contava a história não de uma batalha — embora, à primeira vista, as imagens tecidas de lanças erguidas nas mãos daqueles que as seguravam pareciam indicar isso. No entanto, a direção em que as lanças apontavam, para a esquerda, especificava proteção e súplica. Atrás dos portadores das lanças estava enorme sol laranja, poente, e não nascente. E era isso que os portadores das lanças estavam guardando e venerando. Elewa olhou para o tapete e o tocou, esperando que ele transferisse um pouco de sua força, o preparasse para as responsabilidades que ele e Kosii estavam prestes a assumir.

Os dois eram guardiões, Takumbo lhe dissera. Todo o vilarejo soube desde o momento em que ele e Kosii se encontraram quando mal andavam. A maneira como se afeiçoaram e permaneceram inseparáveis como uma tartaruga e seu casco. Apenas com muita violência eles poderiam ser separados, o que seria mal visto por toda a natureza. Era a providência, a conexão deles, pois os últimos guardiões haviam feito a transição algumas estações antes, com valentia, durante a guerra da montanha, e não havia ninguém no vilarejo para guardar os portões, não só os formidáveis daqui, mas também aqueles entre aqui e o lugar invisível onde os ancestrais cantam, dançam e bebem vinho de palma por toda a eternidade.

Elewa olhou para o pai, cujos olhos estavam vítreos por causa das lágrimas que fluíam, mas não caíam. Takumbo sorriu.

"Você nos deixa orgulhosos", ele disse.

Dashi deu tapinhas na mão de Elewa e então ajeitou um dreadlock que escapou do seu lugar atrás da orelha do filho. Ela conferiu a pintura facial dele, lambeu o dedão e depois usou a parte molhada para limpar uma imperfeição na linha no queixo dele. Takumbo inspecionou o cajado medicinal dele, olhou para Dashi e assentiu com a cabeça. Dashi inclinou-se para trás para dar uma olhada melhor em seu filho.

"Pronto", ela disse. "Você está pronto agora."

Elewa ficou em pé e ajudou os pais a se levantarem. Os três eram robustos como árvores quando se levantaram. Kosii chegou, andando em meio à multidão reunida, flanqueado pelas sete tias de Elewa, com a família de Kosii na retaguarda. Assim que alcançou o lugar onde Elewa e seus pais estavam, Semjula abriu caminho até a frente do público. Ela tinha um cajado medicinal vazio numa das mãos e a bengala que a ajudava a andar na outra. Equilibrou-se e então segurou o cajado no alto e ululou. A multidão devolveu seu grito. E então a cerimônia começou.

Elewa e Kosii dançaram na direção um do outro enquanto o resto da multidão dava um passo para trás e formava um círculo ao redor deles. Elewa e Kosii sacudiram seus cajados que, recheados com feijões secos, chacoalharam como cobras. A tribo deu o ritmo batendo palmas. Elewa sorriu. Kosii mordeu o lábio inferior. Eles circularam um ao outro, sem nunca perder a batida. Elewa deu um chute, jogando terra na direção de Kosii. Kosii pisoteou e chutou terra de volta na direção de Elewa. Depois eles se aproximaram um do outro.

Os dois colocaram os ruidosos cajados no chão, alinhados de modo que ficassem paralelos. Depois Kosii pegou Elewa pelo braço e eles se atracaram. A multidão estava exultante; batiam palma rápido, criando um ritmo de staccato. Kosii estava por cima, Elewa por baixo. Eles rolaram pelo chão, um incapaz de sobrepujar o outro. E justo quando o frenesi chegou ao ápice, as palmas cessaram. Kosii e Elewa se levantaram. Havia poeira grudada em seus corpos; eles pareciam celestiais, como pedaços da noite em forma humana. Ofegando e sorrindo, voltaram-se um para o outro e riram. O vilarejo inteiro riu com eles.

Semjula deu um passo à frente, dessa vez com uma corda grossa de cipó nas mãos. Dirigiu-se até os dois e parou onde os cajados medicinais estavam no chão diante deles. Colocou sua bengala no chão paralela à deles.

"Me deem suas mãos", ela disse com sua voz mais forte.

Kosii estendeu a mão direita, Elewa, a esquerda. Semjula ergueu os cipós e os exibiu para o vilarejo. Muitos assentiram com a cabeça. Dashi e Takumbo se abraçaram.

"Para que vocês nunca mais sejam divididos", Semjula disse e amarrou a corda em torno dos pulsos deles dando várias voltas até que eles estivessem unidos com firmeza. Ela deu um passo para trás. Colocou seu cajado medicinal no chão de modo que ficasse alinhado aos três cajados que já estavam ali.

"Agora", disse, apontando com sua mão enrugada. "Venham."

Elewa e Kosii respiraram fundo ao mesmo tempo e então pularam por cima dos quatro cajados. O vilarejo inteiro irrompeu em gritos. Elewa e Kosii estavam radiantes. Viraram-se um para o outro e se abraçaram, aparentemente para esta vida e a próxima.

Rei Akusa ergueu o punho no ar e os percussionistas no final da multidão começaram a tocar seus tambores. A multidão se dividiu em dois, abrindo um caminho para Kosii e Elewa. Eles dançaram ao longo da abertura, seguidos por seus familiares, depois a rei e depois o resto do vilarejo. Todos dançaram, dançaram e dançaram até que estivessem molhados com a celebração. Então se dirigiram à cabana da rei.

Era mau agouro manter os intrusos cativos na cabana dos guardas enquanto o resto do vilarejo celebrava. Rei Akusa achou que era inofensivo permitir que eles dividissem a generosidade e o contentamento. Ela pensou que ilustraria, na verdade, como o povo dela era caridoso e que agradaria aos ancestrais. A ferocidade sempre deveria ser temperada com bondade; isso era sabedoria. Uma rei imprudente era a marca da vergonha e ela não seria assim.

Ela ofereceu sua própria cabana para a celebração, pois era a maior e além do mais agradaria Ketwa, porque Kosii era seu sobrinho favorito. O chão diante deles estava coberto de folhas de bananeira, estendidas pelo comprimento de mais de cem Kosongo que se sentavam com as pernas cruzadas em ambos os lados. Outros ficavam em pé logo atrás. Não havia espaço em cima das folhas que não estivesse tomado por algum prato. Ketwa e Dashi se asseguraram de que cada um deles fosse preparado impecavelmente. Peixe, codorna, coco ensopado, banana, arroz selvagem, manga, ackee, pão, purê de inhame, mel, pudim e muito vinho de palma. A rei se sentou à cabeceira da mesa e Elewa e Kosii — recém-unidos, ainda amarrados pelo pulso, um alimentando o outro com as mãos livres — sentaram-se na outra ponta.

Cada membro da tribo tirou um tempo para ir até Elewa e Kosii e deixar um presente com eles: plumas coloridas; enfeites de cabeça feitos com folhas de palmeira secas, trançadas e cravejadas; lanças altas com pontas elegantemente marteladas. Uma grande pilha se formou ao redor deles e teve de ser movida para que eles pudessem continuar comendo. Os esposas da rei Akusa riam enquanto tiravam os presentes do caminho e os colocavam perto da entrada. Eles os ajudariam a levar os presentes para a sua nova moradia pela manhã.

A rei, nesse ínterim, manteve os três fantasmas e o guia deles à sua direita, seu braço de arremessar lanças, onde ela podia vigiá-los de perto. O que se chamava irmão Gabriel era falador. Ele se virava com frequência para o Gussu tagarelando em uma língua insuportável que irritava os ouvidos. Como o Gussu conseguia tolerar ou decifrar aquilo era algo que ela não entendia.

O Gussu — que disse que um de seus nomes era Obosye, pois os Gussu tinham muitos nomes para muitos usos diferentes — pareceu exasperado em determinado momento.

"Basta", rei Akusa disse a Obosye. "Ele vai dirigir todas as perguntas sobre a minha tribo para mim agora. Você vai traduzir."

Irmão Gabriel falou com ela em tons muito suaves. Cada palavra parecia menos falada do que expressada com um sorriso. E, apesar de ela não ter admitido de imediato para si mesma — e, mais tarde, se julgaria duramente por não ter percebido —, o sorriso dele a amedrontava.

"Rainha Akusa", Gabriel disse, mas Obosye teve bom senso suficiente de mudar o título para sua forma apropriada. "Que vilarejo adorável você tem aqui. E essa cerimônia — obrigado por permitir que participássemos dela."

A rei assentiu com a cabeça.

"Se eu puder ousar perguntar: qual é a natureza dela?", perguntou. Ele fez um gesto na direção de Elewa e Kosii. "Esses dois estão sendo iniciados à masculinidade? É um ritual de guerreiros?"

Rei Akusa quase cuspiu o vinho. Ela colocou o copo na mesa e deu uma risadinha.

"Como poderia não ser óbvio mesmo para um estranho? Sua própria terra carece até das tradições mais básicas? O noivado deles foi testemunhado e aprovado por gerações de ancestrais. Eles estão unidos."

Os olhos de Gabriel arregalaram.

"Unidos? Ela quer dizer casados?" Gabriel olhou para Obosye para esclarecer a tradução. Obosye apenas assentiu com a cabeça.

"Mas são dois homens", Gabriel protestou. "Essas são as sementes de Sodoma."

Os mortos são tolos, a rei pensou. *Tolos, ridículos e imprudentes*, o que talvez fosse o motivo de eles terem se intrometido aqui agora. Banidos da sabedoria, eles vagavam, confundindo todos que encontravam, como o Gussu que havia esquecido quem era e tropeçou com seu traseiro nu no vilarejo sem ser anunciado e trouxe os sem-pele com ele. Ela tomou um gole de vinho. Então beliscou um pedaço de peixe e o mergulhou em um pouco do purê de inhame. Colocou na boca e depois olhou para o irmão Gabriel. Mastigou por um bom tempo, tanto tempo que Obosye, irmão Gabriel e os outros dois ficaram visivelmente desconfortáveis.

"Eu não conheço essa palavra, *Sodoma*. Mas posso dizer pelo jeito como ela sai da sua língua que eu não gosto dela. Eles são Elewa e Kosii como sempre foram. Você não vê o laço entre eles? Você vai mostrar humildade diante disso."

"Mas, com todo o respeito, rainha, são dois homens."

Rei Akusa teria considerado isso como insolência se não tivesse compreendido que esse homem muito pálido era evidentemente ignorante e não sabia nada do mundo como de fato existia. Sua visão era limitada ao seu domínio. "Dois homens?"

Essas pessoas sem cor tinham um sistema estranho demais de agrupar coisas com base no que não entendiam em vez de no que entendiam. Ele podia ver corpos, mas estava claro que não podia ver espíritos. Era cômico observar alguém que não conhecia o terreno, mas se recusava a admitir, tropeçando por aí, trombando em árvores, perguntando quem as colocara em seu caminho tão de repente.

"Impossível", ela disse com uma risada. "Eles estão unidos. Você não vê?"

"Acho que seu povo se beneficiaria da nossa religião", irmão Gabriel disse.

A rei não se incomodou com isso, pois acreditava que compreendia a própria bravura e a de seu povo. Esse irmão Gabriel, que chamava a si mesmo português — com sua língua imprecisa, insossa e sem sentido —, era um tolo, um charlatão e nenhum número do clã dele moveria qualquer Kosongo da posição deles. Além disso, o vinho a deixara com um humor inquisitivo e brincalhão. Ela chamou Ketwa e Nbinga e pediu-lhes que se sentassem com ela enquanto abria espaço para eles em cada lado. Ela segurou os dois pelas mãos e encarou irmão Gabriel.

"Quem guardará os portões?", a rei perguntou, sorrindo. "Você diz que Elewa e Kosii são algum tipo de problema. Quem guarda os portões dos seus deuses, então?"

"Os portões do céu? Eles não se abrem para a blasfêmia."

"Céu? Que nome incomum. E que lugar incomum que não abre os portões para os próprios guardas?"

"Seja como for..."

"Foi isso que aconteceu com a sua pele", rei Akusa interrompeu. "Seus deuses a tiraram de vocês por tratarem os portões como um assunto trivial?"

"Vossa alteza, eu não acho que..."

"Basta."

A rei gargalhou e se deitou nos braços de Ketwa e puxou a mão de Nbinga para a sua boca e a beijou. O riso de rei Akusa encheu o recinto. Ela pediu que outros dois esposas preparassem outra rodada de comida e bebida para os visitantes, que já haviam comido o que fora colocado diante deles. Precisariam encontrar um espaço para eles dormirem em uma das cabanas de boas-vindas e depois mandá-los embora pela manhã. Ela se lembrou de também instruir Obosye a dizer ao chefe Gussu para nunca mais deixar que seu povo guiasse espíritos ruins à terra Kosongo. Nunca. Tal comportamento comunicava desrespeito e, à luz da cerimônia havia muito planejada, até desprezo. Ela ficaria feliz de nunca mais pôr os olhos nessas pessoas de pele feia.

Aqui está o que ela não sabia:

Ela não sabia que muito além das montanhas verdes onde o relâmpago assusta, mas não cai, centenas de outros da espécie do irmão Gabriel estavam chegando pelo mar, emergindo de grandes bestas ocas cujas barrigas ansiavam apenas pela carne mais escura, dragando através de algas marinhas até encontrar a rocha inóspita da costa, munido de armas que puxavam o próprio trovão dos céus. Uma viagem tão longa que era quase perdoável que seus apetites fossem tão ávidos e sem discernimento.

Ela não sabia que eles devorariam não só o povo dela como também muitas outras tribos. Tribo amigável ou tribo hostil, essas pessoas gananciosas não faziam distinção, não conseguiam, na verdade, fazer distinção. Para eles, o povo dela era de pedaços vivos de minério: combustível para máquinas do tipo mais ímpio, mas, inacreditavelmente, em nome de um deus que eles alegavam ser pacífico. Um cordeiro, eles diziam. Ela não poderia saber que era só um disfarce.

Ela não sabia do que o povo do irmão Gabriel era capaz, tampouco sabia em que o vilarejo Gussu já havia se transformado ou por que motivo Obosye — que foi instruído a retornar com os três demônios sãos e salvos dentro de um prazo estipulado, caso contrário seus filhos, mesmo o menino recém-nascido, seriam submetidos a um sofrimento inimaginável em seus nomes — foi conivente com essa mentira. Nenhum vidente, nem mesmo Semjula, poderia ter dado a ela um aviso ameaçador o bastante. Nenhuma mágica anciã ou intervenção ancestral Kosongo poderiam transformar uma mulher em um animal, mas esses portugueses, ela logo descobriria, tinham acesso a toda sorte de artimanhas que eram notavelmente feitas sob medida para realizar tal façanha em particular.

Ela não sabia que sequer viveria para ver seus filhos serem enfiados, como pacotes, nos navios desses fantasmas, nem saberia que, no desespero deles, um pularia e os outros, acorrentados juntos, o seguiriam, colidindo com o insondável cinza, como um colar de contas cerimoniais. Os filhos de sua filha, cuja pele seria irreconhecível para ela, viveriam para sofrer nas mãos de feras: sem nunca serem abraçados ou amados, apenas usados para satisfazer caprichos ou servir como receptáculo de fardos, para todo o sempre, Àṣẹ. Não. Ela não poderia prever que sua raiva ao ver sua primogênita acorrentada e Kosii e Elewa em posição de morte para libertá-la a faria atirar sua lança na batalha. Ela derrubaria muitos — muitos dos mortos-vivos seriam vítimas do seu coração temível e sua mira excepcional — antes de um covarde se esgueirar por trás, de modo que não visse os olhos dela, e soltar um trovão em sua espinha. Quem imaginaria que a última coisa que ela veria seria Kosii e Elewa lutando contra as correntes dos invasores para que a filha mais velha da rei pudesse fugir, apenas para ter novas correntes presas ao redor do pescoço deles?

Ela não sabia que não conseguiria ouvir os sem-pele ofendendo uns aos outros porque queriam levá-la viva, mas em toda sua glória ela negou a eles a chance de profaná-la com abusos futuros, nos quais ela teria que estar viva — e gritando — para que eles se gratificassem. Em vez disso, ela, sem seu próprio conhecimento, lhes daria apenas o silêncio eterno, o que era, de certa maneira, vitória. Apesar da derrota, no lugar dela eles devastariam seus filhos, para quem ela não poderia oferecer alívio algum. Mas o não saber, aqui, seria uma coisa maravilhosa. Rei ou não, que mãe deveria viver para ver seus filhos serem espetados e montados?

Um tumulto nasceria disso, de força tão grande que a terra nunca se recuperaria. Haveria corajosas guerras travadas em nome da rei, por outras tribos que respeitavam sua honestidade e generosidade, assim que descobrissem a praga vindoura e a traição que permitiu seu alastramento. Mas não adiantaria nada. Onde a paz antes fora possível, haveria séculos de derramamento de sangue e pestilência, e a própria terra seria roubada de seus pertences naturais e, portanto, rejeitaria continuamente os filhos que não conseguiria mais identificar.

Ela não sabia. Não poderia saber. Não deveria saber.

Rei Akusa se aninhou junto de Ketwa, puxando Nbinga para perto. A última coisa que esses demônios deveriam ver do vilarejo dela era o que uma enorme adoração era, dado que a deles parecia ser tão insignificante.

"Onde estão as crianças, amado?", ela perguntou a Nbinga.

"Ali", Nbinga apontou na direção da entrada. E, ali, rei Akusa pôde ver sua prole dançando — dois se pareciam tanto com Ketwa que ela não conseguia lembrar se ela os tinha dado à luz ou se fora Nbinga, ou ambas.

Ela olhou para o Gussu e para os três demônios ao lado dele. Então olhou para as tigelas deles, de novo vazias tão rápido. Pessoas que gostavam tanto assim de sua comida não poderiam ser *tão* horríveis. Ela nunca cogitou que talvez eles só estivessem com fome.

"Comam", ela disse. "Há bastante."

O Gussu se serviu primeiro e os outros o seguiram. Rei Akusa sorriu e ergueu sua taça.

"Aos guardiões", ela disse alto.

"Aos guardiões", todos disseram, exceto os demônios.

Então a rei levou a taça aos lábios e bebeu.

Timothy

Tinha vermelho demais no rosto. Timothy teria de compensar com amarelo e talvez só um pouquinho de preto. Mas ele conseguiu capturar a expressão incomum, algo entre curiosidade e — o que era? Repulsa? A inclinação sutil da cabeça, a leve curva do lábio. Um sorriso e um rosnado. E o cabelo como um sol escuro e irregular por trás. Isaiah era o espécime perfeito.

O pai de Timothy, Paul, parecia entender a necessidade de documentá-los, embora escolhesse outros métodos, mais privados. Ao mesmo tempo que Paul mostrava os quadros de Timothy para todos que visitavam a plantação, cheio de orgulho da espantosa habilidade demonstrada em cada pincelada, ele proibiu Timothy de pendurá-los em qualquer lugar da casa. "Os pretos entenderiam errado", ele disse.

E assim elas abarrotavam seu quarto: telas triplamente empilhadas contra a base de três paredes; cada superfície não utilizada — fosse mesa ou chão — um lugar de descanso para cena após cena de comprazimento ou contemplação escravista, embora seu pai o assegurasse de que esta última era impossível. E, claro, suas obras de maior sucesso eram as mais sufocantes: as que capturavam a tristeza. Ele não sabia que a dor poderia ter essa multiplicidade de expressões — ser ressuscitada de maneira similar, e ainda assim única, em tantos rostos diferentes — até a primeira vez em que fez um negro posar para ele. Sua mão tremeu e ele quase a deixara passar. Mas aqui estava ela: úmida nos olhos, presa sobre a língua, quebrada nas palmas das mãos.

Escolheu Isaiah a dedo do meio de um bando de negros que ele reuniu à beira do rio. Chamou-os no meio do banho deles e disse-lhes que ficassem em fila. Os capatazes olharam torto para a interrupção. Não importava. Essa terra pertencia ao seu pai, assim como o trabalho deles, então os negros fizeram como foram instruídos e, sim, os capatazes cuspiram tabaco, mas fora isso ficaram em silêncio.

Os pés dos negros faziam barulhos na lama. Alguns deles usaram as mãos ou folhas para cobrir as partes expostas. Outros desviavam o olhar. Todos eles brilhavam ao sol. Timothy investigou o grupo procurando por uma cor que combinasse mais com o fruto das amoreiras que ele planejava incluir na paisagem. Notou a auréola de Isaiah primeiro, rodeando a cabeça dele em toda sua glória sombreada.

"Termine de se lavar", disse a Isaiah. Depois, instruiu-o a se vestir e ir ao espaço onde o terreno encontrava o campo de algodão.

Timothy havia trazido uma cadeira, mas não para si. Reto e sólido, o encosto da cadeira se erguia até um pouco abaixo dos ombros de um Isaiah sentado. Timothy posicionou a cadeira de modo que ficasse de frente para o leste e o sol brilhasse nas costas dele e no rosto de Isaiah. Fez Isaiah posar ali durante horas, exigiu que ele não movesse um músculo, nem mesmo para limpar o suor da testa.

"Nem pisque", Timothy brincou e precisou reassegurar Isaiah de que estava brincando.

Alguns dos outros negros observavam por trás das árvores ou das entradas das choupanas, cansando a vista com os olhos arregalados. Mas mantiveram distância. Timothy os viu. Ficaram para trás, como se tivessem medo de serem sugados para dentro da pintura e, talvez, precisarem lidar com dois lugares dos quais não poderiam escapar.

O rosto de Isaiah estava ensopado. Por fim, Timothy saiu de trás do cavalete que posicionara bem à esquerda de onde Isaiah estava sentado para que pudesse ter a perspectiva adequada e capturar quase tudo que queria da natureza de Isaiah.

"Você é um modelo *excelente* para o meu trabalho", disse ele então a Isaiah com um floreio alegre.

O silêncio de Isaiah seguido por sua cabeça se abaixando fez com que Timothy pensasse que Isaiah não entendia elogios quando recebia um. Sacudiu a cabeça e pediu ao negro atrás da árvore mais próxima que se aproximasse e o ajudasse a carregar o equipamento de volta à casa. Na escadaria da entrada, Timothy parou. Virou-se para ver Isaiah ainda sentado na cadeira.

"Você pode voltar agora", ele gritou, sem grosseria.

Pela primeira vez lhe ocorreu brevemente que ele nunca tinha visto um negro no Sul sentado em uma cadeira. No chão, sim. Em pilhas de feno. No assento do condutor. Mas nunca em uma cadeira. Talvez fosse por isso que o negro continuava sentado: para ter uma pequena ideia do que significava ser completamente humano, descansar um pouco numa superfície confortável e ter um suporte para as costas. Mas ele se levantou, e Timothy o observou mover-se devagar de volta ao rio e cair de joelhos na beirada antes de inclinar-se para a frente para jogar água no rosto.

A viagem para Boston foi mais difícil do que a viagem de volta para casa. Viajar para o Norte não parecia natural. E as coisas que ele vira no caminho: havia chovido sem parar, o que significava que a carruagem atolava sempre e que a chuva trazia consigo uma névoa tão densa que ele não conseguia diferenciar onde ele começava e ela terminava. Eles tiveram que viajar por áreas de território indígena, ele e os outros que se dirigiam ao Norte para a faculdade porque também eles precisavam ganhar as habilidades necessárias para ajudar os pais a administrar as terras vastas que conquistaram, e o Norte, apesar de sua traição purulenta, era o lar das melhores instituições de pensamento empresarial. O tempo que passou na escola que o pai disse que deveria frequentar para se preparar melhor para receber sua herança foi interessante pelos motivos errados. Arte à meia-noite e sono poderoso não seriam úteis para Paul. Ele foi informado por homens invejosos, homens acusados de atravessarem a linha imaginária que separava as partes norte e sul de um país infante, que a neblina não os protegeria. Os índios não precisavam de olhos para vê-los, disseram, ou, melhor, podiam vê-los pelos olhos das criaturas da floresta — uma cobra aos seus pés ou um pássaro circulando suas cabeças. Eles os matariam enquanto dormiam e comeriam a carne deles crua como um tributo a deuses ainda mais selvagens. Ele não conseguia apagar da mente a imagem de dentes ensanguentados rasgando-o. E os homens invejosos olhavam para ele, especificamente, quando contavam suas histórias de terror, como se pudessem ver a timidez no centro pulsante do seu coração. Talvez ele não tivesse sido cuidadoso o bastante: encarou por muito tempo um cavalheiro que passava; disse um nome masculino durante o sono, talvez; ou podia ter sido o jeito gentil com que sua mão por vezes cobria seu pulso. Nunca se pode saber com certeza o que inspirou a malícia deles, então cada parte do seu eu de dentro tinha de permanecer dentro.

 Ele descobriu que os nortistas, ao contrário dos sulistas, não faziam ideia de que eram descendentes de canibais. Tinham sido suficientemente protegidos, por uma miríade de mitos envolvendo trabalho duro e um caráter intelectual, moral e físico superior, desse conhecimento hostil. Mas havia uma chance de que alguns deles soubessem. Havia alguns deles que tinham se mantido em um estado perpétuo de sonho, consumindo morfina misturada com água. Alguns comiam o pó direto da embalagem. Outros o inalavam. Seu efeito neles intrigava Timothy. Ele fazia muitas perguntas. Nas respostas às vezes incoerentes que eles davam, ele sentia que deixavam que soubesse segredos que de outro modo nunca seriam ouvidos. Alguns deles falavam sobre sentir algo, qualquer coisa, pela primeira vez; *um formigamento*, diziam, *no peito*. Um sentimento que fazia com que eles quisessem deitar de costas no chão e cumprimentar o céu e tudo mais com gratidão. *Até os pretos*, eles disseram. E eles só os chamavam por esse nome quando se sentiam muito gratos. Do contrário, "negros".

Lá ficavam, pupilas grandes como botões, sorrindo, esfregando os genitais flácidos, sem entender por que os genitais estavam tão moles quando eles mesmos se sentiam tão excitados — e por tudo; libertando cada parte de si mesmos e deixando Timothy entrar. Saliva espumava no canto da boca deles. Timothy suprimia o desejo de oferecer-lhes um lenço, porque achava que podia quebrar a concentração deles e ser visto como um insulto.

Quando um de seus colegas de quarto confessou estar apaixonado pela própria mãe, sobre usar o aperto de sua mão de bebê para se segurar aos pelos púbicos dela a fim de evitar deixar o útero, para permanecer ali nos confortos do canal dela, Timothy tinha ouvido o bastante, tinha, na verdade, ouvido demais e desejou que pudesse desouvir. Nunca lhes fez outra pergunta e, quando eles entravam no estupor de paixão induzido, ele saía do quarto e caminhava pelo terreno, desejando que pudesse ser tão ignorante e estoico como as árvores.

Sob a luz prateada do Norte ele saltitava, deixando os raios o cobrirem, deixando-os entrar, até o fundo, onde gelavam seus ossos. Esperava que ninguém notasse o que a frigidez fazia com seu corpo: contraía seus músculos, arrepiava sua pele, endurecia seus mamilos e seu pau. Continuou a caminhar, sorrindo para as pedras sob seus pés, admirando o mato que tinha coragem de espiar por entre elas, dourado nas pontas, mas ainda verde nas raízes.

Quando o ar o cumprimentava, carregava consigo o aroma de lenha queimada — árvores de bétula, talvez, que nunca imaginaram ser cortadas dessa maneira e enfiadas numa fogueira. As chamas que elas, essas patéticas árvores, imaginaram eram muito maiores, engolindo tudo, mas apenas para que pudessem renascer, mais poderosas que antes, em algum outro momento. Não era o caso.

Timothy até sorria, levemente, para alguns dos outros alunos que passavam — até lembrar-se de que, ao contrário da pedra, do mato ou da árvore, eles carregavam segredos tão assustadores que fariam até seus ossos gelarem como uma luz prateada.

Aprendera que o horror podia ser plantado como sementes, podia brotar para a vida se recebesse um solo terno, água e luz. Desenrolar-se devagar debaixo da pele da terra, enterrando-se ao mesmo tempo que se estendia em direção ao céu aberto. Escondendo, de início, o seu centro, podia ser persuadido a revelar seu núcleo, expondo cores vibrantes o suficiente para fazer até animais chorarem, revelando fragrâncias que poderiam seduzir as mais ferozes das abelhas. Você nunca saberia que era veneno até tocá-lo ou consumi-lo, mas a essa altura já seria tarde demais. Você já teria sufocado, assim como outros antes de você. E não havia ninguém que saísse incólume o suficiente para contar a história, para avisar a próxima pessoa tola o bastante a parar e admirar, colhido quando deveria apenas ter deixado quieto.

Ele não era a primeira pessoa alfabetizada da família; Paul e Ruth liam extensivamente: romances, contratos e o texto religioso, que era uma combinação dos dois. Mas ele foi o primeiro a ter levado sua educação tão longe, e tão longe ao norte. Estava fadado a aprender outras coisas, descobrir em si mesmo que o Mississippi não era vasto o suficiente para deixar prosperar. Uma consciência, talvez. E algo menos confinado: uma coisa branca com asas dentadas que cutucava suas coxas à noite e deixava o quarto inteiro quente.

Sua arte era um sinal para alguns dos outros garotos da escola de que os sussurros deles, olhares roubados e gestos sutis em direção às virilhas uns dos outros eram normais e elegantes. Timothy tinha de se abanar e ficar atrás do cavalete para não deixar tão óbvio que era receptivo aos olhares e queria mais. Seu desejo ia para a tela antes de se alongar no tempo real. Pintava febrilmente: pela manhã antes das aulas, depois da prece da tarde, rabiscos durante o almoço, e esboços à luz do lampião tarde da noite. Ele nunca esteve tão contente.

Mas Isaiah...

"Então você trabalha no celeiro com os animais. Você prefere isso ao campo?"

"Eu faço o que mandam, senhor", Isaiah respondeu.

"Eu sei." Timothy sorriu. "A maioria de vocês faz. Mas eu quis dizer, é isso que você prefere?"

Isaiah não disse nada, como se entendesse que não poderia haver resposta certa que não fosse o silêncio. Ele olhou para os pés.

"Por favor, não se mexa, Isaiah. Olhe para mim, por favor. Mantenha a cabeça reta."

Isaiah olhou para a frente sem olhar Timothy nos olhos.

"Porque eu posso fazer meu pai colocar você onde eu pedir. Então me diga: onde você prefere ficar?"

"O celeiro está bom", Isaiah disse rápido. "Mesmo."

Incomodou Timothy que Isaiah não conseguisse contar-lhe muito sobre si mesmo. Ele não sabia a própria idade, quem eram seus pais ou onde eles estavam, sobre o que sonhava, ou mesmo qual era sua cor favorita. Nem quando Timothy pintou uma linha de cada cor da paleta numa tela e pediu que Isaiah escolhesse. Embora tenha olhado por um bom tempo para o azul e depois para o vermelho, ele não se decidiu, disse que não conseguia.

"Mas todos têm uma cor favorita, Isaiah", Timothy protestou.

"Qual é a sua, senhor?"

"Ah, fácil: roxo. Porque roxo é a mistura das minhas duas cores favoritas."

"É mesmo, senhor? Quais são as duas?"

"Azul e vermelho." Timothy sorriu e deu uma piscada.

"Então eu também gosto de roxo, senhor", Isaiah disse com surpreendente convicção.

Timothy sorriu e deu tapinhas na cabeça de Isaiah. Mas ele queria saber mais.

Isaiah devia ter quase a mesma idade que ele, mas Timothy não podia ter certeza. Seu pai mantinha registros impecáveis de tudo. Então, se Timothy procurasse, talvez conseguisse encontrar seus nomes nos livros. Foi assim que ele acabou se aventurando no escritório do pai um dia, onde passou quase uma hora examinando textos religiosos, registros bancários, cartas encadernadas e outras coisas, cada uma organizada em fileiras nas prateleiras ao redor do cômodo.

Ele se sentou por um segundo à mesa de Paul. Inclinou-se para a frente e estendeu as mãos sobre a superfície. Não. Não conseguia imaginar que este fosse o seu destino. Pairava alto demais e fazia com que ele se sentisse menos corpóreo — assim como os raios prateados de um sol frio poderiam.

Levantou-se e tomou o cuidado de colocar a cadeira de volta em sua posição prévia. Foi até uma prateleira e descobriu que ela continha exatamente o que procurava: inventário. Os primeiros livros listavam sacas de farinha e açúcar, porcos e cavalos, parte da mobília em que Ruth permitia que pouquíssimas pessoas se sentassem, junto com a compra de alguns negros. A respeito do último item, não havia especificidade. Ele podia identificar a mobília com mais facilidade baseando-se na descrição do que qualquer um dos escravos.

Timothy imaginou, por um instante, que Isaiah poderia ter sido seu companheiro de brincadeiras se ele tivesse tido permissão para brincar com crianças negras. Paul desaprovava qualquer contato com os negros que não fosse utilitário, por mais evasiva que essa definição fosse. Portanto Timothy suportou a solidão, e a solidão nunca deixou de fazer com que crianças ficassem engenhosas.

Ele vasculhou pilhas de livros até por fim chegar a 1814, um ano antes de seu nascimento. Havia cinco nascimentos registrados apenas em agosto. Se Isaiah nasceu na plantação, então tinha que ter sido em 1814. Do contrário, se Isaiah tivesse sido comprado de outro lugar, então deveria estar em outro livro, o de 1818 intitulado "Virgens", em que Paul detalhava como vinte escravos, acorrentados uns aos outros, haviam sido trazidos da Virginia em uma carroça descoberta que fez paradas na Carolina do Sul e na Geórgia, sendo o mais novo entre eles uma criança de três ou quatro anos de idade. Timothy se perguntou por que Paul deu esse nome ao livro, mas depois de um tempo deu de ombros, certo de que o pai tinha seus motivos.

Ao virar as páginas desses documentos, Timothy achou que seu pai havia cometido um descuido atípico: ele não escreveu o nome de nenhum dos negros que adquiriu, embora a primeira coisa que seu pai e sua mãe fizessem fosse dar nomes aos escravos assim que chegavam. Diziam que faziam isso para ganhar controle imediato sobre eles e apagar qualquer traço de personalidade que se formasse durante a viagem. No registro, Paul entretanto optou por identificá-los com termos ambíguos como "cicatriz" ou "vigiar", tão oblíquos que eram inúteis. Não teria sido mais fácil escrever "Cephas" ou "Dell" ou "Essie" ou "Freddy"? Não importava no final, Timothy supôs. Talvez para seu pai, no caso dos registros, o nome da ferramenta fosse menos importante do que sua função.

Isaiah tinha irmãos? Teria nascido nesta plantação? Se não, será que se lembrava da sua vida de antes? Timothy decidiu que perguntaria.

Num outro dia, Timothy tirou Isaiah do trabalho. Mandou Maggie buscá-lo. Quando os dois chegaram na parte de trás da casa-grande, Ruth estava de pé no alpendre, com os braços cruzados na frente do peito. Timothy estava em pé atrás dela.

"Mag, eu estava te chamando. Onde você estava? E quem é esse?", ela disse, medindo Isaiah.

"Eu fui buscar esse trabalhador do celeiro pro mestre Timothy, só isso."

"E o que o Timothy quer com essa criatura imunda?"

"Não sei, senhora. É melhor perguntar pro mestre."

Timothy deu um passo à frente.

"Mãe, ele é meu espécime. Você sabe que eu pinto esses negros."

Ruth fez um muxoxo. "'Negros.' Você quer dizer pretos. Chame eles do jeito que vê eles. Não precisa dessa enrolação", ela disse enquanto olhava primeiro para Timothy, depois para Isaiah. "Bem, não deixe ele entrar na casa. Pode espalhar seu fedor por todo o lugar. Resolva o que tiver que resolver bem aqui na entrada."

Ruth ficou em pé no alpendre olhando Isaiah. A cabeça de Isaiah estava abaixada e ele retorcia as mãos.

"Pare de ficar se remexendo", Ruth disse suavemente. "Você está me deixando..."

Timothy pegou a mãe pelo braço.

"Mãe, acho melhor você voltar pro seu quarto. Você precisa descansar. Maggie, pode levar a minha mãe lá pra cima?"

"Essa ainda é a minha casa, rapazinho." Ruth sorriu. "E vou perambular por onde eu quiser. Muito obrigada." Ela descruzou os braços. "Queria que você pintasse outras coisas. Toda essa beleza ao nosso redor e você acha a coisa mais feia do mundo com que desperdiçar tinta."

O rosto de Timothy ficou vermelho antes de ele se recompor.

"Mãe, por que você não entra? Vai escurecer logo e a Maggie já vai servir chá e biscoitos. Daqui a pouco eu me junto a você."

Ruth sorriu um sorriso que disse a Timothy que ela ia fingir que ele não estava tentando se livrar dela. Deu um tapinha no ombro dele e passou devagar pela porta para a cozinha. Maggie a seguiu.

Timothy suspirou.

"Peço desculpas pela minha mãe", disse a Isaiah, que não se mexeu um centímetro o tempo inteiro. Ele ainda estava olhando para os pés.

"Não tem de quê", Isaiah respondeu, mas não levantou a cabeça.

Timothy desceu os degraus e foi até Isaiah. Colocou o dedo no queixo dele e levantou a cabeça de Isaiah. Isaiah evitou contato visual, mas para onde quer que voltasse o olhar, Timothy se movia para lá até que, derrotado, Isaiah olhou-o no rosto.

"Não precisa ter medo de mim, Isaiah. Eu não sou como a minha família."

Isaiah inspirou fundo, segurou por um instante, e então deixou o ar sair devagar, silenciosamente. Coçou a cabeça.

"Bem, agora. Mandei buscar você por um motivo", Timothy disse. "Eu tenho algumas perguntas."

Isaiah permaneceu em silêncio.

"Quem é aquele outro negro que trabalha com você no celeiro?"

Isaiah agarrou a própria coxa e a apertou.

"Samuel, senhor."

"Ele é seu irmão?"

"Não, senhor."

"Gostaria de conhecê-lo. Você me leva até lá?"

Isaiah caminhou bem devagar para mostrar o caminho. Timothy se apressou na frente dele, forçando Isaiah a acelerar. Pela porta escancarada do celeiro, Isaiah podia ver a silhueta bruxuleante de Samuel contra as paredes, dançando sozinha à luz da lamparina.

Samuel também estivera no rio no dia em que Timothy chamou todos eles, também fora perscrutado por ele e respeitosamente rejeitado. Eles estavam tomando banho, a modéstia era uma coisa muito pequena entre eles. Era dia de descanso, por isso podiam usar o tempo como quisessem, dentro de certos limites. Ninguém podia sair da plantação sem um passe, e passes quase nunca eram concedidos. Mas eles podiam sentar-se com suas famílias e amigos na beira do rio e pescar. Podiam reunir-se ao redor de uma fogueira e assar nozes. Podiam juntar-se na clareira e elevar as vozes até Deus. E podiam banhar-se.

E, naquela manhã em particular, eles se banhavam em conjunto. Provavelmente aqueles que queriam ficar limpos para o culto de Amos — ainda que fosse apenas para se sujarem de novo ao se sentarem no chão, em tocos de madeira podre ou em pedras musguentas enquanto o sol tentava passar pelos galhos das árvores para dar ao grande Amos o brilho.

Nada disso fazia muito sentido para Timothy. Ele os observara uma vez, em um círculo, sob árvores, ouvindo o que lhe parecia nada. Sim, com certeza havia bons negros, e talvez alguns deles merecessem ser livres ou devolvidos ao lugar de onde foram arrancados, mas que paraíso permitiria que eles sentassem lado a lado com cristãos decentes? O máximo que podiam esperar no além era abrigo e comida suficiente para abastecer a labuta que seria seu destino por toda a eternidade.

Interrompeu o banho deles, mas tudo parecia perdoado porque eles pareceram tão felizes por ver que era ele e não seu pai ou James. Então se enfileiraram e Timothy se lembrou de que, no meio do bando, apenas Samuel estava emburrado.

Samuel ficou em pé quando ouviu o barulho dos passos deles pelo caminho empoeirado vindo da casa-grande. Ele levantou a lanterna e viu Isaiah e Timothy andando em direção ao celeiro. Franziu a testa e olhou para o céu que escurecia. Depois se curvou e baixou a cabeça.

Timothy esperou Isaiah correr na frente dele para abrir o portão. Timothy poderia simplesmente tê-lo pulado se não estivesse tão cansado. Ele entrou e pisou em um monte de merda de cavalo.

"Jesus Cristo", exclamou. "Argh. Deus, tenha... Isaiah, eu achei que vocês deviam manter esse lugar... Merda. Me ajuda..."

Timothy apontou para sua bota. Isaiah caiu de joelhos e desamarrou os cadarços. Então a puxou, mas ela nem se moveu. Por fim, Samuel saiu com a lamparina. Colocou-a no chão e ajudou Isaiah a puxar. Com um grande tranco, conseguiram soltá-la, e os três caíram de bunda no chão. Timothy riu.

"Por Deus." Ele deu uma risadinha para eles.

Isaiah se levantou e correu para pegar um balde de água. Deixou a bota no chão. Timothy se ergueu e limpou a poeira de sua roupa. Então olhou para Samuel, que olhava a esmo para a luz da lamparina.

"Boa noite, Samuel", Timothy disse. Samuel pulou como se tivesse sido acordado do sono. "Você sabe quem eu sou?"

"Sim, senhor", Samuel respondeu.

"Bem?", Timothy o apressou.

"Você é o mestre Timothy, senhor", Samuel disse, e acrescentou: "É bom ter você de volta, mestre".

"Bem, obrigado, Samuel", Timothy disse e endireitou as costas. Seu rosto se iluminou. "Gostaria de poder dizer que estou feliz por estar de volta. Sinto tanta falta do Norte... frio como é. Ai de mim, aqui estou."

Silêncio se instalou entre eles. Isaiah voltou com o balde e ele e Samuel se ajoelharam e começaram a limpar a bota. Por vezes, Samuel roubava olhares para cima. Timothy os observava trabalhando juntos, num ritmo perfeito, como se eles tivessem sido feitos daquele jeito: braços se movendo, cotovelos projetados, mãos farfalhando na água, dedos segurando as beiradas do balde, por vezes se tocando quando um silenciosamente dava ao outro um sinal em uma língua que apenas eles entendiam. Os dois estavam juntos de uma maneira que ele nunca tinha visto antes, cada gesto individual apoiando-se no outro para formar algo que parecia balançar ao som da própria música, para a frente e para trás, como o mar. Pela primeira vez, desde que havia chegado em casa, ele se sentiu como um intruso. Não desgostava do sentimento, mas o silêncio o inquietava.

"Estou pintando o Isaiah, sabe", ele disse afinal. "Lá fora, ali perto do campo."

Samuel parou de lavar a bota. Tirou as mãos do balde e as

sacudiu para tirar o excesso de água. Ficou em pé e enxugou os braços.

"Pintando ele, senhor?" Samuel olhou para Isaiah. Isaiah colocou-se de pé e devolveu a bota a Timothy. Samuel olhou Isaiah de cima a baixo e então se voltou para Timothy.

"Mas não vejo um pingo de tinta nele, mestre."

"O quê? Não", Timothy disse, rindo. "Eu estou pintando *retratos* dele. Sabe, como pinturas que você pendura na parede."

"Ah, entendo. Isso é muito bom, senhor. Sim, de verdade." Samuel olhou de relance para Isaiah, que lhe dava um olhar severo.

"Sim, bem, talvez eu possa pintar você também um dia desses", Timothy acrescentou.

"Sim, senhor."

"Se você quiser."

"Sim, senhor."

De repente, Timothy se viu perturbado e tentou descobrir por quê. Fitou os dois negros à sua frente. Algo sobre eles o incomodava. Samuel era obediente o bastante, alto até quando ficava encurvado. Mas ele parecia, ainda assim, não o ver, ver além dele, o sorriso cansado em seu rosto. Samuel era da cor de uma berinjela, mais roxo do que preto, e robusto. Tinha mais ou menos a mesma altura de Timothy e os dentes muito brancos. Chocantes, esses dentes eram, porque a maioria dos garotos que Timothy conhecia tinha dentes que eram ou verdes como o mato ou amarelo-pálido.

Timothy se sentara em salas de aula com esses outros garotos, que falavam e falavam, e toda essa conversa não revelava nada a não ser que o passado deles fora inventado, não importava o quão fervorosamente acreditassem nele. Mas mesmo assim Timothy arregalava os olhos ao ouvir as histórias deles, se espantava durante as pausas dramáticas e aplaudia vigorosamente as conclusões.

Esses outros garotos gostavam do jeito como Timothy falava, da segurança lenta de sua voz e a fala pausada que inevitavelmente levava a um sorriso. Suas covinhas, apertadas certinhas em cada bochecha, eram excesso; ele já os havia conquistado com sua disposição. Se o Sul o ensinara alguma coisa, o ensinara a esconder suas falhas, lisonjear seu público, fingir deferência mesmo quando ele era claramente superior em todos os sentidos concebíveis, e ser a quintessência na arte da cortesia. Tudo isso enquanto mantinha pensamentos vis e impuros, mesmo enquanto reprimia o tamanho de sua masculinidade atrás de calças que ameaçavam arrebentar as costuras. Uma gota de chuva na ponta de seu ser que nunca alcançaria solo fértil. Sim, ele era um criado de um cavalheiro, e eles estavam completamente atraídos por ele.

No Norte, disseram-lhe que os negros eram livres, mas ele não tinha visto nenhum durante todo o tempo em que esteve lá. Imaginou que o número devia ser pequeno e, portanto, avistar um era raro. Entretanto, conheceu pessoas que se diziam abolicionistas. Pessoas curiosas, ele pensou; queriam libertar os negros da labuta da escravidão, diziam, mas o que fazer a seguir era sempre obscuro, sempre sem forma, sempre um exercício em inadequação.

"Talvez mandá-los de volta para a África", um deles disse durante uma reunião informal em uma taverna na cidade.

"Depois de tantos anos?", Timothy retorquiu. "Seria tão estrangeiro para eles como seria para nós, suponho. Vocês desejam resolver o que chamam de um ato de crueldade perpetrando outro?"

"Bem, você propõe que eles fiquem aqui, andem entre nós e se deitem conosco em nossas camas?"

"Por que a presença deles aqui os levaria até nossos quartos?"

"A luxúria deles tornaria isso inevitável."

A luxúria deles ou a nossa?, Timothy pensou. Afinal, ele sabia o que estava à espreita nas virilhas dos homens, tinha testemunhado de perto. Só o que bastava para libertá-la era uma pincelada e uma mão habilidosa. Ele se esforçou para determinar a diferença entre o Norte e o Sul e concluiu que eles eram mais parecidos do que achavam, a única diferença discernível era que o Sul havia pensado em todas as opções até suas conclusões. O Norte, nesse ínterim, ainda não conseguia responder às perguntas sobre quem faria o trabalho que os escravos libertos necessariamente deixariam para trás e como essas almas infelizes seriam pagas uma vez que a posição de escravo fosse abolida. Esses homens eram ruins de negócios, apesar de tudo indicar que eles eram igualmente gananciosos.

Timothy olhou na direção da casa-grande, depois para Isaiah e Samuel.

"Bom, eu vou indo. Isaiah, venha até a casa pela manhã. Avisarei a Maggie para deixá-lo entrar. Quero voltar a trabalhar no seu retrato o mais rápido possível."

"Sim, senhor. Você precisa que um de nós ilumine o caminho?"

"Não, ficarei bem. Obrigado. Boa noite."

Desceu o caminho escuro em direção à casa com a sensação de que não tinha visto tudo o que precisava ver dos dois. Perguntou-se como eles eram quando ele não estava por perto. Eram tão tímidos, tão quietos? Que tipo de mundo vacilante, imperfeito eles criaram lá no celeiro? Ele estava determinado a ver.

Era por volta das três da manhã e mesmo as luzes fracas das cabanas à distância estavam apagadas quando ele saiu da cama. Desceu as escadas e se sentou em uma cadeira de balanço na varanda da frente, esperando que a madrugada produzisse uma brisa misericordiosa. Ele era como sua mãe nesse aspecto. Com toda luz ausente, menos o luar, a plantação era um festival de sombras.

Preto contra preto, e ainda assim as coisas conseguiam se distinguir umas das outras: o preto encaracolado das árvores do preto pontudo das cabanas; o preto sedoso do rio do imenso preto do celeiro. De alguma forma, ele não havia percebido isso antes.

Limpou o suor da testa. Nenhuma brisa o abençoaria. Inclinou-se para a frente. A noite abrasadora e pegajosa o infectava com o desejo de perambular. Precisava refrescar-se, lavar a viscosidade da pele. Talvez uma lavada rápida no rio. Desceu os degraus e andou pelo lado da casa, na direção do Yazoo.

Começou a desabotoar a camisa. Já a havia retirado por completo quando chegou perto da parte de trás do celeiro. Notou uma luz fraca emanando do lado de dentro. Fez agora o que não fez mais cedo: pulou o portão e torceu para não pisar em nenhum estrume. Moveu-se furtivamente até o celeiro. Caminhou pela parte de trás, do lado mais perto do rio. Havia um buraco na madeira grande o bastante para caber seu punho. Pressionou a cabeça contra a parede e espiou. Tentou distinguir as figuras. Cavalos? Sim. Ele estava na extremidade em que os estábulos ficavam. Mas, além deles, onde a luz da lamparina tremeluzia, vislumbres. De tirar o fôlego.

O calor deles parecia embaçar tudo nas proximidades. Feno preso nas costas de Samuel, ou talvez fosse as de Isaiah. Ele não conseguia dizer quem estava segurando quem. Eles estavam juntos assim, e a luz não oferecia nenhuma ajuda. No entanto, o feno foi arremessado contra ele como agulhas de costura, como se uma mão invisível estivesse costurando os dois para virem à existência, bem ali, juntos, naquele abraço apertado, adormecidos, unidos. Timothy começou a tremer. Não imaginava que os negros fossem assim, pudessem ser assim: o que, para eles, era aconchegar-se sem uma cama que pudessem dividir? O trabalho duro não impedia a contemplação ou mesmo o tempo para uma natureza mais suave? Thomas Jefferson havia feito uma extensa pesquisa, Timothy aprendeu, e a ciência deixava claro. Todavia, sem nenhum vento para esfriar o ar, eles se abraçavam como se fosse inverno e não verão. O testemunho o confundiu, mas também o deixou duro dentro da calça.

Ele pintaria Isaiah amanhã.

E por que não deveria? Não demoraria muito para que ele começasse a receber visitas. Pois sem dúvida seus pais queriam, precisavam de netos; eles não eram tímidos quanto a tornar isso conhecido. Importunando-o com perguntas sobre se ele havia conhecido alguma fina dama durante seus estudos, viagens e afins, antes de decidir, no fim, que não importava, que aquilo que ele não conseguia encontrar ele não tinha experiência para fazer sob qualquer aspecto. E eles, seus pais, seriam melhores na seleção.

Mulheres jovens viriam, meninas, na verdade, todas com criação certa — com o tom certo de cabelo ruivo ou loiro para combinar com o dele; com olhos excepcionalmente verdes, ou azuis, como os dele; e seios que começaram a surgir mais ou menos ao mesmo tempo que ele descobriu a coisa crepitante que balançava entre suas pernas; meninas cujos olhos vibrariam quando ele entrasse na sala; cujas partes privadas cintilariam com seu sorriso largo; que poderiam recuar internamente e segurar as lágrimas para não ofender seus pais ou os anfitriões. Elas desfilariam diante dele como se a escolha dele importasse e, uma vez escolhida, ele seria forçado a casar com ela, por quem não nutria desejo algum.

E por que não com um negro? A cor não impedia nem sua mãe nem seu pai. Havia negros de cabelos loiros e olhos azuis, com pele quase branca que andavam como ele, tinham o mesmo sorriso e os mesmos ombros quadrados que ele tinha, os mesmos joelhos nodosos e a mesma mancha de nascença no queixo. Apenas os cachos apertados de suas tranças — e, às vezes, os lábios grossos e narizes largos — davam alívio a Timothy quando passava por um deles. Seus pais achavam que ele não sabia sobre Adam, o negro carroceiro, mas ele sabia. Sempre suspeitara, mas teve certeza na viagem até a cidade para mandá-lo para a faculdade. A maneira como sua mãe se irritava com Adam e a maneira como ela tentava distrair Timothy; ficou tudo tão óbvio naquele momento. Adam parecia muito um Halifax para não ser um deles. Era provável que tivesse outros. Ele não era um filho único afinal, mas desejava que pudesse ser.

Ele já tinha visto o suficiente. Afastou-se do celeiro e andou na ponta dos pés até o rio. Quando estava quase no lugar onde havia chamado todos os negros para fora da água alguns dias atrás, abaixou-se e jogou água no rosto. Tirou a calça e tentou aplacar o calor entre as pernas, mas ele só cresceu. Então ele se tocou, repetidas vezes, até que não pudesse se sentir mais.

Esgotado, ele caminhou de volta para a casa-grande, subiu as escadas devagar, chegou ao quarto, e caiu de cara na cama. Não havia dormido tão bem desde que voltou para casa. Sonhava com corpos contorcidos e baba. Apenas o sol se derramando pela janela um pouco mais tarde, com seu calor batendo na sua cabeça, o acordou. Temporariamente cego, ele esfregou os olhos. Quando a visão se ajustou, ele esquadrinhou o quarto. A pintura de Isaiah, ainda não totalmente terminada, mas terminada o suficiente, olhava de volta para ele. Ele corou e virou o rosto.

Quando Isaiah chegou mais tarde naquela manhã, Timothy desceu para cumprimentá-lo. Como Ruth ainda dormia profundamente, Timothy levou Isaiah pelas escadas e para seu quarto.

"Você já esteve dentro da casa antes?", Timothy perguntou a Isaiah.

"Não, senhor." Isaiah olhava ao redor como se estivesse tentando memorizar cada detalhe.

"Este é o meu quarto. Você gosta?"

"Nunca vi nada assim. É quase tão grande quanto o celeiro inteiro."

Timothy riu e então fechou a porta. Havia uma chave-mestra na fechadura. Ele a girou silenciosamente.

"Você sabe ler, Isaiah?"

"Ah, não, senhor. Nenhum preto tem permissão pra ler."

"Você quer aprender?"

"Não, senhor. Não tem utilidade."

"Bem, vou ensiná-lo de qualquer forma. Nosso segredo."

"Por quê, senhor?"

"Porque eu gosto de você, Isaiah. Acho que você é um bom menino."

Timothy foi até uma prateleira e pegou a Bíblia.

"Aqui. Venha sentar-se comigo na minha cama."

"Tô sujo, mestre, Não quero..."

"Não tem problema. Apenas venha."

Isaiah deu passos incertos até a cama e se sentou hesitante nela, bem no lugar que Timothy indicava com tapinhas. Timothy inspecionou Isaiah e reafirmou para si mesmo que ele era um esplêndido espécime físico. Examinou a virilha dele. Negros não usavam roupa íntima, por isso não era difícil ver o que havia por baixo. Timothy esfregou os olhos. *Não podia ser*. Mas espere: se mexeu! Ele tinha certeza. Serpenteou pela perna da calça e veio repousar na coxa direita como se pensasse em uma rota de fuga antes de ousar aventurar-se mais longe e perder-se.

Minha nossa, se mexeu!

Ele tocou o braço de Isaiah e se maravilhou com sua pele. Seduzido por suas extremidades escuras, pelas doces curvas de sua cor preta-mais-que-preta. Ele tinha um desejo irresistível de cair sombriamente em si mesmo e se perder.

"Mestre?"

"Eu quero ver. Por favor, tire suas roupas."

Isaiah hesitou. Abriu a boca, mas deixou de falar qualquer palavra. Abriu a camisa. Deixou-a cair no chão. Timothy se inclinou para perto de Isaiah e apertou os olhos, examinando-o até que chegou às suas costas.

"Meu pai fez isso com você?"

Isaiah não disse nada.

"Por que ele faria algo assim?", Timothy perguntou enquanto beijava os vergões.

Isaiah estremeceu. "Achei que você disse que queria me pintar, mestre."

Timothy continuou beijando as costas dele.

"Mestre, achei que você ia…"

"Xiu. Isso não é melhor?", Timothy perguntou, mas não era uma pergunta.

Isaiah se sentou rígido na ponta da cama.

"Relaxe."

Isaiah se levantou, o que deixou sua ereção óbvia. Timothy sorriu.

"Eu vi você ontem à noite. No celeiro. Você e o Samuel. Eu vi o que vocês fazem."

Isaiah se virou.

"Mestre, eu não posso…"

"Não pode?"

"Quero dizer… O Samuel é…"

Timothy ficou em pé. Chegou perto de Isaiah, perto o bastante para que suas respirações se misturassem. A testa de Isaiah suava profusamente.

"Você merece que alguém seja gentil com você pra variar", Timothy sussurrou.

Isaiah sacudiu a cabeça.

"O Samuel…"

Timothy se inclinou e beijou a boca de Isaiah. O nome de Samuel ainda nos lábios de Isaiah, agora preso entre eles. Isaiah não beijou de volta. Timothy usou seus lábios e língua para forçar a boca de Isaiah a se abrir. Isaiah grunhiu.

"Eu posso proteger você do meu pai", Timothy gemeu, com o corpo pressionado contra o de Isaiah.

Embora não quisesse que Isaiah fosse até ele por obrigação, seria uma opção mais adequada, menos violenta, se Isaiah escolhesse não ir até ele por vontade própria. O que ele não faria era forçá-lo além disso. Porque qual seria o sentido se Isaiah não se submetesse livremente, se Timothy não pudesse ter cada pedacinho dele, incluindo sua vontade?

Timothy abaixou a calça e se deitou na cama com a bunda para cima. Isaiah fechou os olhos com força, depois os abriu. Secou a testa e então se deitou em cima de Timothy. Embaixo, Timothy pensou em como tinha se entregado a Isaiah; estava nas mãos dele agora. E algo se agitou em seu peito. Agarrou aquilo e quando abriu a mão, ali estava, mais sem graça do que ele imaginava, mas estava ali: livre. Se ele fosse dá-lo a Isaiah, então só poderia voltar para ele, como todas as coisas voltavam, multifacetado. Libertar outro homem era libertar a si mesmo. Isso não era só o clamor de um Norte indeciso, não. Timothy sentiu a verdade disso lá embaixo em sua caverna, que estremeceu agora depois de ter sido sacudida.

"Juntos, nós podemos ser libertados", Timothy sussurrou enquanto levantava a cabeça e fechava os olhos. "Apenas juntos."

Nabucodonosor

Isaiah nunca havia se dado conta de como coisas tão próximas podiam estar tão distantes. O celeiro ficava logo ali, à distância de uma pedra bem lançada da casa-grande, e ainda assim, quando percorrida por pernas, parecia uma viagem. A casa aparentava estar na base de uma montanha enorme, ou mais embaixo, em um vale profundo onde o mais estreito dos rios se escondia do céu e lobos vagavam. Lá embaixo, onde se esperaria que fosse mais quente, mas era gelado o suficiente para deixar mãos e pés azuis, e para transformar a respiração em fumaça.

E aqui estava você, perdido e sem palavras para explicar como alguém descalço e sem ferramentas poderia sair dali, escalar superfícies lisas demais para se agarrar ou sólidas demais para cavar, sem nada além de uma estrela errante para guiá-lo para cima, para o lugar que é apenas ligeiramente mais seguro do que o lugar de onde você está tentando escapar.

E a subida em si? Isaiah tinha uma mente forte e não conseguia decidir se valia a pena. Uma estrada que deveria ser plana era inclinada, e a inclinação ficava mais difícil a cada passo. Não havia nada que o impedisse de rolar de volta para baixo quando chegasse à parte mais alta. Você poderia quebrar os ossos e então não faria sentido levantar-se e tentar de novo. Você não conseguiria. Não poderia.

Ainda assim, o anseio que o puxava em seu centro como uma corda que havia sido lançada do topo da montanha, das planícies no cume, dos lugares que deveriam ser frios, mas de algum modo, talvez porque estivessem mais próximos do sol, eram quentes a cada toque. A grama assumiu um caráter diferente: orvalhada e azul-esverdeada em vez de seca e dourada. Pessoas e animais viviam juntos no que ele achava que você podia chamar de um tipo de harmonia, mas vinha da mais pura necessidade, e não de um desejo assombroso. Havia uma razão, e uma razão apenas, para fazer uma tentativa de, sem asas e com pés inseguros, subir por qualquer caminho antigo.

Quando os pássaros terminaram de cantar, depois de terem completado seu sobrevoo ao redor da cabeça dele, ele se lembrou da dor. A dele, sim, porque só pode ser uma tragédia ser forçado, mas ela é dupla quando o corpo se recusa a falhar; também de Timothy, porque ele não estava preparado. Isaiah não tinha previsto encontrar um pingo de alegria em ser a fonte dela. Além do mais, qualquer alegria que houvesse se desvaneceu rápido quando ele percebeu que era o tipo de coisa à qual Timothy não tinha objeção. Era tudo muito bizarro, e também muito novo para Isaiah, saber que o toubab não apenas gostava de dar, mas secretamente — nos lugares tranquilos deles, fora das vistas de qualquer um que pudesse julgá-lo horrivelmente, usar contra eles, ou dar a eles de um jeito para o qual estivessem de fato despreparados — eles estavam determinados a receber.

Timothy chorou, mas os olhos dele também rolaram para trás assim como os de Samuel, e Isaiah fez tudo que sabia fazer para se assegurar de que esses rostos, essas expressões, as de

Samuel e as de Timothy, não se fundissem. De alguma maneira, ele sabia que uma vez que elas se misturassem, só a morte seria capaz de desemaranhá-las.

Ele estava no meio da montanha — ou no meio do caminho para fora do vale — quando percebeu que, fora desse entretempo, ele havia perdido um dia inteiro de trabalho, não tinha visto Samuel o dia todo, havia deixado que ele fizesse tudo sozinho, o que era difícil, porque quase tudo no celeiro era um trabalho para duas pessoas. Mal seria possível para Samuel fazê-lo sozinho. Ele sabia que Samuel não queria fazer nada daquilo, ponto, mas eles tinham um sistema. Todo mundo sabia.

O que eles não sabiam era que o sistema havia sido planejado, sobretudo nas estrelas, mas também no pio da coruja e no aroma da íris, e colocado em cima e embaixo de tudo muito antes de Samuel ter a decência de levar a água doce e Isaiah ter a sede para bebê-la.

Sumido *o dia inteiro!* O suor correu pelas costas de Isaiah. Imaginou se Samuel se preocuparia, podia pensar que ele estava machucado, morto ou pior. O mais provável era que só estivesse bravo. Quando crianças, eles se afeiçoaram um ao outro — a princípio, como melhores amigos, até que ambos começaram a ter o odor embaixo dos braços e os pelinhos esparsos nas bordas mais ao sul do queixo. Eles foram de parecer sem graça como o solo um para o outro a algo que poderia nutrir. Não algo, *alguém*. E certo domingo, dezesseis estações atrás, uma mão não tão acidentalmente colocada em cima da outra enquanto estavam na beira do rio — nenhum dos dois olhava o outro nos olhos, mas olhavam para alguma coisa no outro lado, onde as árvores formavam uma parede que apenas um cervo curioso poderia penetrar — foi o que bastou para que suas sombras noturnas dançassem mais tarde.

Ao cruzar a cerca, Isaiah percebeu que essa era a primeira

vez que havia ficado longe de Samuel por tanto tempo desde a memória, o que o incomodou. Parecia um pedaço pequeno e dentado de carne pendurada no dedo, arrancada rápido demais, puxando todo o lado do dedo, deixando um rastro de queimadura crua, sangue escorrendo dela do mesmo jeito que os cogumelos saem da terra: uma dor que não pode ser aliviada, mas só pode ser persuadida a diminuir com promessas.

É assim que seria?

Isaiah imaginou Samuel acorrentado na traseira da carroça enquanto Adam, a pessoa de pele mais clara que Isaiah já tinha visto que ainda poderia ser considerada uma pessoa, cobria seu longo rosto de Halifax-sem-ser-Halifax para não ver o desmoronamento de ossos que Isaiah tinha se tornado, porque eles tinham usado um martelo e um cinzel para quebrar uma pedra a partir de sua base. Quando a imagem o abandonou e ele viu o celeiro voltar ao seu campo de visão, na mesma hora, o perigo de que Amos falou encontrou sua forma ameaçadora. Seu coração socou o peito por dentro.

Ele acelerou o passo. Sua respiração vinha em bufadas lentas e superficiais. As pernas zuniam com impaciência. O fedor do dia ainda estava nele. Por um momento, ele considerou pular no rio bem rápido antes de o sol se pôr, antes de entrar no celeiro e ter de devolver o olhar de Samuel com o seu próprio olhar alterado, mas Samuel não merecia esperar um segundo a mais.

Quando ele alcançou as portas, teve medo de abri-las. Como poderia explicar que deixou sua semente onde a deixara e que, de um jeito pequeno e irresponsável, pareceu um ato de libertação? Ele puxou a porta, mas foi uma tentativa sem convicção. Samuel ouviu o barulho e se levantou. Ele empurrou a porta um pouco forte demais e quase derrubou Isaiah.

"O que aconteceu com você?", Samuel sussurrou enquanto ajudava Isaiah a retomar o equilíbrio.

Isaiah colocou um braço ao redor do pescoço de Samuel e se apoiou nele. Lado a lado, eles entraram no celeiro. Isaiah caiu inerte num palheiro.

Samuel ficou em pé acima dele.

"Homem, fala! O que você tem de errado? Onde você tava?"

Isaiah olhou na direção dos estábulos.

"A gente devia abrir esses currais, Sam", ele disse devagar. "Deixar os cavalos saírem. Eles parecem confinados."

"O quê?" Samuel foi até a lamparina que estava no chão perto dos currais e a acendeu. Ele a levou para perto de onde Isaiah estava deitado e se sentou perto dela.

"Não pode ser confortável, sabe? Trancados num espaço tão pequeno", Isaiah continuou.

"Ah. Aquele toubab te deixou desconfortável o dia todo, hein? Ele pinta você, como, sentado num banquinho, sem nem deixar você fazer uma pausa pra beber alguma coisa fresca? Maggie não podia nem roubar uma limonada pra você, né? Você tem que ser mais malvado, homem!" Samuel riu. Ele olhou para Isaiah para retribuir o riso, tentou descobrir se a luz da lamparina refletia em seus olhos, mas não conseguiu.

"Sim. Tô cansado. Cansado até os ossos." Isaiah tentou sorrir.

Os olhos de Samuel se estreitaram. "Você sempre me pede pra falar. Normalmente, não consigo fazer *você* ficar quieto. Agora você só tá me contando uma parte", Samuel disse, mais alto do que pretendia.

Isaiah se levantou e andou em direção ao balde de água que eles deixavam junto da parede da frente. Tropeçou em uma pá deixada no meio do celeiro e caiu sobre as mãos. Ficou em pé com um pulo, limpou a poeira e procurou o balde. Ele o agarrou e andou de volta até Samuel e se sentou. Bebeu da concha com grandes goles.

"Você vai falar?"

Isaiah sorveu mais um bom tanto de água e engoliu tudo de uma vez. Ela desceu com força.

"Eu não sou um animal, mas eu sei. Eu sei que quando você fica preso num espaço pequeno, você começa a se acostumar a ser pequeno. E as pessoas, elas também sabem, e começam a te tratar como uma coisa pequena. Mesmo que você seja grande como você é, Sam. Eles ainda tratam você como algo pequeno." Isaiah inspirou. "E, ao mesmo tempo que eles te querem pequeno, querem sua coisa grande. Entende o que eu tô te dizendo?"

"Eu não entendo tudo", disse Samuel com uma bufada. "O que você tá dizendo?"

"Eu tô aqui, Sam. Eles não sabem, mas eu tô."

"Eu sei."

"Sabe?" Isaiah olhou para baixo.

"Ele...?" Samuel chegou mais perto dele.

"Eles dizem coisas engraçadas." A testa de Isaiah franziu e ele olhou para o passado que havia acabado de se materializar diante dele, mas que desvaneceu para que ele ainda pudesse ver o agora. "Sentem prazer fazendo as coisas mais detestáveis, Sam. Preto, faz isso pra mim. Preto, faz aquilo pra mim. Eles querem que você trate eles como uma latrina. E sempre, sempre fale como é grande. Me aumenta, eles dizem. E eu não suporto escutar ou ver eles se contorcendo. Dar prazer pra eles enquanto o que eles devolvem é dor." Isaiah colocou a concha de volta no balde. Pegou outro tanto de água. "Ainda assim..."

Samuel endireitou as costas. Perscrutou o rosto de Isaiah em busca de um motivo. Talvez a saliência do queixo, uma contração do nariz, talvez a curva dos cílios dissessem algo sobre por que esse homem tinha decidido, do nada, esmagá-lo e levar o tempo que quisesse para fazê-lo.

"Quando você foi até ele, você andou ou correu?", Samuel

disse. Ele olhou para Isaiah com o olhar aguçado. "E você fica em cima de mim por causa da Puah?"

A boca de Isaiah se abriu e sua língua buscou as palavras certas, mas não encontrou nenhuma. O espaço na frente dele se estreitou. Sua visão, uma fronteira, ainda que imaginária. Por um momento, houve silêncio e tudo que eles podiam sentir era o calor que emanava do nada e um do outro. Isaiah decidiu que render-se era uma opção melhor do que uma ação de retaliação. Ele foi tocar o joelho de Samuel, mas Samuel o afastou no momento em que Isaiah estendeu a mão. Isaiah sorriu e balançou a cabeça. Seus olhos piscaram devagar, pesados. Ele bocejou. Levantou-se como se estivesse prestes a ir embora, mas apenas virou as costas para Samuel e olhou para a porta do celeiro. Em cada mão, seus dedos se mexiam rápido, como alguém tentando ganhar tempo, mas que não conseguia descobrir o que fazer com seu corpo enquanto esperava. Ele começou a murmurar.

"Os homens não têm curva. Nem uma. Da parte de trás do pescoço até a ponta do calcanhar é uma droga de uma linha reta. A coisa mais estranha que você já viu." Ele deu uma risadinha. "Eles fazem um monte de perguntas. Ele me perguntou de você e então eu contei pra ele. *Não adianta mentir*, ele disse. *Porque eu vi com meus próprios olhos*, ele disse. Então contei pra ele: 'Samuel? Ele toca o meu ombro. Eu o abro. Eu o abro bem. Pra ele poder sentir tudo. Ele cai em cima de mim. E tudo parece bom'."

"Por que eu tenho que ouvir isso?"

"Você perguntou."

"Não isso."

Samuel virou a cabeça. Moveu-se para o lado, mais perto do balde de água. Pegou a concha e tomou um gole de água. Depois mergulhou-a de novo e tomou outro. E mais outro. E mais outro. Mal conseguia respirar. Isaiah se virou de leve para ver o rosto de Samuel, bronze à luz da lamparina; contas de suor salpicavam sua testa; as narinas flamejavam. Isaiah se perguntou se deveria continuar falando.

Samuel olhou para ele. Ele se empurrou para trás, para longe do balde. Queria levantar-se, agarrar alguma coisa e destruí-la. Em vez disso, ficou ali sentado, sem querer olhar mais para Isaiah, sem sequer querer sentir o cheiro dele, que não era o cheiro dele. Isaiah voltou para perto de Samuel e ficou de joelhos.

"Você tá bravo comigo?", Isaiah disse a Samuel, olhando seu rosto como se alguma mancha na pele pudesse ter a resposta.

Samuel olhou para as portas.

"Não fica bravo. Esquece o que eu disse sobre a Puah. Eu... eu não queria morrer. Pra você, eu venho livremente."

Samuel continuou a fitar as portas. Então, lentamente, seus olhos se moveram para a parede onde as ferramentas estavam penduradas, depois para os fardos de feno. Por fim, fixou os olhos nos de Isaiah.

"Fala comigo, Sam. Me conta alguma coisa boa", Isaiah falou ao segurar com ambas as mãos uma das mãos de Samuel.

Samuel mordeu o lábio inferior. Olhou para um objeto pendurado na parede. Deixou seu olhar se demorar no machado. Admirou seu formato, sentiu vontade de empunhar sua lâmina afiada. Cruzou as pernas. Isaiah permaneceu ajoelhado e por isso estava mais alto que Samuel. Samuel colocou a mão na coxa de Isaiah.

"Essa saliência bem aqui", Samuel disse.

Isaiah sorriu e tocou a cintura de Samuel.

"Essa curva bem aqui", Isaiah replicou.

"O jeito como seu braço esquerdo se mexe."

"Como seus lábios são macios."

"Seus cotovelos pontudos."

"Sua testa grande."

"A sua nuca onde a pele encontra o cabelo. Especialmente quando você tá se afastando."

"Quando você me toca aqui."

"A vez em que eu tava muito doente para me mexer e você buscou água pra mim pra fazer chá de flor silvestre."

Isaiah lançou os braços ao redor de Samuel. Abraçou-o por um momento antes de chorar em seu ombro. Samuel o abraçou forte, depois o afastou para poder ver o rosto dele. Suas mãos acariciaram o peito dele, depois se moveram para seu umbigo. Isaiah se recostou e Samuel se moveu para a frente e depois pousou a palma da mão na barriga firme de Isaiah. Com o dedo, desenhou os limites do corpo de Isaiah.

"O que você tá fazendo comigo?", Samuel perguntou.

Ele acariciou o rosto de Isaiah e Isaiah se inclinou para a carícia. Isaiah cheirou as mãos de Samuel, beijou-as, agarrou-as e as pressionou contra o seu rosto.

"Eu não tinha a intenção de...", Samuel disse.

"As pessoas nunca têm."

Isaiah rolou para cima de Samuel. Parou por um momento, ficou ali um pouco, apreciando a sensação de ser mais alto para variar. Abaixou-se um pouco, inclinou-se, depois mais um pouco, se perguntando se Samuel deixaria sem exigir que ele fosse ao rio esfregar a imundície de si. Por fim, os umbigos deles se tocaram. Respirando um sobre o outro, as barrigas deles estremeceram ao mesmo tempo; suados, a cada vez que inspiravam, a pele de um descolava da pele do outro e fazia cócegas. Eles riram baixinho.

Isaiah mergulhou em Samuel, lábios e dentes contra o pescoço dele, mãos cerradas ao redor dos pulsos dele. Samuel ergueu as pernas e envolveu a cintura de Isaiah com elas. Com um movimento, virou os dois para ficar por cima de novo e as costas de Isaiah ficaram contra o chão. O pé de Isaiah chutou o balde.

Samuel se virou para observar a água encharcar a terra. Isaiah o agarrou e o puxou para baixo para que seus corpos ficassem pressionados um contra o outro. Samuel se contorceu delicadamente. Sorriu. Olhou para Isaiah.

"Você vai ter que ir até o poço agora", Isaiah disse. Pressionou a testa contra a de Samuel.

"Agora?", Samuel perguntou.

"Então quando?" Isaiah fechou os olhos.

"De manhã", Samuel disse, lábios pressionados contra as pálpebras de Isaiah.

"E o que a gente vai fazer se ficar com sede antes?" Isaiah abriu os olhos, mas só em parte.

Samuel respirou fundo. "Tá bem, então." Ele moveu Isaiah suavemente para o lado. Levantou-se e pegou o balde. Isaiah também se levantou.

"Vou com você."

Isaiah beijou Samuel, depois foi andando na frente.

Samuel observou-o por trás. Sacudiu a cabeça e continuou a andar num passo firme. Quando chegou à porta, olhou para a parede. As ferramentas estavam penduradas em pregos enferrujados, mas lá estavam. Bem ao alcance. Ele olhou para o chão e cuspiu antes de correr atrás de Isaiah.

Macabeus

"Ele mandou me chamar", Samuel disse, quase balbuciando enquanto enchia o cocho com lavagem. Ele a sacudiu sem muito cuidado para fora do balde. Um vapor subiu dela. Os porcos guinchavam e se empurravam para abrir caminho e chegar até a comida. As moscas se juntaram ao redor.

Isaiah congelou, mas só por um momento. Depois voltou a retirar o esterco do curral e a empilhá-lo do outro lado da cerca.

"Eu sei que você ouviu", Samuel disse, abaixando o balde antes de pegar o outro.

Isaiah parou de manusear a pá.

"Sim. E não tenho nada pra dizer. Você não tem escolha. Assim como eu não tenho."

"Você tá errado sobre as duas coisas."

Isaiah olhou para Samuel enquanto ele esvaziava o último balde.

"Não fala isso", Isaiah sussurrou, querendo contar a Samuel que ele já havia se rendido. A batalha já tinha acabado. Não havia mais necessidade. Recuar. Recuar.

"Tem escolhas. Sempre tem escolhas. É que você faz as erradas."

Isaiah sentiu aquilo, como se tivesse sido o punho que Samuel nunca levantou contra ele, não a palma que ainda havia pouco acariciara seu rosto depois de alguma persuasão. A mão áspera, mas de algum modo ainda delicada, que descia até o braço esquerdo musculoso, que era o protetor daquele coração turbulento. Às vezes capaz de tanta bondade — nunca se esqueça do carregador de água. Mas também, o tempo tinha passado e não importava o quanto você tentasse, esse lugar se arrastava para um lugar seguro dentro de você, deixando para trás não só marcas, mas filhotes para serem aquecidos contra a sua vontade pelo sangue de sua própria vida. E nem ao menos te dava o respeito de contar quando eles podiam nascer ou se, quando nascessem, a dor podia se mostrar no jeito como você vê um amante. Ou, antes, no jeito como você permitiu que um amante te visse.

Antes que Isaiah pudesse protestar, à sua maneira, não da maneira mordaz de Samuel, eles viram Maggie descendo pelo caminho. Apesar de mancar, Maggie sempre parecia andar com um propósito. Mesmo que só estivesse passando a caminho do rio ou para ver Essie, ela tinha o rosto severo e o caráter altivo de uma mulher com uma mensagem. Eles só a viram sorrir um punhado de vezes, mas quando sorria, era contagiante. Ela não era uma mulher de grandes risadas, como tia Be, mas os sonzinhos que saíam da boca dela e o jeito como seus ombros sacudiam quando estava entretida pareciam ampliar a alegria de qualquer um por perto. Quando Maggie estava feliz, todo o Vazio tinha um motivo para ficar feliz. E quando ela não estava? Bem.

Isaiah deixou a pá cair e correu para abrir o portão para ela. Quando ela passou pela entrada, pinçou o vestido com os dedos e o levantou para que a barra esvoaçasse um pouco acima dos calcanhares.

"Bom dia, srta. Maggie", disse Isaiah ao fechar o portão atrás dela.

Ela assentiu com a cabeça. Tinha um pano na mão, sem dúvida alguma refeição que havia conseguido tirar escondido da casa-grande. Ela caminhou direto até Samuel.

"Bom dia, srta. Maggie."

"Toma", ela disse.

Maggie podia ser assim. Ela aparentava não ter tempo para cordialidades. Era como se algo dentro dela precisasse chegar rápido ao âmago da questão, precisava que a verdade fosse exposta assim que possível. Entretanto, com Samuel, parecia que a verdade particular buscada sempre tinha alguma bondade junto a si. A bondade de Maggie era espinhosa e desconfortável, mas também era bonito vê-la vindo de alguém que tinha todos os motivos para indignar-se só com a ideia de bondade e dar uma boa cuspida nela.

Samuel olhou para o embrulho com desconfiança. Ele nunca havia feito isso antes.

"Eu não vou mais comer a comida deles", ele disse, tentando amenizar seu tom para que não soasse como um desrespeito a Maggie.

Ela riu. "Então você tá me dizendo que vai morrer de fome? Não tem nada aqui nessa plantação que não seja deles — seja eu que entregue pra você ou não. Melhor aproveitar o que pode."

"Ah, eu vou fazer exatamente isso, srta. Maggie."

"O que é agora?"

"Srta. Maggie, não liga pra ele", Isaiah disse com o cenho franzido.

"Qual é o problema?" Maggie levantou uma sobrancelha como se pudesse sentir que havia calor demais — ou melhor, calor de menos — saindo dos dois. "Isso tem a ver com a tolice do Amos? Essie me disse que ele mandou ela vir aqui trazer paz."

Nenhum deles respondeu.

"Fiz uma pergunta pra vocês."

"A gente sabe como lidar com o Amos", Samuel disse.

"Meu pé", Maggie disse e deu um olhar desconfiado para Samuel.

Samuel a lembrava alguém que ela não via fazia muito, muito tempo. Alguém que ela havia tido o bom senso de tirar da sua mente e trancar para fora, para que não pudesse voltar, não importava o quão educadamente pedisse. Mas, sim, o rosto de Samuel tinha uma característica esquecida: pele brilhante cuja fonte era a própria luz, cílios como uma corça ou algo parecido, olhos tão grandes e ovalados quanto amêndoas e lábios pesados porque o de baixo pendia como uma criança estudando, absorvendo toda a natureza, pois tudo ainda era novo.

No entanto, a atitude dele a lembrava outra pessoa. O jeito como o rosto dele dava boas-vindas, mas se retirava sem nenhum aviso, lhe parecia bem familiar. E aqui estava ela — com um pedido de desculpas, enrolado em tecido branco, em nome de pessoas que estavam além do perdão — pronta para ser arrebatada.

"Você vai pegar isso aqui ou eu mesma vou ter que comer? Eu vim de lá de cima pra você agir assim? Garoto!"

Samuel olhou de relance para Isaiah e então pegou o embrulho de Maggie.

"Obrigado, srta. Maggie", ele disse, a cabeça baixa.

"Aham", Maggie respondeu ao dar as costas.

Quando começou a mancar para longe, uma coisa preta brilhou nas costas dela e fez Samuel recuar, embora ele fosse negar se qualquer um dissesse que o havia visto. Tremeluziu rápido, o pretume, do jeito que a luz pode fazer às vezes quando passa do céu para o galho da árvore e para o chão. E ele disse a si mesmo que foi exatamente isso que aconteceu, que ele viu luz e não sombra — ainda que nenhuma luz que ele já tivesse visto parecesse com a ausência dela e que não tivesse árvores por perto para fazer a luz dançar assim. Mas ele tinha certeza (mas não de verdade) de que não era a sombra voltando para apontar seu dedo torto para ele por causa de algo que ele não fez, negando a acusação sem nem saber de que era acusado. Não. Não era isso. Não podia ser.

Isaiah foi à frente para abrir o portão para Maggie de novo. "Muito obrigado pela sua preocupação. Deixa que eu abro o portão pra você de novo", Isaiah disse. Seus olhos suaves a viam como alguém veria a realeza. Maggie, zelosa, viu isso ali, brilhando nele. Ela apreciou o sentimento, mas sabia que era mal interpretado e que o jovem tinha que entender coisas mais profundas do que pompa e cerimônia.

"Não coloque isso em mim", ela disse muito séria. "A não ser que você queira que algum mal venha."

Isaiah ficou confuso e não entendeu o que havia feito de errado, incerto sobre o que mostrou além da reverência que tinha por ela, mas assentiu com a cabeça ao fechar o portão e a observou caminhar lentamente de volta à casa-grande.

O que quer que Maggie trouxe com ela não estava só no embrulho de pano. Isaiah sentiu isso, mas Samuel sentiu mais ainda. Talvez porque era ele que estava segurando o presente dela ou porque era ele que não viu (*Não, eu não vi!*, ele continuava a dizer para si mesmo) a não-é-uma-sombra-não-pode-ser nas costas dela. De qualquer forma, qualquer briga que estivesse se formando dentro deles parecia ser uma preocupação secundária agora.

"O Timothy mandou me chamar", Samuel resmungou de novo.

Isaiah respirou fundo e segurou o ar. Deixou sair. Depois, porque o que mais ele poderia fazer, deu de ombros. Em silêncio, a dor sacudiu seu corpo.

"Não", Samuel disse, parado no mesmo lugar, segurando o pano na mão esquerda.

Não o quê, chore ou dê de ombros? Isaiah não sabia e estava cansado demais para perguntar. Mas ele pensou sobre as maneiras em que seu corpo não era seu e como essa condição se mostrava unicamente para todos cuja pessoalidade não era apenas disputada, mas negada. Rodopiando debaixo dele estavam as maneiras pelas quais não ter direito legal a si mesmo te diminuía, sim, mas de outra forma, condenava aqueles que inventaram a desconexão. Ele tinha esperança. Talvez não nesse plano, mas com certeza em outros — se é que existiam outros. Combinar duro com duro não fazia nada além de criar destroços. Mas ser suave, ao mesmo tempo belo, era sujeitar-se a ser dilacerado pela coisa mais dura. Que outra resposta havia a não ser tornar-se algum tipo flexível? Esticar mais para que houvesse muita dificuldade em tentar rompê-lo?

Samuel era uma coisa dura. Não fazia sentido tentar transformá-lo em qualquer outra coisa. E ele tinha todo o direito, mesmo que às vezes ele não entendesse como sua rigidez, aquela porta impenetrável que Puah talvez tenha sido a primeira pessoa a notar, foi construída na direção errada. Mas algumas pessoas pensavam que duro era a resposta e acreditavam que, em vez de arquear, você deveria tentar quebrá-los ao meio porque eles eram confiantes de que você não conseguiria.

Isaiah, no entanto, conhecia a suavidade esporádica mas prestativa dento de Samuel. Cobertura de solo rochosa, sim, mas de solo generoso.

E Samuel só confiava em parte esse conhecimento a ele — preferia, na verdade, que Isaiah não soubesse nada. Então, algumas coisas ele guardava para si mesmo. A sombra com a mão apontada seria uma delas. Estava no celeiro, ele podia admitir isso, mas não estava na floresta ou montada nas costas de Maggie como um bebê amarrado.

Um suspiro mútuo os liberou de ter de continuar a discussão. Ninguém tinha de ceder voluntariamente ou se vangloriar de uma vitória. O inspirar e o expirar de ar forneciam espaço suficiente para ambos se apegarem a um pouco de dignidade mesmo no meio da profanação.

Samuel olhou para o pacote em sua mão. Olhou para cima e fez um sinal com a cabeça para que Isaiah o seguisse enquanto ele andava até a parte de trás do celeiro. Isaiah foi atrás dele, seguindo os passos de Samuel, andando neles às vezes e às vezes fazendo seu próprio caminho no meio da chicória e do eufórbio. Quando chegaram ao centro dos fundos do celeiro, onde o sol brilhava de raiva e o buraco no nó na tábua que os traíra era uma espécie de memorial, Samuel parou. Isaiah andou um pouco mais, até onde havia um pouco de sombra por causa de um pinheiro amarelo, ainda com menos de trinta anos, que estava no processo de se espalhar por lá, e achou seu cheiro reconfortante por causa da maneira como escondia o seu.

Ele se virou para olhar para Samuel. Movendo-se contra sua natureza porque havia a possibilidade da sombra acusadora, ele caminhou até onde Isaiah estava e se sentou ao pé da árvore. Isaiah se sentou ao lado dele. Samuel deixou o colo reto e desatou o pano de Maggie. E o que eles tinham aqui? Um verdadeiro banquete de ovos cozidos, presunto frito, geleia de amora em fatias grossas de pão, duas nectarinas inteiras e um grande pedaço de bolo marrom.

"Misericórdia", disse Isaiah.

Samuel não queria se lembrar da sombra que não viu. Pegou uma nectarina e fez um gesto para Isaiah pegar uma para si. Quase ao mesmo tempo, eles as morderam. O suco escorria pelo rosto deles. Isaiah limpou o suco, mas Samuel não. Ele olhou para a frente, para a parte de trás do celeiro.

Nenhum deles falou, mas os dois continuaram a comer, pegando coisas do pano, devagar, com cuidado, um com mãos agradecidas, o outro com mãos criteriosas, como um ritual, mas sem oração porque não precisavam, e o respeito era dado livremente.

Mas ainda assim, era solene, santo, como uma última-última ceia.

A revelação de Judas

Às vezes, no Mississippi, talvez no mundo inteiro, com exceção de um outro lugar perdido na memória, o céu ficava pesado. Ficava denso com algo invisível, mas que com certeza era sentido. Maggie olhou para cima enquanto varria o alpendre e teve a impressão de que algo estava olhando para ela de volta. Estava sorrindo, o que quer que fosse. Mas o sorriso não era do tipo que traz conforto. Era o mesmo sorriso que um homem tinha às vezes, o tipo errado de homem, o tipo cujos lábios arqueados eram um aviso de que ele era propenso a atos imprevisíveis, que ele pensava que tinha o direito de tocar o que quisesse tocar, tomar o que quisesse tomar, estragar o que quisesse estragar, e tudo isso era seu direito de nascença apenas por existir. Ela não sabia de onde os homens tiravam essa ideia. Mas era compartilhada com qualquer um que estivesse disposto a seguir.

Talvez o peso fosse só a chuva se aproximando. Maggie cheirou o ar e sim, ele tinha o odor de umidade e terra que antecedia a tempestade. Mas havia outra coisa ali também: um cheiro brilhante e pontiagudo, como uma estrela colhida da noite e trazida para baixo antes que se enfraquecesse para sempre. Ninguém poderia tocá-la, no entanto, pois era quente o bastante para chamuscar o cabelo. Algo estava chegando. Maggie encostou a vassoura na parede da casa-grande e enfiou a mão no bolso do avental. Tirou dali um punhado de ossos de porco. Desceu as escadas. Limpou um trecho de terra usando o pé para afastar seixos e folhas mortas. Abaixou-se o máximo que pôde antes de seu quadril levá-la a fazer uma careta. Depois jogou os ossos e fechou os olhos. Quando os abriu, ela piscou. Então piscou de novo. E de novo e de novo. Por fim, os olhos dela se arregalaram.

Não, não pode ser! Mentiras! Ele não ousaria.

Dentro de sua choupana, Amos acordou com uma dor chata pulsando dentro da cabeça. Era do chacoalhar todo que ouviu no sonho. Sem visões, sem cor, apenas o som de chocalho, como ossos, que estava fora de ritmo com a respiração dele, mas ele não leria isso como um sinal, pelo menos não como um mau sinal. Ele se virou em seu estrado, para longe de Essie e Solomon, e a rigidez entre as pernas dele o fez pensar em tia Be e se deveria ir até ela tão cedo pela manhã, o que ele nunca havia feito porque a noite era o quinhão deles. E era estranho para ele que Essie não tivesse dito uma palavra, não fez uma única pergunta sobre onde ele vagava no escuro, noite adentro onde James e seus companheiros chacais estavam prontos para inventar um motivo, qualquer motivo, para estrangular, chicotear ou atirar.

"Eles tentaram correr, Paul", eles diriam de pessoas cujas pernas estavam tão estraçalhadas pelo campo que mal conseguiam se arrastar, muito menos rumar para o Norte. E Paul os levaria a sério não porque acreditava neles, mas porque a alternativa era acreditar nas pessoas estraçalhadas, e tanto Deus quanto a lei, bem como a propriedade da terra, o proibiam de fazer isso.

Amos não era um tolo. Ele percebeu que o deus ao qual agora servia não era a vontade de seu povo. Mas sabia que poderia convencê-los. Mais do que venerados, todos os deuses queriam ser adorados, e o povo dele tinha isso em si mais do que o de Paul: tolerar mais, regozijar-se mais, reverenciar mais, entregar-se mais; subir no alto de uma pira dourada e queimar mais. Ele tinha visto isso no círculo de árvores. A maneira como seu povo se balançava, a maneira como se sacudia, a maneira como se ofereciam de boa vontade ao céu nebuloso acima deles e a maneira como cantavam juntos numa harmonia que não havia sido ensaiada porque pessoas que compartilhavam do mesmo quinhão amargo se conectavam de formas não vistas pela natureza.

Ele cobriu a nudez não por vergonha, mas por obrigação. O mestre Paul acharia aquilo uma selvageria e a sra. Ruth, talvez, um convite. Cobriu-se com roupas puídas, mas ao menos estavam limpas. Ele mesmo as havia batido nas pedras e as deixou de molho na água de lavanda. Não podia pedir que Essie fizesse isso e fosse bondosa com o fardo a que dava de mamar em seu peito; seria demais.

Ele se vestiu silenciosamente enquanto Essie e Solomon roncavam e arquejavam adormecidos, indiferentes ao seu despertar. Andou até a porta, puxou a cobertura para o lado e saiu para a manhã nublada e úmida. A *chuva vai tomar conta disso*, pensou, sentindo a viscosidade que minava a força e salpicava pingos em sua testa. Olhou para a direita, apertando os olhos, para ver a coisa vermelha e grande que era o celeiro. Projetava uma sombra vaga com a luz do sol nascente atrás dele. Ele balançou a cabeça. Se eles tivessem escutado. Se eles tivessem considerado. Se tivessem colocado as pessoas acima de si mesmos só um pouco; desistido do que todo mundo que valia o seu peso em algodão teve que desistir para sobreviver relativamente ileso — ainda que "ileso" fosse uma mentira sã e reconfortante.

Eles eram como filhos para ele, Isaiah em particular, que era sua responsabilidade, dado a ele por uma mãe que não disse a Amos qual era o nome dela, mas que conseguiu sussurrar-lhe o nome do filho, que Amos achou que soava como um uivo. Ele era, entretanto, encorajado pelo fato de que aquela mulher tinha conseguido se agarrar aos seus costumes antigos mesmo nos cumes azuis da Geórgia e tinha confiado a ele a tarefa de assegurar que seu filho os carregaria consigo ainda que só no nome.

Ele estava esperando até que Isaiah se tornasse um homem, ou se ele tivesse o pressentimento de que um deles seria vendido antes de Amos revelar Isaiah para si mesmo. *Você sabe que seu nome é Kayode? Haha! Não, não ki-o-TÊ. Ka-io-DÊ. Sua mãe me disse que significa "ele traz alegria" na língua antiga da mãe da sua mãe. Deve ser porque, no mundo triste-triste dela, você era uma das únicas coisas que fazia ela sorrir de verdade. Sim, senhor. Ah, o que é? Onde ela estava? Na Geórgia, com certeza. Sim, seu pai também estava lá, mas é melhor eu não contar o que eu vi naquele dia úmido e ganancioso tirando que eu me lembro disso: o seu rosto é o rosto dele.*

Teria que ser a celebração silenciosa deles, algo que Isaiah poderia ter levado de volta para o celeiro e compartilhado com Samuel, algo que o próprio Amos poderia levar para Essie, ajudando todos eles a suportarem a procriação que tinha de ser feita para que eles pudessem *viver* viver, mesmo que em pequenas explosões no escuro, em vez de apenas sobreviver.

Ele não queria usar isso como extorsão. Ele viu o olhar no rosto de Isaiah quando não quis revelar a verdade. Ali, então, ele se recordou do rosto do pai de Isaiah: todo retorcido como um rosto cuja alma tenta sair do corpo. A diferença entre tristeza e pesar estava ali, uma caverna no rosto que ameaçava dar desgosto a todas as testemunhas ou, na nova língua de Amos, a ameaça de ser transformado em sal vivo, ser como um mar vertical, mas imóvel.

Na nova língua do povo de seu mestre, ele havia contemplado uma trindade diferente. Se a natureza de Samuel e Isaiah aflorava apenas na companhia um do outro, então por que não lhes permitir um ao outro e o prazer de mais um? Samuel e Isaiah, pai e filho; ele não tinha certeza de qual era a ordem ali. Samuel era maior, mas nunca se podia saber com as sombras torcidas. Puah poderia ser o Espírito Santo. Três para fazer um. Um de três. Esse podia ter sido o caminho, a verdade, a luz.

Mas não. Seu instinto, ou seja, seu deus, disse a ele que isso seria ainda mais obsceno do que já acontecia no covil do bezerro de ouro, abriria cavernas que levavam ninguém sabe para onde. Além disso, Amos sabia que quase nenhum deles aceitaria. A vergonha era um mestre robusto com pernas fortes e um abraço apertado.

Ele estava quase pronto para aceitar a derrota — até que sonhou que via Essie na choupana deles, virada para o lado, encarando a parede, Solomon engatinhando aos pés dela e puxando a barra do vestido.

"Paul me viu", ela murmurou. "Ele *me viu*."

Pronto. Samuel e Isaiah o deixaram sem alternativa. Eles haviam rechaçado todas as súplicas, não importava quão razoáveis. A teimosia da juventude os deixara incapazes de se comprometerem. Se estavam determinados a transformar isso numa guerra, então esta era a única estratégia de Amos: sempre, sempre, a maioria deve ter sua segurança garantida em relação à minoria.

Esse seria seu último ato, ele acreditava. Sim, era o que ressoava dentro dele. Sua boca começou a pender para a caverna que ele esperava nunca ver outra vez. Olhos nebulosos, ele impediu tudo. Esfregou o rosto com as mãos e, surpreendentemente, assumiu o peso das nuvens do céu. Nelas, porém, viu alguma coisa escura aguardando por ele, pronta, parecia, para erguer sua espada em batalha se precisasse.

Maggie ergueu a mão diante de si, quase esperando que esse gesto, apenas, parasse Amos. Ela havia esquecido por um momento como o deus de Paul era poderoso. E ela estava, afinal, pisando sobre a terra que era agora dele, a mesma terra em que seu deus travou uma guerra, derrotando os deuses que costumavam reinar aqui em seu próprio território, o que Maggie nem sabia que era possível. Com toda a força que os sustentava bem abaixo dos pés deles, como era possível que esses deuses antigos, que não eram tão estranhos aos deuses do povo dela, sucumbissem ao vigor dos mais novos e menos sábios? Que chance teria ela contra esse tipo de poder, afastada como estava da terra em que deveria ter nascido e das pessoas que deviam tê-la gerado?

O que ela não entendia era como Amos havia conseguido cair nas graças desse deus. Ele que havia militarizado seu povo — armado-os com olhares frios, canhões, navios que conseguiam sobreviver às tumultuosas águas cinzentas e suas instruções encadernadas em couro — e os levou até a recompensa. E o que a recompensa significava para eles era tudo: não só a terra, mas as árvores, os animais, as vozes, as crianças. Esse deus havia expressado nada além de desdém por eles e, ainda assim, aqui estava, brilhando plenamente sobre Amos de tal maneira que ele não prestou nenhuma atenção na mão dela que ficou ali erguida por vozes e sombras.

"Não atravesse esses ossos!", Maggie disse alto, sem se importar, no momento, com quem a ouvia.

Amos continuou a andar na direção da casa-grande. O queixo de Maggie caiu. Ela recuou um pouco. Rapidamente, ela pegou um graveto e desenhou um círculo com um X dentro, depois cuspiu. Amos passou reto. Atordoada, ela recuou ainda mais. Enfiou a mão no bolso do avental e tirou uma bolsinha. Dentro dela havia uma pedra de sal. Ela a arremessou no chão na frente de Amos e, enfim, ele parou. Ele olhou para a bolsinha na frente de seus pés.

"Atravesse isso e nenhum de nós vai poder parar o que vai acontecer a seguir", Maggie disse.

"Eu devia saber que você era a nuvem escura", Amos disse, calmo. "Isso é um erro, Mag. Não tenho problema com você."

"O que você vai fazer — eu tenho um *problema* com *isso*." Ela colocou as mãos nos quadris.

"Eu fui paciente. Eu tentei..."

"Paciente? Você tá falando palavras deles agora; fala as nossas."

Amos afastou uma mosca, ou talvez fossem as palavras de Maggie. Em qualquer caso, a mão dele subiu até o rosto de uma vez só. Quando ele finalmente parou, Maggie o olhou de cima a baixo.

"Você não era assim antes. Eu tinha visto você, tão carinhoso com a Essie, totalmente dentro da sua qualidade de homem, sem um pingo de maldade em você. Mas agora", Maggie balançou a cabeça. "É um frio que gelou tudo por dentro. Seus olhos tão começando a ficar azuis; eu tô vendo. Azuis, tá me escutando?"

"E o seu círculo, Maggie? Você preferia ver ele expandir ou quebrar?"

Não, a tia Be não ia contar pra esse homem! Só pra nós! Essas são as regras. Ah, aquela menina é outra coisa! Estava tudo bem. Maggie tinha um conhecimento privado só dela.

"Você estava no escuro ou na luz?", Maggie disse, referindo-se à unção particular que pairava sobre a cabeça de Amos como uma horda de mosquitos. "Você caiu pra frente ou pra trás?"

Amos não respondeu, mas o silêncio dele disse a Maggie o que ela precisava saber.

"E você ainda prestou atenção? Você é mais esperto que isso."

Amos suspirou e se virou, olhando além do salgueiro, além do campo de algodão e dentro do bosque, na direção do círculo de árvores. Maggie sabia o que ele estava fazendo. Estava juntando forças para passar pelo sal cuja ferroada o deus dele conhecia muito bem. Ela esticou a mão e tocou o ombro de Amos. Ouviu algo. Era a voz de Amos, mas não saía da boca dele. Vinha do céu — não, das próprias nuvens. E foi isto o que aconteceu quando o Amos do céu falou:

Corações aceleraram depois pararam depois aceleraram de novo. Houve entradas penetrantes de ar e então expirações longas e úmidas. As pessoas se levantaram com a rapidez de um raio e gritaram mais alto do que lhes era permitido. E depois olharam para o céu e fecharam os olhos. Algumas delas se balançavam. Algumas delas choravam. Tudo isso não passava de uma trégua. Um momento longe enquanto ainda estavam ali e, portanto, necessário, inestimável.

Maggie afastou a mão. Ficou parada ali, tremendo, furiosa, quando Amos se virou para encará-la.

"Você vê?", ele perguntou. "Você vê?"

Ela o esbofeteou. Bem no rosto. Ela o esbofeteou com força suficiente para o cuspe voar da boca dele e ela viu exatamente onde caiu e ficou feliz porque teria alguma utilidade. O queixo arrebitado dela disse a ele que qualquer coisa que ela tenha visto, ou melhor, ouvido, das nuvens, importava menos do que aquilo que ela podia perceber no chão. Ela mostraria para ele.

Este era o impasse deles: cada um respondia a uma desfeita que alegava ter sido invocada pelo outro. A verdade perdeu a batalha tanto para o tempo quanto para as pessoas que nunca entenderam o sentido do ritual. Ou que o entendiam bem demais.

Amos, cansado de brandir o que sabiam um contra o outro, decidiu que era a hora de arriscar. Olhou Maggie direto nos olhos, depois olhou para baixo. Ele pisou bem na bolsinha de sal antes de chutá-la com toda a força para o mato. Maggie se sacudiu em descrença.

"Você... você salvaria este exato instante e abriria mão do longo amanhã?"

Amos manteve a cabeça erguida e seus lábios tomaram a forma de desafio, ainda que houvesse um pouquinho de medo neles. Ele colocou Maggie de lado da maneira mais gentil que pôde e ela deu um soco nele, acertando-o nas costas. Ele tropeçou, mas não se desviou. Seguiu em frente. Maggie agarrou a camisa dele e ele a puxou. Ela foi para cima dele de novo e ele a girou e ela caiu no chão. Ela cerrou os punhos e amaldiçoou Amos no fundo da garganta. Ele respondeu com sua própria maldição. Ela olhou para trás para ver se conseguia ver onde a dele caíra.

Não conseguiu.

Enquanto isso, Amos subiu as escadas da casa-grande e Maggie se arrastou no chão. Os primeiros pingos de chuva começaram a cair.

Maggie segurou o peito. *Ele vai entrar pela porta da frente! Ele tinha a iniciativa (ele chamava de "o sangue") de entrar pela porta da frente como um toubab.* Isso apenas confirmava o que o espírito de Maggie tinha lhe contado esse tempo todo. A paz era enganosa. Havia uma questão de sacrifício envolvida, mas raras vezes o pacificador sacrificava tanto a si mesmo quanto estava disposto a sacrificar alguns outros, levá-los até a fogueira para serem queimados, confortando-os enquanto o fogo estava prestes a ser ateado para que tudo na terra e nos céus pudesse ver e dizer a eles, *Não se preocupem, a glória está próxima.*

Foda-se a glória! Dê-nos o que é nosso por direito, e o que é nosso por direito é a nossa cor de pele, pele, o cheiro do nosso hálito, respiração, o piscar dos olhos, os passos dos nossos pés! Quem quebrou a aliança com a criação de tal maneira que uma pessoa pudesse ser uma vaca ou uma carruagem? Liberte-se desse lugar de desonra em que a dor de outra pessoa é a sua sorte. Levante-se, ouviu? Limpe a latrina do seu espírito e prepare-se para nos deixar em paz! Caso contrário, você não nos deixa alternativa.

Essas palavras estavam na cabeça dela, mas vinham de outro lugar. Vozes, sim; mais de seis.

Enquanto Amos se preparava para passar pela porta, Maggie lutava para ficar de pé. Ela olhou para o celeiro. Os ossos de porco ainda estavam no chão, mas durante a briga com Amos, eles foram rearranjados. Ela mancou até eles e respirou fundo. Havia um novo presságio. Ela assentiu com a cabeça e se virou para ir até o celeiro tão rápido quanto sua dor permitisse.

Na cabeça dela, as vozes continuavam: *Não se aflija, Maggie. Você sabe que aguentou com toda a força que pôde.*

Amos estava emoldurado pela porta. E o que era entrar pela porta da frente e marchar orgulhosamente, peito para fora, mas com a cabeça pronta para se abaixar a qualquer momento? Eles permitiam que Maggie fizesse isso como encarregada da casa, portanto havia um precedente. E depois que ele tivesse ido embora para algum lugar distante, onde os ossos exauridos descansam e a alma cansada era recebida com braços abertos no peito calmo de Abraão, algum outro que viria depois dele teria um caminho pelo terreno traiçoeiro. E Amos, do alto da majestade do que ele, e só ele, chamava de Cenáculo, sorriria como Deus sorriu, porque ele também veria que o que fez era bom.

Ele abriu a porta e entrou. Passos firmes e lentos, sem deixar sujeira no chão; Amos era cuidadoso. Ao chegar perto da porta de carvalho do escritório de Paul, através da qual ouviu o farfalhar de papéis, Amos notou uma marca. Era pequena o suficiente para ser quase imperceptível. O símbolo de uma foice e um raio que não era maior que um casulo de gorgulho entalhado bem no centro da porta. Amos soube imediatamente que era algum tipo de runa, talvez simbolizasse o Senhor, mas o Senhor não havia pedido que não se entalhassem imagens que não fossem da Sua mão ou palavra? Não colocar ninguém antes Dele significava que todos os deuses antigos, todos eles, tinham de morrer, fosse na quem-deu-mesmo-esse-nome África, ou na Europa, ou mesmo aqui, neste lugar falsamente chamado de América.

Hum. Talvez um dia ele pudesse reunir a coragem para perguntar ao mestre Paul sobre isso. Talvez quando o mestre Paul estivesse em um de seus humores mais sóbrios, depois de ter provado o calor inebriante dos licores que ele tomava gentilmente depois de um longo e árduo dia dizendo às pessoas que trabalhassem mais. Sim, esse era o melhor momento para descobrir, quando Paul estivesse bem e tranquilo e a pergunta de um preto não seria vista como heresia.

O Paul me viu.

Uma Sagrada Trindade.

Amos ergueu as mãos em prece.

Vai em frente, Amos, bate na porta. Muito tempo atrás, Moisés também liderou seu povo através das águas furiosas. E todos eles chegaram, purificados, bem ao outro lado.

Crônicas

O primeiro erro que vocês cometeram foi tentar argumentar. Vocês nos ouvem?

Vocês tentaram entender a origem, escutar as batidas, encontrar o ritmo de algo que se originou no caos (nunca, nunca olhe para o coração do que não tem um coração para falar sobre). Tolice.

Vocês buscaram a natureza de algo que aconteceu por acidente, por isso não tem natureza nenhuma. As coisas sem uma natureza sempre procuram por uma, entende, e só podem obter uma por meio da pilhagem e depois consumo. Elas têm um nome. Todas elas têm um nome: separação.

Vocês foram avisados.

Nisso, há muito pouco que podemos dizer a vocês dado o nosso isolamento intencional. É por isso que ela está ali, sabe, a floresta: para insular, para proteger. Embora como vocês já deduziram ela não seja páreo para a curiosidade. Eles rolaram das grandes montanhas e foram trazidos pelo mar largo. Fomos atacados pelos dois lados. Estávamos condenados.

Há muitas histórias. Essas histórias são muito mais velhas que nós. Não podemos lhes dizer com certeza qual delas é verdadeira. O que podemos verificar é o resultado. O resultado é sempre o mesmo: no final, morte. Mas antes da morte, o indizível.

Há muitas histórias para contar. Aqui está uma:

Ele estava proibido de se envolver nas práticas que o afastavam de seu povo e o levavam ao covil de seu fim, mas ele era arrogante e se recusava a prestar atenção nos avisos. Ele tomou mulheres e as sujeitou a coisas sem o consentimento delas. Esses estavam entre os primeiros estupros. Dessas blasfêmias colossais nasceram crianças sem as nossas marcas sobre elas. Não era culpa delas, mas o flagelo era inegável. Por mais horrível que fosse, essa não era nem a parte difícil.

A parte difícil era compreender que todas as crianças abandonadas procuram vingança.

E a maioria conseguirá.

Bel e o dragão

O navio balançou e deixou todos enjoados, mas a coisa toda já cheirava a enjoo. Pássaros estavam confusos. A podridão os fizera acreditar que havia um banquete à disposição quando não havia. Enlouquecidos, eles se empoleiravam nos mastros e bicavam o cheiro, bicos batendo para o nada de início, depois bicavam uns aos outros antes de por fim mergulharem no oceano e às vezes voltarem, as bocas cheias de algo diferente de água salgada. Felizes, então, de voar para longe, mas ainda confusos pelo persistente e sedutor odor de morte.

Vinha do estômago do navio onde nem mesmo os olhos dos pássaros eram aguçados o bastante para penetrar. Escondido, mas não era segredo para aqueles com outros tipos de apetite. A tripulação, mal-humorada e rude, entoava canções grosseiras e mesmo essas só conseguiam chegar ao fundo com muita força. A melodia da dor, na língua estranha de um povo insaciável. Risadas que feriam escorriam pelas tábuas para as correntes e para a carne ainda não digerida na barriga. Onde está a esperança? Presa nas costelas, que os segurava no lugar quando eles queriam ser cagados para fora — sim, até mesmo ser cagado para fora seria melhor que o sufocamento que permitia que ainda respirassem.

Alguém gritou no escuro, uma voz que Kosii não podia entender, mas seu ritmo era familiar, falava a suas partes mais negras em meio à incompreensão. Os lampejos de luz que invadiam o lugar — quando um dos tolos sem pele descia para conferir as correntes e trazer água e gororoba intragável — davam-lhe a oportunidade de capturar vislumbres dos arredores: outros corpos acorrentados a ele e ao redor dele. Entre inalar e vomitar o fedor, e pálpebras cerradas pelo esforço, ele abriu os olhos e a luz machucou, também, mas ele olhou ao redor para ver se havia alguma pessoa marcada como ele com o símbolo Kosongo da eternidade: a cobra beijando a própria cauda e a mulher no centro. Mas havia sombras demais. Havia lamento demais, e homens demais chorando, e mulheres demais gritando, e pessoas demais caladas pela morte. Ele não podia se agarrar a quem ele sabia que ele era. Havia uma poça de sangue no chão, afinal, e a mulher perto dele, grande e grávida, tinha aberto as pernas o máximo que podia, o que não era suficiente, e os pés do bebê estavam saindo primeiro. Se houvesse parteiras entre eles, elas também estariam acorrentadas. A mãe dele pegava bebês e ele observava. Ele poderia ter ajudado, mas não conseguia erguer as mãos. Então o bebê morreria, e ele assistiria sem sequer poder dizer à mulher que lamentava a perda dela, porque ele não falava a sua língua e, quando por fim tivesse encontrado um jeito de colocar a mão no tornozelo dela depois de puxar e puxar as correntes, ela teria perdido muito sangue e ele estaria tocando um cadáver descoberto, não oleado, e apenas os anciões tinham permissão para fazê-lo. Ele só poderia lamentar e esperar que, nos seus últimos momentos, ela soubesse que era por ela e pelo bebê.

Ele dormia um sono insone, olhos que nunca se fechavam por completo, corpo que nunca descansava de verdade. Não conseguia despreparar-se para o tumulto que poderia, a qualquer momento, deitar-se ao lado dele e de todos os outros como um amante zeloso.

"Elewa", ele sussurrou.

Perdera-o de vista na praia. Eles, os canibais fantasmas, haviam queimado tudo: as bengalas de Semjula, os tambores da mãe, as mantas do pai. As joias reais e os metais das pontas das lanças eles roubaram: adornaram-se de maneiras profanas com eles, carregaram-nos na boca, pretendiam derreter as peças para usar como dentes. Demonstrações espalhafatosas de ignorância, nenhum respeito pela idade dos itens, como eles foram passados por centenas de anos de mãe para filho, de pai para filha, cada um carregando um pedaço daqueles que os portaram, azul, vermelho, gentil, forte, antes brilhantes, mas agora roubados de seu lustre, corrompidos nas mãos encardidas de ladrões, criminosos triunfantes que haviam criado grandes navios, viajado do universo distante, mas não tinham o bom senso de lavar as mãos antes de comer. Vergonhoso.

Kosii e Elewa haviam acabado de tropeçar, exaustos, para fora da floresta e já estavam separados por dez pessoas, na fila das coleiras de aço ligadas umas às outras. Os homens sem pele até haviam colocado dispositivos covardes em Semjula, cujo pescoço havia sido feito apenas para turquesa, conchas e o abraço de uma criança. As pessoas precisavam segurá-la e *ainda assim* os cortes eram profundos.

De seu povo, ele viu apenas Semjula e, no fim da fila, Elewa, que estava abatido e ferido. Ele guardou na memória cada um dos lugares em que Elewa fora marcado, pois ele retribuiria seus captores na mesma moeda. Procurou freneticamente por sua família, pela rei Akusa, mas só viu rostos de aldeões vizinhos e de outros que deviam ser de terras remotas e distantes, também roubados. Não importava. Cada um deixava pegadas em uma praia que ele sabia que nenhum deles veria novamente, e a água do útero não lhes daria sequer a decência de deixar suas pegadas intocadas para que a terra sempre se recordasse do formato de seus filhos.

Cada vez que ele se virava para olhar para Elewa e reconfortá-lo, um dos peles estranhas gritava ou batia em Kosii. Eles tinham sorte de tê-lo acorrentado. Mas todas as correntes seriam afrouxadas em algum momento. Embora ele se considerasse um homem complacente que buscava soluções e camaradagem, essas pragas ambulantes, esses mortos ressuscitados não haviam feito nada para merecer a natureza gentil dele. A cada passo que dava, eles apenas ganhavam partes adicionais de sua ira — e eles pareciam frívolos quanto à possibilidade, como se não imaginassem que ele pudesse ser uma ameaça, não enquanto eles segurassem com firmeza os armamentos que trovoavam como os céus.

Um por um, eles foram carregados em um dos navios, maior do que qualquer coisa que Kosii já tinha visto na vida, de alguma forma capaz de flutuar sobre o útero como se não tivessem peso, algum tipo de feitiço poderoso. Eles foram levados para dentro da umidade do gigante enfeitiçado onde os roedores tagarelavam e corriam, e onde cheirava a morte da alma. Eles seriam comidos, ele tinha certeza. Esses mortos revividos os capturaram como fonte de alimento, eles se renovariam e recuperariam o espírito, o vigor e talvez a cor, ao ingeri-los. Talvez nem lhes dessem a honra de matá-los primeiro e os comeriam vivos enquanto eles observassem a si mesmos sendo consumidos.

Ele achou que seus olhos estavam acostumados à escuridão, mas essa era de um tipo completamente diferente. Essa escuridão não tinha nada a ver com a noite de tinta ou sombras ancestrais ou o ébano de companheiros e amantes. Não, essa escuridão vivia dentro dos captores como um abismo que nada poderia preencher, não importava o que se jogasse nele. Mas isso não os impediu de tentar, de inventar coisas para tentar. Mas não uma ponte. Eles haviam decidido em algum momento nunca serem tão criativos, pois o puxão para baixo era forte demais, havia acariciado partes secretas deles de maneira flagrante demais para desistir. Então eles empurraram tudo para dentro do buraco, às vezes até os próprios filhos, antecipando o som que indicaria que um fundo havia sido alcançado e eles poderiam alegrar-se com o fato de que a escuridão também tinha seus limites. Mas esse som nunca chegava. O que chegava no lugar dele era o assobio das coisas ainda caindo, para sempre, sem fim.

Esse era o tipo de escuridão que engolia Kosii agora, enquanto ele se deitava com os outros cativos por todos os lados, acorrentados uns aos outros, presos em lugares onde não havia nem espaço para levantar a cabeça ou desculpar-se para passar resíduos. Dobrar um joelho significava bater nas ripas de madeira acima ou na pessoa ao lado. Prostrar-se era a única resposta; imobilidade, a única aflição. Os insetos e roedores por vezes rompiam os períodos de sede e fome.

Kosii agradeceu aos ancestrais por não poder ver a si mesmo. Nenhum lago ou rio para espiar e ver seu rosto refletido de volta. As coisas que o faziam sorrir eram agora alheias demais à sua natureza para falar a respeito, muito menos olhá-las. Pessoas tão rebaixadas deveriam pelo menos ter o privilégio da distração. Quem poderia se ver sendo devorado e viver para contar às crianças? Todas as testemunhas estavam mortas; o testemunho terminaria aqui.

Por que a notícia dos ladrões de vida não tinha chegado à aldeia dele a tempo de montarem uma defesa adequada? Talvez fosse porque algumas das outras aldeias desprezavam a rei Akusa. O povo Kosongo tinha sido um dos poucos a manter a ordem original, e alguns dos outros reis se enfureceram por uma mulher ter se denominado assim. Esses homens haviam sido despojados de suas memórias com tanta certeza como se alguém tivesse cortado suas cabeças com malícia e permitido que deles fosse drenado tudo que lhes havia sido passado, por milênios, através do sangue. E a vergonha disso era como teria sido fácil recuperar tudo se qualquer um deles estivesse disposto a reaver a areia manchada logo abaixo de seus pés. Mas eles eram beligerantes, o que alimentava o despeito.

Então foi a maldade, concluiu Kosii, que permitiu que fossem deixados abertos para que qualquer coisa entrasse e os agarrasse, garras penetrando em suas entranhas.

Ele desejou poder amaldiçoar em todas as línguas para que tanto os ladrões de vida quanto os traidores que compartilhavam suas correntes sentissem a ira do universo. Ele não tinha umidade suficiente na boca para cuspir.

"Elewa", ele disse o mais alto que pôde com a garganta ressecada.

O silêncio que respondeu o perfurou em lugares estranhos: as palmas das mãos, a nuca, as têmporas. Não havia sentido em lamber os lábios. A saliva secou. Se ao menos houvesse umidade suficiente para lágrimas.

"Por quê?" era a coisa que alfinetava a parte inferior das costas e assegurava seu desconforto. Ele não conseguia pensar em uma única traição que eles cometeram que pudesse explicar essa situação. Por que os ancestrais não os avisaram? O deus dos sem pele era poderoso, então, mesmo em seu estado solitário. Kosii estremeceu diante do poder do deus de três cabeças, que conseguira bloquear os ancestrais com tanta simplicidade quanto uma nuvem que pode se sentar na frente do sol, consumir os raios e lançar uma sombra sobre tudo. Ele tirou um pouco de conforto de saber que as nuvens passam e em algum momento o sol recupera o reinado. Mas ele também sabia que isso levava tempo e o plano em que esta batalha estava sendo travada se movia em seu próprio ritmo. O que parecia geração após geração para ele e seu povo era, para os ancestrais, apenas um piscar de olhos. Sua certeza vacilou. À altura em que derrotassem a coisa de três cabeças, os ancestrais reconheceriam as pessoas que colocaram na batalha com o Cabeça-Tripla para salvá-los?

Essas pessoas ressuscitadas; a falta de pele e os apetites peculiares delas assustavam Kosii. Ele nunca ouviu falar de tal povo.

Não.

Espere.

Isso era uma mentira.

Quando criança, seu pai lhe contou sobre a Grande Guerra, quando as pessoas desceram de montanhas distantes com tochas, arcos e flechas.

"Eles tinham crânios em volta do pescoço", disse Tagundu. "Humanos. Não eram maiores do que o seu."

Tagundu deu um tapinha no topo da cabeça de Kosii quando disse isso. Fez com que um calafrio atravessasse seu corpo.

"A rei deles era contra, então eles a mataram. Apunhalaram-na com a própria lança e a queimaram viva." Tagundu desviou o olhar do filho. "Eles queriam matar alguns de nós, principalmente os homens. Eles queriam transformar as mulheres em... ferramentas."

"Por quê?", Kosii perguntou então. Tagundu olhou para ele. O arquear das sobrancelhas de Tagundu mostrava sua inadequação à tarefa de explicar, revelava a culpa que se originava do que ele deixaria de fora.

"Meu filho, o coração de algumas pessoas, ele simplesmente..." Ele pressionou as mãos de Kosii contra o peito. "Ele simplesmente bate do jeito errado."

Kosii apenas olhou para o pai, insatisfeito, incapaz de distinguir o formato das coisas, mesmo quando estavam ao alcance de seus dedos. Ele nunca tinha visto o povo da montanha, nunca tinha ouvido o barulho dos crânios em volta do pescoço, não foi perfurado por suas armas, portanto pôde se dar o luxo de enterrar o que seu pai lhe disse, inacabado como estava. Ele estava, afinal, cercado por pessoas que o haviam apenas amado e protegido. As únicas armas que ele já havia empunhado eram para caça ou cerimônia. As únicas lutas de que participara foram treinos, brincadeiras. Tudo isso enganoso. Seu pai sabia e tentou lhe contar, mas havia deixado de fora o todo e, portanto, as extremidades do pequeno círculo de Kosii não podiam se tocar. Dentro dele, não havia espaço para pessoas da montanha e colares de caveiras, apenas alegria.

Ele se perguntava agora se as pessoas que construíam navios grandes o bastante para engolir aldeias inteiras conspiravam com as montanhas para destruir tudo que estivesse no meio. As correntes eram a prova.

"Alguém aqui fala minha língua?", ele resmungou.

Um homem se virou para ele, mas não tinha língua na boca para falar.

Os olhos de Kosii se arregalaram. Ele perdeu o ar e tentou desesperadamente recuperá-lo. Seu peito arfou rápido e ele fechou os olhos com força. Depois de um momento, quando sua respiração voltou ao normal, ele abriu os olhos e viu o homem de novo.

"Eu te vejo", disse Kosii, tremendo. "Eu te vejo. Eu te vejo."

O homem fechou os olhos, os lábios murmurando o que podia ter sido a oração de sua aldeia. Ou talvez ele fosse um homem da montanha traído. Não tinha como saber, ninguém em quem confiar.

Na mente de Kosii passaram imagens de sua mãe e de seu pai, e a rei Akusa ergueu sua lança e o repreendeu por não dei-

xar o leão nele vagar livremente. E lá estava Semjula acariciando-
-o e dizendo-lhe para não dar ouvidos à rei; o espírito dela estava
preparado para a guerra e os ancestrais tinham outros planos para ele. *Bata o seu tambor*, Semjula lhe disse tantas vezes que isso
se estendera sobre cada vazio como uma pele e pedia para ser
manuseado pelo seu ritmo. Ele precisaria ser o guardião da memória para que tudo o que era Kosongo, até o pó da terra, sobrevivesse. Qualquer que fosse o lugar distante para onde seriam levados, de canibais sem pele e terra que desprezava todos aqueles
que ela não dera à luz. Onde quer que a rei Akusa estivesse agora, se ela tivesse sido amaldiçoada a sobreviver à boa pontaria
dos canibais, ele esperava que algum Kosongo também estivesse
com ela, e quando ela fosse retirada da embarcação, que ele tivesse o bom senso de adorná-la com penas vermelhas e não deixasse que seus pés tocassem o chão.

Nas primeiras horas, os sem pele haviam descido mais uma
vez às entranhas, trazendo consigo sal e luz, e também risadas e
selvageria. Eles tinham as mãos nervosas e inquietas de pessoas
que não tinham controle sobre suas paixões, cuspindo em suas
palmas e esfregando-as uma na outra. Isso não eliminava a sujeira, apenas a movia, afinava, dava só a aparência de limpeza, e o
cheiro deixava isso claro. Mas eles andavam como homens que
acreditavam mesmo assim que suas mãos estavam imaculadas.
Sorrindo até enquanto tossiam, eles torciam o nariz e prendiam
a respiração. Esse fedor era de autoria deles, então suas náuseas
não granjeavam simpatia.

Devagar, eles passaram pela fila de pessoas acorrentadas, presas pela caixa torácica, gemendo e ofegando por ar. Um deles bateu no pé de uma pessoa e depois o segurou. O outro com o metal retinindo nas mãos veio atrás dele e soltou os grilhões dos
tornozelos, das mãos e do pescoço. Eles puxaram o corpo sem vida de seu lugar sem descanso. Eles foram maldosos, manipula-

ram os restos mortais da mulher sem nenhuma delicadeza. Brutos com suas tarefas, pareciam galhofar e reclamar ao mesmo tempo sobre o que tinham sido encarregados de fazer. Eles a carregaram, descoberta, para a luz. Um chutou a porta para fechá-la.

O navio rugiu antes de mergulhar e depois voltar a subir, e coisas rolaram de um lado para o outro. Kosii escutou o ciclo. Alguma coisa, talvez uma xícara, tilintando, depois ribombando até a parede oposta e tilintando de novo. Talvez em outro lugar, em outro momento, o barulho o acalmasse, como algum tipo de música noturna com a qual ele pudesse sonhar. E no sonho, ele e Elewa lideraram a caçada, capturando faisão grande e suculento, que eles limparam e transformaram em guisado. O tio Ketwa o ensinara a temperar e por isso cada pedaço de carne foi sugado dos ossos e não sobrou uma gota de caldo. Eles deram um para o outro banana assada, que Elewa gostava de esmagar e misturar com manga e água de coco. Estavam cansados demais para limpar tudo, então deixaram a bagunça para o dia seguinte e se entreolharam preguiçosamente, sorrindo como bêbados, até que a escuridão e o cheiro da chuva iminente os empurraram para os braços um do outro.

"O que vamos fazer com as penas?", Elewa perguntou.

"Vamos fazer uma coroa para você."

Mas era dia e a luz mais uma vez invadiu o recinto e os dois homens sem pele desceram as escadas e examinaram os cativos. Eles andaram até a outra ponta, tapando o nariz, andando sem cuidado, sem prestar atenção em quem eles subiam ou pisavam. Um deles avançou, para o canto mais distante onde a luz não chegava, onde os ratos brincavam, onde havia silêncio humano e ar de podridão.

Corpo após corpo levantado e carregado para fora para ser jogado de lado como comida azeda. Sem sequer a dignidade de uma pira. Ele contou os corpos. Três. Oito. Doze.

Então o número dezessete.

E as palavras não conseguiam sair de seus lábios. Presas nas fendas da boca e amarrando a língua. Ele queria gritar, mas um nó se formou em sua garganta e o ar não conseguia fluir. Ele tossiu até que as lágrimas, finalmente, de algum lugar, de alguma forma, correram e a saliva também vazou, e seu rosto se transformou em insensatez.

O corpo de Elewa conseguira manter sua beleza. Tirando alguns hematomas e os olhos semiabertos, ele parecia estar desfrutando de um sono principesco. Se tivesse sido carregado mais no alto, acima das cabeças, teria assumido o caráter de uma celebração — atingir a puberdade, a primeira caçada, o chamado dos ancestrais, a coroação de um rei. Kosii esticou os braços até onde as correntes permitiam antes de o metal enferrujado enterrar-se em seus pulsos e gotas de sangue caírem no chão. Foi quase intencional o arco que o sangue derramado formou. Os próprios círculos perfeitos formando um círculo maior. Quase uma cabeça. Quase um rabo. Quase o infinito fechando-se sobre si mesmo, bem ali no fundo, debaixo de toda a atenção.

Elas estavam confusas quando saíram, as palavras. Misturadas com o gotejamento, elas só eram claras para ele.

"Uma maldição. Uma maldição sobre você e todos os seus descendentes. Que você se contorça na dor constante. Que você nunca encontre satisfação. Que seus filhos se comam vivos."

Mas era tarde demais e a maldição não tinha significado porque era redundante. As mãos de Kosii caíram para os lados. *Desastre*, ele pensou. *Um desastre puro e simples*. Não só pelo que ele já havia perdido, mas também pelo que teria que perder.

Ele havia, afinal, feito uma promessa para as sete tias de Elewa.

Paul

Paul era apenas um menino, não tinha mais de sete ou oito anos, quando o pai, Jonah, o levou para o meio de tudo e soltou o ar. Jonah deu um giro completo e abriu bem os braços. Depois riu. Ele riu e riu e então deu tapinhas nas costas de Paul antes de repousar a mão no ombro do filho.

"Viu, garoto? Olha", Jonah disse, apontando.

Apontando para quê? Copas das árvores? Capim? Um cervo que congelou com o seu olhar? Tudo isso, Paul imaginou. Sim, Paul viu essas coisas. Mas o que ele viu mais prontamente foi a mão do pai em seu ombro. Era quente e firme e enviava uma carga para dentro dele. Seu pai teria se esquecido de si mesmo? Era a primeira intimidade deles, e Paul tinha, pela primeira vez, se sentido como o sangue do sangue do pai: sua prole viva, respirando: seu filho. Paul olhou para o pai e o pai olhou de volta e sorriu.

"Isso é tudo", Jonah disse, olhando para a terra que era dele porque — porque Deus quis.

E Paul tinha observado como a própria terra transformou

um Jonah infeliz — que quase não falava, que era rancoroso e cobiçoso, não amolecia sequer com o perdão da esposa, a mãe de Paul, Elizabeth — no pai que Paul sempre havia esperado que fosse aparecer. Como, então, ela poderia *não* ser venerada? Em seu toque compartilhado, não muito diferente das mãos pressionadas juntas na prece matinal, ela havia sido arrasada. Sim, elevada nas mãos deles, juntos. O mais importante agora, seu pai lhe disse: plante. Colha. Guarde. Porque assim, nos salões ecoantes, e mesmo em sussurros futuros, eles vão construir monumentos em sua honra e você será lembrado não por seus erros — não por seus tropeços ou suas transgressões ou seus assassinatos —, mas apenas pelos seus maiores triunfos.

Paul não duvidou que fosse verdade, mas era Elizabeth que ele observava trabalhar no campo até o corpo dela não aguentar mais. Quando ela ficou doente, de cama, quase imóvel a não ser pelo sorriso que surgia em seu rosto quando ele ia visitá-la, Paul nunca havia perdido nada, e pensar que poderia perder sua coisa mais preciosa — aquela que havia lhe dado tudo: vida, leite e um nome que era do pai dela — fez com que algo dentro dele desmoronasse.

Quando Elizabeth passou a ter tremores e sangramentos, não responder às vozes de Paul ou de seu pai e, logo, não responder a nada, ambos, o menino e o homem, concordaram em silêncio que a única maneira de honrá-la era dar seu nome a tudo que pertencia a eles, o que era outro tipo de imortalidade. Jonah a chamou de Plantação Elizabeth. Empenhou-se nela — acumulando escravos, contratando trabalhadores, criando animais e plantando algodão muito perto da linha do horizonte — como se a "plantação" do nome fosse uma mera formalidade.

Então, quando Jonah ficou tão cansado quanto Elizabeth ficara, quando suas mãos não paravam de se contrair e as febres o deixaram seco e esgotado, ele também se ofereceu em tributo à terra que era sua por direito legal, se não pelo fato sangrento de que ela já havia reivindicado sua esposa.

Paul gostava de pensar que sua mãe e seu pai olhavam por ele, protegendo-o, ampliando seu favor aos olhos de Deus, porque veja o que ele havia feito: ele construíra sobre a fundação que eles lhe deixaram e reunira a enorme riqueza que eles contorceram seus corpos buscando. Seus pais estavam *confortáveis*; eles lhe deram uma vida decente e ele não conseguia se lembrar de um só dia de fome. Mas eles nunca foram *isso*, nem mesmo com pleno acesso à lei da terra — e para além da lei, o próprio *ethos* dela — que dizia: Ninguém pode te parar; pegue o tanto que você bem desejar!

Como Deus passara o destino para seu pai e seu pai para ele, Paul via como seu dever assegurar que Timothy também recebesse essa Palavra. Pois no princípio, antes de todas as outras coisas, havia a Palavra e a Palavra não estava apenas com Deus: a Palavra *era* Deus. A primeira fala, o encantamento primordial, o feitiço inicial que veio do nada à existência pela própria vontade, transformou nada em tudo, e sempre, em si mesmo, esteve lá em seu potencial, precisando apenas expressar a si mesmo por meio da ação para que a existência existisse. Um poder tão grandioso que bastava uma respiração para transformar o irreal em real e trazer o visto do não visto.

Quando Timothy voltou para casa pela primeira vez, Paul o levou até o mesmo lugar para o qual seu pai o levou, apontou para as mesmas copas de árvores, sorriu para o mesmo horizonte, girou com a mesma sinceridade. E quando sua mão pousou no ombro de Timothy, Paul sentiu o mesmo entusiasmo inesperado que ele tinha certeza que era o que levou Jonah do sufocamento ao riso. Mas quando Timothy olhou para ele, os olhos do menino estavam azuis de preocupação e não havia nenhum deslumbramento. Não havia descargas de alegria reverberando entre eles. Havia apenas o perfume distinto da flor de algodão pesando no ar e o vento soprando no topo de suas cabeças.

Olhando as nuvens escuras à distância antes de olhar de volta para o pai, Timothy perguntou: "Chuva?".

Chuva. Paul se sentou à mesa de jantar mais tarde naquela noite encarando Timothy. À medida que a noite os cercava, ele olhava para o filho com as velas fornecendo apenas luz suficiente para vê-lo, e portanto sombras oscilavam no rosto de todos eles, e os olhos dos criados brilhavam. Teria sido astuto apontar que a expansão da terra em si — que se estendia do rio até o bosque, do nascer ao pôr do sol — era prova viva da sua retidão? Que a propriedade era sem dúvida confirmação?

De quê?

De que as coisas são precisamente do jeito que deveriam ser.

Timothy comia com delicadeza enquanto Paul assistia. Talvez Ruth tivesse razão. Talvez a educação dele devesse ter sido aqui, no seio, se não o de Abraão, então o de Elizabeth, onde as mãos dele, como as de Paul, poderiam conhecer o solo para que nunca mais precisassem tocá-lo de novo. Timothy, em vez disso, falava de invernos amargos que os do Mississippi não poderiam imaginar; de homens justos que falavam com eloquência sobre liberdade; e de pretos desacorrentados, dos quais ele tinha ouvido falar, mas não tinha visto.

Ele havia cultivado a mais curiosa forma de arte, e Paul estava, apesar de tudo, impressionado com a mão divina que seu filho mostrava. Mas era só isso: não havia menção a Deus. E não havia véu sobre ele que pudesse revelar a contemplação de tais assuntos. O Norte havia feito seu trabalho, talvez bem demais.

Quando todos deixaram a mesa e os escravos a limparam, Paul se sentou em sua cadeira. Algo o manteve ali e ele tentou determinar o que era. Ele não havia, dessa vez, comentado onde Maggie colocou os talheres. Não prestou especial atenção na toalha de mesa ou em seus cantos rígidos. Não disse nada quando, ao mastigar, mordeu algo duro — como um osso, mas queimado e circular, na ave que Maggie e Essie colocaram conjuntamente diante dele. Ele mesmo a tinha cortado, então não poderia culpar ninguém além de si mesmo.

E, ainda assim, ele não queria mover-se. Ficou sentado ali enquanto a luz da vela ficara cada vez mais fraca. Esfregou os olhos. Tirou o relógio do bolso. Estava preso ao cós por uma corrente de ouro. Eram apenas oito horas. Ele não estava cansado, mas não tinha desejo de levantar-se.

Quando veio, veio de um lugar inesperado. Começou não na caverna de seu peito, como ele imaginou que seria, mas na boca do estômago. Um estrondo acabara de começar a se formar quando ele se segurou. O sentimento era familiar. Ele se perguntou se conseguiria chegar à latrina a tempo ou se teria de chamar Maggie com um penico. Como seria indecoroso ter de desabotoar a calça na própria sala de jantar, bunda exposta no mesmo cômodo onde se ceia, os dois cheiros se misturando de maneira a tal ponto hostil que talvez nada pudesse separá-los de novo. Não, ele não poderia fazer isso.

Ele conseguiu levantar-se da mesa. Correu para a cozinha, passou por Maggie — que não olhou para ele, mas abaixou a cabeça como deveria — e passou por Essie, cujas costas estavam viradas para ele, segurando a lamparina que elas acenderam para agilizar o trabalho da limpeza, seguindo seu caminho para os fundos da casa. Ele irrompeu pela porta, pulou os degraus e correu para o lado esquerdo do jardim de Ruth, até a solitária latrina pintada de vermelho no limiar das árvores.

Era estreita e chocante contra o pano de fundo do terreno selvagem. Ele mandou construí-la ali, longe o bastante da casa para que o odor não dominasse. Não tão longe das flores para que elas também pudessem interceder entre o que fedia e o que florescia. Ele irrompeu dentro dela e fechou a porta. Colocou a lamparina no chão. O cheiro naquele ar de verão, os insetos que zumbiam e estalavam; ele não se deu o trabalho de checar se havia cobras, porque não tinha tempo. Não conseguiu abaixar a calça rápido o suficiente, pois demorava muito para soltar os suspensórios. Quando sentiu o calor começar a descer pela perna, ele quase tomou o nome do Senhor em vão. Embora tivesse certeza de que vaidade não tinha nada a ver com isso.

"Maggie! Maggie!", Paul berrou.

Ela chegou não tão rápido quanto ele gostaria. Ela bateu à porta vermelha.

"Mestre? Me chamou?", ela perguntou, segurando outra lamparina.

"Você trouxe um pano?"

"Não, senhor. Você precisa de um pano, senhor?"

"Eu não te chamaria se... esquece. Se apresse e vai pegar um. Mande a Essie se você não consegue andar rápido. Vai!"

Depois de um momento, Essie bateu à porta.

"Mestre, tô com o pano que a Maggie mandou..."

Paul abriu a porta e viu a lamparina primeiro. "Sim, sim. Agora me dá aqui."

Paul agarrou o pano e ele estava seco.

"Onde... isso... sem água. Você não molhou isso? Onde está minha bacia com água?"

"Ah, você queria água também, mestre?", Essie colocou a mão na boca. "Maggie disse que você só pediu um pano. Então foi o que eu fiz. Corri e trouxe esse pano."

"Maldição!", Paul exclamou. "Maggie! Chame a Maggie. Maggie!"

"Maggie!", Essie gritou junto.

Maggie retornou.

"Maggie, traga uma bacia de água imediatamente. E outro

par de calças. E seja ligeira com isso. Essie, aqui." Paul tirou a calça, os suspensórios pendurados nela. "Vá e cuide disso. Certifique-se de lavá-las bem."

Maggie olhou para trás. Ela e Essie se entreolharam. "Sim, senhor", Essie disse ao se afastar, segurando a calça longe de si.

Maggie voltou logo depois.

"Aqui, senhor", ela disse, enquanto colocava a bacia e a lamparina no chão.

Paul deu a ela o pano, e ela o mergulhou na água morna e o devolveu para ele. Ele olhou para ela com olhos semicerrados e o cenho franzido.

"Você não espera que eu..."

Ele se levantou, virou-se, a bunda dele no mesmo nível do rosto de Maggie.

"Me limpa."

Ele protegeu a parte da frente com as mãos enquanto Maggie, em movimentos ascendentes, como faria com um bebê, limpava o traseiro dele, e a corrente lamacenta que descia pela perna, brilhante à luz da lamparina. Quando ela terminou, jogou o trapo sujo na bacia e deu a calça a Paul.

"Onde estão meus suspensórios?", ele perguntou ao puxar a calça, que tinha um espaço ao redor da cintura e não ficava no lugar.

"Mestre, senhor, acho que você deu eles pra Essie limpar?"

"Droga!", Paul gritou. "Mexa-se", ele continuou enquanto empurrava Maggie e pisava duro ao caminhar de volta para a casa, segurando a calça pelo cós para que ela não caísse nos tornozelos.

Ele queria culpá-las. Então as fez ficarem em pé na cozinha enquanto andava para lá e para cá, olhando para elas como se fossem elas, não ele, cujas palavras não eram claras e portanto ficaram abertas à interpretação. Ele mandaria chamar o médico para vê-lo e receitar algo para o estômago — um chá calmante, uma pomada curativa talvez. As duas coisas tinham acabado desde a última vez. Ele olhou para Maggie e Essie. As cabeças estavam abaixadas, mas elas estavam de mãos dadas.

"Parem com isso", Paul falou rispidamente, apontando para onde as mãos delas estavam juntas. Elas soltaram. "Hum", ele cuspiu. "Quero bater em vocês duas onde estão", disse ele enquanto andava. Ele as olhou de cima a baixo em seus vestidos brancos gêmeos, em suas peles pretas gêmeas, embora uma fosse maior e mais gorda que a outra, uma cujo corpo era mais familiar. "Maggie: nada de molho de cranberry no jantar", ele disse por fim. "Ou talvez tenham sido aquelas malditas vagens; o jeito que você as tempera…"

Maggie assentiu com cabeça. "Sim, mestre", ela disse, olhando rápido para Essie antes de voltar a olhar para o chão. Depois: "Ah, mestre, desculpa! Seu sapato", ela continuou, apontando para baixo.

Na ponta da bota preta de Paul, uma mancha marrom.

"Dá eles pra mim, senhor. Eu engraxo eles para o senhor", Essie disse e se ajoelhou para tirá-los dos pés dele. Maggie juntou-se a ela.

Paul se apoiou numa parede próxima enquanto elas soltavam os cadarços e removiam os sapatos. Três lamparinas alinhadas no chão davam a elas um brilho cálido. Ele gostava de Maggie e Essie assim, abaixadas, arrastando-se ao redor de seus pés. Mas havia algo estranho: as duas estavam claramente ajoelhadas. Mas, por um momento, por um piscar de olhos, ele poderia jurar que eram elas que estavam de pé.

E que era ele que estava de joelhos.

"Sim, primo, eu preciso *mesmo* de uma bebida", Paul disse depois que James perguntou.

Ele e James deixaram as sacas de algodão a cargo dos homens de James, caminharam até o celeiro, subiram nos cavalos, levados a eles por um dos pretos que havia realizado todas as tarefas bem, com exceção de uma. E, poucos minutos antes, Jesus foi oferecido como uma solução possível para isso por outro preto, cuja sorte era tão pouca e insignificante diante da consideração de Jesus que até fez James rir. Mas fez Paul pensar.

Eles cavalgaram pela trilha empoeirada e dura. Os sons noturnos dos pássaros, e da cigarra, que reivindicaram o crepúsculo para si, emanavam pelos dois lados e também por cima deles. Era para isso que as árvores existiam, Paul pensou, para abrigar e fortificar. Elas eram as fronteiras vivas entre o próprio homem e o todo natural que Jeová lhe presenteou para explorar. Tanto um quanto outro poderia cruzar com algum perigo envolvido, mas o homem, acima de todas as criaturas, havia se mostrado mais apto à sobrevivência.

Estava excepcionalmente fresco, então Paul não se importou de cavalgar perto de seu primo. Na verdade, naquela luz diminuta do céu e no brilho cor de mel da lamparina, tinha visto a ligação familiar entre eles. Haviam lhe dito que a mãe e a tia tinham uma semelhança impressionante. Nesse lugar, quando toda a criação estava entre a luz e a escuridão, Paul via que James carregava o peso matrilinear muito mais do que ele. Apesar do cenho irritável, James se parecia com as mães deles: Elizabeth e Margaret. Esse era o motivo pelo qual ele não teve trabalho para verificar a história de James. O parentesco estava claro em um nível subliminar, se não, a princípio, em um óbvio. Paul sentia-se feliz por seus sentidos espirituais estarem, portanto, intactos e o levarem a não dar as costas ao sangue do seu sangue, já que todas as outras suas relações, fora a família que ele mesmo criou, haviam falecido — ou era como se tivessem.

Às vezes, ele pensava que sua família criada também passaria. O útero de Ruth não conseguia segurar um bebê no início. Talvez tivesse algo a ver com a juventude dela. Mas pouco depois, ela lhe deu um filho com cabelo vívido e olhos intensos que todos na cidade vieram ver com os próprios olhos. Paul conseguia detectar a inveja escondida nas vozes deles até quando contou sobre como Timothy não viera ao mundo todo enrugado como a maioria dos bebês, não. Ele veio ao mundo não muito diferente de Cristo, com bênçãos cingidas sobre a cabeça e a visão de centáurea para enxergar as almas daqueles que garantiriam que sua passagem fosse segura. Ele deixou sair um choro profundo e duradouro, e Paul e Ruth riram, porque todos aqueles que o precederam haviam apenas choramingado antes de, pouco tempo depois, e rápido demais, retornarem ao pó.

O centro de Vicksburg logo apareceu diante deles. Mulheres em anáguas e homens com chapéus de abas largas se apressavam, em cavalos e carruagens. Donos de lojas estavam de pé na entrada de seus negócios — o alfaiate, o açougueiro, o boticário, o camiseiro —, despedindo-se dos clientes enquanto se preparavam para fechar as lojas.

Paul e James cavalgaram até o bar. Havia um cavalheiro parado na frente. Ao contrário dos fornecedores de roupas, carne, remédios ou chapéus, esse homem estava cumprimentando sua clientela; ele não se despediria até que o sol da manhã despontasse por cima das árvores ao leste. Eles desmontaram, Paul e James, e amarraram as rédeas dos cavalos ao poste. Trocaram olás com o homem ao chegarem à entrada. Quando entraram, passaram por muitas pessoas, assentindo respeitosamente com a cabeça. Sentaram-se a uma mesa pequena perto dos fundos. Quando a garçonete foi até eles, usando um vestido preto longo e avental branco, James sorriu e pediu uma cerveja escura; Paul, um uísque. Eles ficaram em silêncio, absorvendo a energia do lugar, até que a garçonete voltou com as bebidas, a de James em uma caneca, a de Paul em um copo de dose.

"Então você tá pensando em dar o que ele pediu, aquele preto?", James perguntou, tomando um trago.

Paul cheirou o uísque. Suave e um pouco doce demais. Colocou o copo de volta à sua frente.

"A grande pergunta é, você sabe, se um preto pode pregar", Paul disse.

"Ou se é possível pregar pra um deles", James acrescentou.

"Essa não é realmente uma questão", Paul disse, reconhecendo que James não era devoto da Bíblia como ele. "Até as águas se dobram à palavra de Deus." Paul balançou a cabeça. "Não. Mas pode um preto falar em honra a essa palavra, dar-lhe o que é devido por meio dos auspícios de sua mente?"

"Eu digo que não." James cerrou as mãos em punho dos dois lados da caneca.

Paul acrescentou: "Suponho que a pergunta fundamental seja: um preto tem alma?".

James deu um sorriso largo. "Homens maiores que a gente vêm debatendo isso desde que os primeiros colonos chegaram a este pedaço de terra. Duvido que a gente chegue à resposta nesta mesa ou no fundo destes copos aqui."

James ergueu o copo mais perto de Paul e assentiu com a cabeça. Paul levantou o próprio copo, e por um instante fizeram os dois copos tilintarem — James com um "ha" e Paul tentando encontrar a resposta no copo em que James disse que ela não estava.

Na cavalgada de volta, James estava cantando uma velha canção de navio que disse ter aprendido em sua viagem para lá. Era uma melodia marítima que fez Paul balançar a cabeça e pensar como o próprio James precisava de Jesus, imagine os pretos. Mas também o fez dar uma risadinha, o que o fez pensar como ele ainda precisava Dele, também.

"Você nunca fala muito sobre a sua viagem. Ou sobre a Inglaterra. Ou sobre minha tia e meu tio, aliás", Paul apontou em voz baixa.

James inspirou. Soltou o ar pela boca. "Lembro muito pouca coisa sobre a minha mãe e o meu pai. Mas aquelas pinturas da tia Elizabeth que você tem em casa me ajudam um pouco", James olhou para a frente, embalado pelo ritmo do cavalo debaixo dele. "E o que tem pra dizer sobre a Inglaterra ou o navio? Só consigo me lembrar da imundície."

Paul olhou para James por um instante antes de assentir com a cabeça. "Suponho que sim", ele disse. "Suponho que sim."

Eles chegaram aos portões de Elizabeth. Ambos, ainda em seus cavalos, levantaram suas lamparinas um para o outro em vez de verbalizar os boas-noites. Então Paul foi para um lado e James, para outro. Paul desmontou e amarrou o cavalo em frente à casa em vez de levá-lo de volta ao celeiro e mandar Samuel ou Isaiah cuidar dele. Cansado e um pouco tonto do uísque, Paul subiu os degraus, entrou em casa, depois subiu as escadas e foi para a cama. Ele ansiava por Ruth, mas não tinha forças para tirar as botas, muito menos para aventurar-se no quarto dela, acordá-la à luz da lamparina, e perguntar-se, no meio disso, se ela ainda era jovem o bastante para dar uma irmã a Timothy. Não que Timothy já não tivesse irmãs, mas ele queria dizer uma que ele e Ruth pudessem chamar de sua; cuja pele não fosse corrompida, nem mesmo um pouco; alguém que se originasse do amor, não da economia.

Ele fechou os olhos porque esse era o pensamento mais doce que poderia ter antes de dormir. Sorriu antes de a baba se juntar no canto da boca, o ar passar pesado pelas narinas, e a escuridão, que ele não sabia que estava viva, entrar em seu quarto e consumir tudo, até a própria lamparina.

Quando sua própria tosse o acordou, flechas douradas perfuravam as janelas, porque ele não havia fechado as cortinas quando entrou tropeçando no quarto. Ele tinha um pensamento, acima de todos os outros, em sua mente: *Dê a Deus Sua glória*. Pois, sim. Compartilharia os ensinamentos Dele com Amos. Paul limpou o rosto com as costas da mão. Sentou-se e balançou as pernas ao redor da beira da cama e virado para a janela. A claridade fez seus olhos se fecharem e a cabeça dele martelou um pouco. Apesar da fisgada e das batidas, ele sorriu. *James não estava completamente certo*, ele pensou. Talvez a resposta não estivesse no fundo de um copo, ou dois, ou três. Mas ela poderia ser libertada da mente quando a ambrosia fosse doce o suficiente, e com isso ele queria dizer ser gentil o suficiente.

Alguns meses depois de iniciar os estudos, Paul acreditava que era correto dar a Amos essa oportunidade de demonstrar, em nome de seu grupo, que pretos poderiam ser mais do que animais. Os sermões de Amos no círculo de árvores tinham o tom e teor necessários, e Paul tinha de admitir que havia uma música na maneira como Amos repetia as palavras que Paul o ensinara que não estava presente nem mesmo no pastor de Paul. Mas haveria uma sugestão de pensamento original que pudesse ser encontrado?

Quando Amos foi até Paul chorando uma tarde, logo depois de Essie finalmente ter dado à luz a criança, provando que Paul estava certo, Amos lhe contou dos sonhos incandescentes e em espiral. Paul reconheceu de imediato a comunhão com o Espírito Santo. Ele não entendia como, só depois daqueles meses e meses, Deus decidiu pressionar a mão ágil e investigativa contra a testa de um preto — e ainda, mesmo no êxtase de suas próprias preces noturnas, bem abaixo do piso eterno, e ao recitar os provérbios e salmos e o Eclesiastes, ele não sentia sequer um toque leve: nem no lugar no ombro onde para sempre brilhavam as digitais de seu pai, e nem no centro da sua cabeça. Ele não teve escolha a não ser assentir sua compreensão. Não questionaria a vontade de Deus, porque era todo-poderosa; qualquer um que O conhecesse sabia disso. E havia uma coroa para qualquer um que deixasse esse conhecimento ser seu quinhão.

Então, sim, ele admitiu. Pretos tinham alma. O que, em si, introduzia novos problemas. Se escravos tinham alma, se eles eram mais do que bestas sobre as quais ele e os outros homens tinham direito divino, então o que significava puni-los, e muitas vezes com tanta severidade? Seria a labuta deles nos campos de algodão em nome de Paul também a continuidade do pecado transmitido a ele? Ele retornou à Palavra e sentiu-se confortado. Porque Deus havia dito, direto e claro, dai a César, primeiro, e, também, os escravos devem ser obedientes para um dia encontrarem reparação naquela extraordinária plantação de algodão no céu. As nuvens eram evidência.

Tirar coisas do abismo não era tarefa fácil. A terra tinha sua própria vontade. Assim como os pretos. Somente arrancando o controle que cada um dos dois acreditava que tinha das mãos deles com as suas — e mais do que as mãos, vontade — você poderia reivindicar a posse sobre coisas que se imaginavam livres.

Das massas indistinguíveis da negrura preta-preta, Isaiah e Samuel haviam crescido até o ápice da força muscular, que era o que Paul pretendia, desde o início, ao colocar os dois na lida do celeiro. Não era demais impor a eles o peso de um fardo de feno, que, assim como colher algodão, requeria costas fortes. Além disso, crianças escurinhas não eram crianças de verdade; pretos-à-espera, talvez, mas não crianças.

O plano era multiplicá-los através do uso estratégico da semente deles. Combinados com a prostituta certa, todas as proles seriam perfeitamente adequadas para campo ou cultivo, coito ou combustível. Pretos com propósito.

Paul viu esse plano desmoronar certa manhã — bem à direita dele, no canto preguiçoso da biblioteca onde o sol se recusava a brilhar, portanto os melhores livros podiam ficar ali sem a preocupação de que ficassem desbotados pelos raios amarelos. Bem ali, uma pilha de cinzas enquanto Amos citava capítulo e versículo da destruição de Sodoma e alegava que o celeiro havia se tornado exatamente aquilo.

"O sangue deles está sobre eles. O sangue deles está sobre eles", Amos falou só um pouco mais alto do que um sussurro enquanto estremecia, a cabeça baixa, mãos juntas em formação para prece.

Os pretos nunca tiveram lealdade uns com os outros. Foi isso que os salvou da ameaça. De jeito nenhum teria sido possível agrilhoá-los e arrastá-los pelos mais largos oceanos, depois trecho após trecho de prado verde e floresta, colina atrás de colina, para a cana-de-açúcar, para o índigo, para o tabaco, para o algodão e mais, sem a traição de parentesco da qual somente eles pareciam capazes.

Um momento, por favor: falso.

Os europeus também tinham uma inclinação a desembainhar a espada pelo simples propósito de erguê-la contra o pescoço de seu irmão. Mas eles tinham havia muito tempo determinado que às vezes tais causas para queixas podiam ser deixadas de lado, ao menos temporariamente: um cessar-fogo pelo bem maior. Pretos não haviam aprendido isso ainda. Em todos os lugares, todos os lugares, o povo branco soltava um suspiro de alívio.

"Eu lhe ensinei a Palavra e você a traz para mim assim?"

Paul estava sentado atrás da mesa, Amos estava de joelhos diante dela.

"Todo esse tempo", Paul continuou. "E você esqueceu que seu propósito era trazer a Boa Nova?"

Amos ficou em silêncio, mas tinha a aparência febril. Como alguém que tinha visto coisas e sido chamado para ser considerado, embora os tolos rissem até do aviso. Ainda assim, Paul não conseguia ver a derrota onde ela existia e insistia na vitória.

"Isso é um truque. Você falhou em sua tarefa. Devo levá-lo de volta ao dia em que você interrompeu a mim e ao meu primo?", Paul perguntou ao levantar-se e apontar pela janela, na direção do campo de algodão. "Você busca culpar Deus pelo que está debaixo dos seus pés."

"Mestre, de jeito nenhum. Eu só te falo a verdade. Só a verdade."

Paul se inclinou sobre a mesa, as mãos firmemente plantadas em cima dela.

"Então eu pergunto: que prova você tem?"

Amos enxugou a testa. "Mestre, senhor, eu digo que me submeto humildemente à sua mão graciosa. Meu primeiro depoimento é que nenhum dos dois garotos se deu completamente a uma mulher. Os dois não podem ser estéreis. Isso parece estar fora demais da natureza do Deus que, em sua piedade, você me mostrou. Essa foi a primeira coisa revelada pra mim."

Paul inclinou a cabeça. "E qual foi a segunda?"

Amos limpou a garganta e engoliu. "A segunda: eu vi as sombras deles se tocando à noite."

Paul suspirou e então balançou a cabeça. O que queria dizer que sombras se tocassem e por que importava se era dia ou noite? As sombras dos baldes se tocavam. As sombras das árvores se tocavam. Inferno, a sombra de Paul tocava a de James quando eles estavam de pé juntos e o sol estava bom. É *claro* que as sombras deles se *tocavam*! Eles estavam confinados naquele celeiro e eram a companhia um do outro. Era o mesmo tipo de proximidade de que Paul ouvira falar na guerra, onde os soldados se tornavam algo como irmãos, mas mais. Não havia razão para trazer Sodoma e Gomorra para esse assunto, muito menos na terra coberta pela vontade de seu pai e pelo nome de sua mãe.

Paul se sentou. Recostou-se na cadeira e cruzou as mãos diante dos lábios. Não conseguia decidir qual seria o pecado maior: se Amos estivesse falando a verdade ou se estivesse mentindo. Esse assunto só poderia ser resolvido através de oração, oração profunda e pesada que terminaria com as testas cansadas e as roupas manchadas de suor. Era por isso que eles se debatiam, as testemunhas que haviam feito a jornada mais longa pelo deserto e não secaram de sede. Em vez disso, eles caíram de joelhos antes, durante e depois, e agradeceram a Ele que fora sua rocha, seu pão e sua água. Ah, sim, o louvor deve vir antes da angústia, pois foi isso o que Deus disse: *Não coloque outros antes de Mim e terás a abundância do Céu.*

Paul se levantou, moveu-se ao redor da mesa e parou ao lado de Amos. Paul levantou a mão e a soltou com estrondo contra o rosto de Amos. Amos se encolheu e implorou.

"Pelo sangue de Jesus, mestre! Pelo sangue de Jesus!"

De fato, Paul pensou, o sangue de Jesus era precisamente o que essa ocasião pedia.

No bar, James tinha dado risada.

"Estou chocado por você estar chocado, primo", James disse entre goladas. "Você esperava que os pretos se comportassem de maneira que faça sentido?" James riu. "É por isso que são pretos, pelo amor de Deus!"

"Não precisa usar o Nome em vão", Paul disse, bebericando o uísque. "Não tenho certeza de que Amos entende o que viu. A Palavra o sobrecarrega. É muita coisa pra cabeça de um preto lidar."

"Eu nunca me surpreenderia com preto nenhum", James disse. "Seja pra mentir ou pra deitar."

"Ainda assim, há uma ordem natural", Paul respondeu.

"E quando você não soube de um preto que agisse fora dela? Eu precisei punir os dois pouco tempo atrás por olharem torto pra Ruth. Eles são coisas baixas; você mesmo disse isso. Mas você acha que eles são capazes de coisas elevadas só porque você ordena que eles façam isso?"

"Eles olharam torto pra Ruth?"

"Foi o que ela disse."

Paul tocou o lábio inferior. "Por que ela não me contou? Por que você não me contou?"

"Você me paga pra fazer o trabalho, não pra me preocupar com ele. Eu imagino que a Ruth saiba disso também."

Aquela resposta deleitou Paul de maneira inesperada. Mas quando passou, ele voltou a Isaiah e Samuel. "Eu não tolero paganismo."

"Não entendo esse retorcer de mãos, então. Livre-se deles e consiga seu dinheiro com isso."

"Não gosto de desperdiçar as coisas que cultivei. Você já sabe disso."

"Seu orgulho vai ser seu fim, primo."

Nenhum desses garanhões do celeiro era da linhagem de Paul. Talvez fosse aí que o erro estava. Ele os livrou dos nomes que tinham e os renomeou com os chamados de homens justos, mas parecia que isso não havia ajudado em nada para entregá-los a paixões decentes. De algum modo, através de alguma perversidade invisível, Samuel e Isaiah, dois pretos estúpidos, não conseguiam discernir a diferença entre as entradas. Os dois machos tinham uma natureza que causava resistência neles.

Paul tinha ouvido falar desses acontecimentos anormais na Antiguidade: os gregos e os romanos, por exemplo, que eram senão homens grandiosos, se entregaram a intimidades obscenas. Isso, que nada mais era que o próprio funcionamento do paganismo, foi o que, a seu ver, levou à destruição deles. Era inevitável que Zeus e afins desmoronassem diante de Jeová, porque o caos sempre deve dar lugar à ordem.

Só a ideia de dois homens se darem um ao outro desse jeito enviou um frio pela espinha de Paul e fez com que se sentisse enjoado. Ele não poderia permitir por muito mais tempo que os dois arriscassem despertar a ira divina que com certeza seria direcionada direto a eles, mas que também podia destruir observadores inocentes. Como todo homem velho, Deus podia ser enigmaticamente aleatório às vezes; o objetivo Dele nem sempre era verdadeiro. Tantos bebês Halifax mortos tiveram a habilidade de testemunhar negada, mas felizmente mergulhados nas águas batismais, eles se agarraram ao direito de fazê-lo.

Isaiah e Samuel eram belos espécimes que respondiam melhor à instrução que à punição. Ele os colocou para trabalhar no celeiro antes de terem alcançado a puberdade. Eram formidáveis em sua magreza e musculatura. Ele achou que dar a eles esse tipo de trabalho na fazenda não só desenvolveria o corpo deles, mas também o caráter. Cuidar de coisas vivas poderia fazer isso. Com esse ato, e a transformação e prontidão dos dois, ele os cruzaria, esperando criar de seu rebanho pretos gentis, mas fortes, que levariam a produção da plantação a um novo patamar. Sua mãe e seu pai não ficariam satisfeitos?

Ele os observou perto do celeiro. Jovens, em forma, preto e azul, eles se moviam com uma eficiência e perícia da qual ele não imaginava que pretos fossem capazes. Eles pareciam ter um tipo de sistema, um sistema que eles mesmos tinham inventado, que às vezes lhes possibilitava concluir todo tipo de trabalho a tempo de ir para o campo e ajudar os outros pretos a colher os últimos pedaços de algodão antes da hora de parar. Eles colhiam quase tanto quanto os outros em menos da metade do tempo.

O segredo, aparentemente, estava na proximidade entre os dois. Eles pareciam energizar um ao outro, talvez até inspirar um ao outro de um jeito que nem os casais que ele não precisou forçar a ficarem juntos conseguiam. Se eles fossem seus filhos, ele teria ficado orgulhoso.

Quando Paul finalmente decidiu cruzar o portão com uma intenção específica, era de manhã cedo — tão cedo que o sol ainda não havia sobrepujado todo o resto e encharcado a terra e as pessoas de luz quente. Ele segurava um chicote na mão esquerda, deixando-o balançar ao seu lado e arrastando a ponta no chão. Na mão direita, ele segurava a Bíblia, a mesma que civilizou Amos. O chapéu estava puxado para baixo, bem no limite das sobrancelhas, mas as duas casas da parte de cima da camisa estavam desabotoadas, o bastante para que o pelo do peito dele aparecesse. Ele tirou o gancho do portão e atravessou a barreira ao redor do celeiro. Não se importou em fechar o portão atrás de si. Não lhe ocorrera trazer alguém com ele, James ou um dos outros palermas, caso os dois pretos se tornassem insustentáveis.

O ar poderia sufocar com o cheiro dos dentes-de-leão ou do esterco, e os dois juntos dominavam. Paul flutuou pelo fedor na direção do celeiro onde Isaiah e Samuel se ocupavam. Eles ficaram atentos quando o viram. Com a cabeça para baixo e o corpo ereto, eles estavam em pé perto um do outro, mas não se tocavam.

Por um momento, Paul sentiu algo como uma brisa soprar por ele, algo que fez cócegas nos pelos do seu peito e o forçou a fechar os olhos. Era algo como uma carícia, invisível e gentil.

"Samuel", ele disse com suavidade. "Traga-me água pra beber." O que ele realmente queria, entretanto, era uísque.

Paul observou a maneira apreensiva com que Samuel segurou a concha, mas ainda com cuidado para assegurar que nenhuma gota caísse. Por um instante, Paul acreditou que podia ser medo o que guiava essas ações, mas também não havia oscilação no passo dele e as mãos não tremiam; olhos voltados para o chão não davam sinais de súplica. Diante dele estava uma criatura que, sob toda a imundície e encharcada do cheiro do trabalho rancoroso, imaginava que possuía um vislumbre de dignidade. Isso era vaidade e explicava tantas coisas.

Paul se sentou em um banco e fez menção a Isaiah e Samuel para ficarem em pé diante dele. Ele abriu a Bíblia, o chicote ainda na mão.

"Há problemas aqui", ele disse sem erguer a cabeça, virando as páginas, parecendo, por vezes, ter perdido o lugar, antes de fechar o livro com um baque alto que assustou Isaiah.

"James diz que a natureza dos pretos é corrompida, mas eu imagino que mesmo a natureza pode ser mudada. Eu assisti meu pai fazer isso com as próprias mãos. Lutar com ela e mudar o curso dos rios. Vergar árvores. Colocar flores onde *ele* queria que elas estivessem. Pegar peixe e ave para se alimentar. Erigir seu lar no meio daquilo que seu trabalho havia reivindicado com justiça. Seu direito de nascença que o próprio Deus ordenou como um domínio."

Naquele momento, o sol se revelou e, centímetro por centímetro, começou a brilhar em Isaiah e Samuel, tocou suas coroas como se eles fossem de fato muito consagrados, brilhantes de um jeito que não atrapalhava a visão, mas fazia o rosto franzir só um pouco. Por dentro, Paul implorou por uma nuvem desgarrada, algo que diminuísse o brilho e talvez agisse como um sinal seguro de que o divino não estava escolhendo os miseráveis na frente dele para bênção. E então ele percebeu que a própria luz era a mensagem, dando-lhe a compreensão, guiando sua sabedoria, confirmando sua autoridade, Deus lhe mostrando o caminho com a primeira coisa que Ele havia criado. Não era nenhum tipo de majestade sendo concedida a Isaiah e Samuel; impossível. Ao contrário, era apenas a aurora. Deus finalmente tocou sua testa também!

Ele pegou a concha da mão de Samuel e bebericou, certo do conhecimento que segurava em ambas as mãos. Ele não tinha sede, mas era necessário que eles vissem como o poder dele era elementar, que não havia necessidade de erguer a voz ou as mãos e ainda assim, apenas com algumas palavras, a realidade havia se dobrado à sua convocação, e, tão simplesmente, ilustrando a única ordem sob a qual poderia funcionar. Ele sorriu.

"O sangue deles está sobre eles", Paul disse, afinal estabelecendo uma abordagem direta. Ele suspirou. "Sangrar é tão fácil. O corpo entrega seus segredos à menor provocação. O homem só está apartado do resto da natureza pela sua mente, sua habilidade de saber, mesmo que esse saber tenha nascido do pecado", ele disse, respirando fundo e olhando bem no rosto fechado deles. "Frutífero!", disse um pouco mais alto do que pretendera. "Multipliquem", ele continuou, erguendo a mão rápido e derrubando a concha, que caiu no chão aos pés de Samuel.

"Pegue-a", Paul disse calmo enquanto equilibrava a Bíblia no colo.

Os dois correram para fazê-lo, batendo as cabeças ao se inclinarem. *Se eles não estivessem tão perto um do outro*, Paul pensou. O sol brilhou na concha e irritou seus olhos. Ele apontou para o chão, gesticulando para Isaiah ou Samuel para que se apressassem e a pegassem. Ele virou na direção do sol para evitar a luz que refletia e foi confrontado com outra.

Lá, à distância, Paul a viu primeiro como um clarão, depois em sua forma completa. De pé, ele podia ter certeza, na beira do campo de algodão. Na verdade, ela estava algumas fileiras adentro. O algodão envolvia a barriga dela como um cinto macio e pássaros coloridos sobrevoavam sua cabeça. Elizabeth era o centro das atenções na manhã, não no passado, mas agora, acenando para ele freneticamente, ou estaria sinalizando para que ele chegasse mais perto? Paul se levantou. Não, Elizabeth estava dizendo para ele ir. Mas ir aonde? Ela parou de acenar. As mãos dela voltaram para os lados. Paul esfregou os olhos. Olhou para o campo de novo. Elizabeth desapareceu em um piscar de olhos e levou o sentido consigo.

Quando Paul voltou a si e viu Samuel e Isaiah de pé, olhando para ele com olhos arregalados, como se fosse ele que estivesse em perigo, ele quis rir, mas em vez disso fez cara feia. A misericórdia dentro dele estava indo embora, não menos atordoada por suas ações do que eles, precisando, talvez mais do que nunca, da amargura dos espíritos.

Era a primeira vez em muito tempo que ele havia sentido algo semelhante à dúvida. Sem saber ao certo o que sua mãe aparecendo na ilusão branca havia professado ou por que seu rosto calmo contradizia sua maneira frenética, ele foi embora, no entanto, confiante em seu passo para evitar que todo o resto imaginasse que ele estava indeciso, para o risco deles.

Por que virar-se e ver aqueles dois meninos? — que ele agora sabia, naquele pouco tempo com eles, teriam de ser vendidos, não porque ele não seria capaz de aumentar seu rebanho com filhos da semente deles, mas porque atos de rebeldia eram sempre, inequivocadamente, contagiosos. Ele disse a si mesmo que sua tristeza, que havia se evidenciado misteriosamente do nada e pousado pesada em seu peito, residia nos arranjos incômodos que agora precisavam ser feitos por conta de dois pretos insolentes, e não no fato de que estar na presença deles quase o convencera de que eles deveriam ficar juntos, encostados um no outro na confusão deles.

Ele havia sido uma perturbação, mas não do tipo que esperava. Ele, talvez, fortaleceu os laços deles, deu-lhes a sensação de que juntos eles poderiam criar uma saída do que não havia saída, que era o que a natureza do trabalho deles teria sido se Paul quisesse ser honesto consigo mesmo. Os planos dele funcionaram bem *demais*. Foi ele quem os encorajou a trabalhar em conjunto, em uníssono, e eles apenas haviam seguido as instruções. Era culpa dele ter negligenciado a lembrança de como faltava-lhes nuance ou a profundidade de conhecimento que possibilitava uma existência moderada. Ele só tinha de ver com os próprios olhos, testemunhar...

Não! Vir aqui — para testemunhar o quê? Pretos agindo como tais; coisas rasteiras, afinal, agiam de forma baixa — foi um erro. Todo o empreendimento lhes transmitira, ainda que pouco, que eles tinham algum valor. Isso foi um engano.

Não poderia ter paz. Paul não podia deixar para lá. Havia algo em seu centro, algo dentado, que o espetava a cada pensamento. Ele nunca admitiria isso, mas havia algo selvagem que o revestia, menos como uma armadura do que como um bálsamo. E isso o levou freneticamente na direção de sua casa. Seus passos, contudo, eram incertos, o chão, ondulado. Ele sentiu um peso nos membros que o fez tropeçar. A Bíblia, molhada de suor, escorregou da sua mão. Os joelhos atingiram o chão e, antes de tudo escurecer, viu Timothy correr até ele.

O que ele estava fazendo no chão? Ah, sim. Ele deve ter desmaiado com o calor. Disse a si mesmo que não foi a proximidade com o brilho de Isaiah ou de Samuel que causara isso. E havia mesmo um brilho ou ele o tinha imaginado? Escravos às vezes se esfregavam com óleos da vegetação para que o sol os iluminasse. Tinha de ser isso.

O sol era duplamente culpado, portanto. Sim, foi o sol abrasador que o atingiu na cabeça com seus raios e ele só precisava da doçura da água do poço para trazê-lo de volta a si. Paul olhou ao redor, exausto. Alguns dos escravos haviam se reunido, cercando-o, chorando, perguntando se ele estava bem, roubando todo o ar de que ele precisava para retornar ao poder. Ele os enxotou, disse-lhes para irem embora, e se levantou rápido demais. Deu um primeiro passo vacilante e caiu de joelhos. Timothy o ajudou a se levantar de novo. Paul sacudiu a poeira e deu outro passo. Pediu a Timothy que recolhesse sua Bíblia e então, devagar e estabilizado, andou de volta à casa, com Timothy atrás dele.

Paul estava silencioso na carruagem mais tarde naquela noite, quase escondido pelas sombras que vinham da cobertura das árvores. Adam conduzia os cavalos em um passo lento e constante, seus cascos batendo de acordo com o ritmo que ele ditasse. Paul olhava para a nuca de Adam pela abertura da carruagem. Notou que Adam tinha começado a perder cabelo no topo da cabeça. Ele havia mesmo nascido tanto tempo atrás? Apesar de seus registros impecáveis, Paul começou a duvidar que estivesse empregado nesse negócio havia tanto tempo. Mas Adam era uma prova irrefutável.

Havia uma luz fraca vindo da cidade; o brilho dos candeeiros e velas fazia as coisas parecerem mais suaves do que realmente eram, e isso trouxe a Paul uma tranquilidade inesperada. Nessa tranquilidade, ele prestou atenção na cidade de uma forma com a qual nunca havia se incomodado antes. Ainda estava movimentada, embora as lojas estivessem fechadas havia algum tempo. Mas cavalos e escravos ainda estavam amarrados a alguns postes, e as damas da noite e homens rústicos com chapéus de aba larga e coldres, alguns dos quais estavam vazios, andavam casualmente pela larga estrada de terra que dividia o centro da cidade em dois. Eles se dirigiam ao único lugar que acabara de começar a abrir.

As portas do bar balançavam para a frente e para trás e corpo após corpo abriam caminho para o espaço. Fumaça e risos escapavam e alcançavam Paul enquanto Adam parava a carruagem perto do poste do lado de fora. Adam pulou de seu assento e amarrou as rédeas ao poste antes de marchar até a carruagem para abrir a porta para Paul. Paul saiu devagar. Ele puxou o colarinho e abaixou a aba do chapéu de modo que seu nariz e boca pudessem ser vistos prontamente, mas seria preciso um pouco de esforço para fazer contato visual.

"Cuide da carruagem", ele disse para Adam. "E você tem seus papéis."

"Sim, senhor", Adam disse enquanto assentia com a cabeça e depois deixava o queixo apoiado no peito.

Paul passou por alguns sujeitos selando cavalos, amigos de James, que estavam todos bastante alegres.

"Sr. Halifax", disseram.

Paul se virou para cumprimentá-los, mas não deu outra abertura. Os homens entenderam isso como desrespeito. Mas, como não eram corajosos o bastante para confrontar Paul diretamente e protestar, voltaram-se, em vez disso, para Adam.

"Quase dá pra achar que esse preto é um homem branco, mas que ficou no sol um pouco demais", um deles disse aos outros.

Paul sorriu e subiu na passarela que levava ao bar.

Empurrou as portas do bar, e elas rangeram para a frente e para trás várias vezes até ficarem paradas. Lá dentro estava mais frio do que ele esperava e um arrepio o sacudiu antes de se dissipar na nuca. Algo doce perfumava o ar e se misturava ao aroma bruto dos charutos. As pessoas passavam na frente dele, sem reconhecê-lo a princípio, envolvidas demais pelo clima, que, se pudesse ter uma cor, seria carmim, porque era como se as lamparinas tivessem sido cobertas com o vestido de uma mulher descuidada e a carícia entre os dois ofuscava o mundo inteiro, o refazia à luz de um coração acelerado, ou mesmo do sangue que disparava nas veias com tanta força que era possível ouvi-lo correr. Isso, é claro, antes que o calor fosse demais e tudo pegasse fogo, mas as pessoas estavam absortas demais para perceber o mundo queimando ao redor delas, cinzas confundidas com confete.

    Paul carregava aquele carmim dentro de si contra sua vontade. Ele prometeu a si mesmo não o deixar escapar ou macular seus pensamentos. Olhando para as mulheres de vestido abotoado até o pescoço, algumas com sorrisos que ele não reconhecia como tensos, e os homens com canecas nas mãos, erguendo-as, de vez em quando, no ar, derramando desajeitadamente um pouco do líquido sobre os corpos risonhos como um prelúdio ao que aconteceria quando eles saíssem e fossem para trás do bar, atrás dos barris de água, escondidos pela luz das estrelas que não podia alcançá-los. Vestidos levantados e calças abaixadas, e então as rotações que não duram muito antes de as duas partes sentirem um pouco de vergonha, pois não se olham quando se separam. Isso era Vicksburg, sim, mas também era o mundo inteiro. James não compartilhava muito sobre a Inglaterra, Paul pensou, mas tantas coisas eram reveladas por seu silêncio e olhos que se recusavam a ser olhados de volta. Paul tinha certeza de que nem mesmo um oceano entre eles poderia eliminar os meios e modos que os conectavam.

    Ele encontrou o caminho até um canto no fundo do bar e se sentou a uma pequena mesa perto da parede. Como havia escolhido ir sem James, que costumava ser um amortecedor entre ele e os residentes de Vicksburg, ele quis ficar o mais enfiado em um canto quanto possível. Ele preferiu que James ficasse em Elizabeth dessa vez, para garantir segurança porque ele estaria fora até a hora que precisasse. Ele queria considerar o que faria a seguir sem interferências e chegar à sua decisão sem os julgamentos ou simplificações de James. Era seu direito como um homem.

A garçonete abriu caminho até ele pela multidão. Ele mal a cumprimentou, exceto por uma breve dissecação que tentava ver, estupidamente, o que ela não desvelava, mesmo quando ela perguntou o que ele queria beber ou quando ela voltou com uma garrafa de uísque e um copo cuja limpeza era suspeita.

"Eu conheço você", Paul ouviu alguém dizer a uma distância próxima demais para ser alguém com boas maneiras. "Você é o dono daquela fazenda de algodão mais além. Halifax, não é?"

Paul se virou só um pouco para ver o homem magro de chapéu com uma caneca de cerveja na mão. "Plantação Elizabeth." Ele assentiu com a cabeça, apenas para cumprimentá-lo, esperando que fosse embora.

"A gente nunca vê você aqui sem o seu primo. Onde está o James? Bêbado demais pra beber?"

Paul riu em silêncio, serviu-se de um pouco de uísque e tomou um gole.

"Jake. Jake Davis", o homem disse, estendendo a mão a Paul, que Paul avaliou e demorou um pouco demais para enfim apertar. "Posso me juntar a você?"

Paul resmungou e verteu mais uísque no copo. Ele deu de ombros. Jake ergueu um dedo e disse algumas palavras para que o garçom trouxesse uma garrafa de gim.

"Seu primo me disse que você tá querendo vender dois garanhões", Jake disse. "Acontece que eu conheço um comprador pronto pra pagar uma nota. Muito mais do que você conseguiria num leilão."

Paul olhou para Jake com os olhos semicerrados. "Hum. E se é esse o caso, me pergunto por que esse comprador não pode participar do leilão como todo mundo." Ele tomou um trago do uísque. "E também me pergunto o que você vai querer em troca por me apresentar a esse comprador."

Alguém havia se sentado ao piano, um homem com olhos grandes e um bigode que crescia sobre a boca. Seu sorriso era grande demais para o tamanho do rosto, Paul pensou, e fazia com que ele se parecesse mais com uma pintura de um homem que o artista representara mal. O homem bateu os dedos nas teclas e as primeiras notas falharam. Ele estava bêbado, sem dúvida, mas logo a melodia fez sentido e o tom era agradável. O homem se sentou tão reto quanto podia e mal olhava para baixo. Em vez disso, olhava para as pessoas que tinham começado a bater palmas e dançar.

Paul bateu o pé porque o ritmo o fazia lembrar de algo que os cuidadores da sua mãe costumavam cantar para niná-la e fazê-la esquecer da dor que vinha com o definhamento. Em um dos momentos em que estava lúcida, ela a descrevera para ele, a dor. Ela disse que era como se alguém estivesse tentando puxá-la para fora do mundo dobrando-a no comprimento até que não sobrasse nada. E a cada dobra, ela disse, parecia que um atiçador em brasa recaía sobre sua alma.

"Queima", ela disse.

Paul lhe dava água, mas não adiantava, ela dizia. Apenas nublaria tudo com vapor e ela precisava que ele visse o que acontecia a ela para que não acontecesse a ele. Ele não entendeu o que ela quis dizer na época e ele ainda não conseguia entender. As notas do piano o trouxeram de volta e seu pé batia um pouco mais rápido agora. Ele tomou outro gole e começou a sentir a dormência, o zumbido, a cabeça leve que ele buscava para ajudá-lo a esquecer — não, para ajudá-lo a lembrar que não foi uma perda que o trouxe aqui e não fazia sentido ficar de luto. James deixara isso claro e apenas o orgulho de Paul o impedira de ver que esse era apenas o preço de fazer negócios. E o que era uma vitória se não uma estratégia que terminava em lucro?

"Ele é um homem reservado", Jake disse. "Não é muito de coisas públicas como leilões. E antes que você pergunte, ele gosta de conduzir os negócios diretamente, portanto não manda homens em seu lugar."

"Ainda assim, aqui está você", Paul respondeu.

O bar sacudiu quando os homens se levantaram cantando, algo que Paul nunca havia escutado antes. Eles cantavam enrolado e desafinado, mas quase parecia ser esse o objetivo. O contentamento tinha seus próprios meios, e a bagunça de tudo aquilo, sob a luz muito vermelha, na vertigem dos sentidos inebriados de Paul, não era apenas um *tipo* de beleza, mas a própria beleza. Ele se sentiu solto o suficiente para ficar em pé e erguer o copo.

"Ele não me mandou na verdade", Jake disse. "Eu meio que me voluntariei. Como um favor pro James."

Paul olhou para Jake, que ainda estava sentado. "O James não me disse nada."

"Eu disse para ele não falar nada. A menos que eu pudesse ter certeza. Mas aí você entrou aqui esta noite e isso foi…"

"Providência", Paul disse.

Ele voltou à mesa, pegou a garrafa e, dessa vez, bebeu direto dela. Um pouco do uísque escapou da boca e gotejou pelo queixo. Sua condição fez com que ele não se importasse. Pensando bem, agora mesmo, ele não se importava com muitas coisas. Não com Isaiah e Samuel, nem Ruth, nem Timothy, nem a plantação, nada. E a carga que era retirada de cima dele fez com que sentisse que poderia flutuar até o teto sem ter a mínima ideia de como desceria de volta. E também não se importava com isso.

"Então quando posso encontrar esse cavalheiro misterioso?", Paul disse a Jake.

"Na verdade, ele está aqui. Está lá fora, nos fundos. Como eu disse antes, ele não é muito sociável e prefere privacidade."

"Se ele prefere privacidade, o que está fazendo nos fundos do bar?"

"Ele tem outros negócios a tratar. Caso contrário, estaria em casa."

"E onde é essa casa? Na verdade, qual é o nome desse homem?"

"Você deveria guardar essas perguntas pra ele. Você não vai ficar desapontado. Siga-me, Halifax. Por aqui."

Então Paul seguiu Jake enquanto ele o levava para os fundos, onde a música ainda podia ser ouvida pela porta aberta. A luz muito vermelha também os seguia, mais fraca agora, confusamente absorvida pela noite enquanto eles se afastavam mais e mais do tumulto que ele estranhamente, mas claramente, desejava. Com a garrafa ainda na mão, ele tomou outro trago antes de passarem pela porta dos fundos do bar.

A garrafa estava seca e ele a arremessou, perdeu o equilíbrio e caiu rindo. Jake o ajudou a se levantar. Quando voltou a ficar em pé, ele viu três homens ao lado de Jake.

"Muito bem. Então qual desses homens é o... sr. Privacidade?"

Jake não disse nada enquanto os três homens atacaram Paul. Eles o derrubaram no chão. Paul chutou um deles no rosto e o homem caiu para trás, mas os outros dois continuaram em cima dele.

"Os bolsos dele!", Jake gritou e os dois homens começaram a puxar os bolsos de Paul. Paul tentou alcançar seu coldre e um dos homens agarrou seu braço, tentando impedi-lo de sacar a arma. Então o homem que Paul havia chutado voltou para a briga e começou a ajudar o que estava tentando tirar a arma de Paul. O terceiro homem, enquanto isso, havia conseguido tomar as cédulas do bolso de Paul e puxado ainda o relógio de ouro da corrente que o prendia ao cós de Paul. Ele o mostrou para Jake.

"Peguei!", ele exclamou.

"Bom! Vamos embora!"

Um homem pegou um punhado de terra e jogou nos olhos de Paul. Paul cobriu o rosto e os homens saíram correndo. Piscando e tentando tirar a terra dos olhos, Paul deu um tiro na direção em que achou que eles correram. Ele não conseguia ver de verdade se havia atingido seu alvo. Tateou o bolso da camisa, puxou um lenço, e começou a limpar o rosto. Jogou-se contra a parede do bar, olhou para o céu estrelado e sacudiu a cabeça.

"Vai ser leilão então", sussurrou.

Ele escorregou pela parede até que a bunda batesse no chão. Olhou para os sapatos por um instante antes de se levantar. *Pelo menos não levaram os sapatos*. Depois riu. Depois gargalhou. Depois, enfim, caiu de costas no chão, incapaz de controlar as risadas que chacoalhavam seu corpo inteiro. Nunca antes se sentira tão leve. Desejou poder continuar caindo para trás, desfrutando do palpitar na boca do estômago, as cócegas na base do saco. Mas ele se levantou de novo porque pensou que podia flutuar. Quando viu que não estava mais perto das estrelas do que já estivera antes, afastou o pensamento para longe com a mão.

Ele cambaleou até a porta da frente do bar. Virou a esquina e viu seu cavalo e carruagem, e Adam cochilando no assento do condutor, a cabeça caindo antes de ele se recompor e retornar à posição ereta. Paul se ajeitou, mas sua cabeça ainda pertencia ao uísque.

"Onde está o meu garoto?", ele disse com um sorriso no rosto. "Preciso do meu garoto."

Adam, ainda cochilando, não o escutou.

Paul se aproximou e repetiu, mais alto. Adam tremeu e se virou para ver Paul parado ali, desgrenhado. Esquecendo de si, ele recuou com a visão de um Paul sorridente. Percebendo que poderia ganhar com isso, ele reacendeu a luz fraca do candeeiro ao seu lado. Ele desceu do assento, com o candeeiro em mãos, e fez uma reverência com a cabeça diante de Paul.

"Mestre", ele disse em uma voz cheia de traços de sono interrompido. "Tá tudo bem, senhor?"

"Sim, meu garoto. Tudo está perfeito." Ele tocou o rosto de Adam e o ergueu. Ele estava sujando o rosto de Adam com suas mãos arranhadas e empoeiradas. Os olhos de Adam se arregalaram. "Eu preciso de você, Adam." Paul sorriu com olhos turvos. "Preciso que você me leve pra casa agora. Você me escutou? Prepare o cavalo pra casa. Sabe por quê?" Paul moveu o rosto para mais perto do rosto de Adam. "Porque Deus nos abençoou."

"Nós, mestre?", Adam interrompeu antes de se conter.

"Ele nos abençoou com a resposta às minhas preces. Ele não é maravilhoso, Adam? Ele não dá tanto aos Seus filhos, Seus filhos abençoados que Ele encarregou de supervisionar todas as coisas na terra?" Paul afinal tirou as mãos do rosto de Adam e elas escorregaram para o peito dele. "Ah, às vezes eu posso gritar, Adam", ele disse. "Às vezes, sinto que poderia ficar no meio de tudo, como o seu avô, e gritar para o mundo inteiro que não existe dádiva maior do que estar no favor de Deus. Não importa quão baixo você caia. Não importa quantas vezes você tropece, não há conhecimento maior do que saber que tudo o que você faz está a serviço de Deus Todo-Poderoso e é, portanto, justo. É por isso que seu avô fez isso. Eu nunca te contei como ele girou com os braços estendidos e riu para o céu. É assim que conheço Deus. É assim que sei que Ele criará um caminho. Bem quando você acha que não há parcela, Ele virá para mover montanhas e revelar tesouros apenas para a sua arca. Você pode saber isso em parte. Mas eu espero que ao menos algo disso seja entendido. Você não é um de nós, mas também não é um deles. Então talvez eu não esteja perdendo meu tempo em te contar isso. E, se eu estiver, ninguém acreditaria em você mesmo. Então não importa."

Eles se encararam à luz do candeeiro, dois rostos que eram o reflexo um do outro até para o olho menos perspicaz. Paul via isso com mais clareza agora. Em outra vida, eles poderiam ter sido pai e filho de verdade em vez do tipo sigiloso. Paul engoliu a noção de que Adam era uma prole mais adequada do que Timothy. Ele cagaria isso mais tarde.

A luz entre eles tinha começado a diminuir e as sombras haviam se enfraquecido. A escuridão havia começado a reivindicá-los.

"Acho que o candeeiro precisa de mais óleo, mestre", Adam disse em voz baixa.

"Mais", Paul respondeu, tão baixo quanto, logo antes de a luz apagar-se por completo e os dois respirarem pesadamente no escuro.

A lua, cortada ao meio pela escuridão invasora, estava mesmo assim suspensa no alto da noite. Ela podia ser vista através dos galhos das árvores, entremeados contra ela, à medida que Adam conduzia os cavalos devagar pelo percurso até a propriedade Halifax. Adam sentava-se ereto e cauteloso no assento do condutor enquanto Paul estava deitado na carruagem, olhando direto para o céu pela abertura.

Ele perdia e recuperava a consciência. Sua cabeça latejava, mas ele ignorou. Em vez disso, olhou para a meia-lua. Ergueu a palma da mão para o céu e a tampou, depois colocou a mão para baixo. Era mais fácil do que ele imaginava, tirar a lua do céu. Ele olhou para as mãos sujas e depois para as roupas rasgadas. Bolsos vazios. Sem relógio de bolso. Descobrir-se vencedor mesmo quando a vida o designou como perdedor. Se sua ida ao bar lhe ensinou algo, ensinou isso. O sono finalmente o alcançou. A lua que ele viu estava agora dentro de sua cabeça, ainda ao meio, mas menos brilhante.

Os cavalos se moviam devagar pela mão de Adam. A estrada era gentil e balançava Paul e a meia-lua que estava agora dentro dele. Além da lua meio devorada que o havia abandonado, Paul não lembrava muito da volta a não ser que ela foi reconfortante, e ele se assustou não só com o que pareceu ser uma viagem rápida demais (e o sono induzido pelo uísque era sempre do melhor tipo), mas com Adam, que agora estava inclinado perto de seu rosto. Perto demais.

"O que está fazendo?", Paul perguntou.

Ele se sentou, afinal. Adam foi um pouco para trás, encarou o chão e disse algo que Paul não tinha interesse em ouvir. Eles permaneceram assim — o perscrutador do chão e o observador — até o desconforto se instalar. Paul então disse a Adam para levá-lo para a casa. Adam caminhou até os cavalos, pegou as rédeas e os levou pelo portão que ele obviamente havia aberto enquanto Paul dormia. Eles se aproximaram da casa. Adam ajudou Paul a sair da carruagem.

"Precisa de mim pra mais alguma coisa, mestre?", ele perguntou.

Paul balançou a cabeça porque não tinha paciência para palavras e, mais do que isso, não queria desperdiçá-las. Ele tropeçava menos e andou devagar na direção da casa.

"Você tá bem?", Adam perguntou.

Paul apenas acenou para ele. Adam levou os cavalos pelas rédeas, a carruagem ainda presa, em direção ao celeiro.

Paul continuou andando, agora com mais firmeza, em direção à casa. Todas as luzes estavam apagadas, exceto por um brilho fraco vindo do quarto de Timothy. Ele detestava que Timothy ficasse acordado até tarde pintando com uma luz tão baixa. *O jeito mais rápido de estragar os olhos*, pensou. Então viu as sombras brigando na janela assim que as luzes se apagaram completamente. Porcos guincharam e ele talvez tenha escutado cascos e cincerros.

O coração dele se transformou em um punho dentro do peito, fazendo muito esforço para sair dali. Ele tirou a pistola do coldre em sua cintura e correu para a casa, movendo-se mais rápido do que seu corpo normalmente permitiria. Ele tropeçou no primeiro degrau do alpendre e bateu o joelho. Rastejou pelos quatro degraus seguintes e ficou em pé, afinal, no topo e entrou cambaleando pela porta da frente, empurrando-a com tanta força que ela bateu na parede adjacente e voltou na cara de Paul. Irritado, ele a empurrou para longe do caminho, com menos força dessa vez, e avançou pela escadaria interna. Chamou Maggie, mas não esperou ela aparecer. Ele subiu as escadas dois degraus por vez e tropeçou, de novo, no alto por ser incapaz de enxergar em uma escuridão tão densa. Ele chamou Maggie de novo, dessa vez esperando-a chegar com uma vela ou candeeiro, que ele tiraria da mão dela assim que ela aparecesse. Mas ela não apareceu. Ele se lembraria disso ao amanhecer. Ele andou pelo corredor em direção ao quarto de Timothy, chamando por ele e por Ruth enquanto acelerava pelo longo trecho. Onde estava Ruth?

Ele respirava com dificuldade agora, mas não deixou que isso o impedisse de chegar até a porta de Timothy, que ele chutou para abrir. O quarto estava escuro, não havia sequer um pouco do luar entrando pela janela para que ele pudesse ver o contorno das coisas. Ele entrou rapidamente no quarto e esbarrou na cama. Correu as mãos pela cama, mas não sentiu nada. Subiu na cama e se arrastou por ela depressa; depressa demais, e seu pé ficou preso no cobertor, e ele girou, virou e caiu na lateral. Pousou sobre algo, algo macio e molhado. Ele tateou ao redor; era um corpo e estava pegajoso. Ele se ajoelhou e olhou de perto.

Era Timothy.

Tentou tirá-lo do chão, mas ele estava pesado, então só conseguiu colocar a metade superior do corpo em seu colo. Ele tocou o rosto de Timothy e sentiu um talho fundo e empapado. Aquilo o deixou sem ar. Ele deu um pulo, derrubando o corpo no chão.

Ele olhou para cima, seus lábios tremiam como os de um homem covarde, e ele balançou a cabeça devagar, a descrença agarrando-o decidida. Gritou.

Pela primeira vez, amaldiçoou Deus, de novo e de novo. Então parou no meio da maldição, porque foi quando ele viu.

Do canto do olho. Uma coisa brilhante. Um cintilar. Uma faísca. Um lampejo repentino. Uma memória evasiva. Um peixe prateado na corrente. A luz do sol na ponta de uma onda. Um raio em uma nuvem passageira. A última nota de uma canção.

Ele ergueu a arma assim que viu, brevemente, a noite. Sim, inacreditável, mas verdadeiro: a noite o atacava e ela tinha dentes, dentes reluzentes que aparentemente mantinham sua brancura com uma dieta constante de carne branca.

Adam

Havia uma linha que passava bem no meio de Adam.

Era uma linha tão fina que ninguém conseguia ver, nem mesmo Adam. Mas como ele podia senti-la, como um fio de arame que havia sido mantido sobre o fogo até ficar laranja e depois colocado nos lugares mais sensíveis dele em seu centro, da testa à virilha, ele sabia que ela estava lá.

Doía. Às vezes, latejava. Embora ele parecesse inteiro em tudo que fazia, fosse limpando a carruagem ou conduzindo-a, a linha o dividia em dois. Dentro dele, ela ergueu uma fronteira, um muro, que separava seus pulmões, que ansiavam um pelo outro, mas estavam presos de cada lado dela, deixando a respiração sempre curta. Apartava seu coração do lado direito do pensamento, então o lado esquerdo muitas vezes tomava decisões sem ele. Atos sem compaixão para equilibrá-los eram a origem da crueldade.

O olho direito não sabia o que o olho esquerdo podia ver, o esquerdo sendo tão propenso a derrubar uma lágrima quando via as pessoas no domingo e a orelha esquerda ouvia as músicas dominicais. O lado direito não entendia. Via apenas um espaço em branco, só escutava o azul, e descobriu, de fato, que essas coisas não proporcionavam clareza, o que significava, em termos inequívocos, que era fundamentalmente uma perda de tempo.

A mão esquerda era descuidada. Adam havia lutado para que ela não fosse a força dominante quando praticava, à luz da lamparina, as artes proibidas. Já era ruim o bastante que ele soubesse soletrar seu nome e escrevê-lo com a caligrafia mais elegante — cada volta, curva e linha inclinada era uma obra de arte, o que queria dizer que não importava a quem ele pertencesse, fosse seu pai ou não, sempre haveria uma parte dele livre e uma parte era o bastante. Mas permitir que tudo fluísse pela mão esquerda, que era o portal por onde o próprio demônio abria caminho das chamas para a terra firme: isso aumentava o perigo, mas também a emoção.

Contudo, era preciso muito esforço da parte de Adam para se manter firme porque não havia lugar em que ele não fosse desjuntado. Ele só podia ouvir as canções dominicais à distância porque as pessoas do domingo — bem, eles nunca lhe disseram que ele *não poderia* se sentar com eles entre as sombras manchadas e o musgo rastejante, mas o círculo parecia se fechar à sua frente toda vez que ele se aproximava, e os olhos esquivos pareciam sugerir que ele não havia conquistado a confiança deles. Ele também poderia cantar, se o deixassem cantar.

Ele era uma das poucas pessoas que tinham permissão para entrar na casa-grande, mas gostaria que não fosse. Ruth espalhava armadilhas elegantes. Uma vez, ela escondeu a prataria e alegou que ele a havia roubado. Se Maggie não tivesse interrompido, segurando a colher no alto, falando, "Sra. Ruth, tá aqui. A coisa mais engraçada também: tá bem no jardim. Vai saber como uma coisa tão fina chegou lá fora", aquilo sem dúvida teria lhe custado algumas chicotadas.

Ele escolheu a carruagem. A carruagem também estava no meio. Entre a casa e o campo, mas também, frequentemente, na estrada.

Ele não tinha como ter certeza de que era o primeiro. Era possível que houvesse uma menina antes dele que Ruth pegou antes que a coisinha tivesse a chance de brincar e prosperar. Antes mesmo de que tivesse recebido um nome. Então ele pensava nela como Lilith, a irmã mais velha que morreu para que, na vez seguinte, a mãe dele fosse mais sábia. A mãe dele, de quem ele não se lembrava. Onde ela estava agora, ele não poderia dizer. Talvez ela tenha sofrido o pior para que ele fosse poupado. Aquela poderia ter sido a troca: a vida dela pela dele. E então talvez ela tenha sido levada para o leilão, os seios ainda cheios de leite materno feito especificamente para ele, que vazava quando ela ouvia a zombaria da multidão porque soava como uma criancinha chorando. Sem vestido para manchar, o leite descia por suas costelas, depois pelas coxas antes de atingir as tábuas de madeira do bloco para ser absorvido pelo calor e pelas árvores mortas.

E talvez ela se sentisse morta, apartada de seu bebê — se é que ele era o único. Ou ela poderia ter se sentido muito viva uma vez que viu a cor dele e percebeu que ele nunca seria tão escuro quanto ela e para sempre a lembraria apenas de seu tormento e algoz.

Ela poderia ter escapado? Ido para o norte por meio de algum tipo de subterfúgio brilhante que cobriu seus rastros e disfarçou seu cheiro para os cachorros? Folhas de menta e raiz de cebola usadas para ter um efeito atordoante e confundir e repelir. Noites dentro das cavernas mais profundas com Deus sabe o que ou em cima das árvores onde formigas vorazes eram apenas o início.

Ou ela estava livre ou pior. Era inútil refletir sobre, mas assim toda a existência de Adam era inútil, então ele continuou. E ele conseguia fazer isso relativamente em paz quando se sentava na carruagem, direcionando os cavalos a qualquer lugar que os Halifax quisessem que ele fosse. Ele, por nascimento, se não pela lei, era um Halifax também. Mas ainda assim: ele tinha de ser cuidadoso. Olhos sempre adiante. O rosto sempre para a frente. Ele não podia dar a menor impressão de que dava uma olhada à esquerda na direção das hortênsias selvagens e cor de creme que ladeavam partes do caminho de terra, ou para a direita, onde a *cyrilla* se juntava como uma família com dedos clementes e amarelos que apontavam casualmente para o chão. Muito menos poderia revelar que ele, de fato, viu o sol nascer e se pôr, e percebeu que o que cada momento fazia com o céu diferia de maneiras que volumes inteiros poderiam ser escritos a respeito e que ele poderia escrevê-los. Sem falar do cobertor macio que era a noite.

Os cavalos proporcionavam uma espécie de abrigo. O ritmo deles permanecia constante e assim a carruagem balançava e deixava Paul, Ruth, Timothy e, às vezes, James, propensos a uma soneca. Paul se aninhava com o cenho franzido. Ruth, um sorriso lúgubre. Timothy sempre tinha um bloco de esboços prestes a cair do colo. E James, mesmo durante o cochilo, mantinha o rifle muito apertado nas mãos.

Quando eles retornavam a Vazio, cada um deles parecia irritado por o passeio ter chegado ao fim, como se a plantação de algum modo os tivesse feito sentir que não havia descanso possível. Isso soava arrogante para Adam. Como eles ousavam pensar nas coisas que faziam como trabalho, ou que tinham o direito de descansar por causa delas? Enquanto isso, os pretos — às vezes ele gostava dessa palavra e às vezes não — acabavam com os dedos deles (nossos?) de tanto trabalhar, a tal ponto que até um abraço de boas-vindas era doloroso.

Ele, assim como todos os outros, tinha aquele peso para carregar e lugar algum onde deixá-lo exceto na repetição agridoce.

Então ele desatava os cavalos e os acariciava gentilmente no nariz. Ele sempre lhes fazia a mesma pergunta: "Vocês estão prontos pra comer?".

Depois ele os levava de volta ao celeiro e tomava um tempo para beber a doce água com Isaiah e Samuel.

Ele não conseguia compreender o estardalhaço, os sussurros que haviam crescido e ameaçavam ser ouvidos pelo Halifax errado. *E daí se eles se entrelaçam no silêncio da escuridão? Que diferença faz? As pessoas não têm que fazer o que for preciso pra aguentar mais um dia? Você não pode esperar que todo esse trabalho seja feito e que o sofrimento seja o único mestre a supervisioná-lo. Mesmo um preto precisa de alívio. Do contrário...*

Do contrário o quê? Até Adam sabia que isso devia permanecer inconfesso até que não fosse mais. Aquela era a única chance de vitória.

Todos eles bebendo do mesmo balde, com a mesma concha, passando a doçura entre eles, um atrás do outro, interrompidos apenas para mordiscar o pão de milho que Maggie pegou para eles mais cedo, e que eles estavam ansiosos para compartilhar. Ela sempre tratava aqueles garotos como se fossem dela, levando escondido para eles coisas que ela achava que ninguém percebia. Adam supôs que aquilo passava impune porque era visto como não muito diferente de engordar porcos. Já que Isaiah e Samuel eram mais bem alimentados, seus corpos eram mais definidos. Entre a comida e o trabalho, eles eram musculosos e escorregadios de suor. Só pelo rosto deles é que se podia saber que eles ainda eram apenas meninos.

"Como é", Adam perguntou em voz baixa, sabendo muito bem que a resposta nunca seria satisfatória. "Ter um ao outro?"

Samuel se esquivou, mas Isaiah expandiu o peito.

"Como deve ser", Isaiah disse. Samuel arrastou o pé para lá e para cá no chão, criando um arco na poeira.

"Mas vocês não têm medo que eles separem vocês?", Adam não conseguiu encontrar uma maneira mais delicada de dizer e achou que eles pudessem apreciar a abordagem direta, porque ela reconhecia que o laço deles era um fato, e não um problema.

Samuel olhou para ele. "Medo? Não. Não medo. Outras coisas, mas não medo."

"Que outras coisas?"

Samuel apenas resmungou. Adam sabia que isso significava que não importava. Para eles bastava. Santo Deus: bastava mesmo! Mas como? Como eles poderiam não precisar de mais de tudo: mais amor, mais vida, mais tempo?

Não passava despercebido a Adam o contraste gritante entre ele próprio e Isaiah e Samuel. Começava com a pele. A deles, uma era uma caverna profunda sem lampião para servir de guia; a outra, um céu da meia-noite, mas sem nenhuma estrela. Ele via sua própria pele como uma noite estrelada sem nenhum céu. Todas as três eram impossíveis, mas ali estavam eles, ligados por terreno e ressentimento, e ainda pela espessura dos lábios que delineavam a boca de uma maneira muito peculiar. Os de Adam eram mais rosados e, também, o que escancarava a verdade.

Quando ele molhava o cabelo e o puxava para trás, houve momentos em que mulheres toubab o olharam como se ele tivesse potencial, até que, ao olhar mais de perto, os lábios dele revelavam o crime em tal avaliação. Não havia nada que ele pudesse fazer a respeito dos lábios a não ser colocá-los para dentro. Mas em algum momento ele tinha de falar e eles se revelariam de novo. Se as mulheres conseguiam perceber, um captor ou uma multidão linchadora também conseguiriam. Os lábios eram o único traidor desde o nascimento.

Ele soube então, pelo menos, que sua mãe tinha a boca em formato de verdade, porque a dele também tinha. Mas a verdade atraía atenção para si de maneiras que costumavam ser danosas ao narrador. A admiração dele por Isaiah e Samuel aumentou porque eles estavam naquele celeiro, obscurecidos às sombras de uma verdade que irritava abertamente qualquer um acostumado a mentiras. Eles estavam no meio um do outro e isso machucava Adam tanto quanto o agradava.

Ele encontraria alguém com quem pudesse ficar? Não era como se ele nunca tivesse ficado com uma mulher antes, talvez até tivesse amado uma ou duas delas. Ele só não conseguia superar o fato de não ter escolha. Isso também estava sempre no rosto das mulheres. A má vontade vestia uma mulher de um jeito que o fazia querer chorar. E às vezes ele chorava. Embora nada disso alterasse suas ações — com ou sem ameaça de chicote.

Ele invejava Isaiah e Samuel. Boa vontade irradiava deles como calor. Acariciava as palavras deles, mesmo as mais duras. Adornava as mãos deles, sobretudo quando se tocavam. Eles olhavam nos olhos um do outro e, apesar de todos os esforços de Samuel para o contrário, algo se abria. Como Adam se sentia abençoado por ser uma testemunha da intenção pura! Ele poderia levar isso consigo a todos os lugares, até mesmo para o túmulo quando a hora chegasse. Não importava onde ele seria enterrado — se ele fosse enterrado: o mais provável era que ele viesse a morrer na ponta de uma forca e balançaria em uma árvore antes de ser incendiado e vasculhado por partes — ele ficaria radiante com a possibilidade que lhe foi mostrada, não com as brasas residuais de uma tocha cruel.

Ele o tinha consigo, o presente de Isaiah e Samuel, na frente do bar, onde esperava pacientemente por Paul. Observando as pessoas indo e vindo, pelas portas que balançavam e rangiam. Elas estavam rindo ou tropeçando. Estavam sozinhas e estavam em grupos. Ou estavam de braços dados com amantes que provavelmente só seriam abraçadas naquela noite solitária. Tudo isso — o barulho, o balanço, os passos altos — era tão diferente de Vazio. Cheio, talvez.

Adam esperava que, quando Paul por fim emergisse desse lugar animado, não estivesse muito bêbado. Os toubabs eram imprevisíveis por natureza e mais ainda depois de terem tomado destilados. Adam supôs que devia ser porque os destilados tinham uma caverna tão grande para preencher que precisavam trabalhar ainda mais dentro deles, e aquele trabalho interno adicional é o que deixava os toubabs mais maldosos por fora.

Ele tinha de ser especialmente cuidadoso agora no agitado centro de Vicksburg. A cidade mantinha sua energia até as primeiras horas da manhã graças sobretudo ao bar, que atraía toubabs de cidades vizinhas e até de lugares tão distantes quanto o Alabama. Em geral, Paul iria embora, terminando qualquer negócio assim que as coisas começassem a ficar alegres. Adam só conhecia o caráter implacável da cidade porque ele levava, na calada da noite, James para lá, quando James fingia que a carruagem era dele, e gastava seu minguado ordenado com bebidas e mulheres, o que parecia fazê-lo sentir-se como um homem melhor.

As coisas eram mais animadas nas noites de sábado. Era estranho, dado que aquelas eram as mesmas pessoas que lotavam as igrejas na manhã seguinte. Por outro lado, diziam que Jesus transformou água em vinho para tal frivolidade e ordenou o sabático para descanso. Então o que eles estavam fazendo na igreja? Ah, sim: eles estavam dormindo.

Um estranho se aproximou. Adam olhou para baixo rapidamente.

"Com liceeeeença. Você pode me indicar a direção da latrina maisss próxima, por favor?", o homem falou enrolado para Adam.

Com os lábios enfiados a salvo dentro da umidade da boca,

Adam apontou em direção à estrada, indo de volta na direção de Vazio. Era um pedaço escuro de estrada que parecia, em certo ponto, ser engolido pelo bosque. O homem olhou para o caminho. Ele estremeceu e então sorriu. Virou-se para Adam.

"Ali tá mais preto do que a boceta de uma preta. E onde exatamente você disse que é a latrina? Não estou vendo."

Adam levantou a cabeça e olhou para o homem. Ele já tinha molhado a calça, então uma latrina não faria a menor diferença para ele.

"Descendo a estrada e logo depois da curva à direita, senhor."

"Senhor?", o homem disse enquanto cambaleava um pouco para trás. "Do que você me chamou?"

"Acho melhor você ir agora", Adam disse, com o queixo enfiado no peito. Ele fez um movimento na direção do quadril como se estivesse carregando algo que ele não tinha. Ajeitou os ombros, abriu o peito, levantou o rosto e, por fim, olhou o homem nos olhos.

"Vá agora."

O homem o olhou com olhos embaçados. Ele deu um passo para mais perto da carruagem e apertou os olhos. Os lábios dele se abriram como se ele estivesse para fazer uma pergunta para Adam, uma pergunta que Adam conhecia antes de ser pronunciada. O homem rosnou um pouco, depois fez um gesto para Adam. Ele se virou e olhou para a escuridão, então andou vacilante em direção a ela.

Adam soltou o ar devagar e limpou o suor de cima do lábio com as costas da mão. O movimento o irritou. Ele ergueu a mão úmida na frente do rosto. Olhou-a. Não fazia sentido nenhum. Mesmo à noite, ela tinha a mesma cor de qualquer toubab, e ainda assim ele não era um deles. Ele era apenas o que podia ser visto no formato de sua boca. Ele cobriu a boca com a mão. Agora o que ele era? Bem, o que ele parecia era um tolo horrorizado ou um tolo com um segredo. De qualquer forma, um tolo.

Ele notou como o barulho trabalhava aqui. Era localizado, não vinha de todas as direções, mas só do bar. Enquanto isso, eles estavam cercados por um círculo de silêncio. Não que os bosques fossem destituídos de som, mas simplesmente que o som não era uma intrusão. Ele se movia com o pulsar de tudo, incluindo as batidas do coração de Adam. Era como se toda a criação estivesse inspirando e expirando. Até a escuridão parecia mover-se, mas ele sabia que isso era uma mera ilusão de ótica. Ele os vira em Vazio, na escuridão da sua choupana, que não era cheia de crianças, embora ele tivesse tido algumas. Elas estavam em outro lugar agora, se é que estavam vivas. Ele só tinha visto uma. Uma menina. Uma cor entre a dele e a da mãe, cujo nome estava perdido na memória. E não importava, porque o nome foi escolhido por Paul de qualquer forma e era provável que ela nunca tenha tido o próprio nome na língua de sua mãe, que era provável que estivesse morta. Uma bênção.

Na escuridão de sua choupana, ele tinha visto o movimento das sombras que deveriam estar paradas. O oscilar imitando os ritmos escuros das árvores; fazia sentido. Mas por que os sons regulares e escuros da porta ou os quadrados recortados da parede para ventilação também deveriam se mover quando o que eles representavam estava imóvel como pedra? Um jogo da mente. Era só isso. A solidão podia fazer isso com você. Nos momentos solitários, a realidade se desfazia e as leis físicas deixavam de cumprir suas promessas, especialmente no período entre o despertar e o sono, que é quando a fronteira entre aqui e lá era mais tênue. Era astuta a maneira como corujas pareciam falar línguas humanas e figuras havia muito desaparecidas surgiam do nada para visitar por um instante. E no entanto, quando você piscava ou limpava a crosta dos cílios, tudo voltava à chatice. Adam suspirou e aprendeu a ignorar a tentação que o levaria a acreditar que isso era algo além de provocação cruel.

Ele pensou que todo esse movimento fingido teria lhe dado o desejo de ele mesmo se movimentar, mas só o deixou cansado. Ele só queria fechar os olhos, mesmo que houvesse perigo nisso. No sono, havia...

O quê?

Descanso para o corpo talvez, mas nada para os exaustos. Sua cabeça balançou para a frente e depois voltou rápido para cima. Seus olhos estavam entediados. Ele se preocupou com que aparência teria aos toubabs festivos, mesmo quando estavam distraídos, por uma noite, com a fumaça e a bebida. Ele temia a coisa escondida em algum lugar dentro das entranhas das risadas deles, aquela coisa que os fazia dizer aos pretos o que diriam para si mesmos se tivessem coragem, o que costumavam dizer uns aos outros antes de os pretos terem se tornado uma perturbação infeliz. Se o notassem agora, quase sem conseguir manter a cabeça reta porque a noite o atingiu, eles diriam que os pretos são preguiçosos, mas estariam errados. Os pretos não eram preguiçosos; os pretos estavam cansados. Cansados até os ossos. E quando por fim não estavam mais: fogo.

Ele deixou os olhos se fecharem. A última coisa que viu foi a luz vermelha saindo do bar, mudando de formato, misturando-se com a noite para dar um brilho fosco a tudo.

"Sangrenta", Adam disse, sorrindo.

Quando por fim caiu no sono, cabeça reclinando, e roncando, ele sonhou com nada além de palavras.

Quando Adam viu Paul, esfarrapado, na sua frente, era como se peças discrepantes de sua realidade se encaixassem de imediato. Adam não estava contente com a imagem que se formara. Paul fedia a bebida e suas roupas estavam amassadas, a camisa para fora da calça e a calça aberta. Ele estava sujo. Havia perdido o equilíbrio e balançava para tentar mantê-lo. E seu chapéu havia sumido. Adam sentiu uma pontada na boca do estômago.

"Mestre. Tá tudo bem, senhor?", ele disse com um olhar genuíno de preocupação vestindo-o como se fosse o rosto verdadeiro e seu rosto fosse a máscara.

Paul balbuciou uma resposta que Adam não conseguiu entender. Ele pulou da carruagem e chegou um pouco mais perto. Pegou Paul quando este se inclinou um pouco demais sobre ele e respirou o inferno diretamente para dentro das narinas dele, o que o fez prender a respiração. Foi o mais perto que já esteve de seu pai. Talvez *pai* fosse uma palavra forte demais. Contudo, ele tinha uma urgência de estar em seus braços independente do cheiro e do peso. Paul, numa tentativa de recuperar a compostura, colocou as mãos no rosto de Adam.

"Preciso de você…"

Adam ficou de pé, segurando-o, perdendo-se e esquecendo-se de onde estava ao olhar no rosto dele. Ele ficou espantado com a pergunta porque parecia estar permeada de ternura. A mão de Paul em suas bochechas, sentir o pulsar de seu corpo e o suor se formando bem onde a palma cobria. É assim que é ser filho de alguém? Ele nunca havia se sentido tão próximo de chamar qualquer homem de papai, mas lá estava, subindo a garganta dele, alojada no fundo de sua língua, sedosa.

"Deus nos abençoou."

"Nós, mestre?"

Paul olhou para Adam e agora suas mãos foram das bochechas de Adam para o peito. Os olhos de Adam se arregalaram à medida que um sorriso surgiu aos poucos no rosto de Paul. Inapropriado, mas talvez Paul tivesse finalmente visto também — a ponte do nariz idêntica e a mesma testa musculosa que era inconfundivelmente Halifax. Não que ele já não soubesse, mas ver tudo tão de perto fez dele uma testemunha em primeira mão. Ele não precisou dizer. Ele não precisou dizer nada. Adam entendeu. A verdade podia ser conhecida desde que não fosse dita. Quando ganhava forma, a verdade devastava até o mais elaborado e fortificado dos muros. Nem os destroços estavam a salvo. Paul começou a tossir e Adam deu tapinhas nas costas dele antes de pegar o lampião na carruagem e segurá-lo perto do rosto de Paul, quase como se quisesse se assegurar de que ele não estava morrendo.

O rosto de Adam ficou lívido. Aqui estava ele, segurando esse homem que estava tremendo ainda que o calor não tivesse diminuído porque o sol havia se posto, então deve ter sido a bebida ou outra coisa qualquer que bagunçara seu cabelo e roupas. Adam limpou a garganta.

Sentiu uma agitação no estômago que poderia atravessar sua espinha e deixar um buraco ali que sua alma poderia usar para rastejar para fora do corpo. Para ir a algum lugar, para fazer algo que fosse digno da presença dele ali. Não a labuta comum que só pessoas sem imaginação com a mente mais baixa poderiam evocar. Mas algo que lhe desse o tempo para refletir se a escuridão podia, de fato, mover-se sozinha como se estivesse viva de verdade. E, a despeito do que qualquer toubab havia dito, ele tinha uma alma, e não por causa do toubab que interferiu e causou sua criação.

Desde que Paul dissera "nós" como se eles fossem mesmo parentes, talvez uma rachadura pudesse ser transformada em um vão. Se tivesse a coragem, Adam teria perguntado a ele sobre sua mãe. O que ela pensou sobre dar à luz essa criança especial? (Ele só havia pensado sobre si mesmo como alguém especial por causa do modo como ele podia passar de se encaixar a não se encaixar em muitos dos espaços que habitava.) Essa criança especial que saiu do útero da mais preta das mulheres, brilhante como um raio de sol, e que poderia muito bem ter sido um toubab não fosse a boca reveladora.

Talvez Paul também a tratasse como especial. Mas o que aquilo poderia significar na condição de morta ou pior? Adam gostava de abrir espaço para as possibilidades. Isso é o que a linha que o cortava tão certo como o meridiano primordial permitia: dançar nos dois lados, pensar uma coisa em teoria, medi-la, observá-la, deixá-la vagar pela mente apenas porque aquele era o único lugar privado para alguém como ele. No final, ele tinha uma escolha a fazer: devolvê-la ao seu devido dono ou enfiá-la em sua própria calça para ser usada algum momento mais tarde, se ele ainda estivesse ali para usá-la.

Paul tropeçou de novo e Adam o segurou e o levantou. Ele percebeu que mesmo o peso morto de Paul não era tão pesado quanto ele imaginava que seria. Paul tinha falado, murmurado algumas coisas estranhas sobre Deus que Adam mal conseguia entender porque a língua de Paul estava amarrada pelos destilados. Mas isso era menos estranho do que a maneira como Paul havia segurado o rosto dele entre as duas mãos e olhado nos olhos dele sem pedir a Adam para desviar o olhar. Essa foi a primeira vez que Adam viu, inabalável, os olhos do pai, os mesmos olhos que olharam para sua mãe ou, mais honestamente, desviaram o olhar dela, e qualquer que fosse a linha tênue entre os dois.

Ele queria acreditar que o olhar frio era uma interpretação errônea. Mas mesmo quando Paul havia tentado ser gentil e usar sua cena momentânea de bêbado como uma desculpa, os olhos dele continuavam a dizer a verdade. Eles eram duros. Lacrimejantes, mas ainda uma ameaça dourada.

Esses eram os olhos sobre os quais sua mãe também foi advertida a não olhar, nem mesmo quando ela estava no chão em alguma Porra de Lugar mais antigo que ficava camadas abaixo daquele que eles conheciam tão bem. Ele não tinha certeza se Paul olhou para ela ou desviou o olhar, mas ele estava certo de que sua mãe desviou o olhar. Ele podia sentir isso agora. Ele procurou nas profundezas dos olhos de Paul pelo rosto dela e ele não estava lá, o que significava que ele só teve o corpo dela, mas jamais teve sua mente. Sem dúvida, depois de tudo ela mesma deve tê-la perdido. Não era culpa dela.

Mas por que Paul a trataria de maneira especial? Dada a cor dele, mais branco do que o puro preto permitiria, ele se perguntava se sua avó ou avô também foram estuprados. Mais provável que fosse sua avó, pois se fosse o avô, sua mãe teria sido uma mulher livre de acordo com a lei, tornando-o portanto um homem livre. Não que eles honrassem a lei acima da pele. Os mandamentos deles — aleatórios, arbitrários e completamente provisórios — estilhaçavam o sentido em pedaços. Pai podia também ser tio. Adam pensou que toda sua vida era uma aposta. Sua liberdade ou cativeiro dependiam de algo tão frágil quanto qual dos pais toubabs era descarado.

Não era mais seguro lembrar de sua mãe. Fazer isso poderia trazê-la de volta ao mesmo lugar e à mesma condição da qual saiu. Ele não queria ser cruel. Mas, mais do que tudo, ele pensou que o infortúnio que ela traria consigo, que poderia, ele tinha certeza, nivelar o chão em que pisavam, não seria apenas um perigo para Paul. Ele estava tentado, entretanto, a correr o risco mesmo que significasse a ruína. Apenas vê-la e ver se ele podia ver o rosto dele no dela. A boca, ele já sabia.

"Tudo bem agora, mestre", ele disse para um Paul que ainda sorria. "Quer que eu te leve de volta pra casa-grande?"

O lampião se apagou e Paul enterrou o rosto no peito de Adam, e, antes que Adam pudesse perguntar mais uma vez, escutou o ronco. Ele levantou Paul e o colocou dentro da carruagem, derrubando-o com mais força do que pretendia. Olhou para ele por um instante. Esse homem, esse homem exercia poder apenas com sua palavra. Em menor número, mas pela mera força de sua vontade havia dobrado não só a terra, mas as inúmeras pessoas sob seu controle. Como muitos podiam ter medo de um? Os pretos na clareira estavam certos: o deus dos toubabs deve ser o deus certo.

Adam fechou a porta da carruagem e subiu de volta ao seu assento. Puxou as rédeas e os cavalos viraram a carruagem lentamente de volta à direção de Vazio.

Se algum bando os tivesse encontrado no caminho, Paul estava num sono muito profundo para poder ajudar. Eles conseguiriam arrebatar Adam bem debaixo do nariz de Paul e vendê-lo rio abaixo para alguns tolos irritadiços que achariam sua pele curiosa e seus lábios mais ainda. Os que eram como ele eram vendidos um pouco mais caro porque eram vistos como mais capazes de inteligência, portanto menos frustrantes de instruir. Mas tinham que ser vigiados de perto para garantir que não se misturassem. Nada que um ferro quente no peito não resolvesse.

Adam esperava que a mata fechada que os ladeava e a bondade das flores adormecidas fossem a cerca entre eles e ladrões. A alternativa era tão perigosa quanto. Ele poderia ter de matar um toubab, o que era outra maneira de dizer que ele teria de morrer por suicídio. Nunca houve nenhuma escolha verdadeira para pessoas acorrentadas neste mundo, mas para os fortes...

Não é que as pessoas amavam os fortes. Não. Os fortes eram só para ser temidos, aplacados, enganados na esperança de obter favores, um conforto, mesmo que por um instante. Era que eles desprezavam os fracos. Eles desprezavam a fraqueza porque não tinha nada da pompa e fervor erguidos para disfarçar sua natureza essencial como havia com os fortes. Na frágil misericórdia que é a fraqueza, o peso do fingimento não pode ser suportado. Tudo des-

morona, restando apenas os escombros, as vítimas, e uma camada fina de poeira cobrindo o ar. Isso fica preso nos pulmões e sufoca todos que inalam e todos devem inalar devidamente; a natureza assim comanda. Melhor dizendo, a fraqueza nada mais é do que um reflexo rigoroso dos rostos que a maioria deseja esconder. O rosto triste, o rosto enlutado, o rosto choroso que encarou o abismo e descobriu que não há nada olhando de volta. Vazio. Só havíamos nós: os filhos do Vazio, cada um deles um canibal. A fraqueza revelando como é miserável que não exista algo como a graça.

Adam parou os cavalos. A noite estava densa, o ar estava pesado e tudo estava quieto. Os grilos trilavam, as rodas da carroça rangiam e o rugido de Paul permanecia, mas, do contrário, só havia silêncio. Nenhum passo. Nenhum arbusto farfalhando mais do que deveria. Nenhuma sombra de formato humano lançando escuridão em formato humano sobre as sombras da natureza, que já eram escuras o bastante. Não havia necessidade de ter pressa e Adam aproveitou o ar livre, a fragrância do pinheiro e um céu cheio de estrelas, olhando para a esquerda e para a direita como quisesse, porque imaginou que Paul estava dormindo. Ouviu os insetos zunindo, alguns bateram em seu rosto, inofensivos. Por menor que fosse, isso era paz.

Ele sacudiu as rédeas e os cavalos se moveram de novo. Eles cavalgaram devagar. A perna de Adam balançou suavemente ao ritmo que ele mesmo criava. Os cascos dos cavalos estalavam. As folhas das árvores farfalharam com a pequena mas bem-vinda brisa que a noite às vezes era suficientemente cortês para dar depois de um dia que havia sido tão avarento quanto quisera ser. Adam se permitiu relaxar a postura. Ele sentiu então: como era penoso permanecer com as costas retas. Mantinha a espinha em um aperto forte; talvez ele fosse mais sensível a isso porque a espinha era parte da fronteira natural que impedia que um lado dele cumprimentasse o outro civilizadamente.

Quando fizeram a curva na direção dos limites de Vazio, ele não conseguia ver uma única choupana à distância; as pessoas estavam dormindo. Mas havia um pequeno brilho vindo de algum lugar. Mortos de cansaço, com certeza, dos campos e ansiosos para que domingo chegasse logo para que pudessem descansar em seus paletes até pouco antes do meio-dia e vagar preguiçosamente até a clareira para louvar algo no céu que se recusava a olhar qualquer coisa abaixo. Ao longe, as choupanas estavam apagadas e nem a lua nem a luz das estrelas podiam corrigir isso.

Adam chegou ao portão. Antes de descer da carruagem para abri-lo, ele cheirou o ar. Além das flores, do mato e dos animais, havia algo que ele não conseguia captar direito ou nomear, mas mesmo os sem nome ocupavam espaço. Ele escorregou do assento e empurrou o portão para abri-lo. Uma parte se arrastou no chão, aprofundando, só um pouco, o caminho que já havia sido entalhado debaixo dele.

Ele foi até a carruagem, então abriu a porta para encontrar Paul ainda roncando — relaxado, babando e parecendo indefeso. Adam se inclinou para perto. Levemente, ele conseguiu ver a pulsação no pescoço de Paul. Suavemente, o peito de Paul se movia e cedia a um ritmo que não era de todo previsível. Estava estranho, e a testa franzida de Adam poderia ser lida como preocupação se seus olhos não estivessem olhando de esguelha. *Seria tão fácil*, ele disse a si mesmo. Ele chegou perto do rosto de Paul, notando pela primeira vez as rugas que o chapéu costumava cobrir. A preocupação desgastava o rosto assim às vezes, bem no meio da testa, para todo mundo ver, três delas, para contar a história. Um aviso.

Adam estendeu a mão para tocá-las e, talvez mais. Assim que tocou, os olhos de Paul se abriram. Paul levantou o queixo e estreitou os olhos.

"O que você está fazendo?", ele disse enquanto se levantava e ficava em uma posição erguida.

"Tentando acordar você, mestre. Tamo em casa."

Os dois estavam imóveis, Adam olhando para baixo, Paul olhando para Adam. Eles permaneceram daquele jeito por um tempo, permitindo que o silêncio preenchesse as lacunas, palavras pousadas bem dentro da boca deles, pressionando o lado mais macio dos lábios, ambos à beira de algo afiado cortando o interior antes de atingir o alvo. *Como seria chamá-lo de "papai"*, Adam pensou. Então concluiu que não valeria a pena descobrir.

"Bem. Prossiga, então. Me leve de volta para casa", Paul disse, ainda que Adam tivesse a sensação de que ele queria dizer outra coisa.

Ele saiu da carruagem, pegou os cavalos pelas rédeas e puxou. Eles o seguiram pelo portão e até a casa-grande, onde pararam. Adam ajudou Paul a sair da carruagem. Paul tropeçou um pouco, como um homem que não havia usado as pernas por um tempo e não podia mais senti-las. Mas ele rapidamente encontrou seu equilíbrio. Olhou para cima e sua expressão passou de indiferença para apreensão. De algum lugar, ele tinha recuperado a si mesmo, e o Paul de Vicksburg desapareceu e foi substituído pelo Paul de Vazio.

Ele não precisava de Adam, então Adam não foi atrás dele. O preço de fazer um favor que não fora pedido era caro. Apegar-se à rotina era a opção mais segura. Por isso Adam puxou os cavalos na direção do celeiro. Ele parou na cerca e a abriu antes de levar os cavalos, ainda presos à carruagem.

Passou pelo espaço entre os cavalos e a carruagem e desfez a conexão. Depois ele desafivelou e soltou todas as tiras de couro que seguravam os cavalos no lugar, algumas que limitavam seus movimentos ou outras que bloqueavam suas linhas de visão. Mas ele deixou as rédeas porque era como os levaria de volta a Isaiah e Samuel, que as retirariam depois de os terem colocado em suas baias. Então, se eles não estivessem muito cansados, ofereceriam um pouco de água a Adam e talvez conversassem um pouco antes que ele caminhasse de volta para sua choupana, sozinho, quieto, aborrecido, vazio.

Normalmente, Isaiah e Samuel estariam acordados. Mas se não estivessem, ele não os acordaria. Era domingo agora e tudo o que os pretos tinham era o domingo. Ele mesmo tiraria as rédeas dos cavalos e os levaria às baias.

Ouviu movimento. Eles estavam acordados. Que bom. Ele se perguntou se eles se incomodariam se ele contasse sobre Paul ter usado a palavra "nós" mesmo durante um estupor bêbado. E eles também entenderiam se ele lhes contasse sobre a linha? Com certeza entenderiam se ninguém mais entendia. Eles, os dois, também não tinham uma linha atingindo-os bem no meio?

Mais e mais perto do celeiro e o barulho que vinha de dentro estava ficando mais alto do que os sons que quaisquer duas pessoas poderiam produzir.

Samuel

Eu embalei você nos braços porque você era o único que sabia que eu não era um bloco de madeira.

Eles ficaram em pé na escuridão, perfeitamente imóveis. Levantaram a voz não mais alto do que os sons da noite que os cercava. Paul fora até eles — e também fez um belo papel de bobo. Mas a visita dele era um sinal claro de que a hora havia chegado. Timothy também estava esperando, era provável que entrasse no celeiro agora se Samuel não fosse até ele, suportasse uma farsa, e depois fosse mandado embora com pressa para que o segredo de Timothy pudesse ser mais bem guardado que o deles.

Não haveria discussão. Não haveria súplica. *Só façam. Agora. Depois corram. Como a Maggie disse.*

Eles se encararam, mas nenhum dos dois se mexeu.

"Mas se você for...", Isaiah rogou.

"Eu sei." Samuel suspirou.

"Eles com certeza vão vir atrás da gente se você..."

"Eles com certeza vão vir atrás da gente de qualquer jeito."

Mais cedo, entre alimentar os porcos e os frangos, eles haviam desenhado na terra: a margem, o rio, as árvores. Mais além, eles não conheciam. Estudaram o desenho cuidadosamente antes de Samuel apagá-lo com o pé descalço. Entre as patrulhas (certifique-se de esperar pelas batidas; até os toubabs têm um ritmo particular) libertar os animais, seguir para o rio. Comida seria um problema. Não havia nada para protegê-la da água. Então eles precisariam procurar por comida assim que atravessassem, onde eles permaneceriam no lado selvagem até que a passagem norte — depois dos dentes cerrados do Tennessee, das garras fortes do Kentucky, para os braços incertos de Illinois — para a terra livre fosse possível. Os Choctaw eram conhecidos por dar abrigo apesar dos rumores que Paul e os outros haviam espalhado sobre canibalismo e a doçura peculiar da carne preta, projetando os pecados deles em estranhos.

Isaiah se moveu devagar até Samuel e colocou os braços ao redor da cintura dele. Empurrou seu corpo contra o dele. Samuel jogou um braço ao redor do pescoço de Isaiah. Eles encostaram os rostos. Por um longo instante, respiraram pesadamente um no outro. Um deles tossiu. O outro se engasgou. Um soluço e sua recusa. Eles esfregaram as testas uma na outra. Por fim, Isaiah colocou a mão no maxilar de Samuel e eles se olharam nos olhos. Beijaram-se. Não era nem suave nem bruto, mas era cheio. Algo havia sido trocado.

Quando eles soltaram um ao outro, Samuel enxugou o rosto de Isaiah. Isaiah se afastou. Ele se abaixou, tateando em busca da lamparina. Tocou o topo dela e a pegou. Caminhou até a parede de ferramentas, pegou uma pederneira e a acendeu. Ele passou a lamparina para Samuel.

"Do outro lado do rio", Isaiah disse.

"Só continue nadando. Mesmo se a gente não conseguir se ver na água. Nos encontramos no outro lado, no meio das árvores. Subimos nelas se precisar", Samuel disse. "Se eu não estiver bem atrás de você..."

"Talvez outro jeito..."

"Preciso de alguma coisa afiada", Samuel insistiu.

Isaiah suspirou. "Eu tenho a minha inteligência."

"Como você vai ser mais inteligente que uma arma?"

"Um machado não é melhor."

Samuel sentiu algo, então, duro contra suas costas, não muito diferente de um amante, inflexível, muito perto, obsequioso ou mortal, dependendo da intenção do portador. Ele o escondia quando Isaiah estava se preparando em outro lugar, mas de algum modo Isaiah sabia. Ou melhor, o conhecia. Eram coisas como essas que tornavam Isaiah querido para ele: o conhecimento, o toque, a visão. Eles eram diferentes, mas de algum modo estava tudo bem. Parecia natural.

Tá bom, então. Não leve nada. Nem uma única coisa deste lugar. Nem mesmo uma memória. Pesado demais, acho. Poderia muito bem carregar o fardo por nós dois. Sempre foi assim mesmo.

Isaiah parou. Inclinou-se um pouco, medindo Samuel. "Você tá se preparando pra se aborrecer agora?"

"Uma hora tão boa quanto qualquer outra", Samuel disse. Ele deu as costas para Isaiah e olhou para fora do celeiro. De fato, aborrecia-o como a plantação podia ser exuberante: um verde profundo onde vermelhos, amarelos ou mesmo roxos podiam aparecer em qualquer e todo lugar sem aviso. Os pássaros voavam, mergulhavam e disparavam em arcos e círculos, esquivando-se ou colidindo com os raios de sol, entoando canções do alto das copas das árvores que ninguém tinha o direito de ouvir. Como a natureza ousava continuar como se o sofrimento dele não fizesse nem um arranhão, como se o derramamento de sangue e os corpos estirados fossem comuns, para serem reduzidos a fertilizantes por insetos e sugados pelas safras. Não mais do que bosta de vaca no grande esquema das coisas. A mesma cor também.

A chuva também caía, do mesmo jeito, bem no rosto apenas para obscurecer as lágrimas, misturar-se a elas, lavá-las, mas deixar, ainda assim, a dor intocada; muito pelo contrário, ela assegurava que a dor continuasse a brilhar. O universo teria de pagar por sua indiferença. Ou alguém pagaria.

Crescia dentro dele o pensamento de que a paz podia ter durado um pouco mais se eles tivessem escutado Amos. Talvez não, porque nunca se sabe com os toubabs. Eles faziam muita cerimônia sobre seus tratados, mas aqueles pedaços de pergaminho não significavam nada além de *Tome cuidado*. Amos os havia abandonado rápido demais, sim, mas Samuel também sentia que Isaiah havia sido resoluto demais e forçado Samuel a ser assim também. Faria mal ser um conforto para Puah só uma vez? Isaiah devia saber, já que ele havia sido o conforto de Essie. Por que Isaiah não lhe contou sobre isso? Ele não parava de falar, não parava de fazer perguntas, mas nenhuma palavra era sobre o que se passou com a Essie.

Talvez a gente não seja melhor que as pessoas, Samuel pensou. *Quem a gente é pra pensar que porque quando a gente se deita junto parece água e luar que a gente tá longe do perigo? E quem chega perto a gente bota em perigo também. De onde essa coragem vem que a gente escolhe apanhar em vez de ter paz? Olha onde a gente tá agora. Agora a gente podia tá morto. Sim. A gente podia tá morto.*

Samuel foi até a porta. Virou-se e olhou para Isaiah. A morte que ele sentia por dentro não se moveu na direção de Isaiah. Não, ali ele sentiu algo se mover e chutar. Ali ele sentiu algo tremer e bocejar. Ele tinha tentado desviar o olhar, mas aquilo o chamava. Chamava seu nome e ele estava ansioso, tropeçando em si mesmo para dizer "Sim, estou aqui!".

Estava quase acontecendo. Quase acontecendo em seus olhos. *Vá embora, névoa! Não desça aqui.*

"Eu não quero", Isaiah disse. Ele foi até Samuel e pegou a mão dele.

Samuel olhou para os dedos deles entrelaçados. Apertou bem forte. "Corre", ele disse, olhando fundo dentro de Isaiah, dessa vez sem medo. Então ele disparou pela noite, sua lamparina era a única evidência de que ele estava ali.

Vazio era tudo o que Samuel já conhecera. Sua primeira memória era de estar deitado sobre um cobertor, cercado de algodoeiros, e escutar vozes que murmuravam uma canção. De repente, ele estava no peito de alguém e ela estava sorrindo. Depois ele estava no meio de um bando de crianças, e eles levaram algumas das outras crianças embora, e ele ficou ali com algumas para carregar água de lá para cá do poço para o campo. Logo, ele passou a levar comida — primeiro para as pessoas, depois para os animais. E todos os dias corriam juntos, não valia a pena delineá-los até o dia em que aquele garoto chegou, o com os lábios ressecados e a pele tão preta quanto o sol poderia deixá-la. Samuel lhe deu um pouco de água e Isaiah espreitou sua alma. Samuel ficou chocado e seus olhos se arregalaram ao sentir algo tocá-lo do lado de dentro, como uma canção se desenrolando em suas entranhas. Fazia cócegas. Ele imaginou que aquele era o dia em que nasceu de verdade, aquele era o seu aniversário, se é que já tivera um.

Quantas meias-noites eles tiveram entre si? Uma plateia de animais, mais bondosos que os toubabs, que podiam guardar para si o que sabiam. Ele e Isaiah haviam tropeçado em algo que ele nunca tinha visto antes. Houve certa vez alguém chamado Henry que só respondia por Emma, mas era diferente. Ela não era um homem e todos, menos os toubabs, sabiam. Mas não era a mesma coisa. Ninguém ligava muito para Samuel e Isaiah, até que uma pessoa pensou que também poderia ser um toubab e que os dois simplesmente não podiam coexistir.

Durante sua tagarelice eterna, Isaiah se queixava sem parar das correntes e quem segurava o que, mas isso não passava de um acordo de covardes. Homens amedrontados sempre tinham línguas de prata, e esse era o defeito de Isaiah. Ainda assim, Samuel se encolheria em si mesmo apenas para Isaiah. Ele tinha as marcas em seu interior para provar. Quando finalmente estivessem longe desse lugar e no mundo, em algum lugar distante onde se dizia que os animais corriam como trovões, ele ensinaria Isaiah como falar não em metais, mas em carne.

"Você nunca fica cansado, Zay? Cansado de implorar pela sua vida? Tudo o que você faz — como sorri, como anda, pra onde você olha e não olha — é só uma outra maneira de implorar pela sua vida. Você *nunca* fica cansado?"

Ele tivera a intenção de expressar isso só com os olhos, mas a boca tinha seu poder de decidir.

Isaiah se sentou em uma pilha de feno. Inclinou-se para trás e depois se sentou de novo de imediato. Trouxe os joelhos até o peito e os abraçou. Então esfregou a cabeça.

"Eu fico cansado, mas quero viver", ele disse.

Vê? Foi aí que Isaiah fraquejara. Para sobreviver neste lugar, você precisava querer morrer. Esse era o curso do mundo refeito pelos toubabs, e a lista de queixas de Samuel era longa: eles empurravam as pessoas na lama e depois as chamavam de imundas. Eles proibiam as pessoas de acessar qualquer conhecimento do mundo e depois as chamavam de simplórias. Eles faziam as pessoas trabalharem até que suas mãos vazias se contorcessem, sangrassem e não pudessem fazer mais nada, depois as chamavam de preguiçosas. Eles forçavam as pessoas a comer vísceras dentro de cochos e depois as chamavam de incivilizadas. Eles sequestravam bebês e estilhaçavam famílias e depois diziam que elas eram incapazes de amar. Eles estupravam e linchavam e cortavam as pessoas em pedaços e depois chamavam os pedaços de selvagens. Eles pisavam na garganta das pessoas com todo o poder deles e perguntavam por que as pessoas não conseguiam respirar. E então, quando as pessoas faziam uma tentativa de quebrar ou cortar o pé fora, eles gritavam "CAOS!" e alegavam que assassinato em massa era o único jeito de restaurar a ordem.

Eles elogiavam cada margarida e então chamavam cada amora de mancha. Eles sangravam a cor do rosto de Deus, davam-lhe um balanço entre as pernas e o chamavam de santo. Depois, quando estavam fartos de quebrar coisas, eles apontavam para o céu e chamavam a cor do próprio universo de pecado. E o mundo todo acreditava neles, até alguns do povo de Samuel. Especialmente alguns do povo de Samuel. Era inconveniente e dificultava para abrir o coração ter um sentimento de lealdade que não fosse uma estratégia. Era mais fácil trancar-se dentro de si mesmo e balançar-se até dormir.

Menos Isaiah.

Isaiah o havia expandido, dado a ele outro corpo em que confiar, o fez sonhar que uma dança não era apenas possível, mas algo que eles poderiam fazer juntos, fariam juntos, no minuto em que estivessem livres. Uma coisa horrível aumentar as esperanças de um homem assim. A esperança o fez se sentir de peito aberto, desabrigado de tal maneira que poderia deixar qualquer coisa, incluindo o fracasso, fazer seu lar ali dentro, transformar-se em semente e enraizar-se, enrolar suas vinhas ao redor daquilo que é vital e apertar até que a única opção fosse cuspir as estranhas antes de se engasgar com elas. Isaiah tolo.

Mas como é doce a sua afeição.

Quando Samuel chegou à casa-grande, estava escuro. Não havia uma única vela acesa. A porta da varanda atrás da casa estava aberta como Timothy disse que estaria. Maggie estava sobre um catre em um pequeno quarto lateral. Os punhos dela estavam firmemente cerrados e pressionados contra o peito, como se ela estivesse pronta para algo.

"Ele me disse pra deixar essa porta aberta. Por que eu não tranco, eu não sei", ela sussurrou.

Samuel só ficou meio surpreso por ela ainda estar acordada. Chegou mais perto dela com a lamparina erguida à frente dele. O rosto dela estava retorcido de desconfiança. Samuel a amava por isso. Ela seria de quem mais sentiria saudades.

"Você tá quente", Samuel disse, o que fez com que Maggie sorrisse. "Eu vou por aqui?", ele perguntou, apontando para a cozinha.

"Você precisa ir por ali", Maggie respondeu, apontando para fora, na direção do rio.

"Você tá parecendo o Isaiah", ele resmungou.

"Parece que o Isaiah tem bom senso. Cadê o seu?"

"Eu tenho bom senso, srta. Maggie. É só essa última coisa e aí eu dou atenção pra você.

"Me escuta agora", Maggie disse suavemente. Ela se apoiou numa parede próxima e se levantou. Samuel lhe estendeu a mão para ajudar, mas ela recusou. "Você tá nesse lugar, mas você não é dele. Ouviu o que falei? Nem você, nem Isaiah — como você chama ele, Zay? —, nenhum de vocês dois pertence a esse lugar. Agora, eu não tô dizendo que você não é bem-vindo. Não. O que eu tô dizendo é que tem um lugar muito melhor pra você, talvez não algum lugar, mas algum *tempo*. Se esse tempo em particular tá pra frente ou atrás, eu não tenho mais o poder de dizer. Quando você não usa algo, você perde algo, sabe. Mas eu sei que não é *este* tempo. Por isso você tem que criar um lugar pra encontrar o tempo a que você pertence. É isso que eles me dizem."

"Que quem te disse?"

Maggie apontou para fora e Samuel viu uma sombra lampejar.

"Hum-hum. Você viu também. Consigo ver pelos seus olhos", ela disse. "Significa que você recebeu."

Samuel ainda estava olhando para fora, mas aquela sombra já tinha passado. "Recebeu o quê?"

"O favor. É uma coisa passada de geração pra geração. Às vezes pula uma, mas você recebeu de qualquer forma."

Samuel olhou para Maggie. "De onde eu recebi?"

Maggie olhou para fora. "Deles, suponho."

Samuel não entendeu. Seu olhar se voltou para fora. Ele esperava que Isaiah já estivesse na metade do rio. Havia apenas uma batida entre as patrulhas.

"Srta. Maggie, eu preciso…"

"Eu sei." Maggie sorriu. "Uma pena, mas você precisa."

Ela deu alguns passos quebrados até ele e jogou os braços ao redor dele. Samuel endureceu. Teve medo de que a sombra pudesse montar nas costas dela de novo e agarrá-lo junto com os braços que o envolviam agora. Mas ele não a viu, o que lhe deu o espaço que precisava para curvar-se um pouco para o abraço de Maggie. Ela afagou o topo da cabeça dele.

"Tolo", ela disse suavemente. "Mas se você vai por aqui…" Ela apontou na direção da cozinha e da entrada à direita. Então ela parou. "Sabe, você me lembra alguém. Um homem que se chamava o Próprio Ayo, mas os toubabs o chamavam de Daniel."

Samuel sorriu para o primeiro nome, porque ele soava como algo importante. Olhou para ela. "Você é quente, srta. Maggie. Sempre foi."

Então ele saiu da varanda.

Caminhou pela casa devagar, esforçando-se para enxergar os cômodos cheios de coisas — muitas coisas que ele não conseguia imaginar para que serviam. E tantos espelhos, o que não o surpreendeu nem um pouco. Ele olhou para um e pensou ter visto dois rostos. Talvez o outro fosse o da sua mãe?

Subiu as escadas e as sombras tremeluziram e esvaneceram, cresceram e diminuíram enquanto ele subia e andava pelo corredor do segundo andar. Quando chegou ao quarto de Timothy, que estava bem onde Timothy disse que estaria, Timothy estava ali, não muito longe da porta, nu como viera ao mundo, no escuro. Samuel quase derrubou o lampião.

"Não sei ao certo quando meu pai voltará, mas acho que será logo." Timothy sorriu. "Ele não levou James com ele, por isso não sei se ele ficará fora por muito tempo."

Ele puxou Samuel para perto de si e plantou um beijo direto em sua boca. Samuel afastou-se um pouco, repelido pela sensação de enganação. Timothy, percebendo seu choque, afastou-se devagar.

"Imagino que você nunca esteve em uma cama como essa antes", ele disse, apontando para ela. Ele se aproximou de Samuel de novo agora que percebeu que o gelo havia sido quebrado e talvez o volume nas calças de Samuel não fosse um jogo de sombras. "Já esteve?", Timothy sussurrou no ouvido de Samuel.

Samuel sacudiu a cabeça.

"Venha."

Timothy o levou até a cama.

"Pode colocar a lamparina ali", ele disse, apontando para uma mesa em frente às janelas.

Samuel olhou para a lua, um semicírculo branco e brilhante no escuro. Ele não tinha se dado conta antes de que Timothy tinha a mesma cor fria, e se perguntou se era de lá que todos os toubabs vieram, se eles caíram aqui por acidente ou punição, e era por isso que eles eram tão problemáticos: eles apenas estavam com saudades de casa.

Samuel olhou no espelho que ficava em um canto do quarto de Timothy. Isaiah lhe disse uma vez que ele poderia encontrar o rosto da mãe em seu próprio rosto. Então, quando ia ao rio, ele olhava para o seu reflexo para ver. Lá estava seu rosto, só um pouco distorcido sobre a pele da água. Quando sorria, ele achava que talvez as covinhas que apareciam em suas bochechas fossem onde ele poderia vê-la. Trancado em um sorriso, ele a encontrou onde nunca havia pensado em procurar. E talvez na maneira com que seu nariz se alargava e se espalhava pelo seu rosto com esse conhecimento, talvez isso sinalizasse seu pai, de quem ele tinha certeza de que havia herdado a impaciência e o apego teimoso ao amor.

No espelho, a imagem era muito mais clara que a do rio. Ele olhou de perto. Algo rolou de seus olhos e não eram lágrimas. Guerra talvez, o selvagem. Havia um tempo e um lugar para o selvagem, mas na maioria das vezes tinha de ser contido, reservado, posto de lado para não interferir nos momentos em que ele tinha de ser terno. Ou astuto.

Ele pensou sobre como seu pai deveria ter sido, se ele foi forçado a ficar com sua mãe em alguma outra Porra de Lugar. Alguns deles forçavam, de todo modo. Perguntava-se se eles teriam, em vez disso, tropeçado um no outro, desastradamente, mas por vontade própria, unidos em um movimento desajeitado e olhares levemente desviados, mas sorrindo ainda assim. Tão livres quanto poderiam ser dadas as circunstâncias. Como ele e Isaiah.

O que Samuel não sabia, inventava. O nome de seu pai, então, era Stuart, um nome que ele havia escutado Paul chamar um de seus amigos uma vez. Samuel gostou do nome imediatamente porque o lembrava de escarradas, algo que ele imaginava que seu pai tivesse feito diante do seu próprio mestre, o que explicava sua ausência. Ele devia ter recebido sua força do Stu, Samuel pensou, apesar de ter imaginado que foi sua mãe que sobreviveu.

"Eu sei que você não é tão tímido quanto parece", Timothy disse a ele, quebrando a concentração de Samuel. "Eu vi você e o Isaiah, sabe. À noite, eu vi vocês."

Samuel se mexeu, desconfortável. A lâmina cravou em suas costas.

"Tire as roupas, Samuel. Ou devo chamá-lo de Sam? Venha deitar-se comigo."

Devagar, Samuel tirou a camisa. Timothy estremeceu.

"Sua cor é diferente da de Isaiah." Os olhos de Timothy se suavizaram e ele acariciou a própria bochecha. "Ele disse que roxo era a cor que ele mais gostava. Pensei que ele só estivesse repetindo as minhas palavras." Ele se levantou da cama e foi na direção de Samuel.

"No Norte, neva no inverno. Você sabe o que é neve? Você já viu? Não, provavelmente, não. Não acontece muito por aqui." Ele tocou o peito de Samuel. "É o que acontece quando chove, mas faz tanto frio do lado de fora que a chuva congela e cai do céu como pedacinhos de algodão. É uma bela visão. O chão fica coberto com ela e, de alguma maneira, as coisas ficam muito tranquilas. As crianças amam. Elas brincam e riem e arremessam neve umas nas outras. Fica difícil andar, contudo. Carruagens não conseguem nem passar pela estrada. Você nem consegue ver a estrada na verdade porque fica toda coberta de neve. O mundo todo, parece, fica branco. É tão tranquilo." Ele deslizou o dedo até o umbigo de Samuel. "Mas depois de alguns dias, depois que as pessoas a pisoteiam e ela começa a derreter, fica tudo tão bagunçado. E ela desarruma a sua roupa e você carrega a bagunça para o quarto e tudo o que você começa a fazer é ansiar pela primavera de novo. Eu juro, você venderia sua alma só pra ver uma flor desabrochar em algum lugar. Foi isso que me fez sentir saudades de casa. Lá em Massachusetts, os invernos são tão longos e brutais que você começa a pensar que nunca mais vai ver uma flor de novo. Não é verdade, claro. Mas, por um tempo, você acha que as cores nunca mais vão voltar. Talvez um dia você consiga ver o Norte no inverno."

Samuel não queria estar em lugar algum onde o branco caísse do céu frio e congelado, reivindicando tudo que tocasse.

"Quando meu pai morrer, eu herdo tudo isso." Timothy olhou ao redor do quarto e pareceu desapontado. "Tudo isso. A casa, a terra, os negros, tudo." Ele fitou Samuel como se esperasse uma resposta. Samuel permaneceu imóvel. "Você sabe qual a primeira coisa que vou fazer quando for tudo meu? Vou libertar todos os escravos. Bem, talvez não todos. Ainda vou precisar de alguns pra fazer as tarefas domésticas e colher algodão, mas eu sei que não preciso de tantos como o meu pai tem agora. Ele é excessivamente cuidadoso."

Samuel não fez gesto algum.

"Alforria, Sam. Significa que eu vou libertar você e Isaiah — quer dizer, se vocês quiserem ir embora. Imagino que será muito mais difícil lá fora do que será na plantação comigo no comando. Eu não quero a responsabilidade, pra dizer a verdade. Eu preferia estar em outro lugar ganhando uma comissão pela minha arte. Mas meu pai depende de mim, entende."

Al-for-ria. A palavra ecoou na cabeça de Samuel, tocou sinos e o fez vibrar por dentro. E no dobrar dos sinos, Samuel se permitiu pensar em qual é a sensação do mato entre os dedos dos pés de um homem livre. Ele poderia arrancá-lo do chão ou deixá-lo ali por capricho, tudo isso sem ter de se preocupar se sua escolha perturbaria o já tênue equilíbrio e incitaria algum tolo à violência por algo tão simples como consideração. Cor também seria diferente, sobretudo porque ele enfim teria a chance de compreendê-la, detectando as pequenas diferenças nos tons se movendo um sobre o outro. Ele teria a iniciativa de escolher uma favorita, pois haveria um motivo para isso, poderia entrar em uma alfaiataria e comprar um par de calças para seu trabalho. *Com licença, gentil senhor, eu gostaria deste par aqui. Não, eu não vou precisar de nenhuma caixa. Você se importa se eu as vestir agora? E esses sapatos... sim, eu também os levarei.*

Sapatos em seus pés!

Liberdade, ele imaginou, poderia ser uma coisa requintada se feita corretamente, papéis em mãos, observando, em silêncio, em deferência, o desapontamento nos rostos dos captores depois de contar a eles que seu mestre *deixou* ele ser uma pessoa, finalmente. A alegria nunca foi feita para ser encaixotada. Ela deveria se estender por toda a criação, como a neve de que Timothy acabara de falar. Desse jeito.

Uma sensação de queimação passou por ele. Ele não tinha certeza de como a palavra *deixou* tinha deslizado para os seus lugares mais privados, lugares que até mesmo Isaiah tinha apenas vislumbrado. Ele estava muito perto; esse era o problema. Por tempo demais, a extremidade se esfregara contra ele, tomara suas coisas e lambera sua bochecha pelo sal. Esses eram os canais de contaminação, e ele não tinha certeza de que um rompimento pudesse reverter a enfermidade. Ele já havia sido exposto. Não havia ninguém para lhe dizer como limpar o corpo ou colher as ervas certas para um ritual de cura, ninguém para lhe mostrar como não ser um perigo para si mesmo ou para aqueles que amava. Não era culpa dele, no entanto. Ele não escolheu isso. Ele escolheu sua mãe, então sua seleção foi umbilical. E ele sequer teve o prazer de saber o nome dela. Então ele deu um nome a ela também: Olivia.

Sim.

Ele gostou.

Timothy beijou o pescoço dele e, por um momento, Samuel pensou que fosse Isaiah. Ele quase permitiu que a cabeça caísse para trás e os olhos rolassem até ficar brancos. No canto da sua boca, a saliva havia acabado de começar a cintilar, os braços quase prontos para abraçar. Isaiah faria exatamente isto: começar com delicadeza, seduzindo. Talvez Timothy tenha aprendido com ele.

Tudo era parecido a não ser pelo cheiro. Não importava quanto tempo Isaiah passasse cavando estrume ou revirando feno ou carregando baldes de lavagem, debaixo de tudo aquilo, ele sempre tinha cheiro de chuva que estava por vir, do tipo que faria você levantar a cabeça em antecipação. Abra a sua boca e espere. Por causa disso, Samuel podia vagar livre naqueles entretempos, tocar os veios das folhas, construir travesseiros de musgo, beber o orvalho na palma das mãos. Isso também era um tipo de liberdade, pois buscava nutrir em vez de transformar o ato de viver em um crime. *Quem construiu isso?* Samuel perguntou a Isaiah enquanto voavam pelo bosque e sorriam para os tordos quando passavam. *Nós criamos*, Isaiah disse. Então o pôr do sol espalhou a cor roxa e cantarolou enquanto caía no horizonte.

O hálito de Isaiah cheirava a leite e seu corpo se enrolava aconchegante no corpo de Samuel. O luar resolveu tudo. Simplesmente aconteceu. Nenhum dos dois perseguia o outro e ainda assim eles estavam cercados um pelo outro. Samuel gostava da companhia de Isaiah, que tinha seu próprio espaço e forma. Samuel sabia disso com certeza porque tocou o seu rosto e sorriu, lambeu cada gota de calma de seus dedos e deu risadinhas. Então, sem que nenhum deles percebesse o que havia acontecido, algo se aproximou de fininho dos dois — a dor. Eles poderiam ser destruídos a qualquer momento. Eles tinham visto isso acontecer com tanta frequência. Uma mulher levada embora. Presa a uma carroça, gritando a plenos pulmões e seu par correndo o risco de ser açoitado para ir atrás dela, sabendo muito bem que ela não poderia salvá-lo, mas se ela pudesse ficar do lado dele por mais alguns segundos, a imagem dele não desapareceria tão rápido quanto aconteceria se ela não tivesse desafiado a morte.

Ninguém mais foi o mesmo depois do Estalo. Alguns se sentavam nos cantos sorrindo para vozes. Outros arrancavam os cílios um por um, fazendo com que os olhos parecessem abrir mais. O resto trabalhava até desmaiar, não só desmaiavam no campo, mas desmaiavam sobre si mesmos até que não restasse nada além de um monte de poeira esperando para ser soprada pelo vento.

Era por isso que Isaiah e Samuel não se importavam, era por isso que se apegavam um ao outro mesmo quando era ofensivo para as pessoas que outrora lhes mostraram bondade: tinha de ser conhecido. E por que seria ofensivo? Como eles podiam odiar as pequenas explosões de luz que atravessavam o corpo de Isaiah todas as vezes que ele via Samuel? Todo mundo não gostaria que alguém brilhasse assim? Mesmo que não durasse muito, tinha de ser conhecido. Assim, poderia ser lamentado por alguém, portanto ser lembrado — e talvez, algum dia, repetido.

Bem, merda. Se o destino deles era virar dois montes de poeira que seriam varridos e espalhados, então, diabos, que caia uma tempestade de antemão. Deixe o sangue escorrer e o calor também. Se o Estalo viesse, pelo menos eles saberiam como era ser o outro, estar realmente um no outro, antes que o quebrantamento fosse trazido à tona.

Era esse o bálsamo. E era isso que tornava o machado necessário mesmo que o tolo do Isaiah não quisesse carregar o dele. Tudo valia a pena por apenas mais alguns segundos do canto de Isaiah, para que não desaparecesse tão rápido quando eles se separassem.

Timothy tinha o cheiro errado. Não era exatamente como chicotes e correntes, embora isso também estivesse lá, por baixo da suavidade e promessas. Sobretudo, ele cheirava a cão de caça, recém-saído do rio, espirrando água nos peixes, balançando em seu caminho de volta para a praia.

"Você me ouviu, Sam? Eu disse que, quando meu pai morrer, vou libertar você e o Isaiah."

Mas esse era um truque de rendição e Samuel se recusou a ceder. Quanto eles teriam que esperar, quarenta, oitenta estações? Esperar que sobrevivam, intactos, às horas; não sejam vendidos, mutilados ou assassinados, por capricho, antes disso? Pior de tudo, confiar que um toubab mantenha sua palavra — em troca de quê? Quantas vezes devem se deitar com ele, suportar seus afetos, por mais doces que sejam, levantar-se com cheiro de cão neles por um tempo que pode ser uma miragem ou fugaz? Uau, então, cara. Uau!

"Admito", Timothy sussurrou para ele, "eu ainda tenho muito que aprender. Mas eu sei isto: vocês *são* um povo. O amor *é* possível."

Nunca pergunte a um homem sobre seus pensamentos antes que ele tenha tido a oportunidade de gozar. Ele está propenso a dizer o que for conveniente, o que quer que remova os obstáculos ao seu orgasmo. Fale com ele depois, quando ele estiver livre da agonia, depois que os espasmos diminuírem e a respiração tiver voltado ao normal. Espere até que ele tenha descansado e queira apagar o ato anterior de seu corpo e mente. Pergunte a ele então, quando a calma tiver voltado de fininho aos seus pulmões, pois é quando é mais provável que a verdade prevaleça. Samuel, no entanto, recusou-se a aceitar tal risco. O calor subiu em suas costas e se espalhou como se fosse um par de asas. Não havia malícia em lugar algum, exceto no leve sorriso curvado em seus lábios. *Faça, cara! Vá em frente e faça!*

"Você pode olhar pra mim, Sam. Está tudo bem."

Samuel sabia que havia duas coisas que você nunca olhava nos olhos: cachorros e toubabs. Ambos vão morder e apenas uma dessas feridas tem chance de curar. Ele nunca quis tanto estar com Isaiah como agora. Ele e Isaiah compartilhavam um ao outro. Achou que Timothy deveria saber.

"Disseram que a gente era algo sujo, mas não é nada disso. Era fácil, de verdade. Ele é o único que me entende sem eu dizer uma palavra. Sabe o que estou pensando só de ver para onde estou olhando — ou não estou olhando. Então, quando ele olha pra dentro de mim... a primeira vez que alguém ou alguma coisa me tocou assim, tudo na minha cabeça quer dizer não, mas nada no meu corpo deixa."

Timothy deu um passo atrás e olhou para Samuel.

"Eu entendo. Se ninguém mais entende, eu entendo", disse Timothy.

Ele tocou o rosto de Samuel. O sorriso de Timothy era revelador. Confirmou para Samuel tudo o que sua intuição já havia revelado: ele não precisava saber ler para entender que os toubabs eram páginas em branco de um livro encadernado, mas caótico. Eles precisavam de seu povo para uma coisa e apenas uma coisa: para serem as palavras. Pretas como tinta e rabiscadas até a eternidade, pois sabiam que não havia história sem eles, nem plateia para se espantar com o drama, alegrar-se com o final feliz, para aplaudir, não importa a inépcia com que seu sangue fosse usado. A primeira palavra era poder, mas Samuel planejava mudar isso. Ele dobrou os dedos para contar uma história que faria o público correr para se esconder.

"Talvez amanhã você e Isaiah venham me visitar juntos?", Timothy perguntou suavemente.

Samuel perdeu o controle.

Era como se o cômodo tivesse ficado insustentavelmente amplo, como se ele tivesse todo o espaço do mundo para se mover, para esticar os membros, para pular, para segurar o peito em alegria. Desde a primeira vez que entrou naquela casa — eles a chamavam de grande, mas ela, também, estava vazia, o que fazia com que seus crimes fossem fáceis de descobrir.

Nessa amplidão, Timothy encolheu na visão dele, mas suas súplicas lamentáveis se estenderam para se equiparar ao tamanho do quarto, golpe por golpe. Isso fez Samuel pegar uma febre que incendiou sua testa. O formato de sua fúria, porque é isso que seu rosto virou, era uma foice: curvada, afiada o suficiente para cortar a garganta, a ponta apontando impiedosa para seu portador. Mas não importava. Nunca importa.

Ele recuou e seu punho veio mais rápido do que ele pensava que poderia. Derrubou Timothy no chão e o baque derrubou o lampião. Timothy soltou um pequeno gemido. Samuel estendeu a mão para trás, pegou o machado de seu esconderijo e, com um golpe rápido, enfiou-o fundo na têmpora de Timothy.

Observou enquanto o sangue jorrava e escorria pelo rosto de Timothy. Uma poça começou a se formar no chão. Não houve grito, nem mesmo um sussurro, mas o rosto se contorceu e a boca se moveu, tentou formar, talvez, uma pergunta. Samuel se virou. Ele sabia que Timothy, em seus últimos momentos, estava confuso, precisava de uma resposta, e Samuel se asseguraria de que ele nunca tivesse uma. Dessa pequena forma, esse jovem encantador que se julgava inocente conheceria uma fração de como era passar por isso. Os fantasmas sabiam. Inúmeras pessoas cuja voz podia ser ouvida mesmo que seu corpo não estivesse em lugar algum, que os seguiam por toda parte e não lhes dariam descanso porque eles mesmos não conseguiam descansar. A pequena palavra deixada nos lábios deles impossibilitava o descanso e por isso eles os beliscavam sem perceber que também tinham a mesma pergunta.

O corpo teve espasmos por muito mais tempo do que Samuel previra. Por fim, um som saiu da boca de Timothy, não eram palavras, não era a pergunta que Samuel com certeza ignoraria, mas era algo como a água da chuva caindo em um buraco. Então, de repente, seu corpo parou de se mover por completo, a expressão de agonia desapareceu e ele parecia mais tranquilo, como alguém dormindo de olhos abertos.

Samuel se abaixou. Ele nunca tinha olhado o rosto de Timothy tão de perto. Foi a primeira vez que ele teve a chance de estudar o rosto de um toubab sem ter que se preocupar com o caos que um ato tão soberbo poderia trazer. Todo mundo fazia tanto estardalhaço sobre aqueles olhos, azuis como o céu do meio-dia. Samuel não entendia. Eles só pareciam vazios para ele, sem fundo e propensos a sugar qualquer coisa que entrasse neles. Ele não conseguia se ver neles. Isaiah havia dito a mesma coisa, mas nunca com a convicção que Samuel achava que deveria ter.

Ele deixou o machado onde estava cravado e por fim se levantou, ergueu-se de sua primeira morte, surpreso com como ele imaginou que seria difícil, mas como na verdade foi simples. Pensou que seria atormentado pela culpa e pela vergonha, mas na verdade sentiu como se tivesse, da maneira mais ínfima, corrigido um erro. Ele precisaria reivindicar mais corpos antes de conseguir sentir orgulho de suas ações, e havia mais corpos para serem angariados. Mas estava satisfeito porque, se tivesse morrido naquele exato momento, ele os teria forçado a pagar pelo menos uma parte da dívida. Eles teriam imaginado que isso os deixava quites.

O que não chega nem perto de ser o suficiente pra nós, ele pensou, *mais do que suficiente pra eles. Mas eles vão ser consertados.*

Ele olhou para seu peito encharcado de sangue e soltou um som que ficava entre um suspiro e diversão. Imaginou que sorriria um pouco, mas apenas uma lágrima conseguiu vir. Ele não se incomodou em enxugá-la. Enxugá-la seria admitir que ela estava lá em primeiro lugar. Então ele a reteve e ela fez cócegas em sua bochecha, mas não o fez rir. Ela correu até o queixo e estremeceu ali antes de desaparecer no meio do sangue no chão.

Ainda havia tanto para saber. Como onde Isaiah aprendeu a fazer tranças? E por quê? A cantoria. Quão longe ela ia na família de Isaiah? O seu cabelo torcido era prova de que sua mãe era uma guerreira?

Ele teria que rastejar agora, rente ao chão como uma névoa noturna, não abraçando as ervas daninhas ansiosas, mas provocando-as com a promessa de sua umidade, talvez deixando para trás uma fina camada, o suficiente para elas sobreviverem.

Colocou o pé no pescoço sem vida de Timothy, agarrou o machado pelo cabo e o puxou. A cabeça de Timothy fez um pequeno baque, que foi seguido pelo rufar de passos em direção ao quarto.

Lamentações

Uma separação de seu sofrimento requer uma separação de si mesmo. O sangue foi difamado, o que significa que o conflito corre em suas veias.

Era uma questão de sobrevivência. Mas o tempo não funciona da maneira que vocês pensam que funciona. Já sabíamos disso antes e sabemos agora. Portanto o julgamento deve vir em breve porque vocês transformaram o conflito, que agora é seu sangue, em uma questão de honra, e isso leva sobretudo à arrogância. Essa é a coisa que bombeia pelo seu coração. Ou vai. Ou já foi. Às vezes, devemos lembrar que vocês percebem o tempo como três ocasiões separadas, quando, para nós, ele é apenas um. Essa *será* a coisa que bombeia pelo seu coração, se você não for cuidadoso, se você não prestar atenção. Você entende?

Entregues a essa furiosa guerra interior, vocês não serão capazes de lidar com a sua libertação da maneira que mais certamente os libertará. Vocês farão outra coisa, algo impossível, a prioridade. No interesse de preservar sua reputação entre os filhos de seu conquistador — que também são, ah!, seus irmãos —, vocês vão comprometer suas vidas e considerar a meia-vida melhor do que a morte quando elas são na verdade iguais.

Nós choramos por vocês.

Vocês são as crianças pelas quais lutamos e perdemos.

Vocês são a prole traída e lamentada.

O arrependimento, no entanto, não é por vocês. É por causa do que nós libertamos. Ao condenar vocês, nós nos condenamos.

Primeiro a guerra externa, depois a interna. A última, muito mais sangrenta.

Mas há esperança.

Nós trouxemos tempestades conosco. Seguiram vocês por águas poderosas e terras distantes até uma série de lugares roubados onde devemos a outros povos outra grande dívida, que depende do perdão deles. E do de vocês.

Essas são forças criadas em seu nome que serão renomeadas além de nossa capacidade de controle. Perdoe-nos.

É a única magia que nos resta.

Cântico dos cânticos

O sol estava alto quando eles foram levados para o convés do navio. Uma estranha movimentação ao redor do navio, e alguns de seus tripulantes cuspiam neles, riam e tomavam bebidas. Pareciam inconscientes de sua própria sujeira enquanto tapavam seus narizes e franziam a testa. Alguns deles seguravam armas, outros tinham facas. Kosii olhou em seus rostos. Queria entender o que eles eram, ver se conseguia recuperar algo deles que pudesse explicar tudo isso. Viu covas com mãos saindo delas. Viu menininhas sem pele alinhadas para cantar. Viu meninos correndo para dentro da espuma do mar e, quando se viravam para dar adeus às famílias que estavam na praia, eles tinham tudo menos rosto. A asfixia era seu direito de nascença.

Correntes chacoalharam quando Kosii e os outros dois aos quais ele estava ligado se arrastaram pelo convés para serem vaiados por todos. Então ele o viu, perto e parcialmente escondido pelo brilho da luz do sol e pela máscara de sombra, mas reconhecível pelo tom de suas queixas. Era Elewa. Na boca do estômago, Kosii sentiu pontas se projetarem de uma esfera. Houve uma vibração, então, que evocou os tremores em todo o seu corpo, trazendo tudo à tona e deixando-o de joelhos.

Um dos sem pele disse algo a Kosii em sua língua de chacal em que tudo caía como um insulto. Mas havia outra voz vindo daquele canto do navio onde o sol não alcançava até o fim. Parecia tão perto, a voz, e ainda assim ele não conseguia identificar a direção. Não importava. Ele reconhecia seus cliques e timbres, seus altos e baixos, e neles ele podia escalar, alcançar as alturas assustadoras, em geral escondidas na bruma e envoltas nas copas das árvores. Uma mão. Tudo o que ele precisava era de uma mão, um sinal de algum tipo, um chamado, uma permissão. No silêncio, sete mulheres, unidas pelas dobras dos cotovelos, cabeças recém-raspadas e seios firmes — a do meio ululou. Tinha começado.

Então Elewa se aproximou, através da multidão, e Kosii viu que não era Elewa ressuscitado, afinal. Era um menino. Ele era pálido, mas não duro, parecia mais jovem até do que Kosii, talvez tivesse acabado de chegar à puberdade, seguindo passos que eram duas vezes maiores que seus próprios pés. Admirável. Sujo, mas estava claro que era um menino a quem fora negada a brincadeira de que todos os meninos gostavam, perseguir e sorrir de coisas maliciosas, mas inofensivas à existência. Colher frutas das árvores e manchar as mãos com os sucos. Enfiar um dedo do pé em um rio e ser empurrado por um amigo, mas apenas sem a presença dos hipopótamos que governavam a água. Observar os pavões se curvarem, se aprumarem, e andarem em círculos para impressionar sua prometida. Alguém havia negado tudo isso a esse menino, interrompido seu fluxo, o represado e o substituído por espinho e mato seco. E isso estava evidente na umidade de seus olhos, que ele enxugou antes que tivesse a chance de ser um sinal de vida.

Kosii se agarrou à simpatia em botão do menino com as

duas mãos, maravilhou-se com sua forma, esfregou suas bordas lisas e deixou sua doçura dançar em sua língua. Estava viva, enrolada em seu próprio calor e só se desenrolou devagar, como um punho se abrindo para a paz. Era gentil, mas tarde demais. Kosii já havia percebido o pulso da vida vibrando no pescoço do menino e isso também tinha seu chamado. Alto e turbulento, escancarado e sedutor. Pedia por ele, e ele o atendeu.

Ele se levantou rápido e amarrou as correntes em volta do pescoço do garoto sem pele, então separou os pulsos de uma só vez. O menino chutou, lutou e se debateu. Kosii não soltou. Os outros começaram a atacá-lo, mas Kosii já havia conseguido se afastar para trás, até a meia-parede do convés. Ele respirou fundo e gritou.

"Este triunfo é para Elewa em nome da rei Akusa!"

Então ele caiu para trás, por cima da mureta do navio, segurando o menino. Com eles, as duas outras pessoas acorrentadas a Kosii caíram nas ondas, chocadas e depois reconfortadas pelo abraço frio da água, acalmadas pela espuma do mar e depois absorvidas.

Kosii não nadaria. Segurou o menino sem pele até que seu corpo estivesse imóvel e então soltou sua própria respiração e juntos começaram a afundar.

Uma pena, mas ele teve que fazer isso. Teve que fazer. Pressionado nesse canto, de jeito nenhum ele ia morrer sozinho. Já estava determinado: eles deveriam morrer juntos. Pois isso era glória.

Elewa.

Enquanto desciam, Kosii rezou pelo perdão da mulher e do homem que estavam acorrentados a ele. Ele não perguntou a eles se queriam se afogar, mas se encarregou de arrastá-los para as profundezas. Bem para baixo, mais baixo do que o fundo da besta da qual eles caíram. Talvez esse fosse o pecado que seu pai deixou de fora da história, a parte sobre como, para sobreviver ao povo da montanha, eles desceram de uma montanha própria, tiveram de vestir os restos dos filhos de algum outro povo em torno de seus próprios pescoços. Os vencedores se deram o direito de renomear o assassinato como "triunfo" e de se adornarem com joias feitas dos ossos dos vencidos.

Então é assim que parece, Kosii disse para si mesmo enquanto a luz evasiva e aquosa começava a desvanecer. *A vista do topo da montanha; ela dói.*

Então, quando a escuridão tomou conta de tudo:

Bom.

James

James perambulou pelo perímetro, manteve-se nas bordas, inspecionou os espaços intermediários caminhando por toda a fronteira da terra, primeiro sozinho, depois com alguns de seus ajudantes, como Zeke, Malachi e Jonathan. Não havia como fortificar o que já mantinha os pretos à distância: a cerca, o rio, as matas cheias de armadilhas e assassinos, medo. Bem, o último era a única exceção. Ele sempre podia empregar indulgências que lhe permitiam levar esse último às alturas.

"Quando Paul deve voltar?", Malachi perguntou.

"Não tenho certeza", respondeu James. Ele pendurou o rifle no ombro e deu passos mais determinados. Não conseguia localizar a lua. Talvez estivesse atrás das árvores se preparando para a sua descida, deixando a tinta do céu para o sol apagar. Ele bocejou e segurou seu lampião à sua frente. Seu halo não tinha luz suficiente para fazer qualquer coisa a não ser lhe mostrar como a noite poderia ser impenetrável. Ele o manteve em movimento.

Suas roupas estavam um pouco mais esfarrapadas do que gostaria, mas ele não tinha meios, sem meios suficientes para se vestir melhor. Como Paul, por exemplo. Ele não tinha esposa para costurar algo para ele, nem filhos para lavar e dobrar seus pertences como parte de suas tarefas diárias. Nenhum filho que ele reivindicaria, de todo modo, o que provavelmente era melhor, já que ele não tinha nada para lhes dar exceto mãos duras e pés doloridos, que eram inúteis. Sequer tinha sua cabana para entregar a eles; ela pertencia a Paul. Ele não podia nem mesmo bancar escravos.

Se James não se parecesse tanto com a mãe e, portanto, com a mãe de Paul, ele tinha certeza de que Paul o teria mandado embora, acusado-o de fraude e talvez chamado o xerife para prendê-lo por invasão ou vadiagem. Mas seu rosto o salvou.

"Vocês seguem por ali", disse ele a Zeke, apontando para uma fileira de cabanas de escravos, que estavam em ruínas e eram simples, logo além do mato. "Grite se você vir alguma coisa fora de ordem."

Percebeu a futilidade do comando assim que o disse. Ser preto era existir em um constante estado de desordem, uma escuridão que só poderia ser corrigida pela luz, uma selva que só poderia ser desembaraçada com facão, um caos que só poderia ser dominado por uma mão lenta e uma autoridade veloz. *Sangue*, pensou James. Às vezes, ele ansiava por sangue.

E o sangue era abundante entre os escravos, fluía através deles como a paixão — cantando e dançando, batendo em suas línguas, pulsando em seus lábios, esticado em largos sorrisos. Ele podia sentir o cheiro. Eles haviam mudado muito pouco desde os navios, e ele teve de admitir para si mesmo o quanto isso o surpreendeu. Esperava que eles se reerguessem como ele fez, encontrassem possibilidades no próspero impossível, quebrassem as correntes como ele escapou do orfanato. Mas não. Eles apenas levavam a barriga do navio consigo para onde quer que fossem. Isso atacava a razão. Por outro lado, com quem eles tiveram a sorte de se parecer?

Usavam roupas esfarrapadas (sua raiva era alimentada pela semelhança entre seus trajes e os dele) e tinham pouca inteligência. Viviam uns em cima dos outros, amontoados em habitações por vontade própria tanto quanto pela de Paul. Eram beligerantes e cheiravam a uma labuta que não podia ser lavada. Comiam refugo e sua pele carregava a maldição do selvagem. Era mais fácil pensar neles como animais, não muito diferentes de vacas e cavalos, macacos capazes de grande imitação que conseguiam falar a língua dos humanos. Que eles às vezes pudessem inspirar ereções não era reflexo negativo do portador de tal dureza. O fato era que eles podiam se passar por humanos e, portanto, enganar as partes baixas, ainda que nem sempre a mente.

Depois de um longo tempo, Zeke voltou ao cercado. "Tudo parece bem. Os pretos estão contabilizados", disse.

"Tudo bem, então. Vocês três podem esperar o próximo turno e depois ir embora", disse James.

"Ah. Pode ser bom você checar a srta. Ruth", Zeke disse. "Ela tá lá fora. Vagando sem razão."

James coçou o queixo.

"O que ela tá fazendo lá fora?"

Zeke deu de ombros.

"Bem, onde ela tá?"

"Perto do rio, logo depois do celeiro."

James balançou a cabeça. "Maldição. Continue a guarda. Vou cuidar da Ruth."

Ela era a única mulher em toda a plantação que tinha valor e isso tornava as coisas difíceis. Sua pele pálida, cabelos ruivos e seios firmes feriam os sentimentos dele tão profundamente que a masturbação apenas cutucava a ferida. Ela não fazia nada para esconder sua ofensa, nem mesmo tinha a decência de usar um xale nas noites frias de outono.

Lembrou-se de como era naquela época. Foi um ano de calor debilitante que emanava de todos os lugares, de ele cruzar as pernas ou agachar para contê-lo ou mantê-lo afastado. Ele abaixava o chapéu sobre os olhos sempre que Ruth passava. Enchia a boca com qualquer comida que estivesse perto para ocupar a língua. Quase não resistiu a passar estrume debaixo do nariz para evitar que o cheiro de verbena o alcançasse. Achou que ia desmaiar de desejo se não fizesse *alguma coisa*.

Num crepúsculo pegajoso, uma preta estava se banhando na beira do pântano quando deveria estar na cozinha. Ela ficou no caminho do sol poente que refletia na superfície da água e fazia com que um feixe de luz brilhante obscurecesse o corpo dela. E desse modo ela parecia não preta, foi revelada como uma figura que ele era capaz de manter na mente até que a ação terminasse. Naquela luz rubra, seus emaranhados pretos viraram mechas douradas, seu rosto preto, um rubor tímido — exatamente como as mulheres da boa e velha terra.

E ela se mostrou tão combativa quanto. Ela o mordeu. Arranhou o pescoço dele, deixando uma marca que ainda estava lá. Por isso, ele socou o rosto tímido dela repetidas vezes até que o sangue escorreu pela boca e cobriu a parte inferior do rosto como um véu.

Quando ele se forçou para dentro dela — quando bombeou, torceu e golpeou, trazendo para espaços já marcados de cicatrizes novos machucados —, descobriu que o que ouvira sobre essas putas não era verdade, afinal: não havia dentes no interior de suas bocetas, não havia ganchos que prendiam o pau dentro, sangrando até secar enquanto o homem berrava e uivava de dor. Ele não sentiu sua alma sendo sugada. Não, senhor. Era tão suave e apropriada quanto todas as bocetas brancas que escaparam da Inglaterra assim como ele.

Mas ela era vigorosa, e nem mesmo os socos pesados em seu lábio superior ou na borda de seu queixo poderiam parar o desvario dela. Então, depois de liberar seu jato espesso, ele, com a calça presa nos tornozelos, agarrou a garganta dela e esmagou sua cabeça embaixo da água. E ela chutou e chutou, machucando as joias dele e escurecendo a parte interna de sua coxa. Ela chutou por um tempo que pareceu mais longo do que qualquer ser humano poderia prender a respiração. Então ele se lembrou de que não estava lidando com um ser humano e que talvez essas coisas — a fúria infernal e a coragem, os braços e pernas animados — fossem os dentes e ganchos de que falavam. Um golpe final em seu quadril para manter as pernas dela afastadas e ele ouviu algo estalar. Ele a soltou.

Encharcado, ele cambaleou de volta para a margem mais seca. E ela se ergueu: pendendo para o lado onde ele a atingiu, ensopada de sangue e água do rio, encarando-o com olhos negros e brilhantes. Então, de repente, ela olhou além dele e ele jurou que sentiu uma navalha cortar seu ombro enquanto os olhos dela se moviam para longe. Ele se sentiu mole. Começou na boca do estômago e se expandiu para fora. Ele perdeu o controle dos intestinos. Urina escorria por suas pernas, até o chão e na direção do rio; merda caiu em suas calças. Sua respiração desacelerou. Ele se sentiu leve e vazio. Era como se seu corpo estivesse virando ar. Ele estava morto? Ele olhou para os pés e parecia que estava flutuando, como um fantasma. Isso o fez rir. A única preta mágica em todo o lugar e ele teve a infelicidade de escolhê-la.

Não é simplesmente excelente?

A próxima coisa que ele lembrava era de estar de volta a sua choupana, de bruços na cama. Por um momento, ele se sentiu bem descansado. Depois, no entanto, só conseguia dormir por pequenos períodos, e de repente passou a andar com as pernas arqueadas. Não havia um preto na plantação que não o fizesse querer vomitar — sobretudo as fêmeas. A determinação de que ele precisava para superar o súbito acesso de náusea que vivenciava quando um deles se aproximava e, talvez, ficasse perto demais, ou quando um deles falava seu nome e o arrastava alguns segundos a mais como era habitual com os de raciocínio lento. E se James tentasse dizer o nome dela, o nome daquela que ele havia profanado, se tentasse pronunciar só a primeira letra, M... mm... mm, ele se via, de novo, desfeito, como no rio. Então, ele mantinha a boca fechada e a evitava. Nada de jantares na casa de Paul, nem mesmo quando um lugar fosse colocado para ele. *Não, eu vou comer na minha cabana. Tudo bem. Posso ficar de olho nos pretos melhor de lá. Só por precaução.* O rifle se tornou uma fronteira essencial. E da segurança dessa demarcação, ele aprendeu muito mais sobre eles do que aqueles que ignoraram a linha.

Tentando descobrir onde Ruth poderia estar, ele caminhou pela escuridão enquanto as pedras e o mato eram triturados sob suas botas. A única música era o estalar dos grilos acompanhado da correnteza do rio. Ele tentava escutar outros passos, procurava outras pegadas, farejava perfume, mas não detectou nada. Ele escorregou na lama da margem e vislumbrou uma figura nos arredores. Virou-se rápido e só viu a ponta de um vestido passar por uma árvore. Ele foi atrás.

Caminhou ao longo da margem e depois por entre as árvores. Seu lampião tremeluziu e então, atrás dele, uma voz.

"É tarde pra nadar."

Ele não conseguia ver o rosto dela mesmo quando ergueu o lampião, porque ela usava as sombras como se fossem algo dado a ela por um velho amigo.

"É mal-educado não falar."

Ele queria falar, mas ela o pegou de surpresa.

"Você deve ser aquela que roubou a lua, hein?", ele disse afinal.

Ela sorriu. Intencionalmente, ele negou a si a oportunidade de fazer o mesmo.

Eles atravessaram a plantação, sem nenhum dos dois falar. Ele ficou impressionado com a capacidade dela de sair na escuridão sem tropeçar, sem incerteza, sem um lampião. Ele tentou dar a ela o benefício de sua luz, mas ela recusou, recuou na densidade, riu da simples sugestão. E ele queria tanto ver o rosto dela.

"Por que você está se esgueirando por aí, Ruth?", ele perguntou, esperando atraí-la.

Ela rodopiou em sua camisola, apreciando o frescor que entrava por baixo, e cantarolou uma melodia. Quando chegaram à cerca, Ruth já estava passando por baixo dela e pulando as escadas para a cabana dele.

Ele pensou que ela era um quebra-cabeça em que faltavam mais do que algumas peças. Mas talvez esses fossem os melhores. Eram os que exigiam um pouco mais de quem os montava: um pouco mais de tempo, um pouco mais de paciência, um pouco mais de imaginação. Esta última era o mais fértil dos terrenos, onde o domínio era semeado, e ele havia planejado esperar pacientemente pelo que poderia crescer.

Ela entrou na cabana e dançou pelo espaço.

"Este lugar é uma bagunça", ela disse afinal. "Ninguém nunca te ensinou a cuidar da casa? Talvez você precise se amarrar a alguém."

Ele sorriu. Imaginou que ela podia ter sorrido também. Ele colocou o lampião em uma mesa pequena com apenas uma cadeira. Foi a primeira vez em que ele havia sequer levado a ideia em consideração — *Eu? Uma esposa? Quem seria? Minhas ma-*

neiras não dão exatamente espaço pra outra pessoa. Ele estava distraído, no entanto, porque o cabelo dela era fogo.

Ruth se virou e foi em direção à porta. Ele não queria que ela fosse embora.

"Espero que seu primo volte logo pra casa. Ele vai vender aqueles pretos que olharam pra mim, sabe."

"Eu sei."

Ele a observou passar por ele. "Ruth, não é seguro você ficar vagando pela plantação à noite. Você deveria voltar pra casa, ouviu?"

"Por que eu deveria ter medo do que é meu?" Ela olhou para ele, intrigada.

Ele tirou o chapéu pela primeira vez na presença dela. Como ele havia dito antes, seus modos não eram generosos. Inclinou a cabeça para o lado. "Se ao menos *fosse* seu." Ele segurou o chapéu no peito para expressar respeito e sinceridade.

Ruth deu uma risadinha e então saiu. Quando ele foi até a porta para ver em que direção ela estava indo, ela já tinha sumido, engolida por uma noite em que ela se sentia confortável, o que ele não entendia. Ele viu quatro capatazes à distância, conversando com Zeke, Malachi e Jonathan quando a troca de turnos começou.

James voltou para sua cabana. Sentou-se na cama, mas não tirou os sapatos. Corroídos como estavam, não importava muito se estavam ou não nos pés. Ele jogou o chapéu no chão. Recostou-se. Colocou o rifle ao seu lado, no lugar onde sua esposa dormiria se ele tivesse a predisposição ou o espaço. Botou as duas mãos atrás da cabeça e olhou para o teto. O lampião brilhou e a chama fez coisas se moverem no escuro, mas também fez James não querer se mover. Do jeito que suas pálpebras ficaram pesadas, ele apenas deixou que elas fizessem o que estavam pedindo.

Quando entrou no sonho, ele estava no campo e os pretos estavam colhendo algodão. Mas o algodão estava vivo e gritava a cada puxão. Então, de repente, os escravos pararam, todos eles, de uma vez. Como um bando de pássaros, eles se viraram em uníssono. Levantaram-se de suas posições prostradas. Velhos e jovens, todos o encaravam. Nenhum deles tinha olhos, mas de alguma forma ainda podiam ver. E havia um barulho vindo do meio das pernas deles: o som de algo se movendo, zumbindo; ouça mais de perto: vozes: pulsando. Os pretos começaram a andar em sua direção e ele estava com sua arma, mas eram muitos e cada um deles tinha um forcado nas mãos. Ele abriu os olhos assim que as primeiras pontas vieram na direção da sua testa.

Ele balançou as pernas para o lado da cama e chutou a escarradeira.

"Maldição."

Ele se levantou e examinou o quarto em busca de um trapo. Evitou o espelho. As paredes de tábua se fecharam sobre ele. Quatro paredes, vazias, mais escuras nas partes de cima e de baixo, tingidas de preto pelo mofo e fungos. O teto baixo se inclinava para cima, mas não dava espaço para respirar, esticar-se ou ficar de pé. Apenas um quarto e bem poucos móveis: uma cama, uma mesinha e, sim, só uma cadeira; em cima da mesa, o lampião ainda aceso. No canto: um lavatório e ao lado uma lareira apagada com uma pequena panela preta pendurada.

Ele encontrou um trapo usado no chão perto da janela. O vidro refletia a chama bruxuleante do lampião. Lá fora estava tudo escuro, mas havia, ainda assim, formas: as árvores, a casa-grande, o celeiro, as choupanas dos pretos de um lado e mais umas outras doze do outro lado do campo. Sua própria cabana era apenas um pouquinho maior. Como eles ousaram fazer isso. Darem-lhe uma cabana tão pequena. Deixar os pretos construírem outras quase tão grandes quanto a dele. E do outro lado da cerca. A cerca que ele nem conseguia ver a forma porque estava tão perto. Os escrotos. Todos eles: os proprietários, seus pretos e os captores.

Ele limpou a saliva do chão. Nela, pedaços de tabaco mascado o fizeram franzir a testa. Jogou o trapo na lareira, debaixo da panela, nas cinzas. Havia uma mancha no chão onde a escarradeira havia caído. O marrom de seu conteúdo penetrou na madeira. Ficaria lá para sempre.

Ele deu um tapinha no bolso do macacão. Ainda restava metade de um naco de tabaco. Ele o puxou da algibeira, tirou um pedaço e o enfiou na boca. Sentou-se na única cadeira do recinto e olhou para a luz moribunda do lampião: como ela encolhia e diminuía, mas ainda fazia todo o recinto pular, inspirar e expirar com sua luz, lançando auras sombrias ao redor de tudo. Isso o fez desejar as noites nas planícies de Londres, por mais nebulosas que fossem, mas não por seu povo.

A *promessa de riquezas*, pensou ele, *era uma maldita mentira*. Tornara sua jornada — sua longa e árdua jornada em navios com homens macilentos e doentes — em uma zombaria. Mas ele não tinha recursos para voltar, não que as coisas fossem muito melhores na Inglaterra. Lá, ele teria o mesmo rosto amarelado e necessidade de mascar tabaco. Pelo menos aqui seus bolsos não estavam tão vazios. Mas eles ainda não estavam cheios o bastante, e isso não era o que seu primo Paul lhe havia prometido.

Paul não disse a ele como essa terra provaria ser desagradável, como isso o endureceria ainda mais, que até mesmo sua voz mudaria. Ninguém lhe disse que as mulheres aqui zombariam dele e que, como resultado, sua beleza — a única coisa com a qual ele podia contar do outro lado do mar — desapareceria por desuso. Paul o chamou de vaidoso, e ele achou que Paul era glutão. Conectados pelos pecados, ele percebeu que eles eram da mesma família não só porque o mesmo sangue corria em suas veias, mas porque o mesmo sangue manchava as suas mãos.

O pai de James morreu primeiro; sua mãe, gemendo e tossindo algo escuro, pouco depois. Ele tinha quatro anos e ainda não havia aprendido a tomar banho sozinho. Então, quando dois homens altos finalmente chegaram à casa arruinada de podridão e insetos, o reclamaram e o levaram, a cavalo, para algum lugar onde a névoa escondia tudo, eles torceram o nariz, e James se misturou à massa de órfãos de rostos feios e desgrenhados, para sempre vestidos de cinza.

Enquanto mascava o tabaco, pensou: *Crianças sujas deviam permanecer sujas enquanto puderem. As limpas atraem muita atenção.* No orfanato, mãos ocupadas eram oficina do diabo do mesmo jeito que as ociosas. E porque ele era um aluno tão bom, aprendeu a fazer coisas interessantes com as dele. Arrombar fechaduras e bolsos e, às vezes, mulheres era o que ele se resignou a fazer até chegar aos dezenove anos e descobrir que sua mãe tinha uma irmã.

Não havia outra maneira de atravessar o oceano a não ser se arrendando aos traficantes de escravos. Ele ficou surpreso com a quantidade de pretos que eles conseguiam espremer no navio. Eram arquivados no casco como documentos, cuidadosamente empilhados uns sobre os outros, quase sem espaço para mexer os dedos dos pés. Com calor e fedidos, eles estavam apertados naquele espaço, acorrentados juntos em uma posição curvada, chorando e gemendo, rezando em suas línguas sem sentido, com certeza implorando a seus deuses negros que lhes concedessem o dom de poder esticar os braços e respirar.

Todos os dias, James tinha a tarefa de entrar no espaço para alimentá-los com qualquer gororoba que estivesse na panela que ele carregava. A comida cheirava quase tão mal quanto os pretos. Todo dia, ele entrava e todo dia saía desejando que nunca mais tivesse que ver nada daquilo novamente.

Às vezes, os pretos morriam. Mimados, era como os traficantes de escravos os chamavam. E ele, com alguns outros homens que não eram mais velhos que ele, tinha de desacorrentar os mortos, carregar seus corpos abandonados e em decomposição até o convés, e atirá-los pela lateral do navio para que as feras marinhas ou o próprio oceano se desfizessem deles. Ele se perguntava quantos pretos teriam encontrado um destino semelhante, se, na morte, eles começaram a se reunir nas profundezas, desenhando o formato de sua vingança, que viria na forma de um redemoinho infinitamente negro ou de uma onda gigantesca e estrondosa que limparia a face da terra como aconteceu no tempo de Noé.

Não. Se James não aprendeu mais nada no orfanato cinza, aprendeu que a crueldade de Deus nunca mais incluiria assassinato em massa por afogamento. O arco-íris foi a promessa Dele de que Ele seria mais criativo na próxima vez que Seus impulsos sádicos O vencessem. Os padres garantiram isso a James, mas só como uma confissão depois de já o terem atacado e não aguentarem mais seus olhos tristes.

Semanas navegando pelo oceano cinzento e então finalmente chegaram à terra em algum lugar chamado Hispaniola. Ele cambaleou para fora do navio com as pernas bambas que, após um período relativamente curto, não estavam mais acostumadas à terra firme. Levaria alguns meses para chegar ao Mississippi, onde o filho da irmã de sua mãe era dono de uma plantação. Ele teve de atravessar terras indomadas onde as pessoas faziam cara feia por causa do calor e desconfiavam de cada rosto novo. Faminto e exausto, ele chegou, a pé, à plantação Halifax bem na hora em que o sol se punha. Ele mal conseguia esticar o braço para cumprimentar seu primo recém-descoberto, mas tinha força suficiente para sorrir.

Ele nem mesmo se permitiu o tempo de ser tomado pela vastidão da terra em que estava, ou pela casa que parecia grande o suficiente para abrigar todos que ele conhecia. Depois de engolir tigela após tigela de ensopado de gambá, e de ter conversas preguiçosas com seu primo, em que se lembrou do que pensava ter perdido de sua mãe, ele foi escoltado para um quarto por um jovem escurinho, e dormiu até que fosse noite de novo. Ele não sabia o que fazer com a oferta de Paul para supervisionar a plantação e vigiar os escravos. Ele teria seu próprio pedaço de terra, bem perto da fronteira norte da propriedade, e teria ajuda com seus deveres, é claro. Paul tinha feito amizade com uns pobres coitados da cidade que eram rudes, mas maleáveis. Ele deixou que eles também construíssem suas choupanas do outro lado do campo de algodão, um pedaço de terra em que poderiam criar suas famílias em troca de se tornarem barreiras para os pretos. Ainda assim, eles estavam em menor número. Precisariam de um equalizador.

Fora de si e de volta a si, James se levantou da mesa e andou até a escarradeira que havia deixado no chão. Ele a pegou e cuspiu uma bola enorme nela. Ainda estava escorregadio do que fora derramado. Ele a colocou sobre a mesa e a batida contra a madeira quase disfarçou o som de latidos vindo de cima da cerca.

O barulho dos cães de caça significava que, em algum lugar do espesso vazio, havia uma codorna ou um preto desafortunado. James agarrou o lampião e pegou o rifle na cama. Seu coração batia vigorosamente. Cuspiu o resto do suco de tabaco no chão enquanto suas botas pisavam no último degrau da varanda. O latido continuou e vinha de algum lugar perto do celeiro.

O celeiro era uma fonte de irritação e um interesse para quase todo mundo na plantação, mas James não estava nem um pouco chocado com o que acontecia entre aqueles dois jovens pretos, Samuel e Isaiah. Ele não sabia dizer qual era qual, mas o orfanato o ensinou a reconhecer animais quando os via.

Para esse propósito específico, as chicotadas só os tornariam desonestos, enganosos, disse ele a Paul. Não era como se fosse um ataque de preguiça ou um olho que ousou pousar no rosto de uma mulher branca. Não, era uma marca de sangue e uma que era relativamente inofensiva. Era melhor deixá-los em paz. Só importava que o trabalho fosse feito. E, ao que tudo indicava, o trabalho não era mais bem-feito por nenhum outro preto no estado do Mississippi.

"É sacrilégio, James. Se eu permitir isso aqui, sem punição..."

"Bobagem ter essa preocupação quando você tem isso", disse James enquanto olhava ao redor da plantação. Ele tinha finalmente prestado atenção na vastidão em que eles estavam.

"Terei isso por mais tempo se eu os acasalar", respondeu Paul.

"A ganância é uma armadilha, primo."

"Habilidade, primo. O homem faz o que é capaz."

James balançou a cabeça. Conseguia ver sua cabana ao longe. Ele se acalmou. Com tudo que Paul estava fazendo para sabotar aqueles dois animais, será que ele sabia que tinha um morando em sua própria casa? Paul e Ruth protegeram tanto seu único filho sobrevivente que o suavizaram e tiveram a audácia de não notar. Se tivessem deixado a força dele se desenvolver sem ser impedida por medo e tristeza, talvez ele tivesse a chance de ser um homem. Em vez disso, ele ia atrás de um dos animais do celeiro, sorria insuportavelmente, pintava as bobagens da natureza e tinha os mesmos olhos desesperados de todas as pessoas desnutridas.

Ele não invejava as fascinações de Timothy. Ele queria terrivelmente estar o mais longe possível dos pretos — menos quando eles cantavam. Pois quando os pretos cantavam, era algo que nenhuma pessoa branca poderia imitar, nem mesmo as que, como ele, sofriam e eram miseráveis. O que as pessoas da igreja de Paul faziam era canto de pássaro comparado com o que os negros fizeram no círculo de árvores. Cem lobos uivando para a lua em um timbre perfeito. Uma frota de navios estalando simultaneamente no mar. Ele ficava de bom grado nas árvores e ouvia, por vezes balançando com o ritmo e cantarolando, mantendo seu rifle perto.

"Venda-os, se isso fizer as coisas melhorarem. Conheço algumas pessoas que vão pagar mais do que eles valem."

Mas não era canto o que James ouvia agora; era o som de cães latindo. Ele botou o lampião no chão, mas não o rifle, e escalou a cerca. Agarrou o lampião pela extremidade e caminhou devagar em direção às choupanas dos escravos. Nada se mexeu. Mas à medida que se aproximava do celeiro, viu os cavalos correndo livres. Os porcos estavam vagando. Galinhas estavam empoleiradas na cerca. Os outros capatazes corriam vindos dos fundos do celeiro.

"O que tá acontecendo aqui?", James inquiriu. "Coloquem esses animais de volta nos currais. Acordem os pretos e mandem eles ajudar. Façam o Zeke, Malachi, Jonathan e os outros virem. Preciso de todas as armas possíveis."

"Eles vão ser pagos pra sair durante a hora de dormir?"

"Não se preocupe com isso agora. Faça o que eu digo. Vou ver a Ruth."

James correu em direção à casa-grande.

Com o lampião ao lado, ele correu para dentro da casa e viu Paul. Ele estava coberto de sangue. Os cães estavam na casa, latindo e andando em linhas tortas. Havia um rastro de sangue descendo as escadas. No chão, ao lado de Paul, havia um preto com mais sangue sobre ele do que havia em Paul.

"Por que você não me acordou?", James gritou.

Paul não disse nada, sequer moveu um dedo. Ele olhava fixo para a frente para a árvore que podia ser vista pela porta atrás de James.

"Qual o problema com você? Você tá machucado?" Ele olhou para Paul, segurou o lampião perto de seu rosto. "Paul? Os animais tão soltos. Mandei alguns dos meus homens acordarem os pretos pra ajudar a prendê-los."

James deu um passo em direção a ele e Paul se encolheu.

"O quê?", perguntou James.

Paul murmurou algumas palavras.

"Fala alto!", James gritou. "O que aconteceu com você?"

Paul não disse nada. Gesticulou para que James saísse de seu caminho e se dirigiu para a porta. Arrastou o corpo do preto para fora, para a varanda, depois desceu os degraus e foi em direção ao salgueiro.

"Paul, maldição! Os animais!", ele disse, seguindo Paul, chegando à varanda e se recusando a pisar no rastro de sangue que ele sabia que não seria removido nem se fosse esfregado mil vezes. "O que tá acontecendo? Paul!"

Paul parou. Endireitou as costas e em seguida afundou em si mesmo de novo.

"Na casa", ele resmungou.

"Ruth?", James gritou.

Ele correu de volta para a casa e subiu as escadas. Olhou ao redor. Não ouviu nada, mas viu sombras. Correu pelo corredor. O chão estava molhado. Havia uma luz à frente. A porta de Timothy estava aberta. Ele entrou. O cômodo estava revirado. Ruth estava em cima da cama, se contorcendo, chorando para si mesma, a boca aberta, mas apenas um sussurro saía dela.

"Você tá machucada? Quem machucou você?"

O rosto de James começou a se contorcer. Ele correu ao redor da cama e tropeçou nas pernas de Timothy. Olhou para baixo. Timothy estava desgraçado. Não tinha olhos, assim como os pretos em seu sonho.

"Jesus Cristo", ele sussurrou.

Ele passou com cuidado por cima de Timothy, na direção onde Ruth estava. Tentou pegá-la para levá-la para o quarto e ajudá-la a se limpar, mas toda vez que ele punha os braços em torno dela, ela lutava e tentava mordê-lo. Ele expirou alto.

"Ruth. Não tem nada que a gente possa..."

Não importava. Era assim que ela lamentaria. Parecia antigo, o que ela estava fazendo. Mais velho até do que suas crenças. Como se tivesse surgido com a própria terra. Então talvez ela estivesse nas garras de alguma coisa, não era *ela mesma*, porque ela *não era* ela mesma. Quem era ela agora, então? Ele teria que deixá-la para saber, e dentro dele havia algo que precisava desesperadamente saber.

Ele voou escada abaixo para onde tinha visto Paul. Agora havia um grupo de outras pessoas que finalmente tinham acordado, e o que parecia ser uma multidão interminável de pretos sendo reunidos em torno do salgueiro largo. James correu para a árvore onde Paul estava. Ele havia arrastado o negro pela mão e a segurava. Mas a maneira como ele a segurava, como um pai seguraria a mão de uma criança, fez James sentir calafrios.

"Corda", disse Paul.

Zeke gritou. Malachi dançou. Jonathan uivou. James disse a Jonathan e alguns dos outros que ajudassem com os animais, apesar da ordem de Paul.

"Esses pretos não são de Deus!", Jonathan gritou na cara de James.

Zeke começou a dar risadinhas e James gritou: "Quieto!", mas Zeke continuou rindo.

James andou até Paul, apontando para o preto no chão ao lado dele. "Quem é esse?"

"Importa?", Malachi redarguiu.

"Paul?" James se virou para olhar para Paul de novo.

Paul caiu de joelhos e começou a chorar. Soltou a mão do preto. James se abaixou ao lado dele.

"Paul."

Paul olhou para James. Nos olhos dele, James viu sua mãe não no leito de morte, mas em uma carruagem, afastando-se de um magnífico nascer do sol. Ela segurava as mãos delicadamente e sorria ao pensar em seu filho, que agora era um homem, e ela nem julgou como ele havia se perdido, porque em algum lugar talvez restasse alguma parte, mas só uma mãe tinha habilidade para encontrá-la. Fora ela, afinal, que a construíra. Ela não olhava para ele, não, mas ainda sorria e isso era suficiente. Ali, o parentesco de James e Paul se tornou real, mais real ainda do que naquele primeiro dia, quando ele tropeçou, mal conseguiu manter as pálpebras abertas e aceitou todas as mentiras de Paul como uma verdade inevitável. James sussurrou algo que só Paul podia ouvir, mas não era para Paul. Então Paul disse, alto o suficiente para todos ouvirem: "Enforque esse preto. Alto!".

James piscou, depois assentiu. Pegou o corpo apático e moribundo das mãos de Paul, e ele e alguns dos homens o amarraram e o ergueram. Todos os rifles estavam alinhados nas costas deles.

"Fiquem atentos", disse James, e alguns dos homens pararam de cuidar do corpo e ergueram suas armas em direção à multidão de pretos, dentre os quais alguns choravam, alguns tremiam, enquanto alguns permaneciam resolutos diante de tudo.

Paul começou a agarrar o mato, arrancando-o do chão pelas

raízes. Começou a enfiá-lo na boca. Com a terra ainda acumulada no fundo, ele enfiou o mato na boca e começou a mastigar. Chorando, gemendo e mastigando. *Finalmente tinha acontecido*, pensou James. Algo vital havia se quebrado. Ele ajudou Paul a se levantar e sussurrou: "Eles não podem ver você desse jeito".

Paul apenas encarou sem palavras e, pela primeira vez, James colocou o braço em volta do ombro do primo. Por um momento, tudo era deles. Eles olharam um para o outro e não era um final, mas *era* algo novo. Isso assustou James e ele percebeu pelo seu lábio trêmulo que também havia assustado Paul.

Depois de desmontar seu lampião para acender uma tocha improvisada, James ouviu o zumbido. Enquanto caminhou em direção ao corpo balançando e o incendiou, o zumbido. Todas as armas estavam apontadas para os pretos e ele sabia, por causa do sonho, que aquele era o primeiro erro. *Quantos podemos pegar? Vinte? Trinta? E os outros cem ou algo assim?* Então, ele viu a preta cujo nome sua língua estava proibida de pronunciar, e ela fez seu movimento, e algo nele congelou.

Por isso o garoto mulato conseguiu pegá-lo de surpresa.

Números

Nós somos os Sete.
Enviados a vocês para tomar conta.
O que é exigido de vocês é que olhem para cima.
E lembrem-se da estrela.
Mas a memória não é o suficiente.
Nós lhes dissemos desde o início. Talvez não da maneira como vocês esperavam, mas nós lhes dissemos.
Não faria muita diferença explicar a vocês o que aconteceu conosco. Vocês já têm essa resposta. É como vocês acabaram aqui.
A memória não é o suficiente, mas saibam:
Não se pode argumentar com crianças, elas só podem ser alimentadas ou passar fome.
Para quebrar um encantamento, outro de igual ou maior poder deve ser evocado.
O cosmos está do seu lado.
Serão todos vocês ou nenhum de vocês; isso é imutável.

A cura está fora do nosso conhecimento, mas isso não significa que não exista cura.
Não tenham medo do escuro.
Pois é isso que vocês são.

Êxodo

1:1

Os olhos de Samuel estavam rolando para trás, e James tinha a corda na mão. Ele a jogou sobre um galho. A forca balançou. As pessoas — elas mesmas cansadas, mas com o coração batendo alto o suficiente para se ouvir — não sabiam direito para onde olhar. Mantiveram os olhos baixos até que lhes dissessem para fazer o contrário. Isto é, exceto Maggie. O rosto de Maggie estava franzido. Ela deslocou o peso do quadril ruim para o bom e amassou a bainha do vestido numa mão. Na outra mão, o brilho do metal.

O sangue pingava mais rápido do peito de Samuel agora. Eles passaram a corda ao redor do pescoço dele. Sua cabeça rolou como se estivesse quase descolada. Seus olhos estavam inchados, mas ele conseguia ver: animais perambulando até o campo de algodão. Isso foi bom o bastante, mas as outras coisas que viu — um punho cerrado, um chamado preso na garganta, olhos baixos que tinham algo escrito neles que ele poderia persuadir a sair por um momento — essas coisas lhe deram forças para um último sorriso.

Ele gorgolejou quando o levantaram, as pernas paradas ganharam vida se debatendo, uma resposta involuntária quando outra coisa assumiu o controle. Suas mãos puxavam a corda que o estrangulava, e a queimação, embora ele ainda não estivesse pegando fogo. Mas lá estava James fazendo uma tocha. A única questão seria se ele esperaria para acender a chama ou se o faria imediatamente.

As coisas estavam vermelhas, mas estavam ficando roxas se encaminhando para o azul. Depois preto. A asfixia de Samuel havia assumido o formato de palavras, uma palavra em particular. Um nome. Através da saliva e dos lábios que começavam a perder a cor e inchar, subindo pelas veias salientes da garganta, um mistério. Quem poderia entender que seu último suspiro seria marcado pela alegria que lhe foi dada estritamente pelo acaso e tirada dele com um propósito grave? Um nome. Apenas um nome pequeno e simples.

"ZAY!"

As pernas de Samuel pararam de se mover assim que o nome irrompeu dele, com um rastro de sangue. James encharcou Samuel com óleo e então segurou uma tocha contra sua perna. As chamas correram por seu corpo. E ninguém emitiu som algum.

Exceto Puah.

1:2

Ela desmoronou, porque essa era a maneira apropriada de chorar os mortos, sobretudo se eles tinham uma espécie de afeto por você, não exatamente como você esperava, mas como eles eram capazes, com coração puro, de dar. Por isso quando ela caiu, caiu com o peso do que poderia ter sido, não do que era.

Sarah cuidou dela, enrolou-se ao redor dela e falou alguma coisa breve em seu ouvido. Ela sabia que esse era um jeito de as duas se conectarem à linha de mulheres que vieram antes delas, mulheres que, em algum outro tempo, encontraram seus destinos com o tipo de coragem que ela buscava na multidão agora. Quem seria o primeiro? Teria de ser ela? Parecia que sempre coubera às mulheres ser a cabeça ou o coração, atirar a primeira lança, disparar a primeira flecha, abrir o primeiro caminho, viver a primeira vida. Era algo que exigia muita energia e era por isso que elas precisavam de tanto descanso agora. Tão prontas para acabar com tudo, deitar tudo à beira do rio e deixar alguma maré gananciosa levar tudo se quiser, fluir para algum outro corpo para deixá-los tirar da água e colocar sobre si mesmos se acharem que faria algum bem.

Mas não.

Esse nunca seria o caso. Mulher é a estrada solitária. É na calada da noite, atravessando brisas indomadas, e nas laterais estão os arbustos profundos que separam a estrada da selva. Nessa selva, olhos sempre perscrutam, vozes sempre uivam, e os pensamentos que permanecem não são adequados para articulação. Portanto nenhuma mulher deveria estar desarmada. Desde que tivesse dentes, ela tinha uma arma, e as desdentadas poderiam encontrar uma vara pontiaguda o bastante ou uma pedra afiada o suficiente para servir de testemunha.

1:3

Maggie também sabia disso e a calma em seu rosto era o sinal mais certo. Ela estava se segurando, agarrando a barriga com as duas mãos, tentando manter a memória abrigada ali em seu devido lugar. Há um sentimento específico quando uma coisa ia de minúscula a grande dentro de você, com nada além de você entre essa coisa e o desgosto. Você se prepara para o momento, e sempre chegará um momento, em que você tem que vê-los pegar a coisa que você mesma criou e usá-la para fins inapropriados, profaná-la e dizer que isso está de acordo com a natureza, e a única coisa que você poderia fazer a respeito é juntar-se a ela na morte.

Bem, que haja mortes gêmeas, então!

Não era que Samuel a lembrava de alguém; ele era seu alguém. Ele era sua carne transformada em realidade para rir e rolar fora de seu corpo, e a dor era dura demais. Então ela teve que movê-la para uma parte de si que pudesse suportar o peso e manter a transformação reservada.

Meu último bebê. Meu único que sobrou para ver.

Tudo a havia impelido a se lembrar, mas, às vezes, ela precisava esquecer para sobreviver. O Próprio Ayo havia dito isso a ela. Ele não os deixaria fazer com Maggie o que fizeram com ele, não sem arriscar tudo para evitar. Com olhos arregalados e punhos erguidos, ele arriscou seu corpo, que Maggie tinha tocado por vontade própria sabendo que depois ia lhe custar. Nunca poderia haver paz, apenas momentos em que a guerra não fosse esmagadora. Ele havia sido apartado. Tudo o que ele pôde ver de Samuel foi a barriga de Maggie, que ele beijava à noite e falava na língua antiga, que não era a língua antiga de Maggie, mas algumas das palavras ainda tinham significado para ela.

"Eu sou a própria alegria!"

Essas palavras voaram para ela agora, circularam sua cabeça como pássaros, na voz dele. Logo foram abafadas por outras, na língua da mãe dela, e em vozes que soavam quase como a dela. Dessas palavras ela lembrava.

Ela estendeu os braços e algumas pessoas olharam para ela, mas ela apenas olhou para a frente. Lá estava Paul, de costas para ela. Ele estava de frente para o filho dela, cujo corpo estava em chamas, pendurado na árvore de uma forma tão simples que parecia normal. Ela havia se separado do filho embora amasse o pai dele. Entregou-o para a plantação criar porque não via sentido em adorar algo que, com o tempo, só lhe daria o direito de odiar. E era isso que a tinha em suas garras agora. O ódio tinha um cheiro tão doce, e quando ela o colocou na boca, ele a satisfez e deu energia aos seus membros. Ela ainda sentia a dor no quadril, mas isso era uma coisa boa. Seus movimentos voltaram ao seu andar uniforme, o que a fez parecer e se sentir mais alta. Pela primeira vez em anos, ela correu. Ela correu na direção de Paul.

Escondido perto de seu pulso o tempo todo: o objeto de metal, a faca que Paul lhe dissera que deveria estar à direita e depois disse, ele nunca havia dito isso, era para estar à esquerda, e então a espancou quando ela a colocou lá. Ela não a levantou alto, mas a segurou adiante como sete mulheres lhe disseram exatamente como segurar e onde ela deveria entrar no corpo. James e seus homens foram pegos de surpresa. O brilho vindo de Samuel os deixou paralisados, quase como se ele ainda estivesse vivo e fazendo de propósito. E talvez fosse de propósito, não por causa dele, mas por causa das batidas do coração dos toubabs que os guiaram para um lugar onde olhar para o caos deles lhes trazia uma sensação de conforto. Eles nunca se sentiram tão próximos, com certeza. Esse corpo iluminado lhes dera o motivo para ficarem próximos uns dos outros com a mesma expressão no rosto: *Encontrei!* Eles descobriram algo sobre si mesmos nisso, um parentesco mais próximo do que se compartilhassem o mesmo sangue ou a mesma cama. Se tivessem se entregado completamente ao momento, o que eles talvez fizessem se os negros não estivessem ali, eles poderiam até ter se abraçado uns aos outros, não com luxúria no coração — bem, talvez um *pouco* de luxúria — mas com certeza com boa vontade e generosidade de espírito.

Maggie se arrastou sem nenhum cuidado em torno dessa euforia, mas sabia que não importaria no final. Com mãos inclinadas que encontraram um novo poder, ela se lançou para a frente. A ponta da faca encontrou Paul na nuca e deslizou muito mais silenciosamente do que ela esperava. À parte de a cabeça dele se inclinar um pouco para trás, ele não fez nenhuma tentativa de se mover ou virar. Era como se ele estivesse esperando por isso e então que seja, ou não esperava nada disso e por essa razão congelou em choque. Ele caiu para a frente com a faca ainda no lugar, e Maggie respirou pesadamente quando todos os olhos se arregalaram e olharam primeiro para o corpo e depois para ela.

1:4

James pegou seu rifle e apontou para Maggie, mas não conseguia olhar direto para ela por motivos que ainda o perturbavam. Ele teria que confiar na memória. Mas antes que pudesse atirar, foi abordado por Adam, que veio por trás. Eles lutaram no chão, atracando-se com violência. James viu a raiva atravessar o rosto de Adam e então viu seus dentes. Quando Adam bateu a testa contra a de James, James pensou que ia desmaiar, mas conseguiu segurar seu rifle com força.

Eles lutaram pelo rifle de James e, quando ele disparou, foram os olhos de Adam que se arregalaram antes de o sangue escorrer de seus lábios. O preto que não parecia um preto, a menos que você chegasse perto, inclinasse a cabeça e apertasse os olhos.

James soltou o ar que ele nem sabia que estava segurando

enquanto tudo ao seu redor desacelerava. Um corpo em cima dele, ele viu por cima do ombro do morto. Ele viu todos os seus rostos, das pessoas e dos pretos; dos covardes e dos corajosos; atingidos pelo relâmpago de sua briga; vozes profundas, alongadas e ininteligíveis; mãos em garras, cada uma delas agarrando e ofegando pela última medida de vida que restava para segurar. Decerto, quando as coisas começaram a voltar à sua velocidade natural, ele se viu, de olhos arregalados, pego no meio de um grito:

"Atirem, idiotas!"

Ele estava com raiva por ter que dizer a seus atiradores para se mexerem e não ficarem parados em uma espécie de estupor, mas também compreendia que este era o apocalipse que cada um deles mantinha enterrado em suas partes baixas para fingir que o formigamento era sensual, e não apreensivo.

No meio da multidão que começara a aumentar, mais para os fundos, houve um momento, pouco antes do início do tiroteio, em que a chorosa Essie pensou que havia recebido uma visão. Ela se agarrou a Solomon com força e começou a andar para trás, embora nenhum dos rifles estivesse apontado direto para ela.

Então houve um trovão.

1:5

Um tiro ressoou e alguém caiu. Os outros, alguns correram; Zeke, Malachi e Jonathan foram atrás deles, rindo como se estivessem em uma brincadeira de criança. No entanto, alguns atacaram, e essa era a Boa Noite que James temia. Tiros disparados e tudo o que ele via eram corpos, e alguns dos corpos ele não conseguia ver porque a noite e a fumaça do corpo conspiravam. De alguma forma, porém, sua mira ainda era confiável, e, se não fosse pelo preto que o atacou, ele poderia em pouco tempo ter quebrado o feitiço.

Ele se levantou e suas pernas o carregaram por brigas e gritos. Tropeçou e voltou a ficar de pé, virando-se para ver se havia alguém indo atrás dele antes de retomar seu passo rápido. No escuro, ele não tinha certeza de como acabou nas divisas. Talvez fossem apenas suas pernas apressando-o para chegar aos espaços que elas conheciam melhor. Mas lá estava ele: nos confins de Elizabeth, onde o tumulto, as chamas e o sangue estavam agora a uma distância razoavelmente segura dele. Não havia nada que ele pudesse fazer. Ele não se sentiu mal ou covarde parado ali, mascarado pelos bosques profanos que o cercavam, com o rifle ainda em mãos e um massacre deixado para trás. Ele os tinha visto vezes demais, quase fora varrido sob o poder deles, para se importar.

Ele havia tocado mulheres como ele havia sido tocado. Elas lutavam como ele havia lutado. Elas se rendiam como ele se rendera. Isso, imaginou, era o jeito como as coisas eram. Todo mundo tinha a sua vez, em algum momento, de estar por cima ou por baixo. Não importava quão bom você fosse ou quão mau você fosse. Só o que importava era que você estava vivo e, portanto, inseguro. Sujeito à vontade Dele no aqui e, provavelmente, no além. E a vontade Dele era tão brutal quanto arbitrária.

As pernas de James por fim ficaram cansadas. A dor era ao mesmo tempo insuportável e merecida. Ele sabia disso agora. Não havia escapatória, mas ele poderia recuar. Seu único arrependimento: abandonar Ruth. Pendurou o rifle no ombro, o cano apontado para o céu. Sob o meio luar, havia muitas sombras, embora não tão vibrantes quanto as vistas à luz do dia. Sua própria sombra apontava para o leste, então ele caminhou nessa direção, afastando insetos, tropeçando em pedras levantadas, até chegar aonde a floresta era tão densa que nenhum homem poderia passar. Adentrou-a da melhor maneira que pôde, sendo arranhado no rosto e nas mãos. Agora havia mais sombras à sua frente. Essas sombras eram maiores que a dele. Alongadas e movendo-se selvagemente, como se estivessem lutando — ou se preparando para isso. Uma delas fez um barulho, mas isso era impossível porque sombras não faziam barulho.

Preso nos limites das raízes espinhosas e retorcidas, ele pegou seu rifle e deu um tiro. *CRACK*.

As sombras congelaram. E então, como se tivessem ficado apenas por um momento chocadas com o som, elas se fundiram. Grande como uma árvore agora, mas mais larga. Ela pairava sobre James, apagando as estrelas e fazendo com que parecesse que tudo no universo era preto. A escuridão o engoliu por completo. Ele segurou firme o rifle enquanto girou da melhor maneira que conseguia e disparou três tiros. A escuridão se fechou sobre ele. Parecia um abraço: quente, próximo. Ele quase estendeu os braços para retribuir o sentimento, mas foi quando ouviu os ruídos que lhe tiraram o fôlego: zumbido. E o que era isso: vozes debaixo d'água?

1:6

Antes, Beulah nunca ousava sonhar. Mas os sonhos de tia Be eram prateados e quentes. Neste lugar onde o metal brilhava com o calor, os homens eram alinhados e obedientes, mesmo que fossem toubabs. Eles lambiam cada parte dela, mas só quando ela ordenava. Caso contrário, eles mantinham seus olhos, mãos, línguas e coisas para si. Trêmulos, sim; até mesmo ansiosos; contudo, escondidos. Ela queria chamá-los de soldados, mas isso seria errado. Os homens na vida real eram soldados. Eles estavam continuamente iniciando guerras por qualquer pequena diferença de opinião e causando derramamento de sangue que insistiam que era necessário para que conseguissem o que queriam. Esses homens da vida real esperavam que ela, e todas as mulheres, esquecessem que as mulheres eram sempre as primeiras vítimas de suas luxúrias, alegando que Eva tinha forjado essa ordem das coisas quando, na verdade, se você pensasse só por um segundo, você saberia que Deus planejou assim desde o início, não importava o que Amos dissesse. Em seus sonhos, os homens eram o que os homens deveriam ser: secundários como eram no início, antes do desequilíbrio. Úteis por sua força e humor, claro, mas sabiam deixar as mulheres sozinhas para pensar. Portanto, enfim, dignos da adoração dela.

Amos havia chegado mais perto disso do que todos os homens que ela já conheceu. Ele deixava as manhãs dela sem um "bom" e as noites sem um "noite", mas se deitava ao lado dela mesmo assim. Ele não levantava a mão, mas a tocava do jeito que ela gostava de ser tocada: com a permissão dela, sempre com a permissão dela. Não era prateado ainda, mas quente.

Ela estava sorrindo em seu sono, tocando os lábios, quando o toubab veio buscá-los. Os meninos saltaram ao redor dela e correram para fora quando ouviram um barulho. O estrondo deles a fez acordar sobressaltada. Ela estava grogue e sua visão ainda turva, mas ela viu os rifles.

"Filhos?"

O coração de tia Be bateu na garganta. A língua estava seca, o que lhe dizia que a morte andaria pela plantação por um tempo, pegando os frutinhos mais azuis, mesmo aqueles que não sabiam que o que havia de errado com eles era o fato de serem azuis.

"Mas tudo bem. Eu sei que meus meninos vão me proteger. Eu criei eles do jeito certo. Se não forem eles, será Amos", disse tia Be pouco antes de o toubab entrar em sua choupana. Ela se sentou e sorriu um grande sorriso direto para aqueles rostos pálidos como granizo. Devagar, devagar, tão devagar que o toubab nem viu, o sorriso sumiu quando ela percebeu que nenhum de seus meninos veio correndo atrás deles. Nem mesmo Dug.

Eles não poderiam estar todos mortos. Todos os seis? Tão rápido? Não. E nenhum deles a sacudiu, a acordou de seu lindo sono só para dizer a ela para correr? Não pode ser. Não depois do que ela lhes deu. Não depois do que ela salvou, entregou, abriu espaço e esguichou de seus mamilos para mantê-los inteiros.

Amos também?

Ele escolheu Essie em vez dela?

Não pode ser.

Com rifles apontados para ela e toubabs gritando para que saísse do lugar que ela falhou em transformar em um lar, o que não era culpa dela, tia Be se jogou no chão. Os toubabs riram, porque pensaram que ela caiu por acidente. Ela olhou para a frente onde estava a almofada gramada. As pernas dos toubabs estavam obstruindo sua visão, então ela tentou ver através delas. Essa era a parte fácil. Foi o riso deles que a dividiu. Isso permitiu que o que ela pensava ter digerido se erguesse de suas entranhas e entrasse em seu centro. Aah, era frio, cinza e malcheiroso; vinhas se arrastavam e a neblina grudava no chão. Então *ela* irrompeu, as mãos primeiro, segurando cravos vermelhos. Sem sequer a cortesia de um abraço. O descaramento!

Sim. Beulah começou a sair, em parte pela boca, em parte pelo ouvido. Ao sair do último, ela sussurrou, harmonizando consigo mesma: "Eu tentei te contar".

1:7

Corpos caíam, mas Essie se agarrou a Solomon e, ao lado da cabeça dele, podia ver que algumas pessoas haviam atacado os toubabs, com Sarah liderando-as. Ali, no meio de Vazio, a multidão de corpos contorcidos deve ter se assemelhado a uma ferida purulenta vista de cima, mas nada jamais fora tão bonito. Essie continuou a recuar, admirada com aquela beleza e buscando a sua própria, até estar atrás do celeiro e escondida pelas árvores que ladeavam a margem do rio.

Segurou Solomon com mais força. Ele tremeu por um momento, mas não chorou. Ele continuou tentando se virar, para ver de onde vinha o barulho, como se estivesse atraído por ele, como se a conquista fosse seu direito de nascença e isso tivesse de ser visto para ser entendido a fim de que nunca mais acontecesse. Essie olhou para ele e como era rechonchudo. Ele se parecia com o pai.

Ela mordeu o lábio quase com força suficiente para tirar sangue, mas isso não impediu que a memória a sufocasse por dentro. Apenas uma coisa lhe havia sido negada. Bem, não apenas uma coisa, mas esta foi a coisa da qual todas as outras negações surgiram: Não. Seu Não não tinha peso nem relevância, então como poderia ter alguma misericórdia?

Este, portanto, era o seu Não. Um pouco tarde, talvez. Um pouco tarde demais, mas aqui estava, mesmo assim, brilhante e difícil, mas tangível.

Eles cometeram um erro terrível. Eles tinham dado a criança para a mulher errada. Deviam ter deixado tia Be levá-la. Pois ela, acima de tudo, amava esse tipo de criança. Em vez disso, deram para a mulher que achava que o dividir ao meio e dar as metades para quem quer que as quisesse era uma recompensa razoável. Sabiam quem ela era (claramente, não sabiam) e ela era obrigada a ser ela. Não tinha feito jus a si mesma, mas isso estava acabado e ela não os decepcionaria mais.

Os grilos a alertaram com uma canção estridente, mas ela os ignorou. A lua derramou uma meia-luz, ainda brilhante o suficiente para que ela pudesse ver o rosto redondo da criança, gentil especialmente quando ela desviava o olhar.

    Ela chegou na margem e olhou para as águas negras à sua frente. Sorriu ao ver como elas estavam calmas e sentiu vergonha de ser a pessoa que iria perturbá-las. Segurou a criança perto de si com mais e mais força, até ele começar a se contorcer e lutar. Ela ficou surpresa com a força de seu corpinho, mas continuou, usou toda a sua força até ouvir um estalo e o corpo ficar mole. Ela levantou o corpo de Solomon bem acima de sua cabeça. Era como se ela estivesse mostrando a alguém no céu as provas pelas quais ele seria condenado. Então, em um movimento rápido, ela o jogou no rio.

    Ele foi tragado com apenas um gole.

1:8

    O luto de Puah a colocou em um campo no meio de uma guerra. Cada parte dela queria se deitar ali, fechar os olhos e esperar que os lobos fizessem o que a natureza os criou para fazer. E depois que seus ossos estivessem limpos, depois que sua carne tivesse sido digerida e cagada, talvez um buquê de papoulas brotasse onde quer que seus restos tivessem nutrido o solo. Talvez a natureza se lembrasse dela muito depois de todos terem esquecido.

    Ela fechou os olhos para se preparar quando uma mão a agarrou.

    "Levanta, garota!"

    Era Sarah.

    Puah a ignorou porque não havia razão para se levantar apenas para ser abatida e cair de novo. Puah fechou os olhos mais uma vez.

"Misericórdia, garota! Eu não quero ser quem vai te dizer isso, irmã. Eu não quero ter que ser quem vai te dizer isso", disse Sarah. Ela ficou de joelhos e olhou fundo para Puah. "Mas você vai ter que largar as coisas difíceis e se levantar."

Puah sorriu com o tom indignado na voz de Sarah. Talvez ela tenha pensado que foi uma correção gentil e calorosa que a ergueu entre as omoplatas e disse *Pronto, pronto, doce criança*.

"Eles fizeram isso", respondeu Puah.

Sarah assentiu com a cabeça. "Eu sei. Não podem ser nada além do que são. Mas você vai ter que deixar ele de lado. Agora. Porque tudo que você pode fazer por ele agora é fugir."

Puah não se mexeu.

"Essa sou eu e você sabe disso, Puah. Deixa as coisas problemáticas longe", disse Sarah.

Puah continuou a se encolher e a se demorar.

"O que eu te digo sobre isso, Puah? Levanta. Temos que ir."

"Aonde?", perguntou Puah.

Sarah olhou nos olhos de Puah. "Você me vê?"

"Eu vejo círculos. Parecem oscilantes. E você parece azul, mas suave."

"Pra cima, criança, pra cima."

"Mas aonde nós…"

"Qualquer droga de lugar, menos aqui!"

"Sarah", disse Puah, e suas palavras saíram arrastadas. "Samuel."

"Levanta. Eu já te disse desde o início: segura suas coisas! Amarre elas num lugar onde só você pode alcançar. E só pegue elas quando não tiver escolha. Quando as feras ameaçarem pisotear você. Quando o buraco ficar tão grande que você tá prestes a cair nele. Quando você olhar pro rio e o troço olhando de volta pra você for algo que você nunca viu antes. Não foi isso que eu te disse? Eu não tava trançando isso bem nessa sua cabeça grande e velha? Você foi descuidada e agora olha. Tá tudo espalhado bem aqui no chão, esperando os cascos pisotearem. Levanta, garota. Eu disse: levanta. A. Bunda. Daí!"

Enfim, Puah ergueu os dedos trêmulos. Sarah os agarrou. Puxou Puah para cima e Puah apoiou seu peso nela. Elas começaram primeiro a andar, depois, de mãos dadas, começaram a correr. Tiros as assustaram e elas continuaram se movendo por entre as árvores e foram para o rio. O que não conseguiam enxergar, elas tateavam ao redor. Nada. Não havia nada além de pedras e galhos, e dois corpos.

"Você consegue ver quem é?", perguntou Puah.

Sarah espremeu os olhos. "Não."

Puah segurou o peito. Ficou parada por um momento e olhou para trás através das árvores. Respirou fundo e então seguiu em frente em direção ao rio. Ela olhou para Sarah.

"Nós podemos nadar."

"Minha bunda grande não sabe nadar. Nunca conseguiu. Mas olha, você tem que ir."

"O quê?"

"Se salva. Vai. Eu acho outra maneira."

"Sarah, eles podem matar você."

"Eles já tiveram muitas chances."

"Mas…"

"Do outro lado daquele rio, você finalmente tem uma chance."

"Pra quê?"

Sarah agarrou Puah pelas duas mãos e a beijou na bochecha.

"Para *enxergar* você mesma."

Puah balançou a cabeça.

"Criança boba. Se você conseguir atravessar o rio, quando chegar do outro lado, não vai ter outra escolha."

"Não posso."

"Você pode. Vai. Nada, irmã", ela disse para Puah, empurrando-a suavemente para a frente. "Nada."

Puah tirou o vestido e o amarrou na cintura. Rastejou de leve, afundando devagar sob a superfície da água. Uma libélula passou rápido por ela e Puah se virou na direção do som. Estava com a água até o pescoço, então desapareceu.

1:9

Sarah prendeu a respiração, esperando para ver a cabeça de Puah ou uma trança ou um braço remando — qualquer coisa. Ela esperou. Sequer uma bolha surgiu para deslizar na superfície e estourar silenciosamente. As profundezas teriam prendido as pernas dela? Algum espírito errante confundiu o corpo dela com o próprio? Dedos puxando por todos os lados e para baixo em busca de companhia?

Ela havia mandado Puah para a morte. Que desnecessário. Que desleixo da parte dela empurrar quando deveria ter puxado. Então ela ouviu um barulho na água. E depois outro. E outro. Na escuridão, a prata brilhou e ela avistou um braço gracioso, brilhante. Ela estava deslizando. Puah estava deslizando pelo rio como se as mamães eternas tivessem colocado as mãos ali para fazê-la flutuar. Sarah arfou baixinho de excitação, para si mesma. Pena que ela não podia ficar mais tempo para ver sua amiga voar. Mas havia mandíbulas por toda parte e línguas agitadas.

Puah perguntou a Sarah para onde ela iria, e Sarah não tinha ideia. *Eu acho meu caminho*, ela havia dito. Ela havia muito tinha desistido de um espaço seguro, mas se contentaria com um espaço vivo, onde pelo menos um pequeno pedaço de sua alma pudesse brilhar sem ter lama chutada nela.

Sarah se lembrou de ir para o topo uma vez, lá no alto onde

poderia ter tido segurança se o mundo estivesse do lado certo, e ela viu, ao longe, mulheres pretas como cavernas levantarem as mãos para cumprimentá-la, acenando para ela, dizendo que ela tinha *um número infinito de mães que, elas mesmas, eram as mães do infinito. Elas foram as primeiras a dar à luz as últimas, a dar vida à mulher que também é um homem que também não é nenhum dos dois, que reunirá toda a criação, tanto a árvore como o lobo, em perfeita submissão à paz. O que não teve começo não teria fim. E este era o congresso dos sonhos. É um círculo, veja, uma roda no céu, girando; bolhas na espuma do mar; um aro de mãos unidas nas profundezas, guardando a misericórdia no centro e testemunhas nas margens, rindo, conhecendo. Essas são as que pertencem à terra que não come seus jovens. Pergunte ao seu sangue. Pois ele lhe dirá.*

"Você sabe onde eu nunca estive?", ela disse em voz alta para toda a criação.

Ela correu para o campo de algodão. Entre as vacas soltas, ela foi para perto dos limites do terreno, até chegar ao outro lado. Saiu para ver as fileiras de choupanas abandonadas, fracamente iluminadas pela luz de Samuel. Passou por elas devagar, encantada com as cores que elas tomavam sob o escrutínio. Ela olhou para a floresta logo além.

"Nunca fui pra esses lados", disse ela em voz alta.

Ela quis dizer sul. Ela nunca tinha ido mais para o sul porque Paul e outros haviam falado dos Choctaw como se eles fossem a vingança viva ansiosa por devorar a carne negra perdida. Mas eles também não haviam falado isso das mães do infinito, também não haviam caluniado sua graça como se elas não estivessem mais por perto para demolir esses enganos? Não, se os Choctaw eram monstros para Paul e os outros, eles só poderiam ser um alívio para ela. O que quer que houvesse para lá, além desses novos bosques, naquela outra escuridão — bem, merda.

Pesadelos andaram *aqui*. Ser devorada era melhor do que ter outro par de mãos pastosas tentando separar seus joelhos.

"Não é mesmo, Mary?", ela perguntou à escuridão na frente dela.

Mas, batendo atrás de seu coração, estava a mais recente em uma longa fila de mulheres que mantinham lâminas de barbear escondidas no calor da boca. Deixe os toubabs tentarem se quiserem. Ela enfiou para dentro a ponta solta do lenço na cabeça e segurou o vestido entre as pernas para que ele se prendesse às coxas como uma calça. Andou para dentro da floresta, afastando galhos e arbustos com a mão livre. Assim que chegou a um ponto desobstruído, lá estavam eles, de pé em seu caminho: uma patrulha. Alguns deles esfarrapados e desdentados. Alguns deles altos e magros. Todos eles alinhados como os dentes de um forcado, esperando para fazer com que suas pontas afiadas fossem conhecidas.

Quando eles se aproximaram, ela compreendeu algo que tinha sido como uma farpa em seu pé: era fácil acreditar que os toubabs eram monstros, e seus crimes excepcionais. Mais difícil, porém, e mais assustadora ainda era a verdade: não existiam monstros. Todas as perversões já cometidas foram cometidas por pessoas comuns e todas as pessoas tinham isso nelas, aquela coisa atraente e adornada bem debaixo do peito que poderia ser removida à vontade e esmagada na cabeça de outra pessoa antes de retornar ao seu lugar palpitante. A farpa foi empurrada para fora, ela podia andar com calma, embora com cautela, fosse o chão plano ou não.

Ela deu um sorriso malicioso para eles. Eles já haviam retirado o nome dela de todos os monumentos e o substituído pelos títulos dos homens, homens descuidados, violentos, covardes, que eram ao mesmo tempo temerosos e cativados pelo útero que gestou a criação — em outras palavras, o cosmos. Eles já haviam puxado as deusas para fora do céu e as enterrado nas profundezas, escondidas de todos menos dos mais graciosos. Agora o que eles queriam fazer era eliminar o rosto dela do registro, espalhar seus restos mortais para que nunca mais fossem encontrados.

Ela fechou a mão direita em um punho e enfiou a mão esquerda na boca para puxar sua arma de onde ela ficava no interior da bochecha. Não importava que incêndios fossem iniciados ou quanta lenha os tivesse alimentado. Não. Ela não ia ser o sacrifício de ninguém além dela mesma.

Ela balançou com as plantas de algodão à distância atrás dela. O vento dançava entre suas pernas. Ela segurou um punho à sua frente e a outra mão foi para trás como uma víbora antes do ataque, uma presa brilhando em sua boca. Encantada com o choque potencial que dominaria os rostos dos toubabs quando ela levasse pelo menos dois deles para os lugares onde o povo dela prosperava — lugares quentes, cheios de ruínas —, ela se preparou:

"Vamos com isso, então!".

1:10

Amos caminhou até o centro e ergueu as mãos.

"Fiquem calmos! Este é o alvorecer do dia do Senhor!", ele gritou, sua voz se misturando ao tumulto, mas sem se elevar sobre ele.

O que eles não sabiam era que, mais além, a tragédia seria abundante, ultrapassando qualquer coisa que pudesse ser imaginada aqui em Vazio. Eles sabiam, é claro, a que aquela cerca, longa e larga, os havia confinado; não havia necessidade de enumerar o que já estava claro na carne. Mas ela os protegia daquilo que eles não podiam antecipar. Amos sabia, no entanto. Não havia nada mais assustador do que patrulhas de meninos toubabs, a quem as lágrimas de alguma mulher toubab haviam nutrido, se arrumando para uma jornada na floresta para encontrar um bando de pretos escondidos em algum canto tranquilo ou enfiados nos galhos de uma árvore solene.

Eles souberam o que era ter fome, mas o que eles não conheciam eram os quilômetros entre isso e a inanição, porque ainda não tinham visto um homem se envenenar ao pegar a folha errada para mastigar e saciar a dor que dilacerava as entranhas depois de cinco dias, quando nem mesmo carne de guaxinim estava disponível.

Ficar sem um poço funcional era o pior. A água do rio estava cheia de sal e incomodava a barriga. Não se podia contar com a chuva porque essa terra era instável assim. No máximo, você conseguiria pegar um punhado antes que o pé d'água parasse por motivo algum além de despeito. Sem falar dos lobos, das cobras e dos jacarés, todos cheios de dentes e esperando um tolo tropeçar. E os bebês? Como você pode trazer um bebê nisso e abafar seus gritos quando o leite secar porque a barriga da mãe está vazia?

Não, Vazio não era seguro de forma alguma, mas era confiável. E o que um povo que não tinha nada — e nunca teria nada enquanto os toubabs refizessem o mundo à sua própria imagem solitária — poderia esperar além de saber o quem, o quê, o quando, o por quê, o onde e o como de seu sofrimento?

Não sou fruta podre; eu sou um homem.

"Venham, fiquem seguros em meus braços."

Não precisa ter medo, não precisa, ele pensou em dizer aos corpos vivos e mortos. Alguns dos vivos responderiam ao seu chamado, porque, se na noite adversa alguém erguesse uma luz, por mais fraca que fosse, mostrando braços abertos para o abraço, mesmo que esses braços não pudessem proteger, eles podiam ao menos oferecer uma morte que não fosse solitária, havia, enfim, uma direção. Mas nem Essie nem tia Be estavam entre eles e isso o perfurou em lugares escondidos e à vista de todos.

Amos estava ao lado do corpo de Paul e as pessoas se reuniram ali, cercando os dois. Aquele era o lugar mais seguro para se estar: chorando ao redor do corpo do senhor da terra, enquanto todos os outros corriam livres e soltos. Quando a cavalaria chegasse — e acredite: ela estava chegando —, ele daria a eles todos os nomes. A começar pelo dela.

"Tudo o que a gente queria era um pouco de silêncio, hein. Mestre, você pode arranjar isso pra nós? Um pouco de silêncio e talvez... alguma paz?" Quando não recebeu resposta alguma: "A gente fica aqui com você. A gente fica".

Ele tinha certeza de que os tiros não chegariam perto porque ele já tinha visto e já havia sido tocado pelo Sangue. Ele olhou para cima e viu Maggie. Ele ficou ali, no meio de tudo, olhando abatido para Maggie, embora ela mesma parecesse estar subindo a encosta a partir da árvore para a casa-grande, mas ele ainda preferiu olhar para ela de cima. Seus olhos se encontraram. Só ele tinha lágrimas nos dele. Ele levantou a mão lentamente, apontando para ela. Acusando-a. De quê? Ela compreenderia e só ela. Foi por isso que ela sorriu e virou as costas para ele. Ainda assim, ele precisava dizer em voz alta, em benefício das testemunhas. Não importava que simplesmente caísse por terra.

"Eles tavam colocando a gente em perigo. Tudo o que eu tava tentando fazer era manter a gente seguro."

1:11

No meio do nada, havia música.
Maggie estava acima de tudo, de frente para o leste; a luz à

distância ainda não podia alcançá-la, mas ela sabia que estava chegando. Ela se inclinou e pegou a tocha que James usou para cozinhar seu bebê, o único que restou e que ela achou que estava melhor sem saber de nada, mas ela viu, com seus próprios olhos, que ele havia encontrado algo bom nesta vida que deixaria seu curto tempo aqui suportável. Ela pegou a tocha e mancou rapidamente de volta para a casa-grande.

Estava escuro lá dentro, e mesmo que a tocha não tivesse iluminado o caminho, ela conhecia cada centímetro da casa melhor do que conhecia as curvas esguias de seu corpo. Esse era o lugar onde ela fora condenada, então seus contornos e fronteiras, até mesmo suas fendas mais secretas, eram todos conhecidos por ela, conhecidos e comprometidos violentamente com a memória. Cada lugar tinha uma história. A cadeira cheia de algodão era onde a obrigavam a ficar horas em pé com um quadril ruim enquanto os Halifax entretinham seus convidados. A lareira que quase a consumiu quando Paul a empurrou perto demais. Ela poderia ter caído da porra da escada — e ela a chamava assim por um bom motivo — se não fosse por seus reflexos rápidos. E aqueles espelhos amargos. Ah! A casa não tinha lei.

Ela passou andando por tudo isso mesmo assim porque que escolha ela tinha? Subiu as escadas e entrou no quarto do mestre Paul para começar no âmago, pois o fogo deve limpar de dentro para fora. Ela segurou a tocha na cama e só olhou por tempo suficiente para vê-la acender. Então ela voltou para fora, com a tocha na mão, e foi para os campos.

Como ela desprezava aquelas fileiras! Cada uma delas muito organizada na aparência, todas elas metódicas e rígidas, mas também oferecendo o tipo de suavidade que ceifava vidas. Ela andou para cima e para baixo, ainda mais rápido do que seu ferimento permitiria, possuída como se sentia por algo muito velho ao lado dela, correndo em uníssono, lanças apontadas para a frente. Ela pensou: *Como seria se fossem eles, pra variar? Se eles tivessem sido separados de seus filhos; se eles tivessem que labutar por salário nenhum e um sustento minguado; se as costas deles tivessem sido mutiladas pela menor ofensa ou ofensa nenhuma; se os dedos deles fossem esfolados até os ossos, colhendo e colhendo e, diabos, colhendo; se fossem as cabeças deles que tivessem sido colocadas ao acaso em estacas por um trecho de quilômetros. Como seria se eles estivessem por baixo? Eles podem não saber em breve, mas depois de um tempo, eles saberiam. E eles também sabiam. Era por isso que eles embalavam armas como se fossem filhos.*

Com um movimento suave, ela começou a queimar as plantas enquanto passava por elas. O chiado das chamas encheu o ar, e ouvi-lo fez com que ela se entregasse a si mesma, fez com que ela sentisse que seu corpo era, enfim, seu. Enquanto cada arbusto se transformava em uma tocha, ela olhou para a casa-grande e, em uma janela no alto, dentro de um quarto no alto, ela viu uma figura apenas... parada ali. Parada ali olhando, talvez para ela, talvez para as pessoas à distância enquanto eles se aglomeravam e recuperavam sua dignidade com a velocidade que as coisas têm quando estão muito atrasadas. Mas a figura não se moveu. Tornou-se apenas mais uma decoração de vitrine, e foi assim que ela soube que era a sra. Ruth.

Elas poderiam ter sido irmãs se a sra. Ruth não acreditasse no mesmo engano em que os homens acreditavam. Ah, mas o engano era tão sedutor, doce na língua como cana. Não havia muitos que conseguiam cuspi-lo.

Nada compeliu Maggie a gritar para ela ou sinalizar que as chamas logo a alcançariam, dando-lhe a chance de fugir. Para onde ela iria? Para a floresta como ela sempre fazia, provavelmente. Ou para a cidade. Ou procurar algum lugar de culto para lhe dar abrigo. Havia armadilhas por toda parte, com certeza, mas também não faltavam pessoas que se lançariam a elas e se arriscariam para poupar uma mulher toubab da dor.

Maggie apenas a encarou, lembrando-se do vestido. Então ergueu a tocha e, por alguma razão, uma lágrima escorreu pelo seu rosto. Maggie decidiu não questionar de onde ela veio ou por que veio, mas tinha certeza de que ela, sozinha, era suficiente.

Ela não estava de pé em uma colina, mas era o que parecia. Era como se a fumaça fosse, em vez disso, nuvens, e cinzas — alguns dos flocos poderiam muito bem ser de seu próprio filho, misturados com o quanto Vazio estava prestes a cair graças a ela, sim, *ela*, isso deveria ser conhecido e lembrado, mas não será —, as cinzas poderiam ter sido as estrelas do céu, porque elas também eram resquício de coisas mortas.

Ninguém se lembraria de seu nome, mas ela se tornara um espírito maior agora: cabeça maior, quadris mais largos e qualquer que fosse a dor. Todos os que vieram antes dela simplesmente bombeando através de seu coração e eles encontraram um lugar para estar nas cavernas de sua garganta. Lá, ela se lembrou da sua voz.

Com as duas mãos no ar, ela lançou o último feitiço:

"Olhem! Nós nos alinhamos em uma fila, nos estendemos por quase todo o lugar." As pessoas, algumas chorando, olharam na direção de Maggie e correram para mais perto. "Façam um círculo. Precisamos de um círculo porque as duas pontas precisam estar fechadas. Uma cobra. Uma cobra comendo a maldita própria cauda. Isso não supera tudo? Que importa se vocês são *vistos*? Vocês tão *aqui*!"

Ela levou um momento para olhar para cada um deles. "Tudo o que vocês viram. Tudo o que vocês tocaram. E deixam algo tão pequeno quanto um oceano separar vocês? Não tão envergonhados?"

Quando o conhecimento se manifestou em seus rostos, Maggie sorriu. Enfim: "Uma sabedoria!".

Só uma pergunta: o que fazer quando a cavalaria chegar? Só há uma coisa a fazer:

Com cada gota de sangue:

Rebelar-se!

Isaiah

Seja uma pedra. Por favor, seja uma pedra.

Era o que algumas pedras diziam a algumas penas, aos desejos-feitos-a-dentes-de-leão que flutuavam por aí cuidando da própria vida antes de descer lentamente para pousar em algum prado e, depois de um tempo, criar raízes. Eles queriam que as coisas macias endurecessem para o *próprio* bem deles, para o próprio bem *deles*. Mas isso não deixava consideração ao viajante que tinha que andar descalço pelo terreno, não lhe deixava um lugar confortável para pisar. E Isaiah queria ser isso para Samuel.

Mas conforto para viajantes não era o ponto. Porque era maravilhoso para eles que tivessem um lugar para descansar os pés, cansados como estavam, mas e todas as coisas macias abaixo deles?

Sim, eu sei. Mas não posso ser o que não posso ser.

Campos abertos, então, onde o azul era tristeza e as margaridas amarelas eram cheias de si. Isaiah largou a espada e o escudo muito antes de chegar ao rio. O que quer que estivesse à frente seria o inferno que os toubabs temiam, a não ser que também viesse com uma promessa: a ponta da língua trêmula de Samuel na ponta do mamilo impaciente de Isaiah. Era isso que fazia a cabeça cair para trás e o rosto adorar o céu. Era isso que se desenrolava, uma flor delicada segurando o orvalho como alegria. Era isso que fazia com que as muitas águas corressem em direção à calmaria e, portanto, ao porto. Sim. Era isso.

E o tempo todo ele balbuciava durante as intimidades encobertas deles, fazendo Samuel lhe perguntar por que ele gostava tanto de falar; onde estava o silêncio e eles poderiam tê-lo para si, mesmo que apenas por um instante? "O sono é bastante silencioso", Isaiah lhe dissera. "Quando a gente tá acordado, quero ter certeza de que você me ouve. Dentro de você, eu quero que você me ouça." Samuel desviou o olhar. Ele entendeu, mas não conseguiu segurar. Evasivo, como tentar pegar um desejo quando uma pedra era mais fácil de agarrar.

Mas Isaiah não poderia ser uma pedra, especialmente agora, a menos que quisesse submergir até o fundo.

Eu serei sua pedra para você.

Como Samuel atravessaria o rio com aquele peso sobre ele? Ele também quase havia sucumbido. Ninguém jamais saberia o quão perto ele esteve de trair tudo, até a si mesmo em troca de um nome carinhoso.

"Por que eles odeiam a gente?"

"A resposta tá bem na sua frente, Zay. Porque Amos disse a eles. E o mestre disse a Amos pra fazer isso."

Eles podiam lidar com olhares e sussurros. Mas a divisão? Foi isso que empurrou Isaiah para as águas noturnas, onde sabe-se lá o que poderia atacá-lo. Não, ele não poderia ser uma pedra que afundava, pois precisava, agora, flutuar. Sem nome porque Isaiah não era o nome dado a ele por aqueles a quem ele realmente pertencia. Portanto ele andava vestindo um insulto como um rejeitado. Ele respondia ao desrespeito toda vez que era chamado, quer o interlocutor o adorasse ou não. Sim, de fato, quase uma pedra.

Ele pegou tudo isso, cada pedaço, e carregou nas costas quando disparou na água escura do rio sem saber qual abismo poderia estar por baixo. Disseram que seu povo tinha medo de água e não sabia nadar. Ele tinha ouvido as histórias dos anciões que pularam no mar em vez de chegar a essas margens amargas e como eles afundaram com facilidade. Pensou que talvez fosse verdade, então, que seu povo era feito de pedras e no minuto em que pensasse que conseguiria atravessar, desceria até o fundo e se afogaria.

Respirou fundo antes de desaparecer sob a superfície. O som ficou abafado, bolhas estourando e água correndo em todos os seus espaços. Seus olhos estavam bem fechados. Ele os abriu e não fez diferença. Tudo era preto e talvez isso fosse uma coisa boa.

Ele bateu as pernas e disparou para a frente. Sempre em frente, pernas, e braços, e respiração. Todas as coisas que o rio parecia estar tirando dele, empurrando contra ele enquanto ele nadava através de seu fluxo, mas sem deixar que elas o carregassem. Samuel dissera que estariam seguros em outras praias. Isaiah não sabia ao certo. Havia o que lhe foi dito e o que ele sentia em seu âmago, mas ele não tinha certeza qual delas era confiável. Ele não tinha como medir, nenhum sinal para ler, sem mãe nem pai para corrigi-lo, porque eles já haviam errado e podiam assegurá-lo de que todas as armadilhas já haviam sido acionadas, então era seguro vagar naquela outra direção. Havia, no entanto, uma coisa no centro dele que dizia: *Melhor do que onde você está*. Então ele nadou por baixo, quase como se estivesse sob o próprio mundo, e se perguntou se algum dia conseguiria voltar ao topo.

Ele viu algo brilhar em águas escuras demais para serem

vistas. Coisas rápidas e fugazes que pareciam olhos atentos. Disse a si mesmo que aquilo era produto de sua exaustão. Seus membros haviam enfraquecido e não importava nem um pouco quantos montes de feno e merda ele tivesse movido que fizeram com que seus bíceps inchassem e os toubabs pensassem que não havia carga que ele não pudesse carregar. Confuso, às vezes, ele considerava isso uma medida de sua força: quanto mais ele aguentasse, mais forte ele se sentia. Então percebeu que ele, a vaca, o cavalo e os porcos — até as galinhas — serviam ao mesmo propósito.

Sua cabeça emergiu e lá estava o céu noturno em todo o seu estrelato e, finalmente, antes de quase desistir, de repente havia chão sob seus pés.

Ele se arrastou com as mãos e joelhos pela margem lamacenta cheia de troncos boiando e musgo. Então ele se virou e se deitou de costas, ofegando no lugar turvo em que estava agora. Algumas das rochas sobre as quais estava deitado o cortaram. Sabia que não tinha muito tempo. O instinto lhe disse para correr, mas suas pernas desobedeceram ao comando. Ele se sentou. Tentou evitar olhar para o outro lado do rio, de volta na direção de onde havia escapado. Sabia que ele não ouviria seu sonho: Samuel no rio, dando braçadas grandes, cabeça debaixo e depois acima da água, chegando cada vez mais perto até por fim chegar à terra firme e desmoronar em seus braços, livre.

Mas ele olhou mesmo assim e pôde ver as chamas queimando na noite e as silhuetas em guerra. E de tão longe, ele não conseguia controlar seus olhos o suficiente para procurar a forma da noite que ele conhecia melhor do que a sua.

Não havia sinal de Samuel na água, mas do outro lado do rio, mais perto da casa-grande, balançando na odiada árvore, com a cabeça pendida para o lado como se estivesse curioso, aceso como um lampião, havia alguém. Ele teria tido mais certeza da forma antes que o fogo começasse a devastá-la. Mas quem mais poderia ser?

Ele vomitou, e o rio não perdeu tempo em lamber sua oferenda e arrastá-la para o mar. Isaiah tentou se levantar, mas caiu de joelhos. Olhou para o fogo. Imaginou que ele tinha uma parte nisso, também. Viver no mundo projetado por toubabs lhe dera este presente: lamentar e, com a mão esquerda, apontar o dedo para o próprio peito quando ainda havia muito que apontar em outro lugar. Circulando em sua cabeça estava esse presente: poderia ter deixado os chamados de Timothy sem resposta, recuado ao seu toque, se recusado a tirar a calça e evitado acariciar-se para se avivar. E se tivesse deixado de se deitar sobre ele, soltar uma risada, olhar por muito tempo nos olhos dele como se pudesse, por acaso, ter encontrado algo lá? Pior, ele quase soltou um suspiro, e não havia dúvida de que ele gostou da suavidade da cama. Isso valia a sobrevivência? Samuel estava certo em pensar que era traição?

Durante os tempos de traição, Isaiah afastara os pensamentos para longe, para os cantos do quarto de Timothy, atrás das pilhas triplas de telas, onde permaneceram como coisas que você nunca iria querer que as pessoas vissem. Ele não olhou para nenhum dos espelhos, o que ajudou. Pois ele sabia agora que estes eram atos covardes como qualquer forca. Samuel havia lhe dito antes que ele teria que arriscar alguma coisa e parar de trocar corpo por conforto. Ferido, Isaiah queria lhe dizer para pensar em algodão para ver como alguns confortos podem tirar sangue.

Ele tinha que ir. Viriam atrás dele logo. Cruzariam o rio em uma jangada ou talvez em um pequeno barco. Trariam os cães e armas da morte cujos ruídos ecoariam na eternidade. Viriam e tentariam extrair dele tudo o que ele tinha para dar, mesmo que tudo o que ele tinha não fosse o suficiente para encher um palmo. Seu conhecimento não era maior que uma pedra.

Ele olhou para as estrelas. Talvez aqueles olhos brilhantes no fundo do rio fossem apenas um reflexo do céu trazido para baixo. Isso explicaria por que as pessoas se afogavam, sendo incapazes de diferenciar o céu da terra porque pareciam iguais. Mas ainda havia a sensação de que eles não eram apenas *olhos*, mas estavam *observando*. Estrelas não fazem isso.

Isaiah expirou. Perguntou-se o que ele e Samuel poderiam ter sido, teriam sido, se não tivessem crescido acorrentados. Não havia necessidade de lágrimas. Não quando os sentimentos ainda estavam frescos e enfiados em suas dobras, úmidos e seguros sob o prepúcio, acessíveis pela memória e pelas carícias. Isso só poderia ser destruído se ele também fosse destruído. E mesmo assim a destruição só serviria para aproximá-los, de mãos dadas naquele próximo lugar, onde quer que fosse, onde seus pais e os pais deles encontraram uma fuga permanente das pessoas cujos corpos estavam cobertos de nada. Não o Céu, com certeza não aquele lugar pavoroso. Mas algum outro lugar, onde as primeiras músicas poderiam ser cantadas sem interrupção.

Nadou todo o caminho debaixo d'água, só emergindo para respirar quando seus pulmões ameaçavam estourar. Ele não viu estrelas, concluiu, mas pessoas lá embaixo: rostos na lama, sorrindo ou talvez gritando, mãos unidas em um círculo, pés batendo no ritmo da vazante do rio. Ele os reconheceu, mas não os conhecia.

"Mulheres na água. Eles defendem vocês", Maggie lhes dissera uma vez na beira do rio, olhando para a floresta imóvel do outro lado.

"Não sei o que você quer dizer, senhora", disse Isaiah.

Ela sorriu. "Elas são pretas." Ela riu e deu um tapa no joelho. "Bem, é claro que elas são pretas."

Samuel não estava prestando muita atenção. Parecia perdido em sua própria mente, apertando o punho, pressionando a boca. Isaiah, por outro lado, estava ouvindo atentamente, mas ainda estava confuso. Maggie pensou ter esclarecido sua confusão ao dizer: "Não, não mulheres *na* água. As mulheres *são* a água".

Ela tinha visto de alguma maneira? Ela soube de alguma maneira? Sem palavras e na mente, e pensou em oferecer a única proteção que ela poderia dar para a jornada deles? Uma invocação tão antiga como a própria água? Era isso que Sarah estava ensinando a ele à beira do rio naquela tarde?

Ajoelhou-se ali no lamaçal, a correnteza do rio abafando a maioria dos outros sons. Preparou-se para se levantar e entrar na floresta atrás dele. Mas uma mão agarrou seu tornozelo.

Como se aproximaram dele tão silenciosamente? Ele estivera tão distraído a ponto de se tornar uma presa voluntária? Abençoado seja seu coração contemplativo.

Ele não tinha forças para lutar contra nenhum deles agora — nem James, Jonathan, Zeke, Malachi, nenhum deles. Deixou o ar sair como podia e nem tentou chutá-los. Permaneceu ali, de joelhos, esperando que eles o matassem antes de o arrastarem de volta para o outro lado do rio. Fechou os olhos e esperou a bala no rosto.

Então uma voz familiar ofegou seu nome.

"Zay!"

Ele abriu os olhos e teve certeza de que estava sonhando.

"Samuel?" Os olhos de Isaiah se arregalaram quando ele viu Samuel parado diante dele, encharcado.

Samuel sorriu. "Aqui", disse ele.

Isaiah deu um pulo e o apertou como se estivesse tentando ser uma parte dele. Ele balançou a cabeça. Olhou para Samuel e tocou-lhe o rosto todo com as duas mãos, procurando a verdade das coisas, usando os dedos para confirmar a crença.

"Cara, o que você tá fazendo? Vai arrancar meu olho!"

"Perdão." Isaiah ofegou entre soluços. "Você tá aqui."

"Eu disse que estaria logo atrás."

Isaiah o agarrou de novo e o segurou.

"Você me odeia?"

Samuel puxou a cabeça para trás e olhou direto nos olhos de Isaiah. "Odeio você? Cara, depois de tudo isso, você me faz uma pergunta tão idiota?"

Eles continuaram abraçados. Samuel beijou a orelha de Isaiah. "Eu tenho que ir", ele sussurrou.

"O que você disse?" Isaiah olhou para Samuel, sem ter certeza de ter ouvido o que ouviu por causa da água correndo.

"Nós temos que ir."

Isaiah assentiu, apertou as duas mãos de Samuel nas suas duas mãos. Eles se soltaram e foram para a floresta.

Não havia trilha a seguir. O mato era alto e ocupava todo o espaço, intocado como estava por mãos humanas. Não havia brecha naquele dossel, nem um pouquinho da luz das estrelas podia penetrar na densa floresta. Isaiah e Samuel abriram caminho, movendo-se o mais rápido que podiam, cansados como estavam, arrancando galhos e cipós, pisando em pedras e vermes. O silvo de cobras fez com que acelerassem o passo. Tentaram ouvir corujas; isso lhes daria alguma noção de direção até que pudessem ver o céu de novo.

Depois do que pareceram horas quebrando, caindo, empurrando e pisando, eles chegaram a uma clareira. O chão era macio e úmido embaixo deles e o ar estava pesado com o cheiro de cedro. Animais uivavam e mosquitos zumbiam. Folhas farfalharam na brisa e uma coruja piou. Com o céu noturno mais uma vez exposto, Isaiah e Samuel conseguiam ver os contornos um do outro, o que era suficiente. Eles ficaram ali de frente um para o outro, ébano e azul da meia-noite na luz fraca da lua e das estrelas. A respiração deles era difícil e seus peitos arfaram em uníssono. Estavam cansados, assustados e famintos demais para sorrir, mas seus lábios se curvaram naquela direção mesmo assim.

"Você acha que estamos longe o suficiente?" Isaiah expirou.

"Eu não sei, mas tenho que descansar. Só um minuto."

Samuel estava deitado contra um plátano cujo tronco estava coberto de musgo.

"Dizem que o musgo cresce no lado norte das árvores", ele disse suavemente.

"Então devemos ir pra lá", disse Isaiah, apontando para o outro lado da clareira.

Samuel não respondeu. Apenas respirou fundo e soltou o ar por um longo tempo. Quase longo demais. Sua respiração ficou mais difícil. Isaiah foi até a árvore, parou na frente de Samuel e se inclinou.

"Você tá bem?"

Samuel sorriu entre respirações pesadas. "Acho que sim. Só cansado. Com sede. Com fome também."

Isaiah procurou algo comestível por perto. Não conseguiu encontrar chicória, taboa ou trevos, mas encontrou um pouco de epilóbio, já que sua cor brilhante a tornava um pouco mais fácil de detectar. Ele caminhou rapidamente de volta para o plátano.

"Isso foi tudo o que pude achar por enquanto, mas quando o dia raiar, posso encontrar outra coisa…"

Samuel estava encolhido no chão.

"Sam!"

Isaiah se ajoelhou ao lado dele. O rosto de Samuel estava tenso. Ele apertou os olhos e um pouco de luz roçou sua bochecha.

"Eu tô me sentindo estranho", disse Samuel enquanto tentava, com a ajuda de Isaiah, se levantar, deslizando pela superfície da árvore, aterrissando nas raízes novamente, interrompendo a queda com o braço estendido. "Alguma coisa tá errada", disse ele enquanto começava a esfregar as mãos no peito e nos antebraços. "Não me sinto bem."

"Você tá doente?", Isaiah perguntou, segurando as mesmas áreas. Samuel estava quente.

"Não!", Samuel gritou de repente. Ele se levantou e encostou as costas na árvore. "Não toque aí. Eu não quero te machucar."

"Você tá me assustando. Me diz o que tá errado!"

Os olhos de Samuel se arregalaram. Começaram a brilhar como luz de candeeiro. Nas extremidades de seu corpo apareceu uma auréola laranja como um pôr do sol e vermelha na borda. Sua respiração mudou de surtos rápidos de pânico para um chiado laborioso. Seu brilho iluminou a noite. Isaiah cambaleou para trás. Caiu no chão como se tivesse sido empurrado por algo. Na noite ao redor deles, Isaiah podia ver o que pareciam ser rostos, tantos rostos. Alguns eram dele.

A luz ficou cada vez mais brilhante e Samuel gritou.

"KAYODE!"

O nome girou e ecoou, acelerado por Isaiah, e deixou uma marca de queimadura em seu peito, marcando-o. Ele colocou a mão ali. Olhou para a cicatriz, depois de volta para Samuel para vê-lo estendendo a mão para ele. Isaiah rastejou para a frente, pressionando contra a coisa invisível que o empurrava na outra direção. Mais perto, mais perto, cantarolando, de todos os lugares, cantarolando, como vozes, cinco? Seis? Não! Mais! Um círculo propriamente dito. Ele ouviu. Empurrando, pressionando, afastando, afastando. E Samuel bem ali. Isaiah se aproximando. Quase. Os dedos deles tremeram e quase se tocaram. Então era tarde demais.

O último som estava vibrando. Samuel explodiu em vaga-lumes. Ou eram brasas? De joelhos, sacudindo a cabeça, boca aberta e trêmula, com os olhos ainda atordoados pela luz, era difícil para Isaiah dizer.

Os minúsculos pedaços de luz que uma vez foram Samuel, talvez ainda fossem Samuel, giraram para cima, na noite, sem se importar com quem ou o que estavam deixando para trás, piscando, cintilando.

"Não!", Isaiah gritou e tentou pegá-los, mas eles flutuaram no ar, alto demais para serem alcançados. E, logo, desapareceram na escuridão. Isaiah parou. Caiu de cara no chão. Devagar, virou-se de costas. Fechou os olhos e foi, pensou, como se uma chuva fina tivesse caído sobre ele, o orvalho tremendo nas pontas dos dedos. Ele abriu os olhos. *Eu sou tolo*, ele pensou, permitindo-se, finalmente, ser acalmado por sua própria respiração lenta.

Mas ele havia tocado o rosto de Samuel, então, não poderia ter sido um sonho. Sentira sua respiração, sua pele molhada, olhara em seus olhos e vira o solo virgem deles. Foi real. Tinha de ser. Olhou para o próprio peito. A marca bem ali. Mas as pessoas não se transformavam em vaga-lumes, não é? Ele tinha visto olhos no fundo do rio, seu próprio rosto em uma luz. Morto, então. Talvez ele também estivesse morto.

Seu coração rachou. À medida que cada peça caía, ficava cada vez mais difícil para ele se mover. Não conseguia se levantar e não queria. Esperaria ali mesmo por Paul e os outros. O que quer que decidissem fazer com a pele dele estava certo. Como quer que decidissem esfolá-lo, esticá-lo e vesti-lo era seu destino agora. Então ele ficou ali sentado, tremendo, chorando com o rosto nas palmas das mãos.

Então alguém sussurrou um nome.

Ele olhou para cima e viu, na direção norte, uma pequena luz laranja.

"Você aqui?"

Ele se levantou e correu na direção da luz, sem olhar para trás, sem parar. Poderia ter sido um pedaço de Samuel, que permaneceu, atraído, enviado para buscá-lo. Isaiah o seguiu, ofegando e estendendo a mão para ele. Ele o levou para mais fundo na floresta, onde tropeçou em raízes salientes e galhos caídos, levantou-se e se apoiou em nogueiras cujos frutos ainda não haviam descascado. E a luz ainda, como uma pequena estrela desvanecente, pairou, dançou e sussurrou um nome. Quando o fez, Isaiah saltou para a frente, deixou-se ser arrastado e levado à fonte de tudo.

Ele saltou e pulou em trechos de terra, pedaços de terra que pareciam queimados e ainda não haviam renascido. Era difícil dizer no escuro. Ele caiu de novo e de novo, ralando as pernas nas pedras irregulares. Mas seguiu em frente, correndo até que seu peito queimou exatamente onde estava marcado e implorou para que todos os movimentos cessassem. Ele caiu sobre as mãos e joelhos em um lugar de grande escuridão. Olhou para trás e foi como se o mundo tivesse se fechado, uma barreira que nunca seria rompida. Tudo o que havia ali era a partícula de luz que ele sabia que tinha de ser Samuel, balançando suavemente no ar, segurando dentro de si a aurora.

Ele também ouviu um som vindo daquele lugar — um assobio, talvez um rugido? — e pensou que encontrar seu fim por meio de uma cobra cabeça-de-cobre ou por um puma era injusto dadas as chibatadas que ele tomou de outros animais; suas costas eram a prova. Além disso, outra coisa já havia começado a comê-lo: a desolação. Não havia mais Samuel. Nem Maggie. Nem Essie. Nem Sarah. Nem Puah. Nem tia Be. Essa era a mais pura condenação. Até a companhia de Amos serviria agora, contanto que ele usasse o nome em algum lugar que Isaiah pudesse ver.

Coisa mortal esse tipo de solidão. Quando indesejada, era um formigamento, depois uma queimadura. Ao menos foi assim que Isaiah sentiu, começando bem no talho em seu peito. Estava crescendo, se espalhando como dedos que a qualquer momento poderiam se tornar um punho ou se encrespar na tentativa de sufocar. Ele sabia que a dor se tornaria cada vez mais difícil de suportar. E sabia que ela sempre estaria com ele, estivesse ele vivo ou morto. Esse era o fardo dos que são suaves: sofrer em silêncio porque o gemido que escapava dos lábios era inevitável. Samuel devia estar certo. Com certeza, ele amaldiçoou o coração que não sabia como se proteger da fissura. Por vergonha.

Não havia mais nada a fazer, então, a não ser esperar. Naqueles últimos momentos, o mínimo que Isaiah podia fazer era honrar Samuel dando uma chance à pedra. Não demoraria muito. Apenas tempo suficiente para receber sua bênção, embora não houvesse ninguém lá para vê-la. Olhou para a frente para enfrentá-la, o que quer que fosse, da mesma maneira que tinha certeza de que Samuel a enfrentara: de olhos abertos. A escuridão diante dele não estava quieta. Convulsionava como uma coisa viva com sete tentáculos, talvez presos a figuras, trevas gêmeas. Segurando bastões. Vozes que soavam mais como seixos do que humanos. Ele não tinha escolha. Estendeu a mão para elas, dedos vacilantes no ar úmido, e sentiu algo tocá-lo. Afastou-se rápido e então, no silêncio que se seguiu, estendeu a mão de novo. O que quer que fosse, era suave, sedoso, familiar. Ele rastejou em direção a ela, mergulhando a mão cada vez mais longe.

"É você, Samuel?"

Por fim, algo o acariciou. Não apenas o acariciou, mas enrolou-se em torno de seu braço e o puxou. Ele gritou, por fim, a única palavra que nunca poderia pronunciar.

Então, para sua surpresa, ululando, a escuridão gritou de volta.

Nova aliança

Vocês sabem quem *nós* somos agora.
        Então agora vocês sabem quem *vocês* são.
Somos sete e não nos absolvemos da culpa.
Portanto vocês também não devem se absolver dela, embora pensem que são inocentes.

Ouçam:
    Prestem atenção:
    Estamos chamando uma testemunha!
    Ay!

Estamos apenas contando a vocês o que sabemos.

Vocês têm de estar dispostos a vir à frente quando as mãos estiverem o mais abertas possível.
Por que vocês acham que estamos nesta clareira em vez de naquela outra?

Ouvimos vocês cantarem:
>Venha a nós, Senhor!
E essa não é a sua música.

É por isso que vocês tentam transformar o lar em um paraíso em vez de um lugar onde a vida possa criar raízes.

>Sim, bem.
O lar não está congelado.
Não é um inseto preso em âmbar.
Tampouco é macio como argila para vocês moldarem em qualquer formato que lhes convier.
É maior do que vocês.
Vocês entendem?
O lar é o começo de todas as possibilidades e aqui vocês estão tentando arruiná-lo com as suas limitações.
Há montanhas aqui *também*.

Não desviem o olhar.

Isso não é quem vocês deveriam ser.
>Vocês desrespeitam artesãos.
Vocês jogam pedras nos guardiões dos portões.
Vocês destroem os espíritos grandes demais para o corpo.
Vocês imaginam que seus próprios rituais são selvagens.
Vocês esquecem do círculo.
Vivendo tão longe da existência da qual vocês foram arrebatados —

>uma meia verdade.
Também rendidos.

Tornando-se cada vez mais como seus captores, vocês não podem sequer olhar sua pessoa amada nos olhos.
Essa é a marca que vocês deixam um no outro:
separação.

Bem, vamos reunir vocês. Venham: vamos reunir todos vocês.

Onde vocês estão, esse lugar costumava ter um nome.
Encontraram o nome e o penduraram nas árvores.
Alguém deveria chamar esse lugar pelo seu nome verdadeiro.
Ó, trivial!
Que bom e trivial.

Ouçam-nos:

Há uma escuridão que se move.
É o princípio de todas as coisas e o fim de todas as coisas.
É eterno, puxando com tanta força que até a luz se curva aos seus caprichos.
É um par de mãos cobertas de óleo, limpando linhas ao longo de rostos, puxadas para fora, estendidas como dedos, e esperando o amanhecer.
É o cosmos pendurado nas pontas de tranças, crianças dançando mil noites, anciões vestidos em roupas azuis atordoados para serem submersos em novas águas e se despojarem das peles antigas.
Isto para o invisível.
Isto para o inaudito.
Isto para as pessoas da periferia nadando entre o brilho da luz e a curva da sombra.
Na meia-noite.
Na santidade das cavernas.

Nos momentos íntimos entre amantes que, pela primeira vez, tocaram o rosto um do outro.
As ondas batendo contra a costa?
Isso também é uma linguagem.

O segredo horrível, crianças, é este:

Não são vocês que estão acorrentados.
Lembrem-se disso, pois essa é a chave para falar em línguas.

Mas a memória não é o suficiente.

Somos completos.
Somos, por nossa conta, completos.

Não desviem o olhar.

Há uma criança, agora, vagando em bosques desconhecidos.
Dentro dele, há uma ferida, que vocês colocaram lá, que pode ou não desabrochar.
Pode ser desenraizada.
Ou pode ser visitada em você: uma espécie de retorno, do jeito que as coisas muitas vezes retornam para as mãos de quem as libertou.
Os outros, eles estão aqui conosco, guardando os portões como sempre, satisfeitos por um pedaço deles ainda estar com vocês.
Vocês gostariam de senti-lo?
Fechem os olhos.
Vejam:
O formato do sofrimento não é dentado.
Não é acidentado; não é plano.
Não é nem afiado.

É redondo como olhos e suave como pele.

Ele se encaixa perfeitamente na curva da língua e cai dos lábios como uma pedra que vê.

Deixe-o onde está.

Não se preocupe.

Quadris vão balançar.

Cabeças vão rodar.

Braços vão balançar.

Ah, nosso sangue novo, camas vão balançar e será quase tão bom quanto nossas naturezas permitirem.

Vocês andarão eretos na casa de suas mães!

Vocês estão tremendo.

Não fiquem envergonhados.

Tremam à vontade, mas não durmam.

E. Não. Desviem. O. Olhar!

Há um som quando a escuridão definha.

É um gemido, muito parecido com o de um bebê adormecido, mas mais gentil, mais baixo, mais suave à sua maneira, e muito mais trágico porque, ao contrário de um bebê, ele sempre passa despercebido.

Como a última coisa que eles — *eles* — nos disseram:

A
M
O
R.

Essa é a palavra viva.

Mas vocês a recusaram.
Cuspiram nela quando foi mostrada.
Deram a bochecha errada para ser beijada.
Não é diferente do campo em que vocês se transformaram, vocês estão mudados.

É difícil

>suportar o toque
>de um povo que só
>junta as mãos
>para semear o sofrimento
>que trata
>a ameaça que eles criam
>como se não fosse sua criação.

É difícil

>estar entre essas árvores
>que foram cúmplices na destruição
>de tantas pessoas;
>cada folha, cada rachadura na casca, cada gota de seiva, cada raiz torcida:
>culpadas.
>Mas elas não permanecem mesmo assim,
>altas e resistentes em negação
>bloqueando o céu?

Abençoados sejam os que olham para a noite e santos aqueles que se lembram.

E a memória não é o suficiente!

Kosii!

Para saber por baixo:

> Essa é uma história que só um profeta pode contar.
> Mas com o mundo sendo o que é
> e o mundo sendo o que para sempre será
> nunca sem um coração enlutado.

Àṣẹ!

> Aqui está o fogo agora:
> dançando, destruindo.
> Mas honestamente
> só querendo ser cantado
> suavemente
> docemente.
> É uma chama moribunda
> encolhendo
> tremeluzindo
> esperando para ser apagada
> finalmente
> por uma canção de ninar.

Mas não há mais nenhum cantor.

> Pois a forca já foi pendurada.
> O vínculo já foi quebrado.

O visto já foi previsto.
O então está chegando agora.

E nada na criação é capaz de impedir a vinda.

Nada

exceto Vocês.

Agradecimentos

Por favor, perdoe-me se eu esquecer de mencionar seu nome.

James Baldwin: Foi em seu nome que encontrei a justiça pela qual meu coração anseia, a equidade que minha mente busca, a paz que minha alma lembra e o triunfo que meu corpo tem esperado. Você pediu que o encontrássemos nos escombros. Nós fizemos isso, "vovô". Agora devemos juntar as peças e construir um fino altar para o seu intelecto, acender velas e amá-lo da maneira como você nos amou: com gratidão.

Jandel Benjamin: Titia, eu escrevo porque você foi a primeira da família a escrever. Eu vi seus poemas e isso me fez entender que escrever não precisava ser um sonho intangível. Não precisava ser um hobby. Poderia ser real. Obrigado por esse presente.

Sherise Bright: Sua amizade/irmandade é uma bênção completa e sou muito grato pelo universo ter achado bom nos unir. Você é uma fonte constante de otimismo, fé, humor e intuição. Você previu este momento e eu lhe agradeço pela sua visão sobre coisas que não podem ser vistas, mas apenas sentidas.

Victoria Cruz: Você é uma lenda viva. Que bênção foi para mim desfrutar da glória de uma de nossas maiores precursoras. Obrigado por seu ativismo, graça, humor, ferocidade e amor.

Valerie Complex: Sua genialidade me deixa maravilhado. Não sei ao certo se já conheci alguém com uma criatividade tão infinita e sem esforço, engraçada, bonita e bondosa. Mal posso esperar para que o resto do mundo saiba o que eu sei: que seus dons são inspiradores e transformadores. Amo você, irmã.

George Cunningham: Foi você que me deu tudo o que o complexo educacional estadunidense negou ao me mostrar a verdade que eles nunca pretendiam que eu visse. Foi em seu curso, "Lendo a raça", que eu aprendi que minha perspectiva e propósito não eram uma aberração, mas, na verdade, a mais recente em uma longa tradição de resistência. Não sei como retribuí-lo.

Ava DuVernay: Não sei onde você encontra tempo para fazer isto: criar um fluxo interminável de magnificência e ainda nos abraçar, e rir conosco, e comer conosco, e dançar conosco e nos manter sempre tão perto. Isso não é nada menos do que milagroso e você não é nada menos do que um milagre. Obrigado por se doar para que todos nós possamos manter a cabeça um pouco mais alta. Faço qualquer coisa por você, irmã.

Janet Jackson: Você deixou uma marca indelével em mim, não apenas com sua voz angelical, dança impecável, sorriso brilhante, trabalho de palco relaxado e música feroz, mas também com sua inteligência fervilhante e consciência social inflexível. Quebrei a cadeira da sala de jantar da minha mãe ensaiando "The Pleasure Principle" em 1987, mas valeu a pena porque "Rhythm Nation" me mostrou, de maneiras acessíveis a uma mente de dezoito anos, que eu tinha uma responsabilidade de ajudar a transformar o mundo num lugar melhor não apenas para mim, mas para todos que são oprimidos. Obrigado.

Joan Jones: Mamãe, você sempre diz "Ele se criou sozinho", mas o que você não sabe é que sua coragem, liberdade, atitude de não engolir sapo de ninguém, rejeição ao patriarcado, ceticismo em relação a todas as crenças, exigência de fatos concretos e toneladas de evidências, aceitação da violência como uma opção de defesa quando necessário e insistência em ser precisamente quem diabos você é independente de quem aprova ou não foi o exemplo que eu precisava para sobreviver e prosperar. Você é uma fora da lei e uma mulher livre. Eu lhe agradeço por isso.

Tron Jones: Meu irmão de sangue. Obrigado pelos seus sacrifícios. Obrigado pela sua risada. Obrigado por aguentar firme apesar de tudo que o impedia. Por favor — compartilhe sua escrita com o mundo.

Sally Kim: Meu quadro dos sonhos profetizou o nosso encontro e nossa união. Obrigado pelo seu olho astuto e coração perspicaz, apoio sem fim, respeitando o que tento fazer e dizer, e por me ajudar a focar e afinar o tom para que outros também possam respeitar essas coisas. Obrigado, ainda, por entender minhas superstições.

Kiese Laymon: Irmão. Você é uma fonte de amor e luz tão tremenda que a língua inglesa não é adequada para descrevê-lo. Sua crença na minha habilidade me levou às alturas quando eu estava extremamente para baixo. Sua escrita — sua escrita profunda e rigorosa — me deu permissão para dizer o que sinto que tenho de dizer. Obrigado não é suficiente, mas obrigado.

PJ Mark: Nunca ninguém acreditou em meu trabalho tão ferozmente, lutou por ele com tanta diligência e o defendeu com esse nível de tenacidade. Ouvi dizer que, na indústria de agentes literários, você é chamado de "O Pitbull", mas acredito que James Bond seja mais preciso. Muito obrigado por sua orientação, gentileza, experiência e abordagem direta ao meu trabalho e à minha carreira.

Calvis McLaurin: Um dia, irmão, será impossível para você ignorar o seu chamado e você vai colocar as mãos na massa.

Mais do que políticos, pastores, padres, policiais e proxenetas, o mundo precisa de pintores. Seu pincel é então uma caneta; seu bloco de notas, sua tela. Vá e faça uma obra de arte. Por nós.

Ernesto Mestre-Reed: Quando outras poucas pessoas enxergaram valor na minha escrita, na verdade, a diminuíram com pensamentos e palavras, me alertaram sobre o "perigo de se tornar um escritor negro", você viu o que eles se recusaram a ver: que o perigo estava presente não como eles imaginavam, mas como temiam. Você me encorajou a continuar escrevendo e me mostrou que havia um valor inerente ao meu trabalho. Sua orientação foi inestimável. Obrigado.

Toni Morrison: Era meu sonho que você lesse este livro, acreditasse que ele tem mérito, oferecesse sua bênção e talvez me convidasse para uma xícara de chá em sua casa para que eu pudesse lhe dizer como sem você este livro não poderia ter existido, porque foi sua sagrada escritura, sua completa acusação e reorganização da língua inglesa, que me inspirou a escrevê-lo. Você disse que se eu não conseguisse encontrar o livro que queria ler, então deveria escrevê-lo. Foi o que fiz. Onde quer que você esteja no universo, é minha mais sincera esperança que você esteja satisfeita.

Roni Natov: "Tomada de ar..." Você tem sido uma tremenda defensora não só do meu sucesso acadêmico, mas do meu sucesso geral. Se não fosse por sua bondade ilimitada, apoio e crença em minhas habilidades, não tenho certeza de onde eu estaria agora. Você é uma alegria. Obrigado.

Osvaldo Oyola: Você viu este trabalho em seus estágios mais iniciais e desajeitados e ainda achou que valia alguma coisa. Obrigado por seus olhos aguçados, mente indelével e irmandade. Começou no *Cyborg*, agora estamos aqui!

Samora Pinderhughes: Irmãozinho, desde o momento em que nos conhecemos, nos tornamos uma família. Obrigado por ouvir, desejar apenas coisas boas para mim, cozinhar comidas saudáveis, me deixar dar umas espiadas na sua música, ser um dos músicos mais brilhantes deste planeta, ter um coração enorme e uma consciência incrível.

Robert Scott: Enquanto eu vagava perdido pelos corredores do Brooklyn College, você me encontrou, assim como encontrou gerações de outros, e me colocou no caminho certo. Obrigado por sua orientação cuidadosa.

Arlene Solá-Vargas: Há mais de quarenta anos compartilhamos alegrias e dores, triunfos e tragédias, e olhe para nós! Conseguimos. Conseguimos apesar das circunstâncias, talvez até por causa das circunstâncias. Muito obrigado pelo incentivo e por me acolher na família.

Adrian Techeira: Meu maridoooo. Hahaha! Nunca imaginei que seu sol em Virgem viria a calhar. Obrigado por seu olhar crítico, sua experiência jurídica, seu apoio quando não consigo funcionar cem por cento, pela casa que agora é um lar e o amor que agora está unido e testemunhado. Obrigado.

Charles, Marcus e Victoria Thompson: Um realista. Um aprendiz. Uma sonhadora. Obrigado por seu incentivo eterno, amizade confiável e por me escolherem para fazer parte de sua família. Sou eternamente grato.

Crystal Waterton: Você, cujas fraldas eu troquei. E agora você é uma mulher adulta e está criando a mais brilhante das artes. Mal posso esperar até que o mundo saiba o que eu já sei: você é uma das cineastas mais brilhantes do mundo. Faça. Sua. Arte. Irmã!

David Wells: Você tem sido como um verdadeiro irmão para mim, me ajudando a me sentir completo quando sinto que posso desmoronar, checando como estou quando os dias são longos demais e as noites são difíceis. Agora eu sei o que eles querem dizer quando dizem "guardião do irmão". Obrigado.

À equipe de Janklow & Nesbit Associates, Ian Bonaparte e Zoe Nelson, e **ao time de G. P. Putnam's Sons/Penguin Books** USA, Joel Breuklander, Brennin J. Cummins, Ivan Held, Christopher Lin, Ashley McClay, Katie McKee, Emily Mlynek, Gabriella Mongelli, Vi-An Nguyen, Nishtha Patel, Anthony Ramondo, Amy Ryan, Alexis Welby, e toda a equipe de vendas da Putnam: vocês me ajudaram a tirar do éter a fantasia de uma vida e trazê-la ao mundo material. Seu comprometimento e trabalho em equipe são inspiradores. Minha gratidão é infinita. Obrigado.

À minha família de sangue e escolhida, que me viu no início, passando pelas minhas tribulações até meus triunfos — vocês têm sido meu chão e amo vocês profundamente: Khadeem D. Wilson, Khadijah I. Wilson, Sandra Benjamin, Alfred Benjamin, Jr., Shahaira Davy, Justin O. Christopher, Orlando J. Davy, Jr., Sheronda Benjamin, Lenice Smith, Kayin Davy, Errol Waterton, Orlando Davy, Sr., Melissa Barnaby Hernandez, Christian Alcazar, Chastity Hernandez, Angel Bright, LaFawn Davis, Hilda e David Sola, Sr.; Eduardo Sr., Eduardo Jr., Isabella e Daniel Vargas; David Jr., Laurie e Olivia Sola; Tron Jr., Taina, Destiny e Terrence Jones-Bosse, Julian e Milagros DeJesus, Dorothy, Simon, Nneka, Nya e Jordyn Spence; Tiffany, Lole Sr., Lole Jr., Rowan e Ivan Techeira, Jennifer Jacinto e Tina Honeycutt; Beth, Tara e Matthew Benjamin-Botas; Dawn Benjamin e Anthony Purge, Darlene Horton, Dawn Horton e família, Jimmie Horton e família, LaMont Horton e família, Renee, Cameron Jr. e Cameron Kelly, Dondria, Gary e Ty Gadsden; Elena, Raquel "Mama Rock", e Howard "Pop" Pinderhughes; minhas tias Jones: Angela, Laverne, Mallie, Mary e Rita; meus primos Jones: Cheryl, Christine, Christopher, Daniel, Eric, Ebony, Elijah, Isiah, Jacob, Jamal, Jason, Jordan, Joshua, Justin, Kelly, Lashawn, Michael, Monae, Sean, Shauna, Stephanie; Lester Wint, Shannette Duncan-Wilson e família,

Nicole Wilson, Starr Lester e família, Keesha Peets e família, James Peets e família, Scooner, Glenn e Deena McCray e família, Willie "DJ Ill Will (Your Wifey's Favorite DJ)" White, Daniella "DAN-NELA" White, Octavia "Tay" Davison, William "Goddy" White, Jr., Rashawn "Red" White, Quincy "Penguin" White, Kimora "Whoop De Whoop" Simon, Summer "Zibba Zobba" Simon, Ashley "Ash Cash" Saint Louis, Reina Monserate, Scorpio Simon, e as famílias Davidson e White, Michelle e Dream Holder, Tanya Edwards; Songhai, Glenn, Caleb, Kendi, Eli e Taylor Deveaux; Karen e Joe McCord, Lori Petty, Anaya McLaurin, Stephanie Acevedo-McCardle-Blunk, Miles Law, Paula Bryant (Brion), Margaret Prescod, Chanda e Kevin Hsu Prescod-Weinstein, Mary, Cheryl, Wanda, Felicia Diane e Dawn Carpenter; Baldwin o gato, todos os Benjamin, Bethea, Denmark, Gainese, Hine, Jones e Wilson. Obrigado.

Sua criatividade incomensurável, realizações artísticas e gênio brilhante me possibilitaram imaginar uma realidade em que eu tivesse uma chance: Wallace Thurman, Gloria Naylor, Alice Walker, Octavia Butler, Zora Neale Hurston, Chinua Achebe, Michelle Alexander, Maya Angelou, Kola Boof, Ta-Nehisi Coates, Edwidge Danticat, Debra Dickerson, Tananarive Due, Nikki Giovanni, Max S. Gordon, Joseph Illidge, Lorraine Hansberry, Ernest Hardy, James Earl Hardy, E. Lynn Harris, N. K. Jemisin, Jamaica Kincaid, Gabriel García Márquez, Ayana Mathis, James McBride, Herman Melville, Nell Irvin Painter, Gabby Rivera, Sonia Sanchez, Ntozake Shange, Danyel Smith, Brandon Thomas, Jean Toomer e Isabel Wilkerson.

Quando eu estava perdido, sua voz e música me guiaram até o meu lar: Aaliyah, Marsha Ambrosius, Ashford & Simpson, Bobby and IZ Avila, Bahamadia, Anita Baker, Big Freedia, Black Stax, Radha Blank, Mary J. Blige, Boyz II Men, Brandy, Dennis Brown, Foxy Brown, Bry'Nt, B.Slade, Cakes Da Killa, Tevin

Campbell, Mariah Carey, Chika, Sam Cooke, Bernadette Cooper, D'Angelo, Frenchie Davis, Deadlee, Smoke E. Digglera, Johnathan Douglass; Earth, Wind & Fire; Missy "Misdemeanor" Elliot, En Vogue, Rachelle Farrell, Aretha Franklin, Rah Rah Gabor, Kenneth Gamble e Leon A. Huff, Medino Green, "Cat" Harris-White, Donny Hathaway, Lalah Hathaway, Lauryn Hill, Whitney Houston, Phyllis Hyman, Stasia "Stas" Irons, Freddie Jackson, Mahalia Jackson, Millie Jackson, Luke James, Jidenna, Syleena Johnson, Jimmy Jam and Terry Lewis, Kevin Kaoz, Chaka Khan, Patti LaBelle, Ledisi, Lady Leshurr, Le1f, Ari Lennox, Lil' Kim, Enongo "Sammus" Lumumba-Kasongo, Cheryl Lynn, Janelle Monae, Stephanie Mills, Laura Mvula, Meshell Ndegeocello, Mr. Strange, New Edition, Kimberly Nichole, Gene Noble, Jessye Norman, Sinead O'Connor, Rahsaan Patterson, Leontyne Price, Prince, Rapsody, Della Reese, Rihanna, Amber Riley, Minnie Ripperton, Diana Ross, Sade, Salt-N-Pepa, Bobby Short, Nina Simone, Bessie Smith, The Staple Singers, Sandra St. Victor, Donna Summer, Sylvester, Tank and the Bangas, Sister Rosetta Tharpe, Monifah and Terez Thorpe, Tina Turner, Tweet, Usher, Dionne Warwick, Jody Watley, Vesta Williams, Angela Winbush, Stevie Wonder e Nicole "Lady" Wray.

Vê-los nas telas e nos palcos, bem como atrás deles, me deu a autoestima e o dom de ousar seguir um sonho: Yahya Abdul-Mateen II, Adepero Adoye, Kofi Agyemang, Erika Alexander, Alana Arenas, Nicholas L. Ashe, Reginald L. Barnes, Angela Bassett, Nicole Behari, Asante Blackk, Nahum Bromfield, Yvette Nicole Brown, Roscoe Lee Browne, Jade Bryan, Dyllón Burnside, LeVar Burton, Rosalind Cash, Diahann Carroll, Rashan Castro, Rodney Chester, Denzel Chisholm, Stanley Bennett Clay, Michaela Coel, Ryan Coogler, Emayatzy Corinealdi, Laverne Cox, Julie Dash, Loretta Devine, Aunjanue

Ellis, Yance Ford, Dawn Lyen Gardner, Marla Gibbs, Rashad E. Greene, Danai Gurira, Lisa Gay Hamiton, dream hampton, Winnie Harlow, Jackeé Harry, Brian Tyree Henry, Monique Angela Hicks, José Hollywood, Gwen Ifill, Dominique Jackson, Michael R. Jackson, Barry Jenkins, Jharrel Jerome, Christopher Jirau, Mustapha Khan, Regina King, Eartha Kitt, Kasi Lemmons, Deondray & Quincy LeNear-Gossett, Donja Love, Moms Mabley, Tina Mabry, Rajendra R. Maharaj, Sara'o Maozac, Sonequa Martin-Green, Sampson McCormick, Tarell Alvin McCraney, Akili McDowell, Edgar Mendez, S. Epatha Merkerson, Janet Mock, Indya Moore, Stacey Muhammad, Terrence Nance, Niecy Nash, Adaora Nwandu, Lupita Nyong'o, LaWanda Page, Keke Palmer, Tammy Peay, Numa Perrier, Tonya Pinkins, Patrik-Ian Polk, Billy Porter, Aamer Rahman, Naima Ramos-Chapman, Dee Rees, Della Reese, Shonda Rhimes, Beah Richards, J. August Richard, Bobby Rivers, MJ Rodriguez, Anika Noni Rose, Angelica Ross, Shaun Ross, Aston Sanders, Narubi Selah, Gabourey Sidibe, Justin Simien, Madge Sinclair, Brian Michael Smith, Justice Smith, Jussie Smollett, Doug Spearman, Darryl Stephens, Tika Sumpter, Ryan Jamaal Swain, Andre Leon Talley, Regina Taylor, Lorraine Toussaint, Cicely Tyson, Leslie Uggams, Gabrielle Union, Alok Vaid-Menon, Pernell Walker, Kerry Washington, Benjamin Charles Watson, Jr., Alek Wek, Rutina Wesley, Emile Wilbekin, Paul Winfield, Oprah Winfrey, George C. Wolfe, Charlayne Woodard, Tyquane Wright e Bradford Young.

Sua habilidade incomparável e diligência invejáveis são maravilhas a contemplar. Obrigado: Simone Biles, DeWanna Bonner, Elena Delle Donne, Gabby Douglas, Candice Dupree, Chelsea Gray, Brittney Griner, Natasha Howard, Mae Jemison, Allie Quigley, Caster Semenya, Courtney Vandersloot, Dwyane Wade, Serena Williams e Venus Williams.

Obrigado pela beleza da verdade estética: Derrick Adams, Jean-Michel Basquiat, Jamal Campbell, Olivier Coipel, Njideka Akunyili Crosby, Jermaine Curtis Dickerson, Bilquis Evely, Tatyana Fazlalizadeh, Ramona Fradon, Paul Gagner, Vashti Harrison, Phil Jiménez, Kerry James Marshall, Jamie McKelvie, Kadir Nelson, Mikael Owunna, Jennifer Packer, Gordon Parks, Aaron Radney, Khary Randolph, Trina Robbins, Roger Robinson, Will Rosado, Jacolby Satterwhite, Augusta Savage, Ashleigh Shackelford, Liam Sharp, Alma Thomas, Hank Willis Thomas, Alberto Vargas, Kara Walker, Kara Mae Weems, Kehinde Wiley e Ashley A. Woods.

Sua visão me ajudou a navegar por terreno hostil. Obrigado: Gloria E. Anzaldúa, Ella Baker, Joseph Beam, Derrick Bell, Charles M. Blow, Tarana Burke, Kimberlé Crenshaw, Angela Davis, Joy DeGruy, Mona Eltahawy, bell hooks, Barbara Jordan, Barbara Lee, Audre Lorde, Manning Marable, Marlon Riggs, Assata Shakur, Harriet Tubman, Desmond Tutu e Malcolm X.

Sua coragem é um bálsamo, mas também um escudo. Obrigado pelo serviço e sacrifícios: Mumia Abu-Jamal, Phillip Agnew, John Amaechi, Robert Bailey, Dee Barnes, Jesse Ray Beard, Mychal Bell, Richard Blanco, Lanisha Bratcher, Robyn Crawford, Wade Davis II, Anita Hill, Rachel Jeantel, Marsha P. Johnson, Carwin Jones, Gia Marie Love, Erica Malunguinho da Silva, Antron McCray, Michel'le, Wes Moore, Bree Newsome, Stella Nyanzi, Bryant Purvis, Raz-B, Kevin Richardson, Sylvia Rivera, Yusef Salaam, Karol Sanchez, Raymond Santana, Theo Shaw, Bryan Stevenson, William Dorsey Swann, Ciara Taylor, Zaya Wade, Jewel Thais-Williams, Korey Wise.

Aprendi no altar da sua sabedoria ilimitada. Obrigado por serem meus professores: Moustafa Bayoumi, Prudence Cumberbatch, Michael Cunningham, Stacy D'Erasmo, Wendy Fairey, Howard Firestone, Pamela Grace, Irene Horowitz, Rosamond King, Jerome Krase, Laura Mattiga, Jenny Offil, Laurie Pea, Alexis Emilia Pierre-Louis, Madelon Rand (RIP), Joan Reale, Dorothy Rompalske, Ramsey Scott, Robyn C. Spencer, Ellen Tremper, Brooke Watkins, Salim Washington e Kee Yong.

Obrigado pelos seus dons e comprometimento com a palavra e a verdade: Ashley Akunna, Zaheer Ali, Michael Arcenaux, Eroc Arroyo-Montano, Kenyette Barnes, Regina N. Bradley, Yaba Blay, Richard Brookshire, Jericho Brown, Clay Cane, Jasmyne Cannick, Maisy Card, Rebecca Carroll, Cody K. Charles, Roger Cipo, Hillary, Lemu e King Kinti Crosley-Coker, Brittney Cooper, Timothy DuWhite, Chana Ginelle Ewing, Ayesha K. Faines, Kimberly N. Foster, Donte Gibson, Kieron Gillen, Jenn Jackson, Fatima Jamal, George M. Johnson, Myles E. Johnson, Kimberly Jones, Sarah Karim, Ibram X. Kendi, R.O. Kwon, Angel Laws, Creighton Lee, Inigo Leguda, Jamilah Lemieux, Felice León, Maurice Lucas, Tamika Mallory, Shane McCrae, Tiq Milan, Darnell L. Moore, Isabelle Mosado, Frank Mugisha, Eddie Ndopu, Mark Anthony Neal, Tambay Obenson, Oronike Odeleye, Josh Odom, Nnedi Okorafor, Daniel Jose Older, José Guadalupe Olivarez, LaSha Patterson-Verona, Brontez Purnell, Imani Perry, Tony Puryear, Helen Phillips, Ayanna Pressley, Donovan X. Ramsey, Franchesca Ramsey, Kiley Reid, Sonya Renee, Maurice Carlos Ruffin, Namwali Serpell, Aishah Shahidah Simmons, Danez Smith, Kaila Adia Story, Rebecca Theodore-Vachon, Steven Thrasher, Ezinne Ukoha, Ocean Vuong, Imani J. Walker, Lawrence Ware, Kirsten West-Savali, G. Willow Wilson, De'Shawn Charles Winslow, Ravyn Wngz, Ashley Yates, Damon Young e Hari Ziyad.

Obrigado, tropa, por me levantar, me apoiar e "manter meus pés no chão": Clinton Adams, Irva Adams, Robert Agyemang, Trey Alexander, Yasmin Ali, Henry Anderson, Keisha-Gaye Anderson, Torrese Arquee, John Avelluto, Ivan Baptiste,

Monique Baylor-McCall e família, Marie-Helene Bertino, Lemmie Blakemore, Karen Blitz, Jonathan Lee Bowles (você é o próximo!), D'Ambrose Boyd, Jason Boston, Beqi Brinkhorst, Daniela Brown, Zedrick Brown, Aishah Bruno, Quonnetta Calhoun, Horace & Bryant Campbell-Coleman e família, Tyrone H. Cannon, Bernadette Canty, Ray Caspio, Seve Chambers, Madonna Charles, Sandra Clarke, Don "DJ" Davis, Kiev Davis e família, Camille DeBose, Lisa Del Sol, Gwen Devoe, Gerado "Gee" DiFeo, Robert Finley, Jr., Zinga A. Fraser, Erika Frierson, Steven G. Fullwood, Stephen Funches, Tungi Fussell, Alyssa Gargiulo, Tanisha Green, Natalia Guarin-Klein, Feargal Halligan, Justin LaRocca Hansen, Mobina Hasmi, Addie Hopes, Reginald Idlett, Lacy D. Jamison, Loretta Jenkins, James W. Jennings, Tasha Jones, Vondia "Peaches" Jones, Thomas Jordan, Greg Jurick-Blackshear, Meghan Keane, Jennifer Kikoler, David Kim, Amy Klopert, Kevel C. Lindsay, Katy Maslow, Dina Maugeri, Shayne McGregor, Kristen Meinzer, Kamela Mohabeer, Cristina Moracho, Cynthia Naughton-Goodman e família, Doreen Naughton, Michelle Naughton e família, Natalie Naughton e família, Nicole Naughton-Lincoln e família, Pamela Naughton-Allen e família, Barry Nelson, Kevin Dwayne Nelson, Karen Parker, Bernadette Parker-Canty, Lucille Pascall, Bones Patterson, Audrey Peterson, Anthonine Pierre, Alexzia Plummer, Temika Polk, Cory Provost, Anthony Punt, Rhea Rahman, Shais Rison, Carrie Roberts (RIP), Maya Rock, Marlene Saez, Michael Santana, Crystal Schloss, Jeffrey Severe, Nichole Simon, Mark Simpson, Jared Shuler, Kevin Smith, Moraima Smith, Nicole St. Clair, Tyrone "Flyronee" Stevens, Aimee Stevland, Renee Straker e família, Bernard Tarver; Mammen, Betsy, Saramma e Suma Thomas; Lealand Thompson, Randi Vegh (RIP), Melissa Velez, Stanley Walker, Raina Washington, Darryl "The Griot"

Watson, Zora Wells, Jackie Williams, Trina Yearwood e Keith Zackowitz.

A toda a comunidade *Son of Baldwin*: Obrigado pelas discussões, discordâncias, risadas, lágrimas, amor e dor. Vocês me elevaram e me deram um santuário. Vocês me educaram e iluminaram. Todos vocês são demais. Muito, muito obrigado.

Para o fã clube JanFam, minha Rhythm Nation: Todos vocês são diamantes negros: Shawn Arnold, Vincent Bernard, Roger Brown, Elgin "Emperor" Charles, Michaela Harrison, Lamont Hicks, Harold Jacobs, Gray Lappin, Jordan Listenbee, J. C. e Mike Litherland-Neilson, Ify "Angie" Olie, Denise P. Oliver, Ralphie Scarborough, Robert Snowden e Thomas "Trey" Simpson.

Para minha família Marlboro Projects: Através de todos os altos e baixos — e os baixos foram DUROS! — encontramos uma comunidade. Obrigado.

Aos vendedores de livros, bibliotecas, leitores e todos aqueles que fazem e amam livros: Obrigado. Um agradecimento especial para Sarah McGrath, da Riverhead, Peter Blackstock, da Grove, Kate Medina, da Random House, Alison Lorentzen, da Viking, Erin Wicks, da HarperCollins e Barbara Jones, da Henry Holt.

Aos povos oprimidos e apanhados pelo complexo industrial prisional: Que a verdadeira justiça, reabilitação e reconciliação prevaleçam.

Um salve para as trabalhadoras do sexo e para cada Casa de cada Baile. Que vocês estejam em segurança.

Halsey Street: Você está para sempre no meu coração.

Nós dizemos seus nomes: Tanisha Anderson, Ahmaud Arbery, Ricky Beeks, Sean Bell, Sandra Bland, Muhlaysia Booker, Rekia Boyd, Rashawn Brazell, Kalief Browder, Venida Browder, Michael Brown, Eleanor Bumpurs, Philando Castile, Stephon

Clark, Coobah, John Crawford III, Kaladaa Crowell, Michelle Cusseaux, Amadou Diallo, Jamie Doxtator, Henry Dumas, George Floyd, Janisha Fonville, Ezell Ford, Korryn Gaines, Eric Garner, Erica Garner, Pearlie Golden, Ramarley Graham, Oscar Grant, Freddie Gray, as vítimas do incêndio Grenfell, Sakia Gunn, Akai Gurley, Latasha Harlins; Markis, Hannah, Jeremiah, Devonte, Abigail e Ciera Hart; Yusuf Hawkins, Stephen Hicks, Tony Hughes, Kyra Inglett, Malik Jackson, Botham Jean, Atatiana Jefferson, Marquis Jefferson, Duanna Johnson, Kendrick Johnson, Kathryn Johnston, Bettie Jones, India Kager, Oliver Lacy, Stephen Lawrence, Errol Lindsey, Renisha McBride, Tony McDade, Laquan McDonald, Natasha McKenna, Brandi Mells, Ernest Miller, Margaret LaVerne Mitchell, Kayla Moore, Shanta, Jeremiah e Shanise Myers, Yahira Nesby, Islan Nettles, as vítimas do incêndio da casa New Cross, Sean Reed, Bailey Reeves, Tamir Rice, Aura Rosser, Relisha Rudd, Walter Scott, Anthony Sears, Konerak Sinthasomphone, Eddie Smith, Raymond Smith, Aiyana Stanley-Jones, Curtis Straughter, Breonna Taylor, David Thomas, Emmett Till, Tituba, Mary Turner, Matt Turner, Nia Wilson e um número grande demais de outras pessoas.

Aos nativos, indígenas, primeiros povos da nação em cuja terra eu nasci e me naturalizei: Obrigado.

A toda a diáspora africana e todos os povos marginalizados em todos os lugares: Juntos, podemos criar um movimento. Juntos, podemos esmagar a injustiça. O amor nos torna capazes das duas coisas.

ESTA OBRA FOI COMPOSTA EM ELECTRA PELO ESTÚDIO O.L.M./ FLAVIO PERALTA
E IMPRESSA EM OFSETE PELA GRÁFICA SANTA MARTA SOBRE PAPEL PÓLEN NATURAL
DA SUZANO S.A. PARA A EDITORA SCHWARCZ EM JULHO DE 2023

A marca FSC® é a garantia de que a madeira utilizada na fabricação do papel deste livro provém de florestas que foram gerenciadas de maneira ambientalmente correta, socialmente justa e economicamente viável, além de outras fontes de origem controlada.